시에 대한
질문
몇 가 지

KB079658

* 이 저서는 2017년도 조선대학교 특별과제(단독 저역서 출판) 연구비의 지원을 받아 연구되었음

시에 대한 질문 몇 가지

오문석 지음

질문은 나의 힘

소크라테스는 질문하는 사람이었다. 그의 질문은 특이해서 기존의 정답이 정답이기를 포기할 때까지 지속된다. 답을 찾는 질문이 아니라 답을 무력화시키는 질문이었던 것이다. 그러나 그것이 끝은 아니었다. 기왕의 정답이 무너진 자리에서 그의 질문은 다시 새로운 답을 찾아나서게 만든다. 통념이 무너진 자리에서 진정한 진리 탐구의 여정이 비로소 시작된다는 것이다. 선先해체 후後재건 전략, 나중에 탈구조주의deconstruction로 부활하게 될 전략적 사고의 모델이 그의 질문에 있었던 것이다.

보통 질문은 무지와 궁금증에서 비롯된다. 알고 싶은 것이 있고 그것을 알기 위해서 묻는 것이다. 소크라테스도 무지의 형식을 가장했다. 그 또한 알고 싶은 것이 있고 그것을 알기 위해서 묻는 것처럼 보인다. 실제로 그는 "나는 내가 무지하다는 것을 알고 있다"고 공공연하게 고백한다. 그래서 그의 질문의 화살은 그 질문에 대해서 스스로 답을 알고 있다고 자신하는 사람들을 향한다. 알다시피 그 질문은 상대방이 더 이상 자신이 알고 있다고 자신할 수 없을 때까지 집요하게 이어진다.

여기까지를 질문의 첫 번째 단계라 할 수 있다. 여기까지는 대체로 일방적인 질문으로 이루진다. 너무 일방적이어서 대화라고 하기조차 어렵다. 그러나 이어서 소크라테스는 다음 단계의 질문으로 향한다. 이제부터는 상대방의 질문에 대해서 아무것도 알지 못한다고 생각하는 사람 둘이 서로 마주하게 된다. 벌거벗은 사람 둘이 마주하고 있는 모습이다. 이제는 일방적 질문이 아니라 진정한 '대화'가 준비되어 있다. 이처럼 소크라테스의 대화는 '무지의 공유'를 조건으로 한다. 거기에서 진정한 질문이 나올 수 있는 것이고, 진정한 진리 탐구의 여정이 시작될 것이기 때문이다.

랑시에르는 유사한 방법을 교육에 적용했다는 한 프랑스 노동자의 사례를 소개한다. 무지를 가장하는 것이 아니라 실제로 무지한 스승이 마찬가지로 무지한 학생을 가르친다는 다소 이상적인 교육법을 제시한다. 그 프랑스 노동자의 방법은 무지한 사람 둘이 마주 보고 있다는 점에서 소크라테스가 지향하는 진리 탐구의 조건과 유사하다. 일찍이 현상학의 개척자 후설도 선입견의 제거를 지식 탐구의 조건으로 제시한 바 있다. 상식, 편견, 선입견 속에서는 결코 진리를 향한 여행이 시작되지 않는다는 것이다. 문학도 마찬가지다. 상식, 편견, 선입견의 제거를 엘리엇은 '몰개성', 러시아 형식주의 비평가들은 '낯설게 하기', 그리고 미국의 신비평가들은

'역설'이라고 했다.

그들은 모두 사람들이 너무 많이 안다는 것을 지적하고 있다. 너무 많이 알고 있는 사람들은 무지를 가장하지도 않을 것이며, 무지할 수도 없다. 질문이 있을 수 없다는 것이다. 거짓 질문이 아니라 진정한 질문 말이다. 또한, 사람들은 너무 많이 배운다. 교육은 너무 많은 지식을 전수하는 데에만 총력을 기울인다. 어디에서도 무지를 가르치지 않는다. 이런 상황에서 오로지 문학만이 사람들에게 무지를, 무지하기를, 무지한 척하기를 호소하고 있다. 소크라테스의 질문을 오늘날 문학이 담당하고 있는 것이다.

애석하게도 지식은 공유할 수 있지만 무지는 공유할 수 없다. 지식공동체는 있어도 무지공동체는 없다. 무지는 공동체를 만들지 않는다. 마찬가지로 편견, 상식, 선입견은 공유할 수 있지만 질문은 공유할 수 없다. 좋은 질문은 편견, 상식, 선입견이 무너진 자리에서만 소생하기 때문이다. 그런 의미에서 좋은 질문은 위협적이다. 그런 질문은 근본적으로 나의 것이고, 나의 힘이 될 것이다. 이 책은 그러한 도정의 산물일 뿐이다.

2017년 12월
오문석

차례

2부
주제론

1부

시인론

1장
시의 언어는 번역 가능한가
: 김억의 시론

━━━━━━━━ 식민지 조선의 지식인으로서 번역을
통한 지식 습득 과정에서 제국주의 언어에 의지할 수밖에 없었던
김억은 항상 '모방'과 '동화'의 가능성에 노출되었지만, 오히려 "우
리는 오랫동안 남의 것에만 취하여 자기의 것을 망각하고 한갓
헤매기만 하여 왔습니다"라는 비판적 관점을 견지해 왔다. 근대
를 수용하면서도 그로부터 거리를 유지해야 하는 이중의 과제는
근대적 태도와 탈근대적 태도의 동시적 겸비를 요청한다. 김억의
사고는 그 첫 번째 구상을 보여 준다. ━━━━━━━━

* 이 글은 《비평문학》(2011년 12월)에 게재된 〈근대 초기 시론의 탈근대적 성격 : 김억
을 중심으로〉를 수정하고 보완하여 재수록한 것이다.

'근대시=자유시'의 문제

근대문학사 서술에서 근대시의 기점으로 '자유시'를 내세우는 것은 통념에 속한다. 특히 전근대에서 근대로 이행하는 과정에 있는 개화기 시문학 연구에서 자유시는 최종 도달점이자 연구의 종점으로 작용한다. 개화기 시조, 개화기 가사, 창가, 신체시 등은 자유시라는 최종 목표 지점에 가까울수록 '더 근대적'이라는 평가를 받는다. 근대 이행기의 시 연구가 주로 리듬에 집중된다든지, 선형적 발전 순서와 그 절차에 논의가 집중되는 것도 '근대시=자유시'라는 목적론적 서술 관습에 따른 것이다.

하지만 이러한 연구는 오히려 식민지 조선의 시문학에 현재의 관점을 투사하여 잘못된 결과를 얻어 낼 가능성이 있다. 예컨대 개화기 시문학사 연구에서는 '근대시=자유시'를 당대의 최종 도달점으로 설정하지만, 개화기가 종료되고 근대 시문학이 본격적으로 출발하는 1920년대 이후라고 해서 사정이 달라지는 것은 아니다. 오히려 그때부터 '근대시＝자유시' 논리가 드디어 '논란'의 중심으로 부각되었다고 보는 것이 옳다. 개화기에는 그것을 다만 '무의식적으로' 실현하고자 했지만, 1920년대 이후에는 '의식적으로' 그 정착을 위해 노력했고, 심지어 그 정착을 일종의 시대적 과제처럼 생각했던 것이다.

하지만 이런 의식적인 노력에도 불구하고, 1920년대 이후부터 해방 이전까지의 시문학사에서 '근대시＝자유시' 논리는 끊임없는 반대 논리에 직면했다. 그중에서도 1920년대 민족주의의 발흥, 그리고 1930년대 조선주의의 대두로 인한 '반反자유시' 운동은 비교적 가시화된 사례에 속한다. 그 밖에도 근대 시문학사의 저변에서 '근대시＝자유시'에 도전한 사례는 무수히 많다.

그렇다면 이렇게 물을 수 있다. 식민지 시대 전체를 관류하여 '근대시＝자유시'의 논리는 어째서 안정된 발판으로 사용되지 못했던 것일까. '근대시＝자유시'에 대한 지속적 도전에는 근대에 대한 수용과 저항이라는 식민지 조선인의 양가감정이 투영된 것은 아닌가. 만약 그렇다면 근대 시문학사의 대전제라고 할 수 있는 '근대시＝자유시'의 논리에는 이미 근대적 요인과 탈근대적 요인이 동시에 내재하는 것으로 볼 수 있다. 이것이 여기에서 해명하고자 하는 일차적인 내용이다.

시의 시대와 자유시의 시대

'근대시＝자유시'의 수용과 정착 과정에서 특징적인 사실은, 그것을 수용한 사람들이 곧바로 비판적 태도를 드러낸다는 점이다. 김억의 경우가 그 대표적인 사례이다. 초창기 근대 시문학사에서 그가 근대시 수용에 적극적이었던 이론가라는 점에는 재론의 여지가 없다. 백대진과 더불어 김억은 조선에 '자유시'라는 용어를 처음 도입하여 사용한 사람에 속한다. 그러나 1920년대 중반 이후 그는 '민요시론'으로 선회하고, 1930년대에는 급기야 정형화된 '격조시형'을 추진함으로써 '근대시＝자유시' 등식을 가장 집요하게 비판한 사람으로도 알려져 있다.

그는 어째서 '반反자유시' 노선에 서게 된 것인가? 이에 대해서는 김억의 자유시 수용 시점을 되돌아보면 그 단초를 발견할 수 있다. 그는 '근대시＝자유시' 논리를 적극적으로 소개하고 강조하는 바로 그 순간부터 이미 '반反자유시'의 가능성을 열어 두고 있었던 것이다. 다음은 1918년 《태서문예신보》에 프랑스 상징주의 시단을 소개하면서 김억이 자유시를 언급하는 부분이다.

자유시는 누가 발명하였나? 랭보가 산문시에서 발명하였다. (중략) 구스타프 칸은 자기가 발명하였다 하는 여러 말이 있다. 어찌하였으나 상징파 시가에 특필할 가치가 있는데 재래의 시형과 정규定規를 무시하고 자유자재로 사상思想의 미운微韻을 잡으려 하는—다시 말하면 평측이라든가 압운이라든가를 중시치 아니하고 모든 제약, 유형적 율격을 버리고 미묘한 '언어의 음악'으로 직접, 시인의

내면생명을 표현하려 하는 산문시다.[1]

이 글에 따르면 자유시는 근대에 이르러 '발명'된 것이며, "재래의 시형"과 구별되는 '산문시형'의 일종이다. 적어도 이 글에서 김억은 자유시를 비판적으로 언급할 의향은 없어 보인다. 이 글에서는 '자유시=근대시'를 소개하면서 '자유시=산문시'의 성격 등을 중립적으로 기술하고 있을 뿐이다. 이 설명에 따르면, 김억이 '자유시=근대시' 등식을 받아들이려면 '자유시=산문시'의 등식까지 긍정해야 한다는 데에 문제가 있다. 만약 김억이 근대성의 맹목적 추종자였다면, '근대시=산문시'라는 등식에도 부정적 입장을 보이지 않았을 것이고, 그랬다면 그는 근대 시문학사에서 자유시의 적극적 중개자로만 기억되었을 것이다.

하지만 잘 알다시피 김억은 그렇게 하지 않았다. '자유시=근대시'의 취지는 받아들이되, '근대시=산문시'는 용납할 수 없었던 것이다. 이 부분이 김억 시론의 독창성이 발현되는 근원적 지점이라고 할 수 있다. 우선, 이러한 결론은 문학에 대한 김억의 체계적 사고방식에서 기원한 것이다. 자유시 수용 이전에 김억은 이미 '시'라는 장르를 상위 개념으로 세워 두고 있었다. '근대시=자유시'는 '시'라는 상위 개념의 지배를 받는 하위 개념의 자리를 차지하고 있다.[2] 체계적 사유의 특성상 상위 개념의 본질에 어긋나는 내용이 하위 개념에 출현하면 상위 개념을 우선적으로 보존한다는 원칙

---

1 김억, 〈프랑스 시단〉, 《태서문예신보》, 1918. 12.
2 이것은 김억의 《잃어진 진주》(평문관, 1924) 서문에 제시된 문학 분류표에서 확인된다.

에 김억은 충실하고자 한 것이다.

이때 김억이 근대시보다 상위 개념으로 생각하는 시라는 장르는 근본적으로 산문에 대해 적대적인 특성을 갖는다.[3] 김억의 판단에 따르면, 시라는 장르가 인류의 시원에서부터 근대사회에 이르기까지 부단히 그 생명을 이어 올 수 있었던 것은 그 존재 의미를 산문과의 차별성에 두었기 때문이다. 이처럼 산문과 다른 점이 시의 주요한 특징이라고 한다면, 시의 본질을 결정짓는 가장 중요한 기준점으로 '운문'을 거론하는 것은 자연스럽다. '운문 = 시'를 기준으로 그 하위 개념인 '근대시 = 자유시'를 판단한다고 할 때, '산문 = 시'라는 말은 체계적 사유에서 허용될 수 없는 모순적 개념이 되고 만다.

아무리 내재율을 존중하지 아니할 수가 없다 하더라도 자유시형의 가장 무서운 위험은 산문과 혼동되기 쉬운 것이외다. 나는 자유시를 볼 때에 너무도 산만함에 어느 점까지가 산문이고 어느 점까지가 자유시인지 알 수가 없어 놀래는 일도 많습니다.[4]

김억의 경우 '자유시 = 산문시'라는 등식은 "자유시형의 가장 무서운 위험"이 될 터인데, 그 이유는 그것이 운문으로서의 시의 본

---

3 "대관절 '시란 무엇이냐?' 하고 질문하면 아마 한마디로 이러저러한 것이다 하며 대답하기처럼 어려운 것은 없을 것입니다. 표현 형식에 일정한 규정과 제약이 없는 산문에 대한 운문, 다시 말하면 표현 형식에 일정한 규정과 제한이 있는 것이라고 하면 과학적으로 시의 설명이라고는 할 수 있겠습니다."(강조는 인용자) 김억, 〈작시법(1)〉, 《조선문단》, 1925. 5.
4 김억, 〈격조시형론소고(2)〉, 《동아일보》, 1930. 1. 17.

시의 언어는 번역 가능한가 |

질을 훼손시킬 가능성이 높기 때문이다. '근대시=자유시'의 논리가 시대적 대세라는 점은 분명하지만, 아무리 그렇다 하더라도 시라는 장르의 초월적 본질까지 훼손할 수는 없다는 것이 김억의 입장인 셈이다. 만약 문학의 정의를 두고 역사적 성격과 체계적 성격이 충돌할 경우 우선적으로 체계를 앞세운다는 점에서 김억의 보수적 문학관의 일단을 보게 된다.

다시 말하지만, 김억의 입장에서 '시'는 본질적으로 '산문'과의 차이를 통해 존립하는 개념이다.[5] 김억은 그 차이를 설명하기 위해서 《성경》의 한 구절을 빌리고 있다.

이것으로 보면 시가는 '첨에 말씀이 있으니' 할 때부터 있었을 것입니다. 말을 (고대에는) 떠나서는 시가, 다시 말해서 노래가 없었을 것이며, 이 노래(시가)야말로 가장 오래고 가장 숭엄한 인생의 첫소리 되는 제일 원시적 감정 표현의 하나이었을 것입니다.[6]

김억은 이미 타고르의 《기탄잘리》를 번역하는 과정에서도 성경의 번역어를 참조한 경험이 있는데, 여기에서도 '태초에 말씀이 있었다'로 시작하는 성경(〈요한복음〉)의 한 구절을 인용하면서 시의 역사를 태초까지 끌어올리는 전거로 삼고 있다. 김억에게 있어 시는 '말=노래'를 기원으로 삼고 있다. 이 무렵 최남선 또한 '시조=노래'를 근거로 하여 시조의 역사를 단군 시대로까지 끌어올리는

---

5 "대체의 암시적이면 시가요 설명적이면 산문이라는 관념도 모르는 신문 잡지의 편집자가 무슨 시가의 진정한 감상을 할 수가 있겠습니까." 김억, 〈현시단〉, 《동아일보》, 1926. 1. 14.

6 김억, 〈작시법(1)〉, 《조선문단》, 1925. 4.

시도를 하였는데,[7] 이처럼 '노래'의 속성은 오래된 시의 수명을 보증하는 징표이며, 원시에서 근대까지 계승되면서 시 장르에 불변의 정체성을 부여하는 근거로 활용된다.

비록 김억이 상상하는 '운문＝시' 개념의 형성이 이처럼 멀리 원시에서부터 이어져 오는 것이지만, 그것이 일단 체계적 장르 개념의 출처가 되고 있는 이상, 그 이후 역사적 변천 과정 속에서도 본질이 관철되는 것으로 간주된다. 그러므로 김억이 상상하는 '운문＝시'의 장르적 본질에는, '시'라는 것이 모든 예술을 대표하던 화려한 시절에 대한 기억이 전제되어 있다.

> 예술로 인하여 인생은 시화詩化되며 미화되어 모든 고뇌를 달게 할 수가 있습니다. 시가는 예술에(서) 가장 높은 지위를 잡고 있습니다. 그것은 시가처럼 인생을 미화시키며, 황홀케 하는 것은 없기 때문입니다. 이러한 시가가 우리 문단에서는 일반의 이해를 얻지 못하고, 어두운 한구석에서 그 존재조차 의심케 되는 것을 볼 때에는 누구나 시가의 여신에게 시혼을 바치는 이로는 불만케 생각하지 않을 수가 없습니다.[8] (괄호는 인용자)

잘 알다시피 고대 그리스에서는 '시poiesis'라는 말이 예술적 활동 전체를 대표하면서, 시와 예술이 서로 교환될 수 있는 등가적 수준의 것으로 여겨졌다. 그 범위를 문학에만 한정하더라도 시라는 장

---

7   이에 대해서는 졸고, 〈민족문학과 친일문학 사이의 내재적 연속성 문제 연구—최남선을 중심으로〉, 《현대문학의 연구》, 2006. 참조.

8   김억, 〈조선심을 배경삼아〉, 《동아일보》, 1924. 1. 1.

르 명칭 아래에 서정시, 서사시, 극시 등이 모두 포함되어 시의 영토가 무척 넓었음은 물론이다. 김억은 이처럼 시의 황금시대에서 시 장르의 본질을 구하고 있기 때문에, 시대가 변하면서 그 화려함이 퇴색하는 것을 안타깝게 생각하고 있다. 시라는 장르가 과거의 화려한 지위를 인정받지 못한 채 "어두운 한구석"에 방치되어 있는 조선의 상황은 더 말할 나위도 없을 것이다.[9] 과거가 화려했던 만큼 현재는 더욱 비참한 모습으로 다가오게 될 터인데, 김억의 관점으로 본다면 역사는 지속적인 '퇴행'의 연속이었을 것이다.

산문시대, '운문=시'의 존재 이유

김억이 처음 서양의 시를 소개할 때 근대시의 배경으로 '데카당스'를 지목한 것은 잘 알려진 사실이다.[10] 그것은 비단 세기말의 절망적 어조가 반영되어 있는 프랑스 시단에만 해당되는 것이 아니다. 거기에는 가장 화려했던 황금시대에서 멀어질수록 점점 쇠락

---

9 그런 의미에서 그가 조선에서나마 '운문=시'의 화려한 부활(=르네상스)을 꿈꾸었다는 것은 분명해 보인다. '격조시'는 어쩌면 그 꿈의 설계도였던 것으로 짐작된다.

10 당시 일본과 조선의 지식인 사이에서 데카당스에 대한 이해를 도왔던 책으로 노르다우M. Nordau 의 《퇴보Degeneration》(1898)가 있다. 일본에서 1914년에 《現代の墮落》이라는 이름으로 번역된 이 책은 역설적으로 데카르트 예술가들을 '타락자'로 지목하면서 비판적으로 분석한 책으로서 김억은 〈근대문예(2)〉(《개벽》, 1921. 9.)에서 데카당스를 설명하는 과정에서 이를 인용하고 있다. 데카당스에 대한 참고인으로 유일하게 호명된 노르다우이고 보니 세기말의 분위기를 이해하는 데 주된 참고자료로 활용된 것으로 보인다. 노르다우의 책에 대한 개괄적 설명과 이 책이 이광수의 〈문사와 수양〉에 끼친 영향에 대해서는 이재선, 〈이광수의 사회심리학적 문학론과 '퇴화'의 효과〉(《서강인문논총》, 2008. 12.)를 참조할 수 있다.

해 가는 '운문＝시'의 슬픈 역사가 배어 있다.[11] 사실상 김억의 관점에서 '근대적'이라는 표현은 결코 시에 유리한 상황을 가리키지 않는다.

날마다 늘어가는 소설과 희곡의 세력은 서사시가敍事詩歌의 영토를 점차 잠식하여 시가의 영토는 순정한 감정을 표함으로써 생명 삼는 서정시로 한정되고 말았으니 이것을 가리켜 여러 가지 원인을 말하는 것보다도 '근대적'이라는 3자로 명해 버리는 것이 가장 적절할 듯합니다.[12]

인용문에서처럼 '근대화'는 "소설과 희곡의 세력"이 점차 확장되면서 시의 영토가 잠식당하게 되어 결국 시인이 위축되는 시대, 즉 '산문시대'를 가리킨다. 과거 시의 황금시대에는 서사시, 극시 등의 문학 장르들이 시라는 상위 개념 아래 모두 포함될 수 있었지만, 이제는 그 시대가 막을 내리고 서사시와 극시마저도 시라는 운문 장르의 영토에서 이탈하여 '소설'과 '극'으로 개명하고 산문의 속성을 부여받게 되었으니, 그것은 근대화의 필연적 결과에 속한다.

따라서 김억이 '근대시＝자유시'의 등식에서 산문시대의 승전가를 듣는 것은 당연하다. 이때 김억의 결사항전의 목소리는 다음

---

11 셸리Shelley의 《시의 옹호Defence of Poetry》(1821)라는 책이 계몽과 이성의 시대에 직면하여 시의 점진적 몰락을 서술한 피콕Peacock의 소책자 《시의 네 가지 시대The Four Ages of Poetry》 (1820)의 견해를 반박하면서 시와 시인을 낭만주의적으로 옹호하는 견해를 제시한 것처럼, 산문의 시대에 맞서는 김억의 시론에서도 '시의 옹호'에 비견하는 목소리를 발견하기란 어렵지 않다.

12 김억, 〈작시법(7)〉, 《조선문단》, 1925. 10.

과 같다.

다시 말합니다만은 시가는 결코 소설이나 다른 산문에게 그 영토를 빼앗기게 되지 아니합니다.[13]

이렇게 되면 잃어버린 시의 영토를 회복하기를 기원하며, 지나간 운문시대의 화려함을 기억하고 있는 김억에게 산문시대가 어떻게 비춰졌을지는 충분히 상상할 수 있다. 김억이 생각하고 있는 '운문=시'의 속성은 산문시대와 필연적인 불화 관계를 유지하며, 더 나아가서 근대화에 저항하는 동력을 제공하고 있다. 근대를 배경으로 하여 현격하게 축소된 시의 영토에서 근대에 저항하는 동력이 생산된다는 생각에는 어딘가 비장한 데가 있다.

이처럼 근대적 산문의 약진을 가능케 한 배경에는 "자연과학을 근거 잡는 시대정신", 즉 "과학만능시대"[14]의 후원이 자리하고 있다. 산문시대에 대한 비판은 따라서 과학만능시대에 대한 비판과 밀접하게 연관된다. 그 비판의 거점은 물론 '운문=시'가 될 터인데, 과학을 통한 근대사회의 성장과 발전을 '운문=시'의 관점에서 바라본다면 정반대의 결론이 도출될 수밖에 없다. 근대사회의 발전은 어떤 의미에서는 퇴보일 수 있기 때문이다.

그 퇴보의 가능성을 김억은 '언어'에서 찾는데, 언어의 산문적 사용이 그것이다. 이때 언어의 산문적 사용을 비판하기 위해서 김억

13　김억, 〈격조시형론소고(1)〉, 《동아일보》, 1930. 1. 16.
14　김억, 〈근대문예(1)〉, 《개벽》, 1921. 7.

은 언어의 근원적 불완전성의 논리를 끌어들인다.

① 말은 하느님과 함께 있었습니다. 하여 말은 하느님이라 한 것을 우리는 2천 년 전에 사도 요한에게서 들었습니다. 그렇습니다. 우리는 문자와 언어의 덕택으로 사상과 감정을 얼마큼이라도 표현시킬 수가 있습니다. 언제도 말하였습니다, 만은 사상과 기교는 (더욱 시가에는) 서로 떠나지 못할 것입니다. 정직하게 말하면 사상을 떠나서는 기교(문자와 언어의 표현)가 없고, 기교를 떠나서는 사상이 없습니다.[15]

② 사상을 표현하기에 가능의 문자를 우리가 가졌다고 생각합니까. 나는 사상의 표현에 대한 가능의 문자가 없다고 생각합니다. 다시 말하면 생각하는 만큼, 그만큼하게 조금도 허물내지 않고 문자가 생각을 표현시킬 수가 없다는 뜻입니다. 사상은 완전합니다, 마는 언어와 문자는 불완전합니다. 이러한 의미에서 적어도 사상만큼한, 그만큼한 표현의 기교가 없어서는 그 사상은 표현되지 못합니다. (중략) 문자라는 완전치 못한 형식을 시상詩想이 밟을 때, 어떻게 시상 그것이 완전한 표현을 얻을 수가 있겠습니까. 시는 어디까지든지 표현의 예술입니다. 문자의 선택과 함께하는 기교가 있어도 오히려 표현의 가능을 보증하기 어렵거든 하물며 문자의 선택에 따르는 기교가 없음에서겠습니까.[16]

---

15 김억, 〈시단의 일년〉, 《개벽》, 1923. 12.
16 김억, 〈무책임한 비평〉, 《개벽》, 1923. 1.

위의 인용문에서는 '말'과 '문자'를 통한 사상과 감정의 '표현 가능성' 문제를 두고 두 가지 평가가 공존한다. ①에서는 문자의 "덕택으로" 사상과 감정을 어느 정도 표현할 수 있게 되었다고 말한다. 하지만 ②에서는 문자가 사상과 감정을 "조금도 허물내지 않고" 정확하게 표현할 수는 없다고 주장한다. 논지를 보면 알 수 있듯이 근본적으로 언어와 문자는 사상과 감정을 정확하게 옮길 수 없다는 것이 김억의 전제이다.[17] 그럼에도 불구하고 사상과 감정에 최대한 근접하게 옮기기 위해서라면 "문자의 선택에 따르는 기교"가 필요하다는 것이 그의 판단이다. 그 기교의 정점에는 물론 '시적 기교'가 있다. 그러므로 '시적 기교'는 불필요한 장식이 아니라 사상과 감정을 더욱 정확히 재현하기 위한 노력의 산물인 것이다.

일반적으로는 산문적 언어, 과학적 언어가 의미의 정확한 전달을 목적으로 한다고 알려져 있지만, 김억은 정반대의 판단을 내리고 있는 것이다. 김억의 관점에서 보면 언어에서 산문적, 과학적 용법에만 집착한다는 것은 대개 '의미'에만 집중한다는 것을 뜻한다. 하지만 언어에는 '의미'의 측면만 있는 것이 아니므로 오히려 그것은 언어의 부분적 자질만을 이용하게 되어, 말하는 사람의 사상과 감정이 정확히 전달되기는커녕 부분적 표현에만 머무르는 것과도 같다. 언어를 통해 의미만 전달할 것을 요구하는 것은 언어의 본성에 어긋나는 것이므로, 심지어는 사상과 감정의 온전한 표

---

17 이러한 전제는 김억의 번역론에서 반복된다. 김억은 언어의 근원적 불완전성 때문에 저자의 의도가 번역어를 통해서 정확히 재현되는 것은 근본적으로 불가능하다고 생각하기 때문이다. 언어의 성질 때문에 근본적으로 번역불가능성이 타당하지만, 그럼에도 불구하고 불가능에 도전할 수 있는 것이 바로 '시적 번역'인 것이다. 이에 대해서는 후술할 것이다.

현을 방해하고 왜곡하는 결과에까지 이르게 된다.

이러한 논리를 따라가자면, 의미에만 집착하는 과학이 세계의 표면에만 관심을 둔다는 것, 따라서 과학적 관점을 통해서는 세계를 총체적으로 조망할 수 없다는 생각으로 이어지는 것은 자연스럽다. 이때 그는 세계에 대한 총체적 조망을 추구하는 대표적인 사례로서 '신문예'를 예로 들고 있다.

지금 신문예는 그러한 것이 아니고, 인생의 외부적 사실을 근저로 잡고, 써 그 내부에 들어가, 육안으로는 볼 수 없는 인생의 영적, 또는 신비적, 몽환적 방면의 진상을 찾으려는 것이올시다. 사실을 사실로만 제공하는 물질적, 또는 기계적 인생에게는 우리는 너무도 곤비하였고, 그러한 사실로는 진정한 인생을 찾을 수가 없습니다. 과학적 방법으로는 인생의 알 수 없는 영적 방면의 썩 깊이 숨어 있는 신비적 진정을 알 수 없습니다. (중략) 그렇기 때문에 자연주의 시대에 순화되었던 세계가 다시 미화되며, 시화되었습니다. 순화된 세계의 내면에는 지금까지 알지 못하던 미적, 또는 시적 세계의 신비가 가득하여 있던 것을 다시 찾게 되어 경이의 부활이라고 함이 잘못이 아닙니다.[18]

잘 알다시피 근대의 과학적 사고방식은 합리성을 통해 세계의 '탈마법화'에 도달하게 되는데, 이 글에서 김억은 오히려 문학을 통해 세계의 '마법화'를 다시 회복하려고 하는 것처럼 보인다. 과학

---

18 김억, 〈근대문예(8)〉, 《개벽》, 1922. 3.

은 육안으로 볼 수 있는 세계의 외부적·표면적 사실에만 관심을 두고 있지만, 세계의 내부로 들어가면 육안으로는 보이지 않는 신비로운 영적 세계, 경이의 세계가 존재한다는 것이다. 시각적으로 확인 가능한 사실의 세계가 한편에 있다면, 시각적으로 확인할 수 없지만 사실의 세계를 떠받치고 있는 신비의 세계가 다른 한편을 차지하고 있다는 것이다. 산문의 시대에는 사실의 세계를 지시하는 산문적 언어가 지배적이지만, 그것은 다른 한쪽 세계를 은폐하기 때문에 세계를 총체적으로 조망할 수 있는 기회를 박탈하고 있는 셈이다. 따라서 '운문=시'는 산문적 세계관의 편파성을 비판하기 위해서라도 그 존재 이유를 부여받게 된다.

기의와 기표, 그리고 정확성의 척도

앞서 사상과 감정의 '표현'에서 언어의 정확성이 부족하다는 점을 지적했었는데, 그것은 '이해'의 측면에서도 동일하게 반복된다. 김억의 구도에서는 언어를 중심으로 작가의 '표현'과 독자의 '이해'가 상동성의 구조를 이루고 있기 때문이다. 작가의 경우 언어를 통한 정확한 표현이 불가능한 것처럼, 독자의 경우에도 언어를 통한 정확한 텍스트 이해라는 것은 근본적으로 불가능하다.

어떠한 독자를 무론하고 작자 자신과 같은 그만한 이해와 심정으로 작품을 완상할 수는 없습니다. 더구나 시를 설명한다는 것은 작자 자신도 어려운 일이기 때문에, 그 작품의 완상자가 설명한다는 것은 무의미한 일입니다. 시라는 것은 이지의 산물이 아니고, 감정의 황홀인 까닭입니다. 이 점입니다. 그러기에 시가가 예술품 중의 가장 높은 예술품 되는 것만큼 그만큼, 소위 미적 가치의 탐색인 비평은 제1의 시가[19]에서는 절대 불가능합니다. 그것은 시가의 깊은 성당에는 시인 자신의 시적 황홀만이 겨우 들어갈 수가 있고 그이외에는 어떠한 사람의 시적 황홀이라도 들어갈 수가 없는 까닭입니다.[20]

이 글의 논지를 따르면, '제1의 시가'(작가)에서 '제2의 시가'(텍스트), '제3의 시가'(독자)로 진행하는 과정에서 정보의 정확성은 점진적으로 하락하게 되어 있다. 작가는 자신의 사상과 감정을 언어를 통해 있는 그대로 표현하고자 하지만 언어의 한계로 인해 그것은 불가능에 직면하게 된다. 더군다나 이렇게 불완전하게 표현된 텍스트를 이해하는 과정에서도 독자는 언어의 한계 때문에 정확한 이해가 불가능해진다. 불가능의 정도는 사상이 표현된 텍스트보다 감정이 표현된 텍스트의 경우 더욱 심각하여 이해의 정확성은 더욱 떨어지게 되어 있다. 감정이 표현된 텍스트 중에서도 '시'는 가장 이해하기 어려운 축에 속하는데, 그것은 "시를 설명한다는 것은 작자 자신도 어려운 일"이기 때문이다. 시적 창작은 작가 자신

19　인용문이 포함된 글에서 김억은 시를 세 가지 층위로 나누고 있는데, 첫째는 시인 자신만이 느낄 수 있는 "심금의 시가"이고, 둘째는 그것이 문자로 표현된 "문자의 시가"이며, 셋째는 독자가 그 작품에 의미를 부여하는 "현실의 시가"라는 것이다. 단순화하자면 '작가—작품—독자'의 순서대로 시의 세 가지 층위가 존재할 수 있다는 것이다.

20　김억, 〈시단의 일년〉, 《개벽》, 1923. 12.

조차 정확히 설명할 수 없는 '시적 황홀'에서 비롯되는 것인데, 아무리 뛰어난 독자라도 작가의 시적 황홀을 똑같이 반복해서 경험하는 것은 불가능한 까닭이다.

여기에서도 김억은 "시가의 깊은 성당"이라는 종교적 표현을 동원하여 시적 세계의 신비로움을 강조하고 있다. 시인들의 마음에는 종교적 신비에 대한 경외심이 자리하고 있다는 것이고, 시작품은 그 신비와 경이의 세계를 '불완전한 언어'를 통해서라도 표현하고자 노력한 결과물에 해당한다. 여기에서 시는 근본적으로 표현과 이해에 있어서 불완전성 혹은 불가능성에 대한 도전을 통해 존속한다는 것을 알아낼 수 있다. 언어를 통해 표현 불가능한 것에 대해서 침묵하는 과학적·산문적 태도에 비한다면, 시적 태도는 바로 그 불가능에 도전하는 언어의 모습을 보여 주는 데에서 발현된다. 무엇보다도 시적 언어는 언어적 자질의 총체적 동원을 통해 존속하기 때문이다.

시가에는 전체의 의미를 명시하는 정확한 단어와 시형 이외에 음조를 보지 아니할 수가 없습니다. 왜 그런고 하니 시가란 어떤 의미만을 전하는 것이 아니요 의미와 음조와의 완전한 조화로의 감동에 없어서는 아니되기 때문이외다. 그런데 우리가 사용하는 언어에는 어의語意와 어향語響·音調 두 가지가 있어 하나는 내부적이라 할 만하고 다른 하나는 외부적이라고 할 만한 것이외다. 그리하여 우리는 같은 언어에서 동일한 시간에 두 가지를 받을 수가 있으니 의식적으로는 정확한 의미를 그리고 무의식적으로는 함축 있는

암시를 받는 것이 그것이외다.[21]

　정리하자면, 언어는 두 가지 요소로 구성되어 있는데, 언어의 내부에는 의미가, 언어의 외부에는 음조가 자리하고 있다. 요즘말로 하면 언어의 의미는 기의記號意味에, 언어의 음조는 기표記號表現에 해당한다고 할 수 있다. 따라서 "시가란 어떤 의미만을 전하는 것이 아니요 의미와 음조의 완전한 조화"를 전달한다는 지적은, 기의만을 전달하는 것이 아니라 기의와 기표의 조화까지 이어지는 것이 시적 표현임을 강조한 것이다. 기의만을 전달하는 데 만족하는 것이 '산문'이라고 한다면, 기의와 기표의 일치와 조화를 목적으로 하는 것은 '운문＝시'의 속성이다.[22]

　그렇다면 세계라는 텍스트를 읽고자 할 때에도 기의에만 집중하는 편파적인 산문적 이해를 버리고, 기표와 기의의 조화를 동시에 포착하는 총체적이고 시적인 이해가 필요한 것은 분명하다. 언어에 대한 총체적 이해와 수용은 곧바로 세계에 대한 충실한 관계를 가능케 하기 때문이다.

　시가의 무어라 말할 수 없는 묘미는 언어 그 자신의 어미語美(味의 오식—인용자)와 어의語義와 어음語音과 어향語響을 돌아보지 아니하고

21　김억, 〈어감과 시가〉, 《조선일보》, 1930. 1. 1.

22　이와 관련하여 유종호는 "우리가 기억하는 것은 대개 기호내용"이지만, 시는 동일한 기호내용에 대해서도 다른 것으로 대체될 수 없는 최상급의 단어를 선택함으로써 "기호표현의 기억을 요구하는 언어표현"이라고 설명하고 있다. 유종호, 《시란 무엇인가》, 민음사, 1995, 34~37쪽 참조. 이외에도 여러 가지 측면에서 유종호의 시관에서 김억의 관점이 반복되는 것은 양자 사이에 '시와 산문의 구별'이라는 근본 전제가 공유되고 있기 때문이다.

는 맛볼 수 없는 것이외다. 어미語味의 정확만으로 유일한 목적삼는 과학서류나 법률의 조문 같은 것에 사용되는 언어와, 문예품에 사용되는 언어에는 근본부터 그 성질이 다른 것을 우리는 잊을 수가 없는 일이외다.[23]

어미語味(＝언어 의미)와 어의語義가 언어의 '기의'에 해당하고 어음語音과 어향語響이 언어의 '기표'에 해당한다고 할 때, 과학과 법률의 조문은 '정확성'을 이유로 들면서 기의에만 집중하지만, 그것은 사실상 기의에 한정된 '부분적 정확성'에 불과하다. 이때 기표는 기의의 정확성을 도출하기 위해 배제해야 하는 잡음으로만 간주된다. 반면에 문학과 예술에서는 '기의와 기표'를 동시에 고려하게 되는데, 이때 '기표'는 '기의'의 정확한 이해를 방해하는 것이 아니라 이해의 정확성을 높여 주는 보충적 기능을 수행한다. 이처럼 '기표'를 바라보는 관점에서도 산문과 운문의 차이는 선명히 드러난다.

번역불가능성을 통한 시적 번역의 개방

널리 알려진 것처럼 김억은 번역에 있어서 직역보다는 의역을 강조하고 있는데, 단순한 의역 정도가 아니라 '번역＝창작'이라는 주장까지 내놓고 있어, 그것을 '창조적 번역론'으로 명명하고 있

23 김억, 〈역시론(상)〉, 《동광》, 1931. 5.

다. 하지만 번역론에서 이보다 더욱 중요한 생각은 그의 '번역불가
능론'이라 할 수 있다. 사실상 '번역은 근본적으로 불가능하다'는
생각에서부터 그의 번역론이 파생되었기 때문이다.[24] 그러한 생각
은 최초의 번역 시집 《오뇌의 무도》(1921)에서부터 이어지는 것으
로, 그의 〈역시론〉(1931)은 그 완결판에 가깝다.

만일 언어에 어혼語魂이라는 것이 있다 하면 엄정한 의미로의 번
역이라는 것이 있을 수 있는가 없는가 하는 것이 문제외다. 번역이
라는 것이 어디까지든지 엄정한 의미로서의 원문과 그것과 꼭 같
은 형식과 음조와 언어를 가지지 아니할 수 없다는 것이라 하면, 그
민족의 숙명이라 할 만한 다른 언어로는 아무리 그 언어의 조직과
어법이 같다 하더라도, 할 수 없는 일이외다. 이것은 이론이니 실제
니 할 것 없이 어떠한 방법으로 보더라도 할 수 없는 일이외다. 번
역하기 쉽다는 신문에서도 그러하거든 하물며 언어의 형식적 약속
많은 시가에서겠습니까. 그러기에 나는 어떠한 시가든지 결코 번
역할 것이 못 된다고 합니다. 나의 역시譯詩불가능론은 실로 이러한
의미와 주장에 지나지 아니하는 바외다.[25]

이 글만 보면 그가 번역은 불가능하다고 생각한 근거는 아주 단
순해 보인다. 원문과 번역문이 정확히 일치할 수 없다는 것이 곧
번역불가능론의 골자이다. 하지만 이러한 판단에는 앞서 살펴본

---

24 "엄정한 의미로 보면 번역은 산문이고 운문이고 할 것 없이 도대체 불가능합니다."(김억, 〈현시단〉,
     《동아일보》, 1926. 1. 14.)
25 김억, 〈역시론(상)〉, 앞의 책.

언어관이 포함되어 있다. 즉, 작가의 사상과 감정을 언어가 정확히 담아낼 수 없다는 생각이 그것이다. 그러나 이때 사상과 감정을 정확히 옮길 수 없다는 사실을 은폐하고 '기의' 중심으로 언어를 단순화해서 정확성을 확보하려고 하는 것이 과학적 · 산문적 언어의 방식이다. 하지만 정확히 옮길 수 없다는 사실을 인정하고 '기의'뿐 아니라 '기표'까지 동원하여 작가의 사상과 감정을 최대한 정확히 옮기려고 노력하는 모습을 보여 주는 것은 시적 언어의 방식이다.

이러한 언어적 구분법이 번역론에서도 똑같이 반복된 것이다. 모든 번역자는 비록 번역문을 통해 정확히 옮길 수 없다고 할지라도 최대한 원문에 근접하려는 노력을 보여 줄 필요가 있는데, 일반적으로는 '직역'이 이러한 생각을 대표한다. 김억과 번역의 방법을 두고 논쟁을 벌였던 양주동이 그러한 입장에 해당한다.[26] 이러한 경우는 원문과 번역문의 정확한 일대일 일치를 목적으로 삼고 있기 때문에, 원문을 중심으로 번역의 정확성을 판단하게 된다. 이렇게 되면 직역이야말로 원문에 가장 충실한 번역인 것 같은 착각에 빠지게 된다. 하지만 김억의 판단에 따르면 직역에는 번역에서 가장 중요한 원문의 '어혼語魂'이 옮겨지지 못한다는 치명적 약점이 있다. 그 결과 죽은 번역이 될 가능성이 높다. 이것은 언어의 의미에서 정확성의 근거를 찾는 산문적 사고에 근거한 것으로서 '산문적 번역'이라 명명할 수 있다.

반면에 표면적으로 드러난 원문과 번역문의 일대일 일치에서

---

26 김억과 양주동 사이의 번역 논쟁은 1923~1924년 사이에 발생한 것이다. 양주동, 〈근대불란서시초(1)〉, 《금성》, 1923. 11.; 김억, 〈시단 산책―《금성》, 《폐허이후》를 읽고〉, 《개벽》, 1924. 4.; 양주동, 《《개벽》 4월호의 〈금성〉평을 보고―김안서에게〉, 《금성》, 1924. 5.

정확성의 근거를 찾지 않고, 원문에서도 표면으로 드러나 있지 않은 '어혼語魂'을 번역의 목표로 했을 때는 상황이 달라진다. '어혼'을 살려 번역하려면 번역 과정에서 그것을 감당할 만한 언어적 측면이 충분히 고려되어야 하는데, 이처럼 언어의 총체적 자질을 동원한 번역을 '시적 번역'이라 할 수 있다. 시적 번역에서는 원문과 번역문 양쪽에서 언어의 '의미'뿐 아니라 '어조', '어향' 등 언어의 모든 측면이 총체적으로 동원될 필요가 있다.

일반적으로 산문적 언어 용법은 언어의 부분적 자질인 '의미'에만 관심을 집중하여 작가의 사상과 감정을 오히려 왜곡해서 전달할 가능성이 많다. 하지만 시적 언어의 용법은 언어의 여러 가지 측면을 동시에 고려하여 입체적·총체적 표현의 가능성을 추구하므로, 번역 과정에서도 작가의 사상과 감정을 더욱 풍부하게 재현하여 오히려 원문에 충실하게 전달할 수 있는 가능성이 높아진다는 것이다. 이처럼 김억은 원문의 표면적 정확성에만 집착하는 '산문적 번역'을 부정하고, '어혼'까지 살려 내는 '시적 번역'의 가능성에 집중하고 있다. 더군다나 김억은 원문의 '어혼'을 겨냥한 번역문이 그렇지 않은 번역문보다 실질적으로 '더욱 정확한 번역'이 될 가능성이 있다고 판단한다.

그러나 문제는 정확한 번역의 근거가 '원문'에 있지 않다는 점에 있다. 원문의 '어혼'을 겨냥한 번역은 오히려 원문에 충실하면 할수록 원문에 대한 종속에서 벗어날 가능성이 높아진다는 것이 김억의 독특한 판단이다. 산문적 번역은 원문과 일대일 대응 관계를 통해서 번역의 정확성을 판단하므로 원문에 종속된 번역, 원문을 숭배하는 번역이 될 가능성이 많다. 번역의 정확성을 가장한 원문

시의 언어는 번역 가능한가 |

중심주의의 고전적 형태인 것이다. 하지만 시적 번역에서는 그와 반대의 사태가 발생한다. 원문의 '어혼'을 겨냥하는 번역 과정에서 번역하고 있는 언어에 큰 변화가 발생하기 때문이다. 말하자면, 원문의 어혼을 충실하게 옮기기 위해서는 원문에 사용된 언어에서 그 의미뿐 아니라 어조·어향 등이 모두 검토되어야 하는데, 그 과정에서 번역문의 언어에서 번역에 적합한 측면이 새롭게 계발되고, 심지어 언어에 내재해 있던 시적 잠재력이 충분히 발현되는 경지에까지 이르게 된다는 것이다. 이와 같은 경지를 김억은 "원시에 충실을 다하는 동시에 역자 그 자신의 개성에도 충실"하게 되는 경우이며, 이것은 원시에 종속된 번역이 아니기 때문에 번역문 자체가 "시로서의 독립성"[27]을 얻는 결과에 이르게 된다고 말한다. 다시 말해서 '어혼'을 겨냥하고 번역한 것이니 원문에도 충실할 것이고, 또 다른 한편으로 번역문의 언어에서 잠재성이 충분히 계발될 터이니 역자의 개성이 살아날 것인데, 김억은 여기에서 한 걸음 더 나아가 그것이 원문으로부터 번역문이 '독립성'을 얻을 수 있는 방법이라고까지 주장하고 있다.

'번역문의 독립성' 문제는 김억의 번역론에서 여러 차례 강조되는 것 중 하나인데, 이러한 내용을 통해서 서구문학의 모방과 이식에 대한 김억의 비판적 입장을 추론할 수 있다.

군은 조선시형朝鮮詩形은 양시洋詩의 그것을 모방한 일시형日詩形을 또 다시 원숭이 모양으로 흉내내인데 지나지 아니한다 하면서 대단

---

27 김억, 〈역시론(상)〉, 앞의 책.

히 모방을 과장하였습니다. (중략) 또 그리고 조선시형은 양시(그중에 영시)와 같이 조선어의 본질로 보아 일고일저一高一低가 없고 또 운을 밟을 수가 없어 시형의 완전을 기하기 어렵다 하였습니다.[28]

여기에서 김억은 조선의 시형이 서양과 일본의 시형을 '모방'한 데 지나지 않는다는 주요한의 판단에 동의하지 않고 있는데, 주요한의 주장에 대한 비판에는 마치 원문과 번역문을 일대일로 대조해서 번역문의 오류를 지적하는 양주동의 번역론에 대한 비판이 연상되는 측면이 있다. 말하자면 양주동의 직역론이 '원문중심주의'였던 것처럼 주요한의 모방론도 사실상 '원문중심주의'에 근거한 것이며, 그것은 사실상 '산문적 사고'에 근거한 판단이라 할 수 있다. 식민지 조선의 근대문학이 '번역'에서 시작되었다고 했을 때, 원문과 번역문 사이의 '유사성'에 초점을 두는 원전중심주의적 태도가 만연한 것은 당연한데, 이러한 태도는 원문에 비해서 번역문이 항상 열등하다는 생각에서 벗어나기 어렵다.

원전중심주의가 산문적 사고와 연관되었다고 판단한 김억은, '시적 번역론'에 입각하여 원문과 번역문 사이에서 '차이'를 발생시키는 데 관심을 집중하고 있다. 앞서 말했던 것처럼 원문의 '어혼' 을 겨냥하다 보면 번역문의 언어적 자질이 총체적으로 동원되면서 언어적 잠재성이 드러나게 되고, 번역문이 원문으로부터 독립된 개성을 인정받게 되면서 심지어 원문보다 뛰어난 번역문도 가능해지기 때문이다. 하나의 원문에 다양한 번역문이 허용되는 것

---

28 김억, 〈〈조선시형에 관하여〉를 듣고서〉, 《조선일보》 1928. 10. 18.~24.

도 번역문의 개성이 충분히 존중된 탓이다. 이렇게 되면 원문중심주의적인 사고에서 벗어나서 번역문의 개성과 독립성에 대한 충분한 인정이 가능하다는 생각으로 발전하게 된다. 이런 방식으로 번역이 이루어지면 주요한이 "조선어의 본질" 때문에 불가능하다고 했던 언어적 자질들이 오히려 더욱 풍부하게 계발될 것은 말할 것도 없다. 번역은 조선어를 영어 및 일본어에 종속시키는 결과를 낳는 것이 아니라, 오히려 조선어의 시적 언어로서의 잠재력이 충분히 계발되고 발산되는 계기를 만들어 주기 때문이다.

아무리 역자가 원시의 여운餘韻을 옮겨 올리려고 하여도 역시 역시譯詩는 역자 그 사람의 예술품이 되고 맙니다. 그러기에 역시에 대하여 평가를 하려고 하면 역시를 일개의 창작품으로 보고 하지 아니하면 안 된다고 합니다. 원시와 역시를 혼동하여 평가하려고 하면 이는 무리의 말이며 또한 독립성을 가진 것을 상대성으로 만들려는 쓸데없는 일에 지나지 못할 것입니다. 심하게 말하면 원시와는 전혀 다른 역시라도 나는 조금도 상관이 없다고 합니다.[29]

이처럼 원시에 충실하고자 하면 할수록 오히려 "역자 그 사람의 예술품"이 되고 마는 것은 일종의 아이러니적 상황에 속한다. 결과적으로 원시와 역시 사이에 차이가 드러나고, 역시에 투입된 역자의 개성이 충분히 발휘되며, 그가 번역에 사용한 언어들에서 시

---

29 김억, 〈서문 대신에〉, 《잃어진 진주》, 평문관, 1924. 김억, 김용직 편, 《해파리의 노래(외)》, 범우, 2004, 197쪽에서 재인용.

적 잠재성이 풍부하게 발현된다는 것, 그 결과 원시와 역시는 전혀 다른 평가 기준에 따라 평가될 수 있게 된다는 것이 김억의 생각이다. 그러므로 지속적으로 동서양의 다양한 시형식을 번역하는 과정을 거쳐, 김억은 드디어 제국의 자유시를 추종하지 않고 독자적인 조선적 시형식을 창안할 용기를 얻게 된다. 당시 대부분의 사람들이 이식문학론의 논리에서 벗어나지 못하고 있을 때, 김억은 이식移植의 기본적인 형식이라 할 수 있는 번역 행위[30]를 통해서 원문 중심주의에서 벗어날 수 있는 탈근대적 사고의 기틀을 마련한 것으로 볼 수 있다.

수용과 저항 사이

앞서 말했듯이, 김억은 '근대시=자유시' 수립의 역사에서 독특한 위치를 차지한다. 무엇보다도 자유시 도입에 있어 적극적 수용자에서 비판적 수용자로 태도를 변경하면서 격조시형이라는 독자적 시형 수립에 전념하였고, 근대시 번역에 공을 들이면서도 '번역=창작'이라는 신념을 고수하며 독자성을 유지했다는 점이 특징적이다.

이처럼 김억이 자유시 도입에 모순적 반응을 보인 데에는 시 장르에 대한 본질론적 관점이 크게 작용한 것으로 보인다. 그는 누구

---

30 김억의 〈이식(移植)문제에 대한 관견〉(《동아일보》, 1927. 6. 28.~29.)의 부제가 "번역은 창작이다"인 것은 '이식'과 '번역'의 관련성을 직접적으로 보여 주는 장면이다.

보다 시와 산문, 운문과 산문의 구별에 집착했으며, 그러한 구별법을 통해서 시라는 장르의 기본적 속성에 대한 이해를 확고히 견지하려 했기 때문이다. 따라서 자유시가 근대시의 대세라는 점에는 동의하면서도 다른 한편으로 자유시가 산문시에 근접하는 현상은 시와 산문, 운문과 산문의 본질적 성격을 훼손하는 사례라 판단하여 보수적 태도를 취했던 것이다.

시와 산문, 운문과 산문의 구별에 대한 확고한 신념은 그의 언어관에도 영향을 미치게 된다. 예컨대 그는, 기표와 기의 중에서 기의에만 치중하는 것이 언어의 산문적 측면이라면, 기표와 기의의 연관성에 강조점을 두는 경우를 언어의 시적 측면이라 간주했다. 그런데 과학이 지배하는 산문시대에는 언어의 산문적 측면이 강해지면서 기표보다는 기의에 종속되는 현상을 보이게 된다. 이러한 현상이 번역에 반영되면 원문과 번역문의 일대일 대응을 강조하게 되고, 그 결과 번역문을 원문에 종속시키는 원문중심주의적 태도가 나타나게 된다.

이때 김억은 원문과 번역문의 수직적 상하관계를 인정하지 않고, 원문과 번역문에 각각 독자적 판단을 내릴 근거가 있음을 강조하여 번역문의 독자성을 주장하였다. 그 과정에서 그의 번역이론은 '창조적 번역'이라는 타이틀을 얻게 된다. 그의 시적 번역은 원문과 번역문 사이에 일대일 번역에 집착하지 않고 원문 번역에 동원되는 언어의 의미뿐 아니라 음조와 반향까지 모두 고려하게 한다. 그것은 원문에 내재하는 '어혼語魂'을 겨냥하는 번역 전략에 근거하는데, 표면에 등장하지 않는 원문의 어혼을 번역의 중심으로 삼으면서 오히려 그동안 번역어에서 발휘되지 않았던 새로운 자질들이 부각되는 현상을 드러나게 만든다. 그 결과 번역문의 개성과 독자성이 강조되고 급기야 원문에 버금가는 독자적 평가 대상으로 번역문의 지위를 올려놓게 된다. 이렇게 되기까지 시와 산문, 운문과 산문에 대한 김억 개인의 지속적인 차별화의 논리가 작용하였다.

이처럼 시적 번역은 언어의 영혼과 육체에 대응하는 기의와 기표를 총동원하여 온몸으로 번역하는 행위를 가능케 하며, 그렇기 때문에 번역 행위에 개인적 육체의 투사가 가능해진다. 하지만 더욱 중요한 것은, 번역 텍스트에 대해서 번역 불가능한 것을 지향하게 되면, 역자 스스로도 내면 깊이 잠재해 있는 표현 불가능한 것들이 환기된다는 점에 있다. 원문에서 그것은 '어혼'일 것이고, 번역문에서 그것은 개인으로서는 '조선혼'이 될 것이다. 여기에서 그는 외국어 원문의 번역을 통해서 오히려 번역자의 '조선혼'이 환기되고, 더 나아가 번역어로서의 조선어의 '어혼'이 적극적으로 계발되리라는 생각에 이르게 된 것이다. 그러므로 김억의 번역 행위는 동서양 제국의 시형식에 종속된 작업인 것처럼 보이지만, 사실상 조선어의 시적 가능성을 실험하고 조선적인 것의 신비를 회복하며, 시적 개성의 성장을 도모하기 위한 역설적 작업에 해당한다고 볼 수 있다.

식민지 조선의 지식인으로서 번역을 통한 지식 습득 과정에서 항상 제국주의 언어에 의지할 수밖에 없었던 김억은 항상 '모방'과 '동화'의 가능성에 노출되었지만, 오히려 "우리는 오랫동안 남의 것에만 취하여 자기의 것을 망각하고 한갓 헤매기만 하여 왔습니다"[31]라는 비판적 관점을 견지했다. 이러한 관점에는 비단 민족주의적

---

31 김억, 〈밟아질 조선 시단의 길〉(상), 《동아일보》, 1927. 1. 3.

시의 언어는 번역 가능한가 |

충정만이 표현된 것이 아니다. 거기에는 식민지와 근대화라는 양 날의 칼을 쥘 수밖에 없었던 식민지 조선 지식인의 모순적 지위가 드러나 있다. 이처럼 근대를 수용하면서도 그로부터 거리를 유지 해야 하는 이중의 과제는 근대적 태도와 탈근대적 태도의 동시적 겸비를 요청한다. 김억의 사고는 그 첫 번째 구상을 보여 준다.

2장
사물의 언어를 체험할 수 있는가
: 박용철의 시론

━━━━━━━━━━ 박용철의 시론에서 낭만주의적 측면과
모더니즘적 측면이 동시에 발견된다고 해도, 그것이 결함으로 간
주될 이유는 전혀 없다. 오히려 그것은 박용철 시론의 개방성을
입증하는 근거가 될 수 있다. 박용철의 시론은 퇴행적 낭만주의와
진취적 모더니즘의 정신이 긴장을 이루는 곳에서 형성되었다. 그
의 시론은 하나의 특징으로만 고정되지 않고 여러 면의 '경계'를
통해 유동성을 확보한다. ━━━━━━━━━━

* 이 글은 《비평문학》(2012년 9월)에 게재된 〈박용철 시론의 재구성〉을 수정하고 보완
  하여 재수록한 것이다.

표현의 시론

한국 시사에서 박용철이 주목받는 경우는 크게 두 가지에 한정된다. 하나는 동인지 《시문학》(1930)을 발간하여 1930년대 시의 경향을 1920년대의 그것과 구별해 주었다는 점, 그리고 다른 하나는 '기교주의' 논쟁에 참여하여 1930년대 시단에 낭만주의의 존재를 선명하게 각인시켰다는 점이 그것이다. 하지만 이 두 가지 사실에는 모순된 측면이 공존해 있다. 우선 '시문학파'를 둘러싼 평가에서 그는 시적 언어에 대한 자각, 순수시운동의 전개 등으로 1930년대부터 시작되는 '새로운' 시운동을 선도한 것이 인정된다. 그와는 반대로 기교주의 논쟁에서는 당대의 모더니스트 김기림과 대립각을 세우면서[1] 전통적 낭만주의자로 퇴행하는 듯한 인상을 준다. 이로써 그는 '새로움'의 선도자이자 퇴행적 낭만주의의 계승자라는 모순된 평가를 동시에 받게 된 것이다.

하지만 박용철 시론에 대한 모순된 평가의 공존이 반드시 부당하다거나 그에게 부정적으로 작용한다고 볼 수만은 없다. 1930년대 한국의 근대 시사에서 모더니즘적 측면과 낭만주의적 측면이 구별할 수 없게 공존하는 시적 사례가 흔히 목격되기 때문이다. 영미 모더니즘의 반反낭만주의적 경향에 크게 영향을 받았음에도 불구하고, 한국의 모더니즘 시운동이 낭만주의적 측면을 충분히 배제하지 못했다는 것은 잘 알려진 문학사적 사실이다. 이미지즘의 대표 주자였던 김기림·김광균에게서 흔히 발견되는 센티멘털리즘의 흔적은 물론이고, 정지용의 심미적 고전 취향에서조차 탈속적 낭만성은 배제할 수 없는 특성이다. 그렇기 때문에 박용철의 시론에서 낭만주의적 측면과 모더니즘적 측면이 동시에 발견된다고 해도, 그것이 결함으로 간주될 이유는 전혀 없다. 오히려 그것은 박용철 시론의 개방성을 입증하는 근거가 될 수 있다.

박용철의 시론은, 이처럼 퇴행적 낭만주의와 진취적 모더니즘의 정신이 긴장을 이루는 곳에서 형성되었다. 그런 관점에서라면 그의 《시문학》 발간에서도 상징적 의미를 추출할 수 있을 듯하다. 근대 시문학사에서 그것은 1930년대를 1920년대로부터 분리해 주면서도 연속성을 포함하는 이중적 역할을 수행한 것으로 평가할

---

1 당시 조선 시단에 수입된 모더니즘이 주로 '고전주의'를 표방하면서 '낭만주의'와 대립적 의식을 드러냈기 때문에, 연구자들로서는 모더니즘에 대해서 비판적이었던 박용철의 입장을 '낭만주의'로 규정하기가 쉽다.

수 있기 때문이다. 그러므로 박용철의 시론을 성급하게 단정하여 낭만주의 혹은 순수시의 테두리에만 가두는 것은 정당하지 않다. 오히려 그의 시론은 하나의 특징으로만 고정되지 않고 여러 면의 '경계'를 통해 유동성을 확보하는 것으로 볼 수 있다. 그는 1920년 대와 30년대, 낭만주의와 모더니즘, 그리고 무엇보다 기교주의 논쟁의 삼각구도를 통해 스스로 '사이'와 '경계'에 위치함으로써 그의 시론에 유연성을 부여한 것이다.

에이브럼즈의 분류법[2]에 따르면, 데뷔 초기부터 박용철이 특별히 관심을 보였던 부분은 '표현론'으로 정리할 수 있다. 보통은 표현론에 한정된다고 해도 그 속에 모방, 효용, 존재의 측면이 어느 정도 포함되어 있는 것이 일반적이라면, 표현론의 테두리를 벗어나지 않으려 한다는 점이 박용철 시론의 특징을 이룬다. 잘 알다시피 표현론에서는 시를 '시인의 사상과 감정의 표현'으로 이해하고 있어서, 시poem 외에 시심詩心·poesy이라는 것을 설정하고 시심을 통해 시를 이해하려고 하는 등 어느 정도 시인 숭배적 경향을 보인다. 영감이나 천재 등의 용어를 도입하여 시인의 창조적 과정을 고상하고 화려하게 장식하는 것도 그와 관련이 있다. 이러한 표현론의 특징들이 박용철의 시론에서 모두 쉽게 확인된다는 점에서, 표현론이야말로 그의 시론 전체를 포괄하는 관점으로 가장 적절한 개념이라 하겠다.

---

2 M. H. Abrams, *The Mirror and the Lamp*, Oxford University Press, 1953. pp. 3-29. 그에 따르면 문학에 대한 이론은 크게 모방론, 실용론, 표현론, 객관론으로 구별된다. 이러한 구별법에 따라 비평사를 정리한 것으로는 이상섭, 《문학이론의 역사적 전개》(연세대출판부, 1975)가 있다. 이 글에서 표현론에 대한 이해는 이 책을 기준으로 삼는다.

낭만주의를 넘어서

앞서 말했듯이, 표현론에서 가장 중요한 부분은 시심, 즉 시인의 내면세계이다. 시작품의 가치가 시인의 내면세계에서 이미 결정된다고 보기 때문이다. 박용철 또한 시인의 내면세계의 신비를 해명하는 데 시론의 상당 부분을 할애하고 있는데, 이때 그가 가장 강조하는 부분이 바로 "고귀한 감정"[3]이다. 박용철의 시론에서 시는 일차적으로 고귀한 감정의 표현이다. 고귀한 감정이라는 말은 이미 그렇지 못한 감정을 전제하고 있다. 감정에도 가치에 따른 차별이 있다는 것이다.

시의 주제되는 감정은 우리 일상의 감정보다 그 수면이 훨씬 높아야 됩니다. 물은 높은 데서 낮은 데로 흘러듭니다. 그래야 우리가 그 시를 읽을 때에 거기서 우리에게 흘러내려 오는 무엇이 있을 것이 아닙니까. 더 고귀한 감정, 더 섬세한 감각이 남에게 없는 '더'를 마음속에 가져야 비로소 시인의 줄에 서 볼 것입니다.[4]

인용문에 따르면, 시인이 되기 위해서는 "일상의 감정"보다 "더" 높은 수준의 감정에 도달해야 한다. 이처럼 시인의 감정을 높이고 일상의 감정을 낮춘 데에는, 감정의 서열을 강조함으로써 시인의

---

3 박용철, 《박용철전집 2권 – 평론집》, 깊은샘, 2004, 78쪽. 이하 본문에서 이 책을 인용할 때는 괄호 속에 쪽수만 제시함.

4 박용철, 〈신미시단의 회고와 비판〉, 《조선중앙일보》, 1931. 12. 7.~8. 《박용철전집 2권 – 평론집》, 깊은샘, 2004, 77쪽에서 재인용. 이하 각주에서 이 책을 인용할 때는 '전집2'로 표기하고 쪽수를 병기함.

존재를 높이 평가하려는 뜻이 포함되어 있다. 실제로 인용문 바로 앞에서 그는 시인을 가리켜 "고귀한 시인"(77)이라 칭하고 있다. 하지만 높은 수준의 감정과 낮은 수준의 감정이 어떻게 구별되는지는 아직 선명하게 드러나 있지 않다. 오히려 "마을 여편네나 술주정꾼이 쌈하면서 들어 퍼붓는 욕"(77)이 낮은 수준의 감정인 까닭이 마치 "감정을 그냥 드러내 놓아서", 즉 "꾸밈없이 감정을 발로" 시켰기 때문이라는 인상을 주고 있다. 어떤 감정이 낮은 수준에 머무는 것은 그 감정이 아무런 매개도 꾸밈도 없이 직접적으로 드러났기 때문이지, 그 자체가 낮은 수준의 감정은 아니라는 것이다. 감정 자체에는 수준의 차이가 없지만 그것이 '표현'되는 과정에서 낮은 수준과 높은 수준으로 갈라진다. 다시 말해서 표현의 수준에 따라서 감정의 수준도 결정된다는 것이다.

하지만 이후 박용철은 표현과 무관하게 감정 자체에도 수준의 차이가 있다는 생각을 포기하지 않는데, 이는 정지용의 〈유리창〉을 해설하는 대목에서 다시 문제로 부상한다.

그는 이러한 생생한 감정을 직접적으로 노출하는 것보다는 그 민민悶悶한 정을 그냥 씹어 삼키려 했을 것이다. 그래서 그는 좁은 방 키와 나란히 들창에 붙어 서서 밖에 어둔 밤을 내다보며 입김을 흐리고 지우고 이렇게 장난에 가까운 일을 하는 것이다. 유리에 입김과 어둠과 먼 별이 그의 감각에 미묘한 반응을 일으킨다. 이때에 문득 진실로 문득 방황하는 그의 전全 감정이 쏠려 와서 유리에 정착이 된다. 유리에 어른거리든 미묘한 감각은 그의 비애의 체현자

가 된다.[5]

　박용철은 우선 정지용의 시 〈유리창〉에 대해서 "유리에 어른거리든 미묘한 감각"만이 시의 전면에 드러나 있다는 항간의 평가를 소개한다. 하지만 그러한 평가는 그의 감각 속에 숨겨진 감정을 보지 못하는 피상적 관찰임이 드러나게 된다. 즉, 정지용은 자신의 "비애"의 감정을, "이러한 생생한 감정을 직접적으로 노출"하지 않고 그것을 극도로 억제하려 했지만 도저히 억누를 수 없는 감정이 절정에 달한 순간, "문득 방황하는 그의 전소 감정이 쏠려 와서 유리에 정착"되었고, 이렇게 해서 이 작품이 탄생했다는 것이다. 따라서 정지용의 시에 나타난 "미묘한 감각"은 오히려 "비애의 체현자", 즉 최고 절정에 도달한 감정의 표현임을 강조하고 있다. 정지용은 감정을 "직접적으로" 드러내지 않고도 충분히 감정을 표현할 수 있음을 증명하는 사례인 것이다. 감정이 최대한 간접화되어 표현된 작품을 우수하게 여기는 박용철의 입장이 잘 드러나 있다.

　또한 이로써 그의 입장에서는 감정의 수준이 '강도強度'로 결정되지 않는다는 것을 알 수 있다. 강한 감정이라고 해서 높은 수준의 감정은 아니며 거의 포착될 수 없을 정도로 약한 감정이라고 해서 낮은 수준의 감정은 아니라는 것이다. 정지용의 〈유리창〉에 표현된 미미한 감정에 비해 "마을 여편네나 술주정꾼이 쌈하면서 들어 퍼붓는 욕"에서는 감정의 강렬함은 느껴지겠지만, 그것을 반드시 높은 수준의 감정이라 할 수는 없다. 이렇게 해서 박용철은 위

5　박용철, 〈을해시단총평〉, 《동아일보》, 1936. 3. 18.~25. 《전집2》, 91~92쪽에서 재인용.

즈워드에 대한 비판적 거리를 확보하게 되는데, 이는 그가 원문의 "시란 감정의 자연스런 발로"(76)라고 번역한, 워즈워드의 진술에 대한 그 나름의 해석에서 기인한다. 유명한 구절임에도 그가 '강한 감정powerful feelings'을 그냥 '감정'으로 번역한 것은 '자연스런'이라는 말 속에 이미 그 뜻이 포함되었다고 가정하기 때문이다. 즉, 감정이 자연스럽게, 꾸밈없이 표현될수록 '강한' 감정이라는 생각이 있다는 것인데, 박용철은 그러한 소박한 생각에 대해 비판적 거리를 두고자 했다.

이처럼 감정의 강약으로 시의 가치를 결정하려는 태도를 비판함으로써, 그는 1920년대의 낭만주의에서 벗어날 수 있는 통로를 만들어 두었다. 그리하여 김기림이 "우연하고 잠정적인 시적 사고나 감정을 주책없이 나열하고 배설함으로써 시라고 안심하는 구식적 로맨티시즘의 사상"(12)을 비난했을 때, 박용철 또한 그에 동조할 수 있었다. 그것은 "감정을 주책없이 나열하고 배설함"에 대한 불신에 크게 공감했기 때문이다. 박용철의 관점에서 감정은 '표현'의 대상이지 '배설'의 대상이 아니다. 감정은 반드시 '시적인 언어'로 표현되어야 고상한 감정이 되는 것이고, 일상의 언어로 배설되면 저급한 감정이 되고 만다.

하지만 로맨티시즘에 대한 김기림의 비판이 결코 "주책없이 나열하고 배설함"에만 있는 것은 아니다. 잘 알다시피 시를 감정의 표현으로 생각하는 관점 자체에 대해서 모더니스트 김기림은 비판적이기 때문이다. 그는 감정을 시적 언어로 표현하는 데서 만족할 것이 아니라 감정 자체를 시의 대상에서 배제하고자 했다. 그러므로 박용철로서는 구식 로맨티시즘에 대한 김기림의 비판에는 일부 동의하면서도, 시가 '감정의 표현'이라는 사실만은 양보할 수 없었다. 감정이 '언어적 표현'으로 순화되고 간접화되는 것을 중요한 지적으로 받아들이긴 하지만, 언어적 표현을 위해 감정 자체가 희생되는 것은 그로서는 용납하기 힘든 주장이다.

우리가 주장하여야 할 것은 감정을 감추고 죽인다는 것보다 대담하게 감정을 발표할 권리와 감정 해방의 원칙이다. 우리의 민족적 감정이 어느 의미에서 불란서 혁명 이전, 개인 자유주의 이전의 봉건적 유물에 채워 있는 것을 생각지도 않고, 역사를 너무 껑충 뛰어서 감정 해방과 개성 강조의 원칙을 버리는 것은 도리어 시대의 역행이라고도 할 수 있다.[6]

인용문은 마치 감정을 옹호하는 것이 시를 옹호하는 것인 듯한 인상을 준다. 감정을 옹호할 수밖에 없는 근거로서 박용철이 '시대적 맥락'을 끌고 들어온 것은 특이한 사례에 속한다. 그의 표현론은 시의 영원한 본질에서 도출된 듯한 인상을 주기 때문이다. 시대와 무관하게 영원히 지속할 시의 본성에 대한 집요한 탐구가 박용철 시론의 장점임을 생각한다면, 시대적 맥락의 차이를 근거로 우리의 시에 여전히 '감정'이 필요하다는 그의 주장은 궁색하기만 하다. 하지만 한편으로는 시대적 변화를 중요한 논리적 근거로 삼고 있는 모더니즘에 맞서기 위해 변신을 꾀하는 박용철 시론의 기민한 유동성을 확인할 수 있다. 그런데 인용문에는 시대적 맥락 외에

---

6 박용철, 〈여류시단총평〉, 《신가정》, 1934. 2. 《전집2》, 127쪽에서 재인용.

도 '민족적 감정'이라는, 감정 자체의 개별성에 집중하는 박용철의 태도에 모순되는 용어가 등장하여, 이질적 경향에 대해 비판적으로 개입하고 싶어 하는 그의 모습을 읽을 수 있다.

무명의 주객동일성

앞서 보았듯이, 감정의 수준과 가치는 결국 표현에 의해서 결정된다. 그런데 그 표현에는 '시간'이 걸린다는 점을 기억해야 한다. 감정을 직접적으로 '배설'하는 데는 시간이 걸릴 이유가 없지만, 그것을 표현으로 발전시키는 과정에서는 '기다림'의 시간이 필요하다. 이렇게 감정이 표현을 얻기까지 걸리는 시간을 지칭하는 데 박용철은 '체험'과 '변용'이라는 단어를 배치하고 있다. 이 둘은 분리되어 있는 것처럼 보이지만 사실상 하나인 것인데, 그 사례를 다음에서 볼 수 있다.

현실의 본질이나 각각刻刻의 전이轉移를 민속敏速정확히 인지하는 것은 인간 일반에게 요구되는 이상이요 시인은 이것을 인지할 뿐 아니라 영혼의 가장 깊은 속에서 그것을 체험하는 사람이어야 한다. 그러나 이것까지도 사고자 일반에게 요구될 수 있는 것이요 그위에 한 걸음 더 나아가 최후로 시인을 결정하는 것은 이러한 모든 깊이를 가진 자신을 한 송이 꽃으로, 한 마리 새로, 또는 한 개의 독

이毒杯로 변용變容시킬 수 있는 능력에 있다.[7]

박용철이 말하는 '체험'은 단순한 체험의 수준을 넘어선다. 그가 권하는 방식은 "영혼의 가장 깊은 속에서" 체험하는 것이다. 이렇게 해서 얻어지는 것이 '감정'이라는 것은 쉽게 짐작할 수 있다. 그런데 박용철은 체험을 통해서 얻어진 감정이 "인지"를 능가한다고 말한다.[8] "현실의 본질"이나 시시각각의 변화를 예민하게, 신속하게, 정확하게 "인지"하는 사람들이 있겠지만, 시인은 그들을 능가한다는 것이다. 그러므로 박용철의 체험에는 인지를 능가하는 어떤 깨달음이 포함되어 있고, 그 깨달음이 감정으로 응축되어 표현된 것이 시라 할 수 있다. 시인의 감정이란 곧 '체험적 감정'으로서, 앞서 살펴보았듯이 〈유리창〉의 시인 정지용에게서 발견되는, "사물의 본질에까지 철徹하는 시인의 예민한 촉감"(90)이 그 대표적 사례이다. 그의 경우 감각이 곧 그의 감정과 일체를 이루고 있기 때문이다.

그런데 이처럼 인지를 능가할 정도로 사물의 본질에 육박하는 시인의 체험적 감정에는 어떤 깨달음이 내재하는가. 그에 대해 박용철은 다음과 같은 설명을 제공한다.

---

7 박용철, 〈올해시단총평〉, 《전집2》, 87쪽에서 재인용.

8 미학적으로 표현론의 입장을 대변하는 크로체Benedetto Croce는 '상상력에 의한 직관적 지식'과 '지성에 의한 논리적 지식'의 차이를 밝히면서, 전자의 지식이 개별자를, 후자의 지식은 보편자를 지향한다는 주장을 제기하며 '직관적 지식'의 위치를 확보한다. 하지만 그러한 지식이 주관성에 갇히지 않고 '표현expression'을 통해서 객관화되었을 때야 진정한 직관이라고 말함으로써 직관적 지식의 경우 표현의 중요성을 상기하고 있다. 이에 대해서는 베네데토 크로체, 이해환 옮김, 《크로체의 미학—표현학과 일반 언어학으로서의 미학》, 예전사, 1994. 25~42쪽 참조. 이는 박용철 시론의 미학적 기초로 간주할 수 있다.

우리는 날마다 바라볼 수 있는 한 그루 나무의 몸가짐과 한 포기 꽃의 표정과 푸른 하늘의 얼굴을 참으로는 알지 못하고 지난다 할 수 있다. 우리의 감각이란 항상 사물의 표면에 그치기 쉽고 참된 시인의 인도를 힘입어 비로소 사물의 진수에 접촉하고 그것을 감득하게 되는 것이다. 그러므로 시인은 우리의 감성의 교사라는 말이 있다. 진정한 시인은 우리의 감성의 한계를 넓혀 주고 우리의 주의 注意가 여태껏 가 보지 못한 방향에 우리의 눈도 뜨게 한다.[9]

박용철은 우리들의 일상이 "사물의 표면"에만 관계한다고 비판하면서, 그처럼 피상적인 관계를 통해서는 사물을 "참으로는 알지 못하고 지난다"고 지적한다. 사물을 아는 것과 사물을 "참으로" 아는 것 사이에 차이가 있다는 것이다. 사물을 "참으로" 안다는 것은 "사물의 진수에 접촉하고 그것을 감득"하는 수준을 가리킨다. 일상적인 접촉으로 도달할 수 없는 그 수준을, 시인은 자신의 "감성"으로 "감득"하는 능력을 소지하고 있다. 그런 의미에서 시인의 "감성의 한계"는 일상의 한계보다 더욱 넓을 것이고, 그 체험의 깊이는 사물의 표면을 뚫고 더욱 깊이 침투할 수 있을 것이다.

여기까지 생각하면 박용철의 '감정'은 순수하게 시인의 내면에서 생겨나는 것이 아니라, 외부 세계와의 풍부한 접촉과 체험을 통해 축적된 지혜의 수준임을 알 수 있다. 그는 순수하게 내재적인 감정이 아니라 외부로 풍부하게 열려 있는 감정의 세계를 표현하고자 했던 것이다. 다만 그것이 "사물"에서 벗어나 "현실"로 확장되

---

9 박용철, 〈병자시단의 일년 성과〉, 《동아일보》, 1936. 12. 《전집2》, 104쪽에서 재인용.

는 것을 경계한다는 점은 분명하다. 그것은 당시의 현실주의자들이 "인지" 차원을 더욱 중시한다는 점, 그래서 그들이 결국 인지를 능가하는 시적 체험에 도달하지 못하였다는 데에 원인이 있는 것으로 보인다. 물론 "인지"를 통해서 "인지"의 한계를 넓힐 수도 있겠지만, 시인이 "감성"을 통해서 "감성의 한계"를 넓히는 일 또한 그 못지않게 중요한 일이라 생각하기 때문이다.

표면적으로 박용철의 '표현론'은 카프 출신 시인들이 강조하는 '모방론'에서 가장 멀리 떨어져 있는 듯 보이지만, 위의 '체험적 감정'에 한정해서 보자면 감정의 기원이 외부의 대상에 있다는 점에서 '발생론적으로' 서로 참조할 수 있는 부분이 많다. 실제로 박용철이 데뷔 초기에 카프의 문학론을 비판적으로 검토한 글이 있는데, 거기에서 그러한 상호참조의 흔적을 발견할 수 있다.

맑스주의가 우리 심리에 따라 예술의 사회적 기초를 설명하는 데는 적지 않은 성공을 얻었으나 그 반면에 예술의 생리학이라고 부를 만한 예술의 특성—왜 많은 사회현상 가운데 예술현상이 분화되어 오는가, 왜 한 계급의 예술적 표현이 특히 갑이라는 예술가를 통해서 이루어지는가, 왜 예술가 을은 예술가 병보다 더 강한 표현력을 가졌는가—에 대한 고구가 아직까지 부족하여 **예술 발생학**으로서의 성공을 보지 못하고 있다.[10](강조는 인용자)

이 글에서 박용철은 카프의 예술론을 '모방론' 혹은 '반영론'이

---

10 박용철, 〈효과주의적 비평논강〉, 《문예월간》 창간호, 1931. 11. 《전집2》, 30쪽에서 재인용.

아니라, '예술 발생의 사회적 기원에 대한 탐구'로 관점을 이동하여 이해하고 있다. 이처럼 카프의 문제의식을 "예술 발생학"의 관점으로 변경해서 이해하는 것은, 사물에 대한 체험적 감정에서 시의 발생적 기원을 모색하는 박용철의 관점과 비교할 수 있는 장점이 있다. 박용철의 표현론에서 특히 '감정'의 문제는 사실상 '발생'의 문제라고 할 수 있기 때문이다. 감정의 기원을 추적하면 시의 발생을 명확하게 설명할 수 있게 되는 것이다. 그러나 앞서 말했듯이 '발생으로서의 감정'은 그 자체로는 감정의 가치를 결정할 수 없다는 데 문제가 있다. 오히려 그것은 직접적으로 표현될 수 있는 낮은 수준의 감정인 것이고, 그것이 '발생'의 단계를 벗어나 '표현'으로 이행하였을 때 드디어 높은 수준의 감정으로 승화된다. 이때 높은 수준의 감정은 두 가지 점에서 주목할 수 있는데, 첫째 그것이 사물의 본질에 접촉할 정도로 '깊은' 수준의 감정이라는 것, 둘째 "예술의 생리"를 이해함으로써 감정의 수준이 높아진다는 것이다. 이처럼 카프의 문학론은 "예술 발생"의 문제를 처음으로 제기했다는 점에서는 의미가 있으나 '발생' 과정에 대한 검토에서 "예술의 생리"를 고려하지 않음으로써, 앞서 1920년대 구식 로맨티시즘을 비판할 때 제기했던 문제점을 반복하게 된 것이다. 양쪽 모두 감정의 '직접적' 표현에서 벗어나지 못함으로써, 앞서 말했듯이 "마을 여편네나 술주정꾼이 쌈하면서 들어 퍼붓는 욕"의 직접성에서 예술적 표현, 혹은 시적 표현을 구별할 수 없기 때문이다.

금하 이후에 발표된 임화 씨의 제諸시작을 볼지라도 막연한 현실을 논의하는 것보다는 그 시대 현실을 체험하는 한 개인이 (개인은 물론 정당하게 계급이나 민족의 대표일 수 있는 것이다) 자기의 피를 가지고 느낀 것, 가슴 가운데 뭉쳐 있는 하나의 엉터리를 표현하려고 애쓴 것을 볼 수 있다. 그의 여러 시편에서 그 수다한 변설 가운데 우리는 그의 가슴속의 정열과 감회의 엉터리를 막연히 살필 수가 있고 또 그에 동정할 수 있다. 그러나 그 가슴속에 파지하고 있는 엉터리를 그의 말하는바 '시적 언어로 반영 표현'하는 데 얼마나 성공하였는가. 우리는 응축을 이해치 못하는 이 산만한 표현 가운데서 그 시의 모티브를 찰지察知할 수 있을 뿐이요 이것이 그 배경에서 솟아올라 체험 그 자체로서 부조浮彫와 같이 솟아오르는 힘을 갖추지는 못하였다.[11]

인용문은 '기교주의 논쟁' 과정에서 이루어진 임화의 시에 대한 평가의 일부분이다. 박용철이 임화의 시를 긍정적으로 평가하는 부분은, 앞서 말했듯이 그가 "영혼의 가장 깊은 속에서 그것을 체험하는 사람"(87)에 속한다는 점이다. 임화의 체험은 "자기의 피를 가지고 느낀 것"이기 때문에, "가슴 가운데 뭉쳐 있는 하나의 엉터리",[12] "가슴속의 정열과 감회의 엉터리"가 충분히 내재한다는 것이다. 그것은 워즈워드식의 '강한 감정'에 해당한다. 그러나 강한 감정만으로 시가 될 수 없다는 것, 강한 감정이 시의 높은 가치를 보장하지 못한다는 것은 박용철의 지론에 해당한다.

체험의 진정성만으로 시가 될 수 없다면, 그 다음으로 필요한 것

---

11 박용철, 〈을해시단총평〉, 《전집2》, 86쪽에서 재인용.
12 사전적으로 '엉터리'는 '대강의 윤곽'이라는 뜻이다.

은 '시간'이다. 시간을 두고 체험이 숙성하고 성장할 때까지 기다려야 한다. 이 기다림의 시간이 '변용'의 시간이며, 체험이 더욱 심화되는 시간이다. 따라서 체험 이후에 변용의 시간이 온다고 할지라도, 그 둘은 서로 질적으로 분리되어 있는 단계가 아니라 체험이 발생해서 그것이 심화되는 것처럼 양적인 차이만 있을 뿐 연속성을 유지하게 된다. 그 시간은 감성이 제 스스로의 한계를 넘어서는 시간이며, 감정이 온몸으로 확산되는 시간이기도 하다.

중요한 것은, 이처럼 체험의 심화로서의 '변용'이 '무엇에 대한 체험'이 아니라 시인이 "체험 그 자체"가 되어 버린다는 데에 있다.[13] 시인과 체험 사이에 빈틈이 없어지는 것이다. 이는 시인이 체험을 대상화할 수도 없고, 그것을 이름 부를 수도 없는 상태이다. 그것을 가리켜 박용철은 "무명화無名火"라고 했다. 이처럼 마음속에 일어나는 강렬한 불씨는 체험의 객체와 체험의 주체가 일체가 되어 버린 상태인데, 이 동일성의 극한을 '변용'이라 한 것이다. 그러므로 이러한 시적 체험이 '육체적' 경험으로 묘사되는 것은 당연하다. 육체야말로 체험의 객체이면서 체험의 주체 역할을 동시에 수행할 수 있는 유일한 장소이기 때문이다.

---

13 콜링우드R. G. Collingwood는 이 양자의 차이를 이렇게 말했다. "감정을 표현하는 것expressing an emotion은 감정을 서술하는 것describing an emotion과 동일한 것이 아니다." 즉, 감정을 특정한 형용사(예컨대 '무시무시한' 등의 표현)로 분명히 서술할 수 있다면 그것은 진정한 감정이 아니거나 진정한 감정의 표현이 아니라는 것이다. 콜링우드, 김혜련 옮김,《상상과 표현 — 예술의 철학적 원리》, 고려원, 1996, 138쪽 참조.

사물의 언어를 체험할 수 있는가 |

미메시스와 사물의 언어

이렇게 이름 없는 극단의 주객동일성의 상태를 박용철은 다만 "꽃"이라거나 "새", 혹은 '독버섯'에 비유할 뿐이다. 그리고 그것들의 특징은 결코 그 대상에 '대해서' 진술하지 않는다는 점에 있다. 대상에 대해서 진술한다는 것은 거리를 유지한다는 것인데, 변용의 시간을 통과하면 거리를 두고 합리적으로 분석하지 않고 시인이 온몸으로 그것이 '되어' 그것으로서 표현하기 때문이다. 그와 같은 상태를 가리켜 박용철은 그의 최후의 시론에서 다음과 같은 유명한 말을 남기고 있다.

> 시는 시인이 늘어놓는 이야기가 아니라, 말을 재료 삼은 꽃이나 나무로 어느 순간의 시인의 한쪽이 혹은 왼통이 변용變容하는 것이라는 주장을 위해서 이미 수천 언들을 벌여 놓았으나 다시 돌이켜 보면 이것이 모두 미래에 속하는 일이라 할 수도 있다.[14]

최후의 시론답게 그동안 자신이 말했던 수천 마디보다 이 한 마디의 문장 속에 자기 시론의 핵심이 담겨 있다고 주장한다. 우선 시라는 것은 "시인이 늘어놓는 이야기", 즉 시인이 말하는 '내용'이 아니라는 뜻이다. 시인이 무엇에 대해서 말하든, 그것 자체가 시일 수는 없다. 앞서 체험과 감정에 대해서 말했던 것처럼, 강렬한 체험과 강렬한 감정 그 자체가 시일 수는 없다는 것이다. 설사 강렬

---

14 박용철, 〈시적 변용에 대하여〉, 《삼천리문학》, 1938. 1. 《전집2》, 9쪽에서 재인용.

한 체험과 강렬한 감정에 '대해서' 시인이 이야기한다 할지라도 그 것 자체만으로 시라고 말할 수는 없다.[15] 무엇에 '대해서' 이야기한 다는 것은 아직 거리를 유지한다는 것이고, 그 거리는 합리성이 유 지되는 상태, 이성이 활발하게 활동하는 상태를 나타낸다. 이러한 거리마저 소멸하였을 때는 '이야기'를 하는 것이 아니라 '보여 주 는' 단계로 돌입하게 된다. 이처럼 그의 최후의 시론에 응축된 테 제는 이미 기교주의 논쟁 과정에서 '임화'를 염두에 둔 충고에서 확 고해진 것이다. 그 대목은 다음과 같다.

한 기후와 풍토의 가장 완전한 체현자인 한 폭의 꽃이나 한 개 독 이毒栮를 가리켜 다만 그들이 기후에 대하여 접접남남蝶蝶喃喃히 지 껄이지 않는 까닭으로 기후에 대한 감응을 표현하지 아니한다는 류類의 속인적 해석이 얼마나 많은 것이랴.[16]

인용문은 "기후에 대한 감응"을 표현하는 방법 두 가지를 비교 하고 있다. 하나는 "기후에 대해서" 자세히 "지껄이"는 것이고, 다 른 하나는 "기후와 풍토의 가장 완전한 체현"의 길을 택하는 것이 다. 다시 말해서 전자가 기후에 대한 감응을 '말하는 것speaking'이

---

15 이러한 구분은 하우스만Raoul Hausmann을 번역하면서 더욱 강해졌다. 특히 "시는 말해진 내용이 아니요 그것을 말하는 방식이다."(《전집2》, 60쪽)라는 구절은 내용보다 형식(표현)의 우위를 강조 하는 하우스만의 입장을 잘 말해 주며, 여기에서도 내용주의(이야기하기)에 대해 부정적 태도를 표명하고 있다. 하지만 박용철이 순수하게 형식주의자라고 말하기는 곤란한데, 그것은 그가 체험 과 감정을 강조한다는 점만을 보아도 알 수 있다. 이것만 봐도 하우스만에 대한 수용이 일방적이 지 않고 선별적이었음을 알 수 있다.

16 박용철, 〈을해시단총평〉, 《전집2》, 92~93쪽에서 재인용.

사물의 언어를 체험할 수 있는가 |

라면, 후자는 그것을 온몸으로 '보여 주는 것showing'이라 할 수 있다.[17] 전통적 서사론에 따르면 보여 주기와 말하기를 각각 미메시스Mimesis와 디에게시스Diegesis로 표기할 수 있다.[18] 말하기로서의 디에게시스가 말하는 주체가 전면에 나서는 것이라면, 보여 주기로서의 미메시스는 말하는 주체가 보여지는 객체의 뒤로 숨는 방식을 취한다. 그렇다면 박용철의 경우, 시인은 '말하는 주체'로서 전면에 나서는 사람이라기보다는 스스로 객체가 되어 객체를 통해서 간접적으로 말하는 사람이다. 주체가 객체 속으로 소멸하는 방식의 주객동일성은 이처럼 말하는 방식을 선택하는 문제이기도 하지만, 앞서 말했듯이 주체가 객체를 미메시스하는 방식[19]이기도 하다. 주체가 주도적으로 객체를 동화시키는 것이 아니라 객체 속으로 동화되는 주체의 모습은, 합리적 이성의 객체 지배 방식을 거부하는 박용철의 독특한 입장을 보여 준다. 이처럼 박용철이 제안하는 말하기와 보여 주기의 구별법은 합리적 동일성과 시적 동일성의 차이를 선명하게 부각하고 있다.

문제는 객체 중심의 주객동일성이 극에 달하게 되었을 때 언어의 보편적 소통 기능이 상실된다는 데 있다. 다음은 이러한 문제의

---

17 이러한 구분법을 굳이 장르로 따지자면 전자는 '소설'의 길에, 후자는 '연극'의 길에 견줄 수 있다. 박용철이 연극인이기도 하다는 점은 잘 알려진 사실이지만, 연극과 시의 관련성을 그가 직접 언급한 사례는 찾기 어렵다. 다만 위의 진술에서처럼 연극의 보여 주기 기법이 시적 표현의 모델로 암시될 뿐인데, 그것을 전적으로 우연으로 보기는 어렵다.

18 플라톤이 《국가론》에서 제시한 미메시스와 디에게시스의 이분법의 비평사적 변천 과정에 대해서는 S. 리몬-캐넌, 최상규 옮김, 《소설의 시학》, 문학과지성사, 1985, 157~170 참조.

19 박용철의 시론은 현대사회에서 미메시스 능력과 언어 능력의 퇴화 문제를 검토한 발터 벤야민의 미메시스론과 비교할 수 있을 것이나, 이는 차후의 과제로 미룬다. 이에 대해서는 벤야민의 〈유사성론〉과 〈미메시스 능력에 대하여〉(발터 벤야민, 최성만 옮김, 《발터 벤야민 선집6: 언어 일반과 인간의 언어에 대하여, 번역자의 과제 외》, 길, 2008)를 참조할 수 있다.

식이 집약된 부분이다.

　　대체로 언어란 조잡한 인식의 산물이다. 흔히는 우리가 간단히 감지할 수 있는 것, 볼 수 있는 것, 들을 수 있는 것, 만질 수 있는 것, 용이하게 사고할 수 있는 것에서 추상되어 오고 있다. 우리는 원시로부터 지금까지 모든 것을 축적해 왔다 하지마는 우리의 평균 재보財寶란 극히 빈약한 것과 마찬가지로 우리의 공통 인식 능력이란 극히 저급인 것이다. 교통수단인 언어는 이 공통인식에 그 불발不拔의 근기根基를 박고 있다. 이것은 최대공약수와 같이 왜소하면서 또 평균점수와 같이 아무 하나에게도 정확히 적합하지는 않는다. 우리가 조금만 미세한 사고를 발표할 때는 그 표현에 그리 곤란을 겪지 않는 경우에도 표현의 뒤에 바로 그 표현과 생각과의 간間의 오차를 느낀다. 그 생각이 특이하면 할수록 미묘하면 미묘할수록 남달리 강렬하면 할수록 표현의 문은 좁아진다.[20]

　　인용문에 따르면 일반적 언어의 기능은 "교통수단"이라는 데에 있다. 언어는 누구에게나 적용되는 "평균점수", "최대공약수"이기 때문에, "공통인식"과 같이 "조잡한 인식"을 전달하고 교환하는 데 쓰이는 도구일 뿐이다. 그러므로 평균적 수준에서 벗어나 "조금만 미세한 사고"를 하거나, "생각이 특이"하거나 "미묘"하고 "강렬"한 것을 표현하려 할 때 "표현과 생각과의 간間의 오차"를 경험할 수밖에 없다. 다시 말해서 말하는 주체가 객체를 합리적으로 지배하

20　박용철, 〈'기교주의'설의 허망〉, 《동아일보》, 1936. 3. 18.~25. 《전집2》, 20쪽에서 재인용.

　　　　　　　　　　　　　　사물의 언어를 체험할 수 있는가 |

여 평균적 수준에서 이해하고 기록하고자 할 때 언어는 훌륭한 수단이지만, 말하는 주체가 객체가 되어서 그 위치에서 말하고자 할 때는 이에 합당한 언어를 발견할 수 없게 된다. 평균적 인식을 공유하고 있는 인간들의 언어로는 표현될 수 없는 부분에 직면했을 때 언어가 무기력해지는 경험을 하게 되는데, 박용철은 그러한 경험을 "표현의 문이 좁아"지는 현상으로 보고 있다. 심지어 "낙타가 바늘구멍에 들어가기보다 어렵다"(19)는 성서의 구절을 인용하면서 다음과 같이 부연하고 있다.

우리는 한 가지 가슴에 뭉얼거리는 덩어리를 가지고 언어 가운데서 그것에 가장 해당한 표현을 찾으려 헤맨다. 언어의 왼 세계를 샅샅이 뒤진다. 이렇게 써놓고 보아도 아니요 또 달리 써놓고 보아도 그것이 그것은 아니다. 이 소위 작시作詩苦라는 것은 체험이 아니고는 상상하기조차 어려운 것이다.[21]

다시 객체 중심의 주객동일성의 상황에 처한 주체를 상기해 보자. 이미 정상적인 주체의 위치를 포기한 그는 객체(사물)의 입장에서 말하고자 하지만 "한 가지 가슴에 뭉얼거리는 덩어리"만 있을 뿐 합당한 언어를 찾지 못한다. 그에게는 본래 '사물의 언어'가 주어져 있지 않기 때문이다. 인간의 언어의 입장에서 보았을 때 사물의 언어는 '비언어적 사태'에 속한다. 인간의 관점에서 보았을 때 사물은 본래 벙어리이기 때문이다. 그러나 박용철은 이렇게 충

---

21 박용철, 위의 글, 《전집2》, 19쪽에서 재인용.

고한 적이 있다.

> 핏속에서 자라난 파란 꽃, 빨간 꽃, 혹시는 험하게 생긴 독이毒栮.
> 이것들은 저희가 자라난 흙과 하늘과 기후를 이야기하려 하지 않
> 는다. 어디 그럴 필요가 있으랴. 그러나 이 정숙한 따님들을 그저
> 벙어리로 알아서는 안 된다. 사랑에 취해 흘려듣는 사람의 귀에 저
> 희는 저의 온갖 비밀을 쏟우기도 한다. 저희는 다만 지껄이지 않고
> 까불대지 않을 뿐 피보다 더욱 붉게, 눈보다 더욱 희게 피어나는 한
> 송이 꽃.[22]

비유로 가득 찬 이 구절은 그가 남긴 최후의 시론 중에서도 서두
에 해당하는 부분이다. 뜬금없이 돌출된 진술이 읽는 이를 당혹스
럽게 만드는 데가 있지만, 그의 시론에 자주 출현하는 꽃과 독버섯
을 통해 그가 가장 하고 싶은 이야기를 들려주고 있는 부분이다.
앞서 말했듯이 여기에는 인간의 언어와 사물의 언어가 서로 대립
하고 있다. 인간의 언어에 익숙한 사람들은 결코 사물의 언어를 알
아듣지 못한다. 인간의 언어는 사물을 통제하고 지배력을 행사하
는 언어이기 때문이다. 하지만 사람들 중에서도 사물에 동화되어
사물의 언어를 듣고 사물의 언어로 말하려고 노력하는 시인들이
있는데, 그들처럼 "사랑에 취해 흘려듣는 사람의 귀에"는 사물들
이 "저의 온갖 비밀을 쏟"아낸다는 것이다. 그러므로 아름다운 꽃
과 해로운 독버섯이 들려주는 비밀의 언어를 알아듣기 원하는 사

---

22 박용철, 〈시적 변용에 대하여〉,《전집2》, 3쪽에서 재인용.

람이라면, 그는 먼저 꽃과 독버섯이 '되어야' 한다. 시인은 언제나 꽃이 되고, 독버섯이 될 준비가 되어 있는 사람이지만, 대부분의 사람들은 꽃을 대상화하고 그것이 "하늘과 기후에 대해서 이야기" 해 주기를 기다린다. 이처럼 이 글에는 인간이 사물에 대해 미메시스적 동화의 방식을 택하면, 사물은 언제든지 자신의 비밀을 보여 줄 것이라는 믿음이 전제되어 있다.

그런데 사물의 언어를 알아듣고 사물의 언어로 말하기 위해 시인이 지향하는 객체 중심의 주객동일성의 상태를 설명하기 위해 박용철은 다시 '체험'으로 회귀하고 있다. 이는 언어적 표현의 진실성이 체험에서부터 결정된다는 생각의 반영이기도 하다. 어째서 그러한지는 다음의 인용문이 말해 준다.

> 시는 체험인 것이다. (중략) 여러 밤의 사람의 기억, (하나가 하나와 서로 다른) 진통하는 여자의 부르짖음과, 아이를 낳고 해쓱하게 잠든 여자의 기억을 가져야 한다. 죽어가는 사람의 곁에도 있어 봐야 하고, 때때로 무슨 소리가 들리는 방에서 창을 열어 놓고 죽은 시체도 지켜도 봐야 한다. 그러나 이러한 기억을 가지는 것만으로는 넉넉지 않다. 기억이 이미 많아진 때 기억을 잊어버릴 수가 있어야 한다. 그리고 그것이 다시 돌아오기를 기다리는 말할 수 없는 참을성이 있어야 한다. 기억만으로는 시가 아닌 것이다. 다만 그것들이 우리 속에 피가 되고 눈짓과 몸가짐이 되고 우리 자신과 구별할 수 없는 이름 없는 것이 된 다음에라야 ―그때에라야 우연히 가장 귀한 시간에 시의 첫 말이 그 가운데서 생겨나고 그로부터 나아갈 수 있

는 것이다.[23]

잘 알다시피 위 글은 릴케의 책(《말테의 수기》)[24]에서 박용철이 인
용한 부분이다. 박용철이 강조하는 '체험'의 시간을 릴케는 오히
려 '망각의 시간'으로 처리한 부분이 인상적이다. 그런데 그 망각
의 시간이 문제적이다. 기억은 본래 '뇌(의식)'에 저장되지만, 그것
이 '뇌(의식)'에서 사라진다고 하더라도 단순히 망각된 것이 아니라
'몸(무의식)'에 남는다는 생각은 이제는 잘 알려진 상식이다. 그래서
특정한 기억이 뇌에서 사라지게 되면 시간이 흐르면서 "그것들이
우리 속에 피가 되고 눈짓과 몸가짐이 되고" 결국에는 "우리 자신
과 구별할 수 없는 이름 없는 것이 된 다음"을 예상할 수 있다. 기
억의 주체와 기억의 객체가 서로 구별할 수 없이 융합된 상태, 다
시 말해서 주객동일성이 성취된 상태에서 드디어 "시의 첫 말"이
생겨날 수 있다는 것이다. 이것은 마치 의식에서 사라진 기억의 대
상이 주체를 '통해서' 말을 하는 듯한 장면을 연상시킨다. 이때 시
인의 입에서 나오는 "시의 첫 말"이 과연 누구의 말인지는 확정 지
을 수 없다. 하지만 이 말이 체험의 진실성에서 기원하는 진정한
시적 표현인 것만은 분명하다. 그러므로 체험에서 표현까지 이어
지는 과정이 시간의 경과처럼 단계적으로, 순차적으로 발생하는

---

23 박용철, 앞의 글,《전집2》, 5~6쪽에서 재인용.
24 박용철의 '변용' 개념은 《말테의 수기》에서 차용된 것으로, 그 외에도 당대의 독문학도인 박용철
    이 릴케를 번역하고 인용한 사례는 너무 많아 큰 영향을 끼친 것으로 알려져 있다. 이에 대해서는
    김재혁, 〈박용철의 릴케 문학 번역과 수용에 관한 연구〉(《독일문학》, 2005)와 안삼환, 〈박용철
    시인의 독문학 수용〉(《비교문학》, 2006) 등을 참조할 수 있다.

사물의 언어를 체험할 수 있는가

것으로 이해해서는 안 된다. 그것들을 지배하는 질서는 확정 지을
수 없는 것이고, 거기에는 항상 '우연'이 개입할 수밖에 없다. 박용
철의 시론은 그러나 그 우연을 필연으로 만들기 위한 시인들의 피
나는 노력을 기록하고 있다. 그것이 박용철의 시론을 낭만주의적
창작 동기에서 출발하여 모더니즘적 제작 훈련으로 되돌아오는
반복적 순환의 회로를 만들어 내고 있다.

객체 속에서 소멸하는 주체의 언어

이상에서 박용철의 시론을 '표현론'의 관점을 중심으로 조명하
였다. 비록 영감론이나 천재론 등 표현론의 핵심 개념에 대한 고찰
을 의도적으로 누락하였지만,[25] 그럼에도 불구하고 박용철의 시론
을 표현론으로 간주할 수 있는 증거는 충분히 확보된다. 무엇보다
감정의 표현이 시의 핵심이라는 생각에서 벗어나지 않았기 때문
이다. 이러한 입장은 그의 시론을 1920년대 낭만주의의 연장으로
간주할 충분한 근거를 제공하고 있다. 하지만 그는 이전의 낭만주
의가 감정의 크기만으로 시의 가치를 결정지을 우려가 있음을 간
파하고 감정의 직접적 표현에 대한 김기림의 비판에 동조함으로
써 1920년대와 결별하는 모습을 보인다. 높은 수준의 감정이 시를
통해 표현된다고 주장하는 그는, 감정이 간접적으로 표현되는 다

---

25 영감론과 천재론 등에 낭만주의의 중심 개념들에 대한 직접적 언급이 그의 시론에 대한 새로운
해석을 불가능하게 만들 우려가 있기 때문이다.

양한 경로에 대한 관심을 이어 갔다.

그런데 감정을 간접화하는 데에는 '시간'이 걸릴 수밖에 없고, 그렇게 '시간'을 소비해야만 지혜를 얻을 수 있는 창작의 과정을 그는 '체험'과 '변용'이라는 말로 요약해서 소개한 바 있다. 체험과 변용이라는 말은 마치 시간 순서대로 전개되는 서로 다른 성질의 명칭처럼 보이지만, 실제로 체험의 '심화' 자체가 변용의 본질임을 알게 되면 양자를 구별할 이유가 사라진다. 체험은 사실상 체험의 대상을 의식하지 않고 시인이 곧바로 체험 자체가 되어 버리는 데서 절정에 달하게 된다.

시인 자신이 곧바로 체험 그 자체가 된다는 것은 체험을 객관적 거리를 두고 바라볼 수 없는 상태를 가리키는 것으로, 주체인 시인과 체험의 객체 사이에 간격이 사라지면서 주객동일성에 도달하게 된다. 주객동일성이야말로 변용의 정점인 것이다. 또한 그러한 변용은 주체가 객체를 동화시키는 방식이 아니라 주체가 객체 속으로 소멸하는 동화의 방식을 가리킨다. 곧, 객체 중심의 주객동일성의 상태에 직면하는 것이다. 하지만 이러한 동일성은 언어적으로 표현되기 어렵다는 데 문제가 있다. 언어는 본래 객체를 보편적이고 평균적인 대상으로 파악하기 위해서 필요한 수단으로서 객체에 대한 주체의 지배구조를 영속화시키는 데 기여하게 된다.

그러므로 박용철이 언어를 비판적으로 언급할 때, 그것은 보편적 소통 중심의 언어에 대한 부정인 것은 분명하다. 다만 객체 중심의 주객동일성의 상황에서는, 어떤 것을 대상화해서 체험하는 일은 제외하고 주체가 체험 그 자체로 되어 버리는 상황에 주목하게 된다. 주체가 체험 그 자체로 된다는 것은 주체가 이미 객체 속에서 소멸해 버리는 경험을 하게 된다는 뜻이다. 이때 객체 속에서 소멸한 주체의 언어는 의사소통의 도구로 간주되는 언어 일반을 거부하고 사물이 곧 언어인 상태를 지향하게 된다. 그것은 객체에 대한 미메시스적 언어로서 객체에 '대한' 인간의 언어보다는 객체를 대변하는 사물의 언어를 지향한다.

3장
시조는 어떻게 부활할 수 있었는가
: 이병기의 시조론

이병기의 시조론에는 서로 다른 두 가지 방향이 중첩되어 있다. 한편으로는 근대문학의 선구적 모델을 추종하려는 시조의 모습이 있는가 하면, 다른 한편으로는 근대문학을 향한 시조의 선도적 발언이 내포되어 있다. 그러기 위해서 그의 시조론은 자유시를 지향하는 측면과 고시조를 지향하는 측면 사이에서 크게 진동할 필요가 있었다. 현대시조의 이 위험천만한 위상이야말로 고시조와 자유시의 상대적으로 안정적인 존재 기반과 크게 구별되는 것인데, 그것이 이병기의 모험적 시도를 반영하고 있다.

* 이 글은 《국제어문》(2015년 9월)에 게재된 〈이병기의 시조론과 《문장》의 기획〉을 수정하고 보완하여 재수록한 것이다.

현대시조의 조건

　이 글은 이병기의 시조론에 내포된 모험적 시도를 읽어 내는 것을 목적으로 한다. 그것은 전통 지향과 근대 지향이라는 해묵은 대립구도를 뛰어넘으려는 도약의 경험이기도 하다. 그러한 도약의 성공 여부는 그의 시도가 가장 전통 지향적이면서 가장 근대 지향적이라는 이중의 평가를 수여받았을 때 결정되는 것이다. 그러므로 시조를 통해서 전통과 근대의 단절점을 봉합하고자 했던 그의 전략에는 역설과 모순이 내재해 있다. 그것은 근대적 관점에서 전통을 비판하게 하고, 다시 전통적 관점에서 근대를 비판하게 만드는 '상호비판'의 전략이기도 하다. 그러기 위해서는 전통이 근대의 중심으로 진입해야 하고, 반대로 근대의 정신이 전통으로 흘러들어 가야 한다. 따라서 이병기가 시조를 통해서 보여 준 사유의 모험은 결국 가장 전통적인 것이 가장 근대적인 것이라는, 1930년대 후반 문단을 지배했던 문학적 이념의 핵심으로 들어가게 해 준다.[1] 그것은 다음과 같은 선언적 진술에서 시작된다.

"시조는 作이다. 文學이다."[2]

이것이야말로 이병기의 시조론을 압축적으로 표현하고 있는 문장이다. 이 진술은 시조라는 전통적 장르를 근대적 문학 개념 아래 포섭하려는 이병기의 의도를 잘 반영하고 있다. 시조는 일차적으로 이러한 포섭의 절차를 거쳐야만 부활을 모색할 수 있다는 것이다. 근대문학의 조건을 수용하지 않으면 시조는 부활의 가능성을 얻을 수 없다. 그래서 시조를 근대문학으로 포섭하기 위해 이병기는 일차적으로 고시조와 결별하는 길을 택했다. 그런 의미에서 이병기는 고시조와 현대시조를 '이론적으로' 구별했던 첫 번째 사람이다. 이 말은 곧 이병기가 고시조에서 현대시조를 분리해 내는 데 성공한 사람이라는 뜻이기도 하다. 그러므로 이병기의 시조론을 재구성할 때 우선 중점을 두어야 할 것은, 고시조와 현대시조를 구별하는 문제이다.

다시 위의 선언적 진술을 보면, 거기에는 고시조와 구별되는 현대시조만의 조건이 드러나 있다. "作"이라는 단어와 "文學"이라는 단어가 그것이다. 뒤에 살펴보겠지만, "作"과 "文學"이라는 단어는

---

1 1930년대 후반에는 낭만주의, 리얼리즘, 모더니즘의 구별이 무색할 정도로 문단 전체에서 근대에 대한 비판적 관점이 유행하게 된다. 이때 상고주의, 조선주의, 동양주의의 대두는 그 출구를 전통에서 발견한 대표적인 사례이다. 하지만 이것은 전통 그 자체의 보존을 주장하는 1920년대 복고주의와는 구별되는 현상임을 강조할 필요가 있다.

2 이병기, 〈시조의 발생과 가곡과의 구분〉, 《진단학보》, 1934. 1. 《가람문선》, 신구문화사, 1966. 349쪽에서 재인용. 이하 이 책에서 인용한 것은 쪽수만 밝힘.

'문자(인쇄)문화'를 배경으로 할 때만 성립하는 개념어이다. 이병기는 이에 대립되는 고시조의 특징으로 '唱'과 '音樂'을 내세우고 있는데, 이것들은 '구술(구전)문화'가 배경이 되었을 때만 가능한 특징이라 하겠다. 그러므로 이병기가 현대시조의 조건으로 "作"과 "文學"을 내세운다는 것은, 시조를 그 탄생의 배경이라 할 수 있는 '구술(구전)문화'로부터 분리해 내겠다는 의지를 드러낸 것이다. 구술문화를 배경으로 탄생한 고시조에서는 적어도 "作"이나 "文學"의 측면을 찾아내기 어렵기 때문이다. 근대적 관점에서 보았을 때 고시조는 차라리 '唱'이나 '音樂'에 속하는 장르처럼 보였던 것이다.

이병기의 관점에서 '唱'이나 '音樂'에 가까운 시조의 문화적 배경은 '구술문화'에 닿아 있는데, 그와 반대로 현대문학의 문화적 배경은 이미 '문자(인쇄)문화'를 전제하고 있다. 월터 옹Walter Ong에 따르면,[3] 구술문화의 특징은 문학을 생산하고 소비하는 과정에서 '청각'에 의지하는 경향이 높다는 데 있다. 반면 인쇄술의 보급으로 책이 대량으로 생산되고 유통되는 근대사회로 접어들면서 문학의 생산과 소비에서 '청각'이 쇠퇴하고 '시각'이 중요한 감각으로 부상하게 된다. 옛날 서당에서는 책을 소리 내어 읽는 것이 중요했지만, 근대적 도서관 문화에서는 책을 소리 내어 읽는 것이 금지된 행위인 것과 마찬가지이다.

이병기의 일차적인 관심사는 여기에 있다. 우선 당시의 사회가 '구술(구전)문화'에서 '문자(인쇄)문화'로 이행하는 과정에 있다는 것을 이병기만큼 절실하게 실감한 사람이 없었다는 점을 강조할 필

---

3   월터 옹, 이기우·임명진 옮김, 《구술문화와 문자문화》, 문예출판사, 1995. 참조.

요가 있다. 그래서 그는 이렇게 물었던 것이다. '구술문화'를 배경으로 탄생한 고전문학이 과연 '문자문화'를 배경으로 출현한 현대문학의 세계에서도 살아남을 수 있을 것인가? 고전문학은 반드시 '구술문화'를 배경으로 해서만 그 존재 의미를 유지하고 보존할 수 있을 텐데, 그 배경이 사라진 다음에도 온전하게 살아남을 수 있을 것인가? 만약 살아남을 수 있다면 그 생존의 조건은 무엇인가? 대략 이러한 질문들이 이병기의 시조론에서 가장 근본을 이루고 있으며, 그의 시조론은 이 질문에 대한 답변으로 채워져 있다.

또한 이병기 시조론은 그 다음 단계도 포함하고 있는 것이 특징이다. 시조는 부활을 위해서 근대적 조건을 충분히 수용하였는데, 그렇게 해서 부활한 시조는 과연 근대를 향해 어떤 의미를 지니는가? 전통이 박제된 형태로 부활한 것이 아니라면, 살아서 돌아온 전통적 장르가 근대문학의 틈바구니에서 존재할 이유는 무엇인가? 즉, 근대문학의 영토에서 시조의 존재 이유를 해명하는 문제들이 남게 된다. 이러한 문제들에 대한 답변을 통해서 근대문학을 추종하던 시조는 다시 근대문학(혹은 근대시)이 나아갈 방향을 가리키는 선봉의 자리를 차지하게 된다.[4] 이것이 이병기의 시조론이 도달하게 될 최종 목적지라고 할 수 있다.

따라서 이병기의 시조론에는 서로 다른 두 가지 방향이 중첩되어 있다. 한편으로는 근대문학의 선구적 모델을 추종하려는 시조

---

4 시조를 포함한 고전의 부활은 항상 근대의 위기, 혹은 근대문학의 진부함을 전제로 한다. 근대문학이 그 참신성의 동력을 상실했을 때, 시조를 포함한 고전의 도움을 받아서 '갱신'의 기회를 얻게 되는 것이다. 동양의 시적 전통을 통해서 서구 근대시의 진부함을 뛰어넘고자 했던 이미지즘의 시도가 대표적인 사례이다. 이에 대해서는 졸고, 〈이미지즘과 동양담론〉,《인문학연구》 37, 2009. 참조.

의 모습이 있는가 하면, 다른 한편으로는 근대문학을 향한 시조의 선도적 발언이 내포되어 있다. 그러기 위해서 그의 시조론은 자유시를 지향하는 측면과 고시조를 지향하는 측면 사이에서 크게 진동할 필요가 있었다. 이 극단적인 진동과 긴장 상태가 현대시조의 존재 조건을 이루는 것이다. 현대시조의 위험천만한 위상이야말로 고시조와 자유시의 상대적으로 안정적인 존재 기반과 크게 구별되는 것인데, 그것이 이병기의 모험적 시도를 반영하고 있다.

전통을 복원하는 두 가지 방법: 최남선과 이병기의 거리

다시 위의 진술로 되돌아가 보자. 거기에서 이병기는 시조가 "作"이면서 "文學"이라는 사실을 특별히 강조하고 있다. 일찍이 이광수는 그의 글 〈文學이란 何오〉(1916)에서 '문학'이라는 단어가 '문자(인쇄)문화'를 배경으로 해서 출현한 서양의 'literature'라는 단어의 번역어임을 강조했다.[5] '문학'이라는 단어는 '문자문화'를 배경으로 해서 등장한 새로운 형태의 문학, 즉 현대문학(혹은 근대문학)에만 적용되는 명칭이라는 것이다. 뒤집어 말하면, '문자문화' 이전의 '구술문화'를 배경으로 하는 고전문학에 대해서는 아직 '문학'이라는 말을 부여하기 어렵다는 것이다. 이병기는 '문학'이라는 단어의 용법을 잘 이해하고 있었다. 따라서 그가 고전문학의 일종인 '시조'가 '문학'이 되어야 한다고 주장했을 때, 그것은 '구술문화'

---

5 이에 대해서는 황종연, 〈문학이라는 譯語〉,《한국어문학연구》32, 1997. 12. 참조.

에 적합하게 형성된 시조의 형식을 '문자문화'에 맞게 '혁신'해야 한다는 뜻을 포함한다. 시가가 '현대문학'으로 다시 탄생하기 위해서는 무엇보다도 먼저 '문학'의 조건을 받아들일 필요가 있는 것이다. 시조가 '문학'이 되는 것, 그것이 고전문학의 배경(즉, 구술문화적 배경)이 사라진 현대에도 시조가 여전히 살아남을 수 있는 가장 빠른 길이었다. 그러므로 이병기가 지향하는 '시조의 현대화'는 사실상 '시조의 문학화'를 통해서만 가능했던 것이다.

이처럼 이병기는 시조가 '문학'이 되지 않고서는 결코 '부활'할 수 없다고 보았다. 과거의 시조가 죽어야만 새로운 시조가 탄생할 수 있는 것이다. 그러므로 고시조를 있는 그대로, 훼손하지 않고 그 형식 그대로 근대사회로 옮겨 놓으려고 하는 모든 시도는 시조를 살리는 것이 아니라 도리어 '죽이는' 행위에 불과했다.[6] 그 대표적인 사례가 최남선의 작업이다. 최남선의 시조부흥론[7]은 시조가 '노래'라는 사실을 강조하고, 그 노래가 조선 민족의 오래된 습관임을 환기하면서, 노래로서 시조의 기원이 단군으로 대표되는 샤먼의 노래에 있음을 밝히고 있다. 그러므로 그는 시조가 얼마나 오랜 역사를 지니고 있으며 조선 민족과 더불어 생존해 왔는지를 밝히

---

6 이병기의 관점에서 보면 1920년대의 시조부흥론은 시조를 살리고자 했지만 결국은 시조를 죽일 수밖에 없는 논리적 함정에 빠져 있었다. 그들은 서구적인 자유시의 독주 체제를 비판하면서 자유시와 시조가 '다르기 때문에' 시조가 부활되어야 한다는 민족주의적 논리를 내세웠다. 그것은 고시조를 박제된 채로 보존하는 것에 불과하지 결코 살아 있는 문학이라 할 수 없다. 반면에 이병기는 시조가 부활되기 위해서는 시조가 자유시와 '다르지 않아야' 하며, 오히려 부활의 대상인 '고시조' 자체에 대한 철저한 부정과 반성이 전제되어야 한다고 주장했다. 현대화를 위해서 시조가 부정해야 할 대상은 '자유시'가 아니라 '고시조'라는 것을 강조한 점이 이병기 시조론이 1920년대의 시조부흥론과 달라지는 지점이다.

7 이에 대해서는 졸고, 〈한국 근대시와 민족담론: 1920년대 '시조부흥론'을 중심으로〉, 《근대문학연구》 4, 2003. 10. 참조.

는 데 집중하고 있다. 즉, 시조야말로 '구술문화'의 핵심에 있는 것이기 때문에 여전히 생존할 이유가 충분하다는 것이다. 이때의 최남선은 당시 사회가 '문자문화'로 바뀌었다는 것을 충분히 인지하지 못했을 뿐 아니라, '구술문화'를 배경으로 해서 생존했던 시조가 '문자문화'에서도 여전히 생존할 수 있으리라는 낙관론을 펼쳤다. 최남선의 경우 시조가 생존하는 데 있어서 구술문화와 문자문화의 차이는 별로 중요하지 않았다.

반면에 이병기는 구술문화와 문자문화의 차이야말로 시조의 생존 문제를 검토할 때 가장 먼저 고려해야 할 심각한 상황이라고 생각했다.[8] 문자문화가 지배하는 현대사회에서 시조가 살아남기 위해서는 문자문화를 배경으로 대두한 '문학'의 범주 안에 포함되어야만 하며, 따라서 '문학'의 품 안으로 들어가기 위해 시조는 구술문화의 흔적을 제거하지 않을 수 없었던 것이다. 이때 이병기가 구술문화의 흔적으로서 가장 많이 강조한 사항이 바로 '노래'의 흔적이다. 최남선은 시조가 노래인 '덕분에' 현대사회에서도 여전히 살아남을 이유가 충분하다고 생각했지만, 이병기는 시조가 현대사회에서 살아남을 수 없게 된다면 그것은 바로 노래 '탓'이라고 본 것이다. 그 '노래'(=唱) 대신 그가 강조하는 말이 바로 "作"이다. 이병기의 현대시조는 '짓는 것'이지 '부르는 것'이 아니다.

앞서 말했듯이, 이병기는 시조를 '현대화'하기보다는 '문학화'하

---

8 이병기의 시조론을 구비문학에서 문자문학으로의 전환과 관련하여 연구한 사례로는 배개화, 〈이병기를 통해 본 근대적 '문학어'의 창안〉, 《어문학》 89, 2005. 9.를 들 수 있다. 배개화는 고시조에서 현대시조로 이행하는 과정을 언문일치와 문학어 창안의 관점에서 고찰하고 있다. 이것은 근대적 문학 개념이 고시조를 향해 일방적으로 관철되는 부분만 강조한다는 한계가 있다. 본고에서는 일방적 관계가 아니라 상호영향의 관계 속에서 고찰되어야 한다는 것을 강조하고자 한다.

는 데 더 큰 관심을 두었다. 시조를 '문학화'하지 않으면 문자문화가 지배하는 세상에서 더 이상 살아남을 수 없을 것을 예감했기 때문이다. 그러므로 그는 전통을 '있는 그대로' 보존하고 계승하는 데 관심을 두었던 보수적인 사람들과 구별된다. 물론 이병기도 시조와 같은 전통문화를 '부활'시키고자 했지만, 그것은 결코 전통문화를 있는 그대로 온전하게 보존해야만 한다는 것을 의미하지 않는다. 이병기가 생각하는 전통의 부활은, 오히려 전통이 현대사회에 '적응'하는 과정에서 철저하게 '변형'될 것을 요구한다. 현대화의 요구에 전통이 먼저 응하는 것이 전통 부활의 첫 번째 조건인 것이다.

그러나 변형을 감수하면서까지 전통이 현대화의 요구에 응했을 때는, 그 전통이 현대사회에서 특별한 기능을 수행할 것이라는 기대를 포함한다. 전통은 일방적으로 현대화의 요구를 수용하는 것이 아니라, 그 요구를 반영하여 변형된 전통 자체가 현대사회를 향해서 거꾸로 영향을 줄 수 있는 가능성을 내포하고 있다. 현대사회가 전통에 영향을 주어 변형을 유발하고, 이렇게 변형된 전통이 다시 전통의 이름으로 현대사회에 영향을 미치는 '상호영향'의 측면이 중요한 것이다. 그러나 만약 전통이라는 것이 현대사회의 요구를 수용하지도 않은 채 일방적으로 부활만을 주장한다면 그 전통은 현대사회와 결합하지 않을 것이고, 따라서 외면적으로만 관계하며 겉돌게 될 것이다. 그렇게 되면 현대사회가 전통에 영향력을 행사하지 못한 것처럼 전통 또한 현대사회에 대해서 아무런 효력도 발휘하지 못하고 무기력하게 주변화될 가능성이 많다. 그러므로 이병기가 시조를 포함한 전통을 말할 때 특별히 강조하는 것은,

우선적으로 전통이 전통 그 자체로 존재할 것이 아니라 현대사회에 철저히 적용하고 변형되어야 한다는 것이다.

현대시조의 리듬론: 자유시 지향성

그런 의미에서 시조는 그 부활을 위해서라면 우선적으로 철저하게 '문학화'되어야만 한다. 좀 더 정확히 말하자면, 현대사회에서 시조가 부활을 의도한다면 그 모델을 반드시 '현대시', 즉 '자유시'에서 찾아야만 한다. 이것은 어쩌면 모순된 진술일 수 있다. 시조와 자유시는 '리듬'의 측면에서만 보면 극단적으로 대립하는 것처럼 보이기 때문이다. 실제로 근대적 자유시가 등장하는 과정에서 시조와 같은 정형시에 대한 부정과 비판이 큰 역할을 수행했다는 것은 잘 알려진 사실이다. 하지만 이병기는 시조가 '현대시'로 거듭나기 위해서는 자유시와 대립할 것[9]이 아니라 오히려 자유시를 모델로 삼아 철저하게 '문학화'되어야 한다고 보았다. 그러므로 무엇보다도 자유시와 시조 사이의 격차를 줄이는 것이 선결 과제였고, 이를 위해서는 먼저 자유시와 시조를 대립시켰던 1920년대식 복고주의와 결별해야만 했다.

아직까지도 시조 하면 으레 부르는 것으로 안다. 옛날 시조는 그

---

9 이와는 반대로 1920년대의 시조부흥운동 단계에서는 시조와 민요를 자유시와 대립하고자 하는 경향이 강했다. 따라서 양자 사이는 마치 민족문학과 서양문학, 그리고 토종과 외래종의 차이처럼 그 격차가 크게 벌어졌던 것이다.

러하더라도 오늘날 그대로 밟아 갈 필요는 없다. 시조가 부패하게
된 원인의 하나는 분명히 여기에 있다. (중략) 그러므로 오늘날부터
는 音樂으로 보는 시조보다도 文學으로―詩歌로 보는 시조로, 다시
말하면 부르는 시조보다도 짓는 시조, 읽는 시조로 하자는 것이다.[10]

　　여기에서 시조는 크게 두 부류로 나뉜다. 한편에는 '고시조＝부
르는 시조＝음악으로 보는 시조'가 있고, 다른 한편에는 '현대시조
＝짓는 시조(읽는 시조)＝문학으로 보는 시조'가 있다. 시조 자체
가 그 성격상 음악과 문학 사이에 있는 장르임을 감안한다면, 이병
기는 상대적으로 '음악'에 가까운 시조에서 '문학'에 가까운 시조로
이동해야 할 필요성을 강조하고 있는 것이다.

　　이러한 이동은 단순한 변화가 아니다. '음악'의 하위 장르에 속
해 있던 것이 '문학'의 하위 장르로 포섭되기 위해서 필요한 변화의
폭이 엄청나기 때문이다. 더구나 그러한 변화의 폭을 감당하면서
'詩歌'에서 '歌'를 분리하고 '詩'로 독립하고자 했던 것이 자유시였
음을 상기할 필요가 있다. 이병기가 지향하는 시조 혁신의 방향은
이미 고전시가에서 자유시가 독립할 때의 과정을 반복하고 있다.
따라서 만약 자유시가 감행했던 그 변화의 방향을 좇아 시조가 그
대로 반복한다면, 과연 그것을 여전히 시조라고 할 수 있는지부터
가 의문일 정도이다. 하지만 이병기는 시조가 달라진 시대 환경에
적응하고 근대적인 문학으로 다시 태어나려면 큰 폭의 혁신을 감
당해야 한다고 보았다. 그 혁신의 구호가 '音樂과 唱에서 文學과

10　이병기, 〈시조는 혁신하자〉, 《동아일보》, 1932. 1. 23.~2. 4. 《가람문선》, 325쪽에서 재인용.

作으로'였다. 그만큼 唱에서 作을 분리하는 문제는 절실했다.

그러나 시조의 唱은 시조의 作과는 딴 것입니다. 위에서 말함과 같이 시조의 작가로서 시조의 창법이 무엇인지 알아 둘 필요가 없는 건 아니지마는, 그렇다고 해서 시조의 작가가 반드시 그 창법까지를 할 줄을 알아야 할 건 아닙니다. 노래를 짓는 이와 노래를 부르는 이와는 반드시 동일한 사람이 아닙니다. 그는 서로 部門이 다릅니다. (중략) 오늘날부터는 시조의 唱보다도 시조의 作을 더욱 공부하여야 하겠습니다. 오늘날부터의 시조의 생명은 그 唱보다도 그 作으로 하여 연장을 시키지 않으면 아니 될 것입니다. (중략) 우리는 곧 音樂으로서의 시조보다도 한 文學으로서의 그것을 의미하여 말하는 것입니다.[11]

여기에는 그 분리의 전략이 드러나 있다. 그 전략은 '시조창'과 '시조작'을 별개의 활동으로 분리하는 데 있다. 즉, 이병기는 시조에서 '唱'과 '作'이 모두 필요하다는 것은 인정하되, 다만 '唱'을 하는 사람과 '作'을 하는 사람을 분리하자는 것이다. 종래에는 시조라는 동일 대상을 놓고 '작가'와 '창자' 사이를 구별하지 않았다. 하지만 이제 작가와 창자를 분리하여 역할 분담이 이루어지게 하자는 것이다. 이렇게 하면 시조의 작가가 반드시 시조의 창자가 될 이유가 없듯이, 시조의 창자가 반드시 시조의 작가일 근거도 사라지게 된다. 결국 시조를 짓는 작가에게서 시조를 부르는 창자의 의

---

11 이병기, 〈시조와 그 연구〉, 《학생》. 1928. 10. 《가람문선》, 257쪽에서 재인용.

무가 사라지게 된다. 시조를 짓는 행위가 반드시 '창'을 전제로 하는 행위가 아니기 때문이다. 이처럼 '시조 작가'와 '시조 창자'의 역할 분담을 통해서, 드디어 시조를 '짓는' 행위가 '자율성'을 획득하게 된다. 시조를 '짓는' 행위는 더 이상 시조를 '부르는' 행위, 즉 음악의 지배를 받지 않게 될 것이기 때문이다.

역할 분담이 관철되면 현대시조는 "짓는 시조"와 "읽는 시조", 즉 순수한 '독서'의 대상으로 다시 태어날 수 있다. 하지만 시조 작가에게서 시조창의 의무를 박탈한다고 해서, 시조를 짓는 과정에서 음악적 측면을 완전히 제거할 수는 없는 일이다. 이렇게 되면 시조와 자유시 사이에 아무런 차이도 없게 된다. 자유시에 비해서 시조는 음악적 측면에서 완전히 해방될 수는 없다. 따라서 이병기는 다음과 같은 새로운 구별법을 내놓게 된다.

1) 격조는 과연 음악과도 다르다. 음악은 소리 그것에만 의미 있을 뿐이지마는, 격조는 그 말과 소리와가 합치한 그것에 있다. 그러므로 말을 떠나서는 격조도 없다.[12]

2) 시가는 그 의미와 운율이 곧 일체가 되어야 합니다. 의미 곧 운율, 운율 곧 의미가 될 이만큼 되지 않으면, 이른바 그 내심율內心律의 표현이 잘된 것이라고 볼 수 없습니다. 그리하여 운율은 시적 리듬이어야 합니다. 이것이 음악적 리듬과는 다릅니다. 음악적 리듬은 소리 그것에만 감각이 있을 뿐이고, 시적 리듬은 시로 쓰인 언

---

12 이병기, 〈시조는 혁신하자〉, 《가람문선》, 326쪽에서 재인용.

어 그것의 의미를 생각게 하는 것이라야 합니다. 그래서 시적 리듬과 음악적 리듬과는 마땅히 구분하여 보아야 합니다.[13]

시조를 '짓는' 행위(=문학으로서의 시조)가 시조를 '부르는' 행위(=음악으로서의 시조)로부터 완전히 독립했다 할지라도, 여전히 시조를 짓는 데는 리듬이 요구된다. 다만 그 강도가 과거의 고시조에서 요구되는 리듬의 강도와 구별될 필요가 있었다. 그것을 이병기는 "음악적 리듬"과 "시적 리듬", 혹은 "음악"과 "격조"의 대비를 통해 구별하였다. "음악적 리듬"이 고시조를 지배하는 리듬이라면, "시적 리듬"(혹은 "격조")은 문학으로 재탄생한 현대시조가 감당할 리듬이라는 것이다. 다시 말해서, 고시조의 리듬은 "소리 그것에만" 관심을 두고 있기 때문에 외부에서 강요된 리듬이지만, 현대시조의 리듬은 "말과 소리", "의미와 운율"이 "합체" 혹은 "일체"가 되어서 "내심율內心律"이 표현되는 리듬이다. 고시조는 시의 외부에서 리듬이 주어지는 외재율의 형식을 따랐다면, 현대시조는 시의 내부에서 자연스럽게 발현되는 내심율, 즉 내재율의 형식을 취하고 있다는 것이다.[14]

하지만 현대시조의 리듬을 이렇게 설명하면 그것은 자유시의 리듬과 구별되기 어렵다. 자유시의 리듬이야말로 시인의 내적 필요에 의해서 형성되는 리듬, 즉 내재율을 따르기 때문이다. 그럼에도 불구하고 이병기는 현대시조의 리듬이 "시적 리듬"에 근접해야

---

13 이병기, 〈시조와 그 연구〉, 《가람문선》, 248~249쪽에서 재인용.

14 이병기가 제안한 '시적 리듬', '격조', '내심율' 등은 내용의 필요에 따른 형식, 의미에 부합하는 소리를 지향한다는 점에서 사실상 현대시의 '내재율'과 큰 차이를 보이지 않는다.

한다는 사실을 지속적으로 강조하고 있다. 그만큼 시조의 혁신에서 리듬의 문제가 핵심을 이룬다고 본 것인데, 특히 고시조의 정형화된 리듬에서 벗어나는 일이 가장 시급했다.

1) 그리고 그 다음에는, 작가 자신의 감정에서 흐르는 리듬에 맞추지 않고 재래의 시조 작풍에만 맞추어 쓰려 함이다. 말하자면 시조의 형식에 치중하는 편이다. 사실 시조로서의 형식이 있는 만큼, 다른 시가와는 좀 다른 점이 있겠으나, 재래의 그 가락은 버리고 작가 자기류의 작풍이 있어야 할 것이다.[15]

2) 그런데 시조의 격조는 그 작가 자신의 감정으로 흘러나오는 리듬에서 생기며, 동시에 그 작품의 내용 의미와 조화되는 그것이라야 한다. 그렇지 않으면 딴 것이 되어 버린다.[16]

이병기가 "재래의 시조 작풍"에 대해서 비판적인 이유는 그것이 "재래의 그 가락"을 그대로 반복할 가능성이 높기 때문이다. 그것은 전통을 있는 그대로 보존하는 행위와 다르지 않으며, 그것이야말로 이병기가 가장 우려했던 바이기도 하다. 이런 식으로 시조가 "재래의 그 가락"을 그대로 반복하게 되면, "작가 자기류의 작풍"이 성립할 수 없다. 현대시의 조건이 '개성'에 있다는 것을 잘 알고 있는 이병기로서는 시조의 리듬에서도 개성을 회복할 필요가 있었

---

15 이병기, 〈시조는 혁신하자〉, 《가람문선》, 325쪽에서 재인용.
16 이병기, 앞의 글, 앞의 책, 326쪽에서 재인용.

던 것이다.

개성의 문제는 그의 리듬론에서 자주 등장한다. 인용문에서 보듯 고시조의 "음악적 리듬"에 비해서 현대시조의 "시적 리듬"은 "작가 자신의 감정으로 흘러나오는 리듬"이면서, "그 작품의 내용의 미와 조화"를 이루어야 하는 어떤 것이다. 현대시조의 "시적 리듬"은 작품의 외부에서 기성품처럼 주어지는 것이 아니라 작가의 내적 감정에서 자연스럽게 흘러나와야 하며, 더구나 작품의 내용이나 그 의미와 조화를 이루는 리듬이라야 한다. 이러한 리듬론은 자유시의 리듬론에 근접한 설명임을 알 수 있다. 이것은 이병기가 시조 혁신의 모델을 '자유시'에서 찾고 있음을 입증해 준다.

하지만 만약 이병기의 요구가 자유시의 리듬론을 시조를 향해서 일방적으로 강요하는 것이라면, 그것은 내재율에 대한 설명과 모순을 이루게 된다. 내재율은 외부에서 강요되는 리듬이 아니라 내부의 필요에 의해서 자연스럽게 취해진 리듬이어야 하기 때문이다. 다시 말해서, 현대시조의 리듬은 시조 내부에 잠재된 가능성을 발현하는 형식이어야만 한다는 것이다. 따라서 이병기는 이러한 내재율의 가능성이 고시조의 형식에 이미 잠재한 것으로 설명하고 있다.

한데, 시조는 그뿐만 아니라, 누누이 말함과 같이 漢詩나 和歌보다도 더욱 자유스러운 小詩形으로서 곧 삼백여 가지로 나눌 수 있는 이 형식을 무엇이 그리 불편하다고 할까. 동요나 민요와도 형이나 아우 사이며, 자유시新詩와도 그다지 먼 사이는 아니다. 자유시라고 문자나 나열하여 놓으면 곧 시가 되는 것이 아니고, 그 내용과

합할 만한 그 형식도 있어야 한다.[17]

그 가능성을 그는 시조 형식의 다양성에서 발견하고 있다. 이병기는 시조 형식의 가짓수가 "삼백여 가지"에 달한다는 사실을 강조한다. 가짓수가 많다는 것은 시조의 형식이 선험적으로 고정된 것이 아니라는 것, 그렇기 때문에 그때그때마다 내용에 따라서 "그 내용과 합할 만한 그 형식"이 얼마든지 생산될 가능성이 높다는 것을 의미한다. "漢詩나 和歌보다 더욱 자유스러운" 시조의 형식은 정형시 중에서도 가장 자유시에 근접한 형식인 것이다. 형식이 비교적 자유롭다는 점에서 시조는 본래 "자유시新詩와도 그다지 먼 사이는 아니"라고 할 수 있다. 이처럼 중국이나 일본의 정형시에 비해서 한국의 시조가 '자유시'에 근접하다는 생각은, 자유시를 모델로 한 시조의 혁신 가능성이 높다는 것을 의미한다.

이렇게 해서 시조는 그 부활을 위해서 근대적 자유시의 조건에 근접한 형식적 변화를 감당해야만 한다. 다만 그 변화는 고시조에 이미 잠재하는 자유시의 가능성을 크게 강조하는 방향으로 이루어진 것이다. 이렇게 자유시에 근접하는 과정에서 현대시조는 오히려 고시조 그 자체에서부터 크게 멀어지게 된다. 곧 '음악적 리듬'에서 '시적 리듬'이나 '격조'를 구별하고자 한 것은 고시조에서 현대시조를 구별해야 할 필요성의 반영인 것이다. 시조의 부활은 무엇보다 고시조를 있는 그대로 복원하는 것이 아니기 때문이다.

---

17 이병기, 앞의 글, 앞의 책, 314쪽에서 재인용.

현대시조의 언어론: 고시조 지향성

이처럼 현대시조가 자유시를 모델로 하는 형식적 변화를 감내해야만 했던 것은 고시조와 구별될 필요가 있었기 때문이다. 그러나 아무리 자유시를 모델로 해서 시조를 혁신해야 한다고 주장한다 해도, 자유시와 시조는 결코 동일해질 수 없다. 자유시와 시조가 공히 현대시의 특징을 공유한다고 할지라도, 양자 사이에는 반드시 구별이 있어야만 한다. 그 구별을 포함하는 미묘한 차이에 대해서 이병기는 다음과 같이 진술하고 있다.

이를테면 時調는 小乘과 같다면 新詩는 大乘과 같은 것이겠습니다. 대승에서는 모든 계율을 초월할 수도 있습니다. 하나 대승은 소승 경계를 거쳐 간 그러한 그것이라야 합니다. 무단히 대승을 한다고 殺 · 盜 · 淫 따위의 파계만 하여서는 아니 됩니다. 그리고 대승도 한 법이요, 소승도 법인 줄 알아야 합니다. 턱없이 대승만 한다고 소승 경계도 이르지 못한 그 따위는 아니 됩니다.[18]

여기에서 자유시, 즉 "신시"와 "시조"는 동일 종교에 속할 정도로 서로 근접해 있다. 다만 같은 종교에 기반하면서도 "대승"과 "소승"의 관계 정도로 양자 사이에는 미묘한 차이가 존재한다. 그 차이를 이병기는 대승과 소승의 관계에 비유하면서 양자 사이에 미세한 '단계'를 설정하고 있다. 즉, 소승을 거쳐서 대승에 도달하는

---

18 이병기, 〈시조와 그 연구〉, 앞의 책, 276쪽에서 재인용.

것이 정상적인 수도승의 자세인 것과 마찬가지로, 소승인 시조의 단계를 거쳐서 대승인 자유시의 단계에 이르는 과정에 정당성을 부여하고자 한 것이다. 만약 시조를 무시하고 무작정 자유시부터 시작한다면, 그것은 마치 소승의 계율은 알지도 못한 채 파계부터 배우는 꼴이 되고 만다. 그러므로 소승을 거쳐서 대승에 이르는 절차가 올바른 것이라면, 대승이 존재하는 한 소승의 단계도 계속 존속할 이유가 충분해 보인다.

이처럼 소승의 단계에 속하는 시조의 계율은 무작정 무시할 것이 못 된다. 따라서 "시조의 형식이 좀 까다로워 보이는 것이 도리어 그 妙味"임을 알지 못하는 사람, 즉 "그 妙味는 모르고, 다만 新詩-自由詩-나 보고는 이런 형식을 배척하는 이"[19]가 있다면, 그는 단계와 절차에 무지한 사람에 불과할 것이다. 여기에서 이병기는 시조를 무시하고 자유시에만 치중하는 사람들에 대한 불신의 의도를 드러내고 있다. 자유시가 대세인 시대에도 시조는 역시 그 존재 이유를 주장할 수 있다고 믿기 때문이다.

그것은 특히 그의 '언어론'에서 극명하게 드러난다. 언어론에 있어서 자유시에 비하여 열등한 위치에 있었던 시조는 다시 자기 목소리를 회복하게 된다. 그 시작은 다음과 같은 진술에서 발견된다.

바로 "시가는 언어의 예술입니다."[20]라는 진술이 그것이다. 여기에서 "시가"는 곧 시조를 가리키는 명칭이다.[21] 사실 시라는 장르가

---

19 이병기, 앞의 글, 앞의 책, 275쪽에서 재인용.

20 이병기, 앞의 글, 앞의 책, 257쪽에서 재인용.

21 이병기는 '시조'라는 명칭 대신에 "詩歌"라는 명칭을 즐겨 사용한다. 이때 '시가'라는 명칭은 '문학'의 하위 장르를 가리키는 것으로, 이 명칭의 사용은 '문학'의 범주 안에 이미 '시조'가 위치하고 있

'언어의 예술'이라는 자각은 모더니즘 시에서 내세우는 현대성의 조건이기도 하다. 그렇기 때문에 이 진술은 겉으로만 보면 시조 또한 현대성의 조건을 받아들여야 한다는 당위적 요구처럼 들린다. 하지만 조금만 더 생각해 보면, 이 진술에는 앞서 보았던 리듬론과 구별되는 특별한 반전이 포함되어 있다. 시조만의 독자적인 목소리가 뒤에 숨겨져 있는 것이다. 그것은 시가(＝시조)와 언어(＝국어) 사이의 밀접한 관련성을 주장하는 장면에서 노골적으로 드러나게 된다.

> 그러므로 우리가 詩歌의 세계를 엿보자면, 먼저 그 언어의 맛을 감촉할 줄 알아야 합니다. 언어의 맛을 감촉할 줄 모른다면 그는 도저히 詩歌를 알 길이 없습니다. 언어는 일반문학 가운데서도 더욱 詩歌에 있어서 그 극치의 美를 나타내고 있는 것입니다. 이건 어느 나라의 국어에서든지 다 그러합니다. 정말 그 국어의 美를 맛보자면 무엇보다도 그 나라의 詩歌를 읽어 보아야 합니다.[22]

앞서 말했듯이 현대시의 특징으로 '언어의 자각'을 거론하는 경우가 많다. 인용문에서처럼 시가의 세계를 감상하기 위해서 "그 언어의 맛을 감촉할 줄 알아야" 한다는 진술은 일반적으로 현대시,

---

다는 것을 의미한다. 앞서 보았듯이 '문학'의 하위 장르에 속한다는 점에서 시조와 자유시는 '차이'보다는 '동일성'을 더 많이 공유하게 된다. 그렇다면 이병기의 관점에서 보았을 때, 현대시조에서 크게는 '문학'의 특징이, 작게는 '시'의 특징이 발현되는 것은 자연스럽다. 따라서 '시가'라는 명칭의 사용은 자유시뿐 아니라 시조 또한 현대시에 포함된다는 생각을 반영하고 있다.

22　이병기, 앞의 글, 앞의 책, 257쪽에서 재인용.

그중에서도 특별히 1930년대 모더니즘 시인들의 시론에서 자주 발견되는 내용이다. 그런데 인용문에서 "언어의 맛"은 일반적인 언어이기 이전에 "국어의 美"를 우선적으로 가리키고 있다. '언어'라는 추상적이고 보편적인 대상은 반드시 '국어'라는 특수한 언어를 통해서만 실현되기 때문이다. 마치 랑그langue가 파롤parol을 통해서만 존재할 수 있는 것처럼, 국어[23]를 통해서만 우리는 언어의 존재를 확인할 수 있는 것이다.

그런데 "언어의 맛" 혹은 "국어의 美"는 구체적으로 어떤 성질을 통해서 감지될 수 있단 말인가. 이와 관련해 그는 '시적 언어의 번역불가능성'을 내세운다.

> 정말 詩歌는 외국어로 하여 번역할 수 없는 것입니다. 꼭 그와 같은 그 語感을 달리 옮겨 놓을 수 없는 까닭입니다. 다시 말하면 그 나라의 말에서 감촉하는 것을 꼭 그와 같이 외국어에서도 감촉할 수 있게처럼 번역할 수 없는 것입니다.[24]

시의 언어가 다른 언어로 번역될 수 없는 것은 "어감" 때문이다. 설사 언어의 뜻은 번역할 수 있더라도 "어감"까지는 번역할 수 없다는 것이 이병기의 관점인 것이다. 그러므로 이병기가 "언어의 맛" 혹은 "국어의 美"라고 했던 것은 산문적 의미로 번역할 수 없는

---

23 이때 "국어"는 아직까지 일본어가 아니라 조선어를 가리킨다.
24 이병기, 앞의 글, 앞의 책, 257쪽에서 재인용.

시적 언어의 "어감"에서 발견된다는 것을 알 수 있다.[25] 시의 핵심
은 "어감"에 있는 것으로, 그것은 항상 다른 나라의 언어로는 번역
되지 않는, "그 나라의 말에서 감촉하는 것"이라 할 수 있다. 이렇
게 산문적 의미로는 번역할 수 없는 시적 언어의 "어감" 때문에, 시
인은 항상 "국어"와 "외국어"의 차이에 민감할 수밖에 없다. 시인에
게는 모든 개별 언어들을 초월하는 공통의 요소보다는 개별 언어
들마다의 차이에 먼저 관심을 두어야 한다는 것이다. 그런 의미에
서 그것은 이미 '언어민족주의'의 가능성을 내포하고 있다.[26]

　이병기의 관점에서 보면, 현대의 시인들이 시는 곧 '언어의 예술'
임을 중시하는 한 그들은 반드시 '국어'의 문제로 돌아올 수밖에 없
다. "언어의 맛"은 결국은 다른 언어로 번역할 수 없는 "어감", 즉
"국어의 美"에서 드러날 것이기 때문이다. 그러나 번역불가능성은
국어와 외국어 사이에서만 존재하는 현상이 아니다. 같은 조선어
안에서도 외국어처럼 번역불가능한 언어가 있는데, 바로 "古語"가
그것이다. 그리고 "고어"의 풍부한 용례를 이병기는 시조에서 발
견하고 있다. 몇 가지 사례만 보면 다음과 같다.

25　시적 언어의 번역불가능성 문제는 낭만주의 시인 김억의 번역론에 자주 등장하는 테마이기도 하
　다. 시적 언어의 번역불가능성은 산문적 언어의 번역가능성과 구별되어, 시와 산문의 차이를 강
　조하는 근거로 활용된다. 김억의 번역 시론에 대해서는 졸고, 〈근대 초기 시론의 탈근대적 성격:
　김억을 중심으로〉, 《비평문학》 42, 2011. 12. 참조.

26　그는 한자어나 외래어의 사용이 조선어를 대체하는 현상에 대해서 우려를 표하고 있다. "문자라
　하면 한문에나 기타 외국어만 있는 것 같다 생각하나, 우리 조선말에도 문자가 많이 있습니다.
　(중략) 그런 건 보지도 않고 그대로 버려 두고 새 문자나 외래어의 문자만을 쓰기 좋아하면, 조선
　의 정취를 가진 조선말의 문자는 아주 없어질지 모릅니다." 이병기, 〈시조와 그 연구〉, 앞의 책,
　260쪽에서 재인용.

가) 이 시조의 종장 첫구의 '어즈버'는 이것만이 아니라 쓴 데가 많습니다. 반드시 종장 첫구에만 쓴 것입니다. 이 말은 아직까지 다른 데서는 쓴 걸 못 보고 시조에서만 보았습니다. 한 삼십 수나 남아 됩니다. 이건 시조의 전용어라고 해도 가합니다. 지금 그 말뜻은 잘 모릅니다. 그냥 억측으로 하면 '어찌하여' '아마도' '어지간히' '거의'의 뜻으로 쓴 것 같기도 합니다.[27]

나) 종장 둘째 구의 '얼우려 하인들'은 지금 말로 쓴다면 '얼리려 한들'이라 하겠으나, 전자와 같이 유완고아悠緩古雅한 맛이 없습니다. 이 시조의 그 글句에는 이와 같은 語調를 써야 합니다.[28]

(가)에서 "어즈버"의 뜻은 지금은 망각되어 번역이 불가능하지만, (나)에서 "얼우려 하인들"처럼 설사 그 뜻을 알고 있다 해도 현대어로 "얼리려 한들"이라 번역하면 그 "어조"를 살릴 수 없다. 다시 말해서, 그 뜻을 알지 못하는 것은 물론이려니와 그 뜻을 안다 해도 시조에 사용된 "고어"는 '현대어'로 번역될 수 없다. "고어" 본래의 "어조"와 "어감"을 그대로 살릴 수 없기 때문이다. 고어의 번역불가능성은 그러므로 사실상 대체불가능성에 가깝다고 할 수 있다. 시조에서 사용된 언어가 다른 언어로 대체될 수 없다는 것은, 시조 자체를 자기완결성을 갖는 형식으로 간주한다는 뜻이다. 시조는 비록 옛 형식이지만 사용된 언어의 대체불가능성을 통해

---

27 이병기, 앞의 글, 앞의 책, 258쪽에서 재인용.
28 이병기, 앞의 글, 앞의 책, 259쪽에서 재인용.

서 현대시의 성격을 부여받고 있다. 즉, 시적 언어의 대체불가능성
이라는 현대시의 성격이 고시조에 투사되어 나타난 것이다. 이는
근대적인 문학 이념에 오염된 시선으로 고시조를 바라보았기 때
문이다.

이렇게 고시조에서 발견되는 "고어"의 풍부한 용례를 통해서,
이병기는 "고어" 복원의 희망을 말하고 있다. 그는 "조선말은 어휘
가 부족하다고 탓만 하든지 古語라고 배척만 하든지 하여서는 아
니" 된다고 주장하면서, "암만이라도 古語를 부활시킬 수 있는 대
로 시켜 가지고"[29] 사용할 것을 주장한다. 왜냐하면 '현대어'로 번역
할 수 없는 "고어"의 풍부한 "어감"은 그 자체로 시적 언어의 가능
성을 내포하고 있기 때문이다. 더욱이 "고어"를 사용하게 되면 현
대국어로는 도저히 표현할 수 없는 미묘한 의미까지 표현할 수 있
는 경우가 많아진다.[30] 그런데 문제는 그러한 "고어"의 복원을 위해
서는 반드시 시조, 특히 '고시조'를 참조하지 않으면 안 된다는 데
있다. 리듬의 측면에서 자유시에 밀려났던 고시조가 "고어"의 사
용으로 다시 주목받게 된 것이다.

그런데 종래 시조에서 하던 용어가 반드시 다 上乘은 아닙니다.
또는 조선어의 美를 다 잘 발휘한 것도 아닙니다마는, 그래도 조선
말의 쓰던 준례를 알자면 이런 데서 아니 찾고 보면 그리 찾을 데가
없습니다. 시조밖에는 다른 가요, 언해 어록붙이가 있으나, 가장 조

---

29 이병기, 앞의 글, 앞의 책, 258쪽에서 재인용.
30 "초장·종장에 '―양하여'는 다른 말로 하자면 '―인 듯하여'라 하겠으나, 이걸로 도저히 그와 같은
    뜻을 표할 수 없습니다." 이병기, 앞의 글, 앞의 책, 260쪽에서 재인용.

선말을 조선말답게 쓰노라 썼다 할 만한 것은 이 시조에서입니다.[31]

다른 장르에 비해서 시조는 "조선어의 미"를 가장 잘 발휘하고 있으며 "조선말의 쓰던 준례"를 풍부하게 포함하고 있다는 것인데, 이 점에서 시조는 "고어"를 위한 '말뭉치'로 간주되고 있다. 시조의 언어가 "조선말을 조선말답게" 사용한 사례를 잘 보여 준다는 것이다. 여기에서 "고어"의 용례를 잘 보존하고 있는 고시조가 조선말 사용의 전범으로 부상하는 모습을 보게 된다. 고시조가 이처럼 조선말 사용의 전범이 될 수 있었던 것은, 장르의 역사에서 보존된 그 순수성에도 근거하고 있다.

시조는 또 조금도 漢詩體나 詞體를 모방하여 만들지 않은 것이 분명합니다. 그야말로 漢詩體나 詞體를 모방하여 만든 것이면, 어느 점에서든지 그러한 것이 숨길 수 없이 보이겠지요마는, 아무리 밝혀 보아도 그러한 것은 없습니다. 시조와 漢詩體 · 詞體와는 아주 딴판입니다.[32]

여기에서 고시조는 고전시가 중에서 중국 시가(= 漢詩와 詞)를 모방하지 않은 유일한 장르로 평가받고 있다. 중국의 詩歌 형식을 모방하지 않았기 때문에, 오히려 시조에 사용된 언어에는 조선

---

31 이병기, 앞의 글, 앞의 책, 257쪽에서 재인용.
32 이병기, 앞의 글, 앞의 책, 245쪽에서 재인용.

말 "古語"의 흔적이 풍부하게 남을 수 있었던 것이다.[33] 이렇게 하여 근대적 자유시를 추종하는 과정에서 결별의 대상이었던 '고시조'가 "언어", "국어", "고어"를 강조하는 순간 다시 모범적인 사례로 돌아오고 있다. 고시조는 조선말 "고어"의 용례를 풍부하게 포함하고 있을 뿐 아니라 "조선어를 조선말답게" 사용하여 "언어의 맛"과 "국어의 美"를 제대로 보여 주고자 하는 현대시인들에게 모범적 범례로 제시되고 있는 것이다.

앞서 '리듬론'에서 고시조와 결별하고 최대한 근대적 자유시를 모델로 개혁의 고삐를 쥐었던 이병기의 시조론은, 다시 '언어론'에 와서 조선어 및 고어 사용의 모범적 사례로서 고시조를 끌어올려 근대적 자유시에 영향력을 행사할 수 있는 위치에 올려놓고 있다. 여기서 시조의 현대화를 통해 시조를 현대에 되살리려는 이병기의 궁극적인 의도를 짐작할 수 있다.

한문이나 영어와 같은 외국의 문학을 맛보는 우리로서, 그래도 조선어문학의 맛을 보자면 무엇이 있나. 한시나 영시처럼 발달은 못되었다 하다라도, 적어도 조선말로써 조선말답게 적은 것이며 조선말로서의 목숨과 넋이 있는 것 아닌가. 그리하여 조선말에 쓰인 전형과 궤범을 보여 주는 것이 아닌가.[34]

---

33 그러나 고시조의 내용을 검토하는 과정에서 그는 한시의 영향을 발견하고 그것에 대해서 비판적 관점을 드러내고 있다. "그리고 또 남의 정신을 가지고 하는 것도 하도 많으니 (중략) 라는 것들은 지나 사람의 한시에서 그대로 가져온 것이다."(이병기, 〈시조는 혁신하자〉, 앞의 책, 318쪽에서 재인용.)

34 이병기, 앞의 글, 앞의 책, 314쪽에서 재인용.

인용문은 이병기가 시조 혁신의 방향을 제시하고자 쓴 글의 일부이다. 이 글에는 고시조의 작풍을 비판하고 현대시조로 거듭나기 위해 필요한 6가지 방법[35]이 열거되어 있다. 현대시를 참조한 개혁의 방향은 대체로 고시조를 비판의 대상으로 바라보고 있지만, 유독 인용문에서는 고시조가 그 자체만으로 의미를 지니고 있다는 것을 강조하고 있다. 근대문학이 지배하는 시대에 시조가 존재 의미를 갖는다면, 그것은 바로 "조선어문학의 맛"을 보존하는데 있다. 시조는 "문학의 맛"에는 미치지 못할지 몰라도, "조선어문학의 맛"이라는 측면에서는 충분히 의미 있는 성과를 내고 있기 때문이다. 그러므로 이병기가 "時調-詩歌-를 지으려면 먼저 우리말에 대하여 많은 공부가 있어야 한다. 우리는 워낙 우리말 공부가 대단히 부족하다."[36]라고 했을 때, 그는 시조를 짓는다는 것이 기본적으로 "조선어문학의 맛"을 살리는 일이라 생각했던 것이다.

현대시조와 한글 문체의 개혁

이병기의 문학적 연대기는 보통 한글(1920년대), 시조(1930년대), 고전(1940년대), 국문학사(1950년대)를 핵심으로 정리된다. 그중에서도 한글운동은 나머지 대상들을 연구하는 데 있어서 기본적인 배경으로 작용하고 있는 것이 분명하다. 이병기의 한글 사랑

---

35 "1. 실감실정을 표현하자. 2. 취재의 범위를 확장하자. 3. 용어의 수삼. 4. 격조의 변화. 5. 연작을 쓰자. 6. 쓰는 법, 읽는 법" 이병기, 앞의 글, 앞의 책, 316쪽에서 재인용.

36 이병기, 〈시조감상과 작법〉, 앞의 책, 306쪽에서 재인용.

은 1911년 '조선어강습원'에서 주시경 선생의 강의를 수강할 때부터 시작하여 1930~40년대 '조선어학회' 참여에 이르기까지 한 번도 중단된 적이 없다. 다만 강조되는 시점이 다를 뿐, 그렇게 지속된 것은 시조·고전 등에 대한 사랑에서도 마찬가지다. 그렇다 해도, 시조와 고전, 그리고 국문학사에 이르기까지 그 배경을 이루는 정신은 '한글운동'에 있다고 할 수 있다.[37] 앞서도 보았듯이 이병기가 시조의 부활에 집중한 것은 단순히 그것이 고전시가라는 이유와는 무관하다. 오히려 그것이 조선말 고어의 보고이며, 조선어의 아름다움을 가장 잘 드러나는 시가의 형식이라는 데 그 원인이 있다. 그는 시조에서 조선어의 미적 가능성이 충분히 실현될 수 있다고 보았다.

그것은 《문장》(1939~1941)에서도 이어진다. 특히 그가 《문장》에서 '내간체'에 주목하고 그것을 적극적으로 소개한 경우도 이와 다르지 않다. 잘 알다시피 이병기는 《문장》에서 〈한중록〉, 〈인현왕후전〉 등 한글 고전 수필을 각주를 달아 가며 소개하면서, 그것을 '내간체'라는 문체적 개념으로 규정한 바 있다.[38] 그는 내간체 문장이 향후 한글 '문체'의 모델이 될 수 있다는 생각을 품고 있었던 것이다. 한글 고전 수필이 적극적으로 소개된 것은 한글 고전을 통하여 현대적 한글 문체 수립의 방향을 모색[39]하고자 했던 이병기의

---

37 한글운동 혹은 국학이 시조론을 비롯한 이병기의 문학적 작업에 영향을 주었다는 점에 대해서는 이형대, 〈가람 이병기와 국학〉, 《민족문학사연구》, 1997; 전도현, 〈이병기의 한글 문예운동에 대한 일고찰〉, 《한국근대문학연구》 20, 2009. 10.의 연구 성과가 있다.

38 "우리 글월로는 대개 세 가지가 있으니 내간체, 가사체, 역어체다." 《문장》 1호, 1939. 2., 104쪽.

39 전도현, 〈이병기의 한글 문예운동에 대한 일고찰〉, 《한국근대문학연구》 20, 2009. 10., 117쪽 참조.

의도가 《문장》의 기획 의도에 충분히 반영된 사례라 할 수 있다. 그리고 이것은 이태준의 문체론 연재와 관련되어 있다.

다른 한편으로 《문장》에서도 '시조'의 현대화(혹은 문학화)에 대한 이병기의 열정은 지속되었다. 고시조 중에서 "작품다운 작품"[40] 200수를 선정하여 소개하는 한편, 《가람시조집》(문장사, 1939)을 발간한 것도 이 시기였다. 무엇보다 시조 부문에 등단 제도를 도입한 것은 《문장》의 특징이자 이병기의 기여라 할 수 있다. 시와 소설 등 현대문학에만 한정되어 있던 등단 제도를 시조에 도입하면서 신진 작가들을 발굴하여 해방 이후 현대시조의 명맥이 이어지는 계기를 만든 것이다. 김상옥부터 시작하여 장응두, 조남령, 이호우 등의 시인들이 시조작가로 문학사에 이름을 남길 수 있었던 것도 《문장》에 도입된 시조작가 등단 제도의 영향이다.

이처럼 이병기에게 있어서 시조는 단순히 보존해야 할 고전시가에 그치는 것이 아니다. 문예운동도 한글운동의 연장으로 생각했던 이병기였기에, '조선어의 美'를 극한까지 보여 주는 시조형식이 계승될 이유가 충분했던 것이다. 다만 그는 시조 등장의 문화적 배경이었던 구술문화의 시대가 지나갔음을 실감하고, 시조가 문자문화에 적응하여 변형되어야만 부활할 수 있다고 생각했다. 그래서 문자문화의 산물이라 할 수 있는 '자유시'를 모델로 하는 시조 혁신을 구상하였다. 과거에는 음악에 속해 있었던 시조였지만, 오늘날 시조는 음악과 결별하고 문학의 하위 장르로 다시 태어날 필요가 있었다. 그러기 위해 자유시와 무작정 대립만 할 것이 아니라

---

40 이병기, 〈시조는 혁신하자〉, 앞의 책, 315쪽에서 재인용.

현대시의 특성을 최대한 공유할 것을 요청하였다. 심지어 시조형식이 자유시 못지않게 자유롭다는 점을 내세워 '내심율'이라는 개념까지 도입하여 시조의 내재율적 성격을 강조할 정도였다. 자유시와 시조의 격차가 줄어들었지만, 시조를 선호하게 된 계기는 변함이 없었는데, 그것은 시조를 통해 조선어의 미적 가능성이 충분히 발휘될 수 있다는 믿음이었다. 이러한 믿음은 《문장》의 고전주의에서도 지속되어, 거기에서 적극적으로 발굴하고 소개한 내간체 문장은 조선어의 미적 가능성이 실현된 또 다른 사례이기도 하다. 이처럼 시조라는 고전시가를 혁신하여 복원하고, 내간체라는 고전 수필의 문체를 소개하고 회복하려 한 것은 고전을 통한 현대 한글 문체의 혁신이라는 이병기의 의도가 반영된 것이라 할 수 있다. 그러한 의도는 《문장》에서도 크게 변하지 않았다.

정리하자면, 이병기의 시조론은 서로 모순되는 두 가지 요구를 충족시키려는 시도의 산물이다. 하나는 시조에서 구술문화의 흔적을 제거하고 그것을 최대한 문자문화의 시대에 적합한 형식으로 개혁하는 것이다. 특히 시조의 리듬론에서는 고시조에서 구술문화의 흔적을 제거하기 위한 논의가 지배적으로 등장한다. 이때 현대시조는 고시조와 결별하고 최대한 근대적 자유시에 근접하기 위한 시도를 보여 주고 있다. 근대적 자유시가 주도하는 문자문화의 배경에 적응하지 않으면 시조는 부활할 수 없기 때문이다. 그런 의미에서 그러한 문화적 배경을 무시하고 고시조 자체를 있는 그대로 복원하려는 시도와 이병기의 노력은 구별된다.

다른 하나는 시조를 현대에 되살려야만 하는 이유를 능동적으로 제시하는 것이다. 현대 문화를 배경으로 시조의 존재 의미를 해명하지 못한다면, 현대시조는 존재 이유가 없으므로 자체적으로 생존할 수 없을 것이기 때문이다. 그 근거를 찾기 위한 그의 노력은 언어론에서 발견된다. 현대시는 시가 곧 언어의 예술임을 자각하고 씌어진다고 했을 때, 그것은 시적 언어의 특징이라 할 수 있는 '번역불가능성'에 민감하다는 것을 뜻한다. 산문에 비해서 시에서는 '의미'보다 '어감'을 중시한다는 데 착안하여, 외국어로 번역될 수 없는 '국어의 미'를 확장하는 것이 현대시의 조건으로 간주된다. 그 결과 고시조에 풍부하게 내장되어 있는 '고어'의 사례가 순수한 조선어의 사용 사례임이 강조되어, 고시조에 대한 관심이 현대시의 조건과 위배되지 않음이 드러난다. 리듬론에서 비판과 부정의 대상이었던 고시조가 언어론에서는 현대시인이라면 반드시 참조해야 하는 시적 언어의 보고로 부상하게 되는 것이다. 결국 전통과 근대의 상호영향과 상호개혁의 가능성을 보여 준 이병기의 시조론은, 1930년대 전통 담론의 영향권 아래에 형성된 것으로 볼 수 있다.

4장
시적인 것은 어디에 숨겨져 있는가
: 박두진의 수석시론水石詩論

박두진이 자기만의 독자적인 시론을 완성하게 된 데에는 수석의 발견이 결정적인 역할을 하고 있다. 그는 막연하고 추상적이었던 "시의 체험"이 수석이라는 물리적 대상을 통해서 구체화되어 나타났다고 진술한다. 그는 수석에서 시를 읽었던 것이다. 그 결과 수석을 통해서 박두진은 시의 본질을 직접적으로 체험할 수 있다는 확신에 도달하게 되었고, 따라서 그의 시론은 그러한 체험에 대한 반성적 기록이기도 하다. ▬

* 이 글은 《현대문학의 연구》(2016년 10월)에 게재된 〈박두진의 수석시론에 대하여〉를 수정하고 보완하여 재수록한 것이다.

수석시와 수석시론의 위상

시인 박두진에 대한 이미지는 대개 등단 초기 전경화되었던 '자연'을 중심으로 형성되어 있다. '청록파'에 속한 이후부터 그는 이미 '자연의 시인'이었다. 이것은 그 자신의 진술에서도 확인된다. 그는 여러 차례에 걸쳐서 자신이 등단 무렵부터 자연에서 인간, 그리고 신으로 이어지는 세 단계를 계획하고 있었다는 고백을 남기고 있다.[1] 그는 자신의 시세계가 자연에서부터 시작했다는 것을 의식하고 있었던 것이다. 그러나 이러한 진술에 따르면, 박두진은 청

---

1   박두진은 '자연, 인간, 신'의 단계를 따라 시를 지으려는 계획이 있었음을 여러 차례 고백하고 있다. 예를 들자면 다음과 같은 진술이 그렇다. "시를 처음 쓰기 시작했을 때 필자는 장차 써 나갈 시 세계의 단계적 윤곽을 자연, 인간, 신의 세 단계로 설정한 일이 있었다."(박두진, 〈나의 시적 자서전〉, 《시적 번뇌와 시적 목마름》, 신원문화사, 1996, 89쪽.) 이하 본문에서는 《시적 번뇌》로 약칭하고 쪽수만 밝힘.

록파에 속한 다른 시인들에 비해서 자연을 바라보는 방식에 특별한 데가 있음을 알 수 있다.[2] 등단 초기부터 전경화된 것은 자연이지만, 언제나 그 자연은 최종 단계인 '신의 단계'의 간섭을 배제하지 못하기 때문이다. 어떤 의미에서 초창기부터 자연은 이미 '신에 의해서 매개된 자연'이었던 것이다. 물론 아직 그 흔적은 미약한 수준이었지만 말이다.

그런데 후기에 이르면 사정이 달라진다. 초기의 자연이 그의 생애 후기에 다시 등장하였을 때, 그 자연은 이미 '신에 의해서 매개된 자연'을 완성하고 있다. 그 자연이 바로 '수석水石'[3]이다. 박두진의 시세계에서 '수석'이 등장하는 1970년대 이후를 '후기'로 간주하는 것이 일반적인데, 그의 후기는 '수석'과 더불어 시작되었다고 할 수 있다. 그러나 그가 등단 초기에 계획했던 바에 따르면, 그의 시세계의 후기는 '신'이 지배적 소재로 등장할 단계에 속한다. 그와 연관해서 살펴보면, 실제로 1970년대 이후 박두진의 시세계는 '수석'과 '신'이 공존하는 모습을 보여 준다.[4] 이로써 자연을 대표하는 수석이 신에 의해 매개된 자연이 될 수 있는 정황을 확인할 수 있다.

---

2 그런 의미에서 박두진은 청록파로 불리는 것에 대한 불만을 표한 바 있다. 각자의 개성을 인정받지 못한다고 생각한 까닭이다. "세 사람을 똑같은 경향으로, 혹은 어떤 한 시단유파로 단정해서 동일시하는 것은 옳지 않다고 생각한다."(박두진, 〈잊혀진 회심작〉, 《시적 번뇌와 시적 목마름》, 신원문화사, 1996, 70쪽.)

3 박두진은 '수석'의 한자어로 '壽石'보다는 '水石'을 선호한다고 밝히고 있다. 후자가 전자보다도 모던하고, 물과 돌의 관련성도 잘 드러나 있기 때문이다. "수석을 '壽石'이라고 해도 무방하지만 '水石'이라고 써야 더 어울린다. (중략) 물에 의해서 형성된, 물과의 관련의 돌이 대상인 점에서 '水石'이라고 하는 것이 더 전문적이고 과학적이다."(박두진, 〈수석미·예술미〉, 《돌과의 사랑》, 청아출판사, 1986, 109쪽.) 이하 본문에서는 '돌 사랑'으로 약칭하고 쪽수만 밝힘.

4 박두진의 후기 시집으로는 《고산식물》(1973), 《사도행전》(1973), 《수석열전》(1973), 《속 수석열전》(1976), 《야생대》(1977), 《포옹무한》(1981), 《수석영가》(1984) 등이 있는데, 제목만 봐도 '수석'과 '신앙'이 공존하고 있다는 것을 알 수 있다.

물론 박두진이 처음 자신의 시세계를 세 단계로 구상했을 때 수석을 위한 자리는 없었다. 자연, 인간, 신의 단계는 그 자체로 완결된 3분법을 이루고 있어서 수석을 위한 별도의 단계를 설정할 여유가 없었던 것이다. 따라서 수석의 자리를 찾는다면, 그것은 자연, 인간, 신의 세 단계 중 어느 한 단계에 포함되는 것으로만 설명되어야 할 것이다. 가장 빠른 길은 수석을 초창기의 시적 대상인 '자연'의 연장으로 바라보는 것이다. 이렇게 되면 자연스럽게 자연, 인간, 신의 단계를 거친 다음, 수석을 통해서 다시 처음의 자연으로 회귀하는 순환론적 시간관을 적용하게 된다. 그러나 순환론적 관점은 박두진이 시세계 전체의 단계를 구상했던 원래 의도에서 벗어난 생각이다. 왜냐하면 그는 자연, 인간, 신이 각각의 단계를 구성하면서도 목적으로서의 신이 첫 단계인 자연에서부터 점진적으로 실현되어 가는 목적론적 관점을 고수하기 때문이다. 그렇다면 수석의 등장은 첫 단계에 속하는 자연이 다시 출현한 것으로 간주될 수 없다. 결국, 수석은 자연, 인간, 신의 뒤를 잇는 새로운 단계도 아니지만, 그렇다고 해서 처음 출발 지점이었던 '자연으로의 회귀'도 아닌 것이다.

박두진은 이 문제를 해결할 만한 진술을 남기고 있다. 그의 진술에 따르면, 그동안 그의 시세계에 "자연과 인간, 역사 · 사회 그리고 종교" 등의 단계가 있었지만, 최종적으로 이것들 전부를 "포괄, 용해하여 어떤 일원성 같은 것"이 필요했고, 수석이 그런 기능을 수행할 것이라 생각했다는 것이다(《시적 번뇌》, 79쪽). 다시 말해서 수석은 자연, 인간, 신 다음에 이어지는 새로운 단계가 아니라, 신적인 것을 중심으로 자연과 인간이 최종적으로 통합되는 대단원의 기능을 수행한다는 것이다. 즉, "자연과 사회 역사, 그리고 신의 세계인 기독교 종교의 시세계가, 후기시의 중추를 이루는 이 수석시에 와서는, 지금까지 겪어 온 시세계, 시 정신, 시 기법이 포괄 종합적이고 일원화하게"(《시적 번뇌》, 100쪽) 된 것이다. 자연, 인간, 신의 단계에서 이루어진 모든 가능성이 수석에 집약됨으로써, 비로소 박두진의 시세계 3단계가 최종적인 완성을 볼 수 있게 된 것이다. 그렇다면 수석을 대상으로 하는 시는 자연, 인간, 신의 삼위일체가 물리적으로 실현되는 장면이라 할 수 있다. 그의 시세계 후기에 집중적으로 창작된 '수석시水石詩'는 박두진 시세계 전체를 종합하고 완성하는 의미를 지니는 것이다.

더욱이 '수석시'는 '시론'을 동반한다는 특징을 지니고 있다. 이 것은 초기의 '자연'과 중기의 '인간'을 소재로 하는 시의 단계에서는 찾아볼 수 없는 현상이기도 하다. 우연찮게도 박두진이 '시론'이라는 이름으로 처음 책을 발간한 시점이 1970년이다. 이 책에서 그는 다음과 같은 말을 남기고 있다.

시인은 오직 시만을 써야 한다는 것이 내가 시작 생활을 처음 시작했을 때의 창작 신조였다. 모든 현실 생활과 사상, 감정, 정서 생활의 일체를 오직 시를 위해서만 승화시키고, 다른 양식의 글에는 손을 대지 않겠다는 각오였으며, 꽤 오랫동안 이를 고집, 실천했었다. 그렇게 함으로써 그만큼 시의 순도를 높일 수 있으리라는 생각에서였다. 이 신조를 깨뜨린 것이 1952년, 시를 쓰기 시작한 지 10여 년이나 뒤의 일이었다. 시 이외의 형식의 글에 손을 댄다는 일을 하나의 모험으로 생각하는 한편, 어떤 새로운 세계로 발을 들여

놓는 것 같은, 시 창작과는 또 다른 의미의 경이감과 매력을 느끼게
되었다.[5]

그는 시작 초기에 "시인은 오직 시만을 써야 한다"는 신념으로
산문을 멀리했다고 한다. 산문시에 능숙했던 그가 산문을 멀리했
던 시점은 1952년 이전까지 이어진다. 그전까지는, 즉 등단 이후
초기에는 가급적 산문을 남기지 않으려 했던 것이다. 그러므로 그
가 산문을 통해서 시에 대한 진술을 생산하기 시작한 것은, 그의
시세계에서 두 번째 단계에 속한다. 그렇게 생산된 시에 대한 산문
들을 집약한 책이 《한국현대시론》(1970)이다. 공교롭게도 1970년
은 그의 시세계에서 세 번째 단계가 시작되는 시점이고, 그가 '수
석'에서 새로운 단계의 단초를 발견한 해이기도 하다. 아직 '수석'
에 대한 본격적인 사색에 돌입하기 이전에 발간된 《한국현대시
론》은 시에 대한 '일반적' 진술로 채워진 책이다. 다른 시인들의 시
론에서도 발견할 수 있는 흔한 진술이 대부분이다.
 다시 말해서, 1970년대까지 박두진이 남긴 산문에서는 그만의
독자적인 시론이 발견되지 않는다. 그런데 바로 '수석'이 그것을
가능하게 만들었다. '수석'에 대한 '산문'을 통해서 그는 드디어 자
신만의 독자적인 시론을 수립할 수 있었던 것이다. 그 누구도 수
석을 매개로 하는 시론을 구상한 적이 없었다는 점에서, 박두진
의 '수석시론水石詩論'은 전무후무한 시도에 해당하는 작업이라 할

5　박두진, 〈自序〉, 《한국현대시론》, 일조각, 1970, 1쪽.

수 있다. 그 작은 결실이 《돌과의 사랑》(1986)[6]이라는 그의 선집으로 나타났고, 1970년대 이후 생산된 '수석' 및 '수석시'에 대한 박두진의 산문은 박두진 시론의 독자성을 형성하는 기반으로 작용했다. 그리고 그것은 비단 '수석시론'에서 그치는 것이 아니라, 그의 '신앙시론信仰詩論'이기도 하다는 것을 쉽게 확인할 수 있다. '수석시'는 자연, 인간, 신으로 이어지는 세 단계 중에서 '신적인 것'에 속하면서도 자연, 인간, 신의 삼위일체를 종합하고 있다는 그의 진술이 이를 입증해 준다. 이를 토대로 수석의 등장을 기점으로 전개된 박두진의 산문에서 그의 시론을 추적하고 그 의미를 묻고자 한다.

'수석=시'라는 깨달음

박두진의 '수석시론'은 '수석'만을 대상으로 하는 산문이 상당수 포함되어 있다는 특징이 있다. 오히려 그 시론은 '수석시'에 대한 산문보다 '수석'에 대한 산문이 대부분을 차지한다고 할 수 있을 정도이다. 이것이 일반적인 시론과 박두진의 시론이 구별되는 점이다. 일반적으로는 시적 소재에 대한 진술만으로 시론이 되기 어렵다. 예컨대 '자연'에 대한 산문이 있다고 해서 그것이 곧 '자연시론'이 될 수는 없다. 그러나 박두진의 '수석에 대한 산문'은 그 자체만으로도 '시론'이 될 수 있는 자격을 갖추고 있는 것이 특징이다. 그것이 가능한 까닭은 '수석 = 시'라는 박두진의 신념에서 연유한다.

---

6 박두진, 《돌과의 사랑》, 청아출판사, 1986.

결국 나에게 있어서는 돌을 찾는 것이 시를 찾는 것이지만, 시 감 자체로 돌을 찾고 그만큼 돌이 시를 흡수하니까 돌에서 바로 창조의 근원을 찾고 그 돌이 바로 시가 된다. 돌과 나와 시, 시가 돌과 나를, 돌이 시와 나를, 내가 돌과 시를 하나가 되게 하여 궁극적으로는 그대로 셋이며 하나가 된다.[7]

수석을 발견할 때마다 그 순간에 그는 "그 돌이 바로 시가 된다"는 경험을 하고 있다. 즉, 박두진에게 있어서 "돌을 찾는 것"은 "시를 찾는 것"이기도 한 것이다. 그 순간에는 "돌과 시"가 하나가 되는데, 여기에서 그치지 않고 그 돌을 발견하는 시인조차도 일체가 되어 '수석＝시＝인'의 경지에 도달하게 된다. 수석과 시와 시인 사이에 그 중심을 알기 어려운 방식으로 일체가 되는 '수석＝시＝인'의 경험은 수석을 발견하는 순간 이루어지고 있다. 요컨대, 수석을 발견하는 과정은 곧 시를 발견하는 과정이고, 그러한 발견을 가능케 하는 사람이 곧 시인이 되는 것이다.

수석을 중심으로 하는 박두진의 산문은 그런 의미에서 수석 그 자체의 성질과 그것의 발견을 둘러싼 경험에 대한 진술로 가득 차 있다. 그렇지만 여기에는 항상 수석에 대한 경험이 곧 시에 대한 경험이라는 전제가 깔려 있다. 그렇기 때문에 수석에 대한 진술만으로 시론이 가능했던 것이다. 이에 대해서 박두진은 다음과 같이 진술하고 있다.

---

7 박두진, 〈돌과 별과 시와〉, 《돌과의 사랑》, 청아출판사, 1986, 129쪽.

① 어떤 대상을 시로 주제화하든, 언제나 허공을 치는 것 같던 시의 체험이 수석의 세계에 몰입함으로써 비로소 시의 실체를 잡아 보는 느낌을 얻게 됐다. 돌 자체의 형질로 상징화되는 놀랍게 미시적이고 놀랍게 거시적인 시간과 그 공간성은 필자의 시에 결정적인 충격과 변화를 주었다.[8]

② 돌에 열중하다가 휩쓸린 회의를 극복한 내게 있어서의 원동력은 물론 돌과 시와의 혈연이 맺어짐으로써 더 강했던 것이 사실이다. 돌 자체의 깊고 경이적인 세계와, 시의 깊고 무한한 세계의 만남은 이 위기를 아주 쉽게 그리고 대단히 쾌적하게 극복하게 했다. 수석의 세계가 바로 시의 세계가 아닌가 하는 극히 평범하고 초보적인 원리를 터득하기까지가 그만큼 어렵고 당연했다는 얘기가 된다. 막연하게 찾던 시가 아주 구체적인 모습으로 나타난 것이다. 좀체로 파들어 가기 어렵던 시의 내면이 극히 자연스럽고 신선하고 현실적인 모습을 띠고 그 내면을 드러내 보이며, 그 무한한 깊이로 시를 이끌어 내어 주는 것이라고 생각되었던 것이다.[9]

박두진이 '수석'에서 발견한 것은 '시'였다. ①에서처럼 "수석의 세계"에 대한 경험은 "언제나 허공을 치는 것 같던 시의 체험"을 "비로소 시의 실체를 잡아 보는 느낌"으로 전환시켰다. 수석에서 발견되는 세계는 "놀랍게 미시적이고 놀랍게 거시적인 시간과 그

---

8 박두진, 〈수석시연〉,《돌과의 사랑》, 청아출판사, 1986, 136쪽.
9 박두진, 〈수석미 · 예술미〉,《돌과의 사랑》, 청아출판사, 1986, 111쪽.

공간성"을 포함하고 있는데, 그것이 바로 시의 세계이기도 하다는 것이다. ②에서 수석의 세계는 그가 "막연하게 찾던 시가 아주 구체적인 모습으로 나타난 것"이기도 하다. 수석에 대한 경험이 "수석의 세계가 바로 시의 세계"라는 깨달음을 이끌어 낸 것이다. 그것은 "돌과 시와의 혈연" 관계를 확인하는 것이기도 하다.

이처럼 수석에서 드디어 시를 보았다는 박두진의 체험적 고백을 참조한다면, '수석시'의 등장과 더불어 박두진의 '시론'이 본격적으로 개진되는 현상은 전혀 이상한 일이 아니다. 수석을 통해서 시를 발견하는 그 순간부터 '수석에 대한 체험'은 곧 '시적 체험'과 동일해질 것이며, 따라서 그 체험에 대한 산문적 진술은 사실상 '시에 대한 진술'과 다름이 없을 것이기 때문이다. 그렇기 때문에 《돌과의 사랑》(1986)이라는 제목의 수석 관련 에세이집은 그 자체만으로도 '시와의 사랑'을 고백하는 시론집으로 간주할 수 있게 된다.

그러나 박두진조차도 수석이 이런 기능을 하게 될 줄은 전혀 상상하지 못했다. 등단 초기에 그가 계획했던 시적 연대기만 보더라도 수석의 대두는 필연성에 속하지 않기 때문이다. 그것은 어느 순간 예외적으로 우연하게 돌출된 대상이었다. 처음에 그것은 단순한 취미였을지도 모른다. 그렇기 때문에 박두진은 "몇 십 년 동안 시에 몰두해 오다가 늦게 수석에 매료되면서 처음 1, 2년은 약간 회의를 품었었다"고 고백하고 있다. "흔히 남들이 즐기는 도락이나 취미, 이른바 여가 선용이라는 속물 함정에 빠져 별 수 없이 속물이 되는 것이 아닌가" 두려웠던 것이다(《돌 사랑》, 110쪽). 그 두려움은 "1970년 수석 채집을 시작한 지 약 2년 뒤부터" 수석의 세계에서 시의 세계를 발견한 이후부터 소멸하게 된다. 그때부터 그는 수석 채집 초반의 회의와 두려움을 극복하고 "전혀 새로운 시의 세계, 시의 분야를 개척하기로" 작정한다.[10] '수석시'는 그렇게 나타난 것이다. 그 뒤로 박두진 스스로 자평하기를 "시집으로 3권, 총 편수가 3백 편이므로, 전체 시의 3분의 1의 양에 해당"하는 수석시를 생산하기에 이른다(《시적 번뇌》, 100쪽).

'신앙=시'의 완성

그러나 박두진이 수석에서 발견한 것은 '시'에서 그치지 않는다. 앞서 말했듯이, 그가 발견한 '수석＝시'는 자연에서 인간으로, 그리고 마침내 신으로 이어지는 세 가지 단계를 완성하는 것이기도 하다. 수석은 자연이긴 하지만 자연을 넘어서 신에게 이르는 통로이기도 한 것이다. 그것은 수석이라는 것이 "작은 한 개의 돌이면서도 그 돌만으로 보이지 않는 무엇"을 숨기고 있다는 성질에서 기인한다. 그것은 단적으로 말해서 수석이 가지고 있는 "상징과 계시의 힘"(《돌 사랑》, 25쪽)을 가리킨다. 수석에는 돌이면서도 돌이 아닌 다른 무엇을 계시하는 힘, 즉 돌이 가지고 있는 상징적 능력이 포함되어 있다. 따라서 수석은 그 자체만으로도 이중적이다. 돌이면서도 돌이 아닌 다른 그 무엇을 보여 주는 창문이 되고 있기 때문이다.

물론 모든 돌이 그런 것은 아니며, 어떤 돌이 수석이 되는 순간

---

10 박두진, 〈수석시와 아브라함〉, 《시적 번뇌와 시적 목마름》, 신원문화사, 1996, 124쪽.

에만 돌은 자기를 초월하게 된다. 그러므로 수석과의 만남은 곧 수석을 통해서 수석을 초월하는 어떤 존재와의 만남으로 이어지게 된다.

수석은 나에게 어떤 선험적인 체험을 얻게 했고 그러한 향수를 안겨 줬다. 자연을 통해서 초자연을, 자연을 통해서 더 정신적이고 더 영적인 바탕과 그 예지의 근원을 일깨워 줬다. 수석과 그 채집 행위는, 언제나 소박하고 현실적인 만남을 가능하게 했다. 모든 우주 자연의 초월적인 존재 양식과, 그 현상적인 존재 양식의 상징적, 표상적 의미와 그 실체를 알게 했다. 그것을 시로서 가능하게 한 것이 수석이었으며, 수석으로서 가능하게 한 매체가 바로 시였던 것이다. 시가 그 통로이며, 시가 바로 그 부호이며, 시가 바로 그것을 가능하게 하는 그 축이며 핵이었다.[11]

수석은 비록 자연이지만, "자연을 통해서 초자연"으로 이어지는 통로이기도 하다. 수석은 다만 자연에 불과하지만 "더 정신적이고 더 영적인 바탕과 그 예지의 근원"을 알게 해 주는 매개의 기능을 수행한다. 그러므로 수석의 "채집"은 그 자체가 자연을 초월하는 존재와의 "현실적인 만남"이기도 하다. 수석은 "초월적 존재 양식"과 "그 현상적인 존재 양식"을 중재하는 "상징"을 포함하고 있기 때문이다. 이처럼 자연이면서도 초자연을 상징적으로 계시하는 수석의 능력은 곧 '시적인 능력'이기도 하다. 상징과 계시라는 '시적

---

11 박두진, 〈잃어버린 돌의 고향〉, 앞의 책, 107쪽.

인 능력'이 수석에 내재함으로써, 비로소 수석은 자연이면서 자연을 초월하는 통로의 역할을 수행할 수 있게 된 것이다. 따라서 만약 어떤 돌에 자기 자신을 초월하는 시적인 능력이 포함되어 있지 않다면, 그것은 수석이라고 할 수 없다. 이것은 모든 돌이 수석이 될 수 없는 이유이기도 하다.

이처럼 "수석에 몰입함으로써 얻은 시의 눈"으로 보았을 때, 수석이라는 존재가 "영원과 궁극을 열고 내다보는 새로운 창"의 역할을 한다는 것을 알게 된다(《돌 사랑》, 137쪽). 수석을 통해서 드디어 '신에 의해서 매개된 자연'이라는 관념이 현실화된 것이다.

수석의 채집 행위는 순수 자연과의 관계에서 이루어진다. 자연 중에서도 강변 혹은 강물 속에 숨어 있는 아주 정선된 자연의 실체이기 때문에 자연의 깊은 내적 세계를 우리에게 표현 상징하는 핵심체와의 소박한 만남으로 이루어진다. 산만하고 무질서하거나 조잡하고 피상적인 자연, 그러한 전면적인 소박성이 아니라 집약적이고 질서화되고 응결 집중되고 그 자체로써 전체 자연의 유구하고 포괄적인 성질과 그 본질을 표상해 주는 그런 것과 실제로 만나게 되는 것이다. 대자연 혹은 어떤 초월적인 질서가 능동적 의도적 의장적으로 창조 형성해 놓은 것으로밖에 볼 수 없는 하나의 예술작품을 대하게 되는 데서 그 특수성을 갖는다.[12]

인용된 글은 자연의 일부이면서도 자연을 초월하는 수석의 이

---

12 박두진, 〈자연의 정수〉, 《돌과의 사랑》, 청아출판사, 1986, 78쪽.

중적 지위에 대해서 말하고 있다. 앞서 말했듯이, 모든 돌이 수석이 되는 것은 아니다. 즉, 수석은 단순한 자연과 구별되는 존재이다. 오히려 자연 중에서도 "아주 정선된 자연의 실체"라는 점에서 수석은 "순수 자연"에 속한다고 할 수 있다. 박두진은 "조잡하고 피상적인 자연"과 구별하여, 수석을 "자연이 만들어 낸 가장 자연다운 것"(《돌 사랑》, 112쪽)이라 진술하고 있다. 그러므로 "아무것이나 다 수석이고 가치가 있는 것이라는 태도는 파괴적이고 허무적인 사고방식"에 불과하다. 그것은 "돌이면 다 돌이라는 식의 사이비 수석 취미"에 머물게 될 뿐이다(《돌 사랑》, 100쪽). 모든 자연이 수석의 자격을 갖추고 있는 것이 아니라 특별히 수석의 자격을 갖추고 있는 돌이 별도로 있다. 그러므로 수석을 "채집"하는 것은 곧 자연 속에 있는 "순수 자연"을 "실제로 만나게 되는" 경험인 것이다.

그런데 수석을 통해서 만나게 되는 "순수 자연"은 "대자연 혹은 어떤 초월적인 질서"를 향하고 있다. 그것은 어떤 의미에서는 자연을 넘어서는 '초자연'을 가리키고 있는 것이다. 자연의 극한에 이르러서 수석은 자연을 초월하게 된다. 이는 수석이 자연이면서도 단순한 자연이 아니라 예술 작품으로 전이되는 계기를 만들어 준다. 수석이야말로 어떤 초자연적 존재가 "능동적 의도적"으로 "창조 형성해 놓은 것", 즉 "예술 작품"이라고 할 수 있기 때문이다. 그 예술 작품은 인간에 의해 만들어진 것이 아니라 초자연적 존재에 의해서 만들어졌다는 특징을 지니고 있다. 수석이 이처럼 자연이면서 동시에 예술이기도 하다는 것은 수석의 자기초월 능력에서 기인한다. 이를 통해서 박두진은 자연의 극한에서 예술로 통하는 길이 있다는 것을 알게 된다.

한 점의 수석이 의미하고 상징하는 놀라운 구체성은, 인간이 창조하는 이른바 예술품과 맞비교해서, 자연 자체가 형성, 창조해 내는 또 하나의 예술품이라고 말할 수 있을 것이다. 인간의 창조물을 예술이라고 하고 자연의 생성품을 그대로 자연이라고 대칭하는 것으로는 이러한 의미의 예술과 이러한 의미의 자연의 개념은 꼭 들어맞지 않는다. 자연 전체나 그 연장으로서가 아니라 따로 완성돼 있는 개성적인 형성품이라고 말할 수 있을 것이다. 영원한 생성과 영원한 소멸이 있을 뿐인 대자연, 오직 그대로 있을 뿐이면서 언제나 모두를 이루고 또 모두를 소멸시키며 있는 것이 대자연이 아닌가. 이 자연이 조금씩 그리고 잠깐씩 내보이는 그 자신의 어떤 오묘한 모습, 그것이 바로 수석이 아닌가 하고 생각될 때가 있다.[13]

위의 진술에 따르면, 수석의 특징은 평범한 의미의 자연도 아니고 인간이 창조한 예술도 아니지만, 마치 누군가가 창조한 듯한 예술품의 모습을 하고 있다는 것이다. 수석은 자연과 예술에 동시에 속하는 모순적 존재인 것이다. 그런 의미에서 박두진은 수석을 가리켜 "자연의 예술품"이라고 명명한다(《돌 사랑》, 29쪽). 더욱이 그 예술품은 인간이 만든 모든 예술품의 한계를 넘어선다. 수석은 "인간이 자연을 가지고 창조한 그 의도와 솜씨보다도 그 이상으로 더 미묘하고 경이로운 존재물"이다. 왜냐하면 우리가 그것을 "돌로 만든 조각 예술이라고 생각할 때", 그것은 "누군가 인간 이상의 어떤 초자연적인 의도와 솜씨"로 만든 예술품(《돌 사랑》, 28쪽)이라

---

13 박두진, 〈수석미 · 예술미〉, 《돌과의 사랑》, 청아출판사, 1986, 112쪽.

는 것을 알아챌 수 있기 때문이다. 그렇다면 수석은 어떤 초자연적 존재가 자연 속에서 예술적으로 드러나는 모습이기도 하다. 다시 말해서 수석은 자연을 통해 드러난 초자연의 흔적인 것이다. 박두진으로서는 수석이 아니라면 인간이 자연에서 실현되는 초자연의 모습을 확인할 방도조차 없게 된다.

이러한 수석의 이중적 속성은 그 자체만으로도 수석만의 독자적 아름다움의 근거가 된다. "궁극적으로 수석이 지니는 어떤 놀라운 개성미는 다른 자연, 다른 예술의 그것에서는 찾을 수 없는 기대할 수 없는 그런 세계를 가지고 있다"는 데에 있기 때문이다 (《돌 사랑》, 121쪽). 수석의 아름다움은 우선적으로 그것이 '소박한 자연미'를 능가한다는 점에서 "나무에서도 꽃에서도 새에서도 풀에서도 찾을 수 없"는 것이다. 또한 수석에는 전혀 인공이 가해지지 않았다는 점에서 "그림에서도 조각에서도 서도에서도 공예에서도 나타낼 수 없"는 아름다움이다(《돌 사랑》, 121쪽). 다시 말해서 수석은 소박한 자연 사물을 능가하면서 자연미보다는 예술미에 근접하지만, 인공이 가해지지 않았다는 점에서 다시 예술미에서 자연미에 속하는 성질을 가지고 있다. 이는 수석이 아니고서는 어떠한 자연물도, 어떠한 예술품도 실현할 수 없는 독특한 미의 세계이다. 이것이 수석의 독자적 개성을 형성하는 역설적인 아름다움의 세계이다.

이는 박두진이 그의 시세계 후기에 이르러서 어째서 '신'이 아니라 '자연'으로 회귀한 것처럼 보이는지, 그 이유를 해명해 준다. 그것은 수석이 단순한 자연이 아니라 '신을 매개하는 자연'이기 때문이다. 그러므로 그의 시적 여정의 마지막을 이루는 신앙시의 단계에서, 그가 자연을 떠나 곧바로 초자연적 존재로만 향할 이유가 사라진 것이다. 오히려 수석을 발견하게 되면서 "자연성을 떠나는 노력이 아니라, 오히려 더 자연적이고자 하는 노력"을 경주할 수 있게 된다.[14] 수석이 자연을 통해서 자연초월적 욕망을 충족시키는 길을 알려 주고 있기 때문이다. 수석의 이러한 성질로 인해서 박두진은 등단 초기에 지니고 있었던 신앙시에 대한 두려움을 극복하게 된다.

> 시를 처음 쓰려고 할 때 대뜸 다걸린 난관이 바로 이 청교도적인 철저한 금욕 생활의 신조와 현세적이고 인간적이고 감각적인 쾌락을 가져다주는 시의 생활이 서로 일치할 수 있느냐 하는 문제였다. (중략) 모든 것을 바쳐 오직 신만을 명상하고 신에게서 오는 즐거움의 은택만을 갈구하는 생활과 온갖 헌신적인 아름다움과 그러한 만족을 추구하는 것인 시 생활은 모순되고 양립될 수 없는 것으로만 자꾸 생각이 들었다.[15]

인용문은 신앙과 시의 불일치에 대한 등단 초기의 고민을 말해 주고 있다. 말하자면, 시는 언제나 "현세적", "인간적", "감각적인 쾌락", "아름다움과 그러한 만족" 등의 특징을 지니고 있다. 그러나 시에 부여된 이러한 성질은 시와 대립하는 다른 세계와의 차이를 통해서 드러난 것이다. 그 다른 세계란 곧 종교적 세계를 가

---

14 박두진, 〈나는 이렇게 시를 쓴다〉, 《고향에 다시 갔더니》, 신원문화사, 1996, 142쪽. 이하 본문에서는 《고향에 다시》로 약칭하고 쪽수만 밝힘.
15 박두진, 〈시와 종교〉, 《고향에 다시 갔더니》, 신원문화사, 1996, 107쪽.

리킨다. 시의 세계와 대립하는 그 세계는 "청교도적인 철저한 금욕 생활", "오직 신만을 명상하고 신에게서 오는 즐거움의 은택만을 갈구하는 생활" 등으로 표현된다. 인용문을 보자면, 등단 초기부터 그의 시는 종교의 감시와 통제 속에서 이루어진 것임을 알 수 있다. 종교는 그의 시를 지배하는 거대한 상위의 세계였다. 이 땅에서 실현되는 시의 세계는 저 위에 있는 종교의 세계와 구별되었으며, 그 차이와 구별로 인해서 시의 세계는 존재 의미를 발견하지 못할 처지에 놓여 있었다. 등단 초기부터 박두진은 시와 종교 사이에서 양자택일의 고민과 갈등을 경험하였던 것이다.

등단 초기에 이러한 고민에 빠진 것을 두고, 그는 "이 당시의 신앙 체험이 겨우 5, 6년밖에 되지 않은 얄은 것이었기 때문"(《고향에 다시》, 117쪽)이라고 밝히고 있다. 그가 기독교에 입문한 것이 1934년이고 시로 등단한 것이 1939년이므로, 그 시차를 두고 하는 말이다. 아무튼 등단 초기에 그의 관심은 온통 종교에 있었는데,[16] 그것이 시를 쓰는 데에도 영향력을 행사했다. 그럼에도 불구하고 그는 "섣불리 시에다 처음부터 종교 냄새를 피우려"(《시적 번뇌》, 215쪽)하지 않았다고 진술하고 있다. 시의 세계가 종교에 의해서 전적으로 지배되지 않아야 한다는 '시적 자율성'에 대한 의식이 있었던 것이다. 이처럼 한편으로 그의 종교는 그의 시세계를 지배하고자 하고, 다른 한편으로 시의 세계는 종교의 일방적인 지배를 거절할 명목이 충분했다. 이렇듯 양자의 차이와 구별을 해소하지 못한 상태

---

16 "《문장》지의 추천을 받을 무렵 내 정신 생활의 중심은 문학에보다 종교적인 데 놓여져 있었다."(박두진, 〈나의 추천 시대〉, 《고향에 다시 갔더니》, 신원문화사, 1996, 132쪽.)

시적인 것은 어디에 숨겨져 있는가 |

가 오랫동안 이어졌는데, 수석의 등장으로 이 오래된 문제가 한꺼번에 해결될 가능성이 발견되었다.

그는 더 이상 자연과 초자연의 차이와 격차, 그리고 그 모순적 관계에 대해서 고민할 이유가 없게 된다. 자연을 대상으로 하는 시가 초자연을 숭배해야 할 종교와 갈등할 이유가 사라진 것이다. 수석을 통해서, 자연을 노래하는 것이 곧 초자연의 세계에 대한 경이의 표현이 되는 길이 열렸다. 이처럼 수석은 시와 종교, 시와 신앙 사이에서 선택을 강요받았던 그의 지난 삶의 고민을 마감케 하고 '신앙＝시'의 가능성을 실현해 주었다.

순수와 초월을 향하는 시인

이처럼 시와 신앙, 혹은 천상과 지상, 자연과 신으로 이원화되었던 박두진의 시세계는 수석을 매개로 해서 하나로 통합될 수 있었다. 그것은 또한 그가 등단 초기에 설계한 자연, 인간, 신의 세 단계가 사실상 신이라는 최종적 목적이 실현되어 가는 과정이었음을 입증하는 것이기도 하다.

시를 쓰는 일, 시를 쓰는 사람들이 땅에서 살면서 언제나 하늘의 일을 생각하는 것은, 반드시 현세를 부정하거나 비관해서라고만은 말할 수 없을 것이다. (중략)·그것이 영원한 아름다움의 추구이건, 도저한 윤리의식이나 소명감에서이건, 시인은 어떤 완벽한 이상과 꿈, 다함없는 천상의 것에 대한 동경과 그 지상적, 현세적인 실현을 위해서 그 직업과 생애의 진실을 다해야 할 것만은 틀림없는 일인 것이다. 그것은 시의 윤리라기보다는 오히려 시인의 윤리가 아닌가 생각한다.[17]

인용문에 명시된 것처럼 그는 "천상의 것에 대한 동경과 그 지상적, 현세적인 실현"에 자신의 생애를 바치고자 했으며, 그것을 시 쓰기를 통해서 이루고자 했다. 그러나 "천상"과 "현세"가 서로 대립하는 상황에서 "천상에 대한 동경"은 "현세를 부정하거나 비관"하는 것으로 이어질 가능성이 많다. 하지만 수석의 발견과 더불어서 더 이상 "천상"과 "현세"를 서로 부정하는 갈등 관계로만 이해할 이유가 사라졌다. 오히려 "현세"에서 "천상"을 발견하고 만나고자 하는 노력이 요구될 뿐이다. 그러한 이해는 자연을 통해서 초자연을 지향하는 수석의 역설적 존재 방식에서 파생된 것이다.

보다 더 영원하고 보다 더 시 자체의 본질에 투철하려는 의식적인 노력은 자연성을 떠나는 노력이 아니라, 오히려 보다 더 자연적이고자 하는 노력을 말합니다. 여기서 내가 말하는 것은 물론 소박한 자연을 두고 하는 말이 아닙니다. 마음이 있는 자연, 다시 말하면 살아 있고 아름답고 생명이 있고 질서가 있는 한 실재! 온 우주에 편만해 있고 그 속에 내재해 있고 그 위에 초월해 있는 한 법칙, 생명과 사랑의 본질과 그 속성과 그 실재성, 그 주체자의 의지, 그러한 섭리에 조화하고 참여하고 통일하고 귀일하고 그것으로 꽃피

---

17 박두진, 〈시인의 윤리〉, 《시적 번뇌와 시적 목마름》, 신원문화사, 1996, 33쪽.

시적인 것은 어디에 숨겨져 있는가 |

위지는 것을 말합니다.[18]

    앞서도 말했듯이, 수석은 자연 중에서도 가장 자연다운 존재의 모습을 보여 준다. 그리고 그 자연의 극한에서 수석은 소박한 자연을 초월하여 예술의 경지에 이르게 된다. 그 예술은 물론 인간에 의한 것이 아니므로 그것을 형성한 초자연적 존재를 상기하게 만든다. 이처럼 초자연적 존재를 상기하게 만드는 자연이 박두진에게는 가장 자연다운 자연의 모습이기도 하다. 이러한 수석의 역설적 존재 방식으로 인해서, 박두진은 "자연성을 떠나는 노력"이 아니라 "오히려 보다 더 자연적이고자 하는 노력"을 필요로 하게 된 것이다. 그것은 궁극적으로 자연을 통해서 자연을 초월해 있는 존재에 "조화하고 참여하고 통일하고 귀일"하고자 하는 의지의 표현이다. 그런 의미에서 수석이야말로 "자연성"을 지향하는 "시 자체의 본질"을 감각적으로 실현해 보이는 존재인 것이다.

    이처럼 시에 내재하는 "자연성"은 시의 본질에서 그치지 않는다. 그것은 시인이 지향해야 할 마음의 태도를 제시하기도 한다.

    사실 수석을 좋아한다는 일은 모든 세속적이고 실리적인 데서 완전 철저하게 벗어나야 할 필요가 있다. 수석 채집이 건강에 좋다거나 심지어는 수석이 돈으로 환산된다는 데 이르면 이것은 하나의 사도邪道요 타락일 수밖에 없을 것이다. 그만큼 수석은 우리에게 무사無邪하고 초월적이며 순수하고 비실리·비타산적인 마음의 태

---

18 박두진, 〈나는 이렇게 시를 쓴다〉, 《고향에 다시 갔더니》, 신원문화사, 1996, 142~143쪽.

도를 요구한다.[19]

수석은 '자연 중의 자연' 혹은 "순수 자연"이므로 수석의 본질은 '시의 본질'이라고 할 수 있는 "자연성"과 이어져 있다. 따라서 수석을 채집하는 사람의 "마음의 태도"는 시의 본질을 대하는 시인의 태도와 닮아 있다. 인용문에서 보듯이, 수석을 취미로 생각하는 사람들처럼 "건강"이나 "돈"을 계산하는 것은 수석 자체보다 수석 외부의 목적에 관심을 두고 있는 것이라 하여 부정된다. 오히려 수석을 대하는 마음은 모든 외부적인 이해관계로부터 자유로운 '무사無邪'의 태도, '무관심성'의 상태에 도달해야 한다. 그것은 "자연을 대하는 우리 인간의 가장 정결하고 겸허한 마음"인데, 그러한 마음의 태도가 아니라면 "수석 자체가 지니는 그 순수성과 정신의 깊이와 美의 높이에 접할 수 없을 것"이 분명하다(《돌 사랑》, 66쪽). 이처럼 "세속"과 "실리", "타산"을 "완전 철저하게 벗어나야" 한다는 것은, 수석을 대하는 사람의 자세일 뿐만 아니라 시를 쓰는 시인의 자세이기도 하다. 이렇게 해서 그는 수석을 통해 '순수의 세계'에 도달하게 된다.

그만큼 돌은 너무나 순수하고 더할 수 없이 엄연하고 고상하고 무궁무진한 예술성을 그 자체 안에 지니고 있다. 낮은 안목과 불순한 동기의 사람에게는 그 스스로의 본질과 비밀을 드러내 보이지 않는다. 높은 안목, 순수한 동기, 깊은 성실성을 가진 사람에게만 그 자신의 내면과 창조의 초월성을 드러내 보여 준다. (중략) 욕심이

19 박두진, 〈수석과 시〉, 《돌과의 사랑》, 65쪽.

시적인 것은 어디에 숨겨져 있는가 |

앞서거나 잡념에 차 있거나 조금 초조하거나 하여 맑은 마음, 순수 단순한 마음, 무사 평정한 마음이 아닐 때는 아무리 헤매어도 만나지 못하는 것이 돌이다.[20]

수석을 대하는 마음의 태도가 '순수'하지 못할 때 수석은 다만 소박한 자연에 불과할 것이지만, 그 마음이 '순수'할 때 수석은 그 내면에 숨겨진 "무궁무진한 예술성"을 드러내 보여 준다는 것이다. 수석이라는 "자연성"의 본질에는 "예술성"이 내재해 있으며, 그것은 '순수'한 마음의 태도를 가진 사람에 의해서만 발견되는 속성이다. 수석의 본질은 자연 중에서도 가장 자연다운 것이지만, 가장 자연다운 것이란 자연 속에 예술성을 숨기고 있을 때를 의미한다. 자연 속에 숨겨진 예술성이란 예술의 극한이 자연스러움, 자연적인 것에 있다는 것을 의미하기도 한다. 그것은 사실상 '우주 창조의 신비'를 반복하는 것이기도 하다. 이것은 우주가 신의 예술품이라는 기독교적 자연관의 반영이기도 하다. 그러므로 수석을 통해서 신의 창조의 비밀을 목격하고 그 비밀의 부호를 해독하는 일이 '수석시水石詩'의 목적인 것이다. 그런 의미에서 수석시는 박두진의 신앙시이기도 하며, 수석에 대한 그의 진술은 그의 신앙시론 혹은 종교시론의 초석이 되고 있다.

박두진의 경우 이처럼 '순수'와 '초월'을 지향하는 것이야말로 시인의 직분이고 소명인 것이다. 그러므로 우주 창조의 비밀이 새겨져 있는 수석의 발견에 앞서서 그는 전적인 수동성을 강조한다.

---

20 박두진, 〈기대와 기적〉, 《돌과의 사랑》, 74쪽.

수석을 찾아간다는 것은 문자 그대로 돌을 찾아가는 것이다. 돌을 이미 알고 찾아가는 것이 아니라 돌이 나를 오라고 해서 찾아가는 것이다. 어떻게 어디에 얼마만큼한 돌인지 알 수는 없지만 분명히 어떤 돌이 나를 불러서 가는 것이다. 그 있는 자리에서 나를 기다리고 가까이 갔을 때 손짓하기 때문에 가는 것이다. 내가 만나고 싶은 돌이 어디에 있을까, 아니 나를 만나고 싶어하는 돌이 어디에 있을까, 어떻게 어디로 가야, 어느 지점 어떤 시간에라야 만날 수 있을까? 초조하고 흥분도 하고 방황하고 또 당황도 하지만 그러나 나는 유장하게 어떤 신념, 그와 나의 필연적인 만남이 이루어지지 않으면 안 되는 보다 더 큰 인연과 섭리를 끝까지 믿고 견지한다.[21]

돌을 찾아가는 것은 '돌의 부름'과 '손짓'에 응답하는 방식이기도 하다. 돌은 시인을 만나고 싶어 하며, 그를 부르고 있지만, 그 만남이 어디에서 어떤 식으로 이루어질지는 알 수 없다. 그래도 시인은 만남의 필연성에 대한 믿음을 가지고 돌을 찾아 나선다. 이 과정은 신의 부름과 그 부름에 대한 응답을 통해 구원에 도달하는 기독교적 구속의 방식을 반복하고 있다. 수석이 스스로 그 자신을 드러내지 않으면 그 본질을 알아볼 수 없는 것도 마찬가지다.

이처럼 수석을 대하는 사람에게 필요한 자질, 그리고 수석이 그 자체의 신비를 드러내는 과정에 대한 이해와 해석은, 박두진의 기독교 신앙에 근거해서 이루어졌음을 알 수 있다. 그가 동양적인 전통을 상기케 하는 '壽石'보다 다소 추상적인 '水石'이라는 한자어

---

21 박두진, 〈수석의 미〉, 《돌과의 사랑》, 54쪽.

시적인 것은 어디에 숨겨져 있는가 |

를 선호하는 것도 이와 관련이 있다. 정지용이 '산수시'를 통해서 동양적 자연의 의미를 시적으로 재구성하고자 했다면, 그의 제자인 박두진은 '수석시'를 통해서 기독교적 자연의 본질을 수석에서 발견하고, 이를 통해서 시 창작의 본질을 해명하고자 했던 것이다. 이것은 문학과 종교의 관련성에 대한 추상적 이해를 뛰어넘는 박두진 시론의 독자적 성과라고 할 수 있다.

이처럼 시인이 '하늘'과 '땅', 그리고 '종교'와 '문학'을 매개하고 중재해야 할 존재라고 한다면, 시라는 장르는 문학 중에서도 특별한 위상을 차지할 수밖에 없다. 시는 문학에 속해 있으면서도 문학과 종교 사이에서 양자를 매개해야 할 사명까지 맡고 있기 때문이다. 즉, 시라는 장르는 문학의 내부에 속해 있으면서도 문학의 외부로 개방되어야 하는 것이다. 그만큼 시라는 것은 문학 내부의 요구와 문학 외부의 요구에 동시에 응답할 것을 강요받고 있다. 그런 의미에서 시는 소설과 구별되는 위상을 지니게 된다.

전반적인 현상으로 볼 때 소설이 시보다 나은 대우를 받는다는 것은 그만큼 독자 대중과 밀접한 관계에 놓여 있고 그로 인해서 독자를 더 많이 획득하고, 그러기 위해서는 더 독자에게 접근하거나 타협해야 하는 상업주의적인 조건, 불가피적인 제약에 놓이게 된다고 할 수 있으며 일부의 소설 문학이 범하는 비속성과 작품 자체의 모럴의 저하를 가져온 소설을 인정하지 않을 수 없을 것이다. 이에 비하여 현대시는 그 초창기 이래 한 번도, 또 누구도 시로서 생활을 보장받아 본 일이 없는 만큼 시 창작으로 경제적인 욕구를 충족시키려 한 일이 없었다. 독자를 더 많이 확보하기 위해서 시를 독자 대중에게 영합하도록 타협한다거나 그러한 추세로 시가 지니는 도덕적, 문학적 수준을 저속하게 타락시킬 필요가 없었다.[22]

위의 진술에 따르면, 시와 소설은 공히 문학에 속하는 것이긴 하지만 독자와의 관계, 그리고 경제적 혜택에 있어서 차이를 보인다. "독자 대중과 밀접한 관계"를 맺고 있는 소설은 그 자체만으로도 "경제적 욕구를 충족"시킬 가능성이 있지만, 현대시는 "시로서 생활을 보장받아 본 일이" 없기 때문에 "독자를 더 많이 확보하기 위해서" "독자 대중에게 영합"할 필요가 없다는 것이다. 심지어 그는 시만 써서 생활을 보장받지 못한다는 사실이 오히려 "한국의 현대시를 위해서 매우 다행한 일"이라고 진술하고 있다. 그것이 "시의 본질에 투철할 수 있게" 하는 "역설적인 여건"이 된다고 생각하기 때문이다(《시적 번뇌》, 170쪽). 시 창작이 생활을 보장하지 못한다면, 소설가라는 명칭에 비해서 시인이라는 명칭은 결코 직업적 명칭이 되기 어렵다. 그래서 그는 "원래 시인이란 말은 직업적 호칭일 수 없다"(《시적 번뇌》, 77쪽)는 것을 강조한다.[23] 시인이 직업적 호칭이 아니므로, 시인이라는 호칭은 "어느 정도 초연하거나 고립된 이름"(《아침은 더》, 272쪽)에 가까운 것이다. 그래서 그는 "시인이라는 호칭에 언제나 부담을 느낀다."(같은 쪽)고 고백하고 있다. 시인이

---

22 박두진, 〈작가와 독자〉, 《시적 번뇌와 시적 목마름》, 신원문화사, 1996, 169쪽.

23 "소설가는 요즘 같으면 어느 정도는 직업으로 봐주겠지만 시인을 직업으로 봐주는 일은 거의 없다. 사실 직업으로 성립이 안 되는 것이다. 그럴 수밖에 없는 일이지만, 원래 시인이란 칭호는 시를 쓰는 사람이란 말이지 시를 직업으로 하는 사람이라는 뜻은 아닐 것이다."(박두진, 〈직분 의식과 직업 의식〉, 《밤이 캄캄할수록 아침은 더 가깝다》, 272쪽. 이하 본문에서는 《아침은 더》로 약칭하고 쪽수만 밝힘.)

시적인 것은 어디에 숨겨져 있는가 |

라는 말에서 "직업의식" 대신 "직분의식"이나 "시인의 소명감"(《아침은 더》, 273쪽)을 더욱 강하게 느끼고 있기 때문이다.

역설적이게도 시를 쓰는 일이 경제적 필요로부터 독립된 행동이기 때문에 시인은 '시의 본질'에 더욱 충실할 수 있게 된다. 이때의 '시의 본질'이란 "더 순수하고 초월적이고, 그리고 높고 고독한 것"(《시적 번뇌》, 170쪽)을 가리킨다. 박두진의 경우, '순수'와 '초월', 그리고 '고상'과 '고독'은 시인이 보존해야 할 시의 본질적 속성이기도 하다. 그리고 수석에 대한 박두진의 산문은 시종일관 이와 같은 시의 본질에 이르는 길을 제시하고 있는 것이 특징이다. 이처럼 자신이 계획한 '신적인 단계'에 이르러서 박두진은 비로소 '순수'와 '초월'을 핵심으로 자신만의 시론을 지니게 된 것이다.

수석시론이 도달한 곳

이처럼 박두진이 후기에 이르러 자기만의 독자적인 시론을 완성하게 된 데에는 1970년대 수석의 발견이 결정적인 역할을 하고 있다. 1970년은 1939년에 등단한 이후로 대략 30년의 세월이 흐른 시점이다. 30년 동안 시 창작에 몰두했던 박두진이 수석의 세계를 경험한 이후 어떤 통찰에 도달하게 된 것이다. 그것을 그는 막연하고 추상적이었던 "시의 체험"이 수석이라는 물리적 대상을 통해서 구체화되어 나타난 것이라 진술한다. 그는 수석에서 시를 읽었던 것이다. 그 결과 수석을 통해서 박두진은 시의 본질을 직접적으로 체험할 수 있다는 확신에 도달하게 되었고, 따라서 그의 시론은 그러한 체험에 대한 반성적 기록이기도 하다. 이것은 그의 시론이 시 자체에 대한 진술보다 수석에 대한 진술을 더 많이 포함하게 되는 이유를 이룬다. 오히려 수석에 대한 그의 산문적 진술은 사실상 시의 본질과 시적 체험에 대한 우회적 진술이라 할 수 있다. 따라서 수석에 대한 산문은 그 자체로 시론詩論이기도 하다.

또한 박두진의 수석시水石詩는 앞서 말했듯이 그 시세계 세 번째 단계인 '신적인 것'과 밀접하게 관련되어 있다. '수석시'를 양산할 무렵 박두진은 적극적으로 '신앙시' 혹은 '종교시'에 대한 열정을 동시에 보여 주고 있기 때문이다. '수석시'가 '신앙시'와 분리될 수 없는 이유가 여기에 있다.

지금까지 수십 년 동안 종교시에 자신을 갖지 못한 까닭이 종교적 궁극의 순수성과 시적 궁극의 순수성이 나의 안에서 일치하지 못한 까닭이 아니었나 하는 생각이 든다. (중략) 나에게 있어서는 신앙시와 신앙시가 아닌 시의 구별이 불가능한 시, 시가 곧 종교적 신앙에 바탕하고 그 미학을 성취하는 것, 종교적 신앙 체험이 곧 시적 체험, 바로 그것일 수 있는 궁극적 일치의 시를 나는 원하고 있다. 그것이 실현되는 날의 시적 완성과 신앙적 완성이야말로 몇십 년 체험해 오고 추구해 오고 갈등, 방황해 온 시와 신앙의 시적 일치, 신앙과 시의 신앙적 일치를 추구하는 현재의 심경이며 움직일 수 없는 목표가 되고 있다.[24]

---

24 박두진, 〈시와 신앙〉, 《시적 번뇌와 시적 목마름》, 신원문화사, 1996, 85~86쪽.

시적인 것은 어디에 숨겨져 있는가 |

앞서 살펴보았듯이 박두진은 이미 등단 초기부터 자기 시세계의 최종 목표가 '신앙시'에 있음을 미리 설정해 두었다. 그는 자신의 시세계가 자연에서 인간, 그리고 신의 단계로 '순차적'으로 진행될 것을 기대했던 것이다. 하지만 최종 목표를 신으로 설정하는 순간, 이미 자연의 단계에서부터 신의 단계가 작용하는 것은 필연적이다. 비록 초기 시의 단계에서 그가 자연만을 말하고 있다고 하더라도 거기에는 항상 이미 신이 잠재하고 있었던 것이다.[25]

이렇게 되면 박두진이 설정한 '시의 단계'는 물리적인 시간 순서에 따른 단계가 아니라 헤겔적 의미의 '자기 전개self-development'에 해당된다고 할 수 있다. 그의 시세계에서 최종 목적지이자 목표지점인 '신의 단계'는 비록 처음에는 자신으로부터 소외되어 이질적인 '자연의 단계'에서 시작하고 있지만, 마침내 '인간의 단계'를 거쳐 다시 자기 자신으로 복귀하는 구조를 보여 주고 있기 때문이다. 이처럼 초기의 단계에서 이미 후기의 단계가 실현되는 구조, 그리고 후기의 단계가 결국에는 자기에게 되돌아오는 목적론적 시간 구조는 그의 시적 연대기의 성격뿐 아니라 시에 대한 그의 이해까지 한정한다.

이처럼 최후의 단계가 최초의 단계에 이미 포함되어 있는 구조에서, 시인의 사명은 분명해진다. 시인이란 최후의 목적지인 '신적인 단계'가 최초의 출발점인 '자연의 단계'에서부터 조금씩 자신을 실현할 수 있도록 봉사하는 존재, 자연적 존재를 통해서 초자연적 존재인 신이 현시現示되는 것을 입증하는 존재인 것이다. 시인이야

---

25 이에 대해서는 졸고, 〈박두진 초기 시의 종교적 성격〉《겨레어문학》, 2007. 12.)을 참조할 수 있다.

말로 천상과 지상, 자연과 신을 화해시키고 매개하는 존재라는 것을 수석은 그 존재 방식을 통해서 보여 주고 있다. 그리고 이러한 초월적 존재에 대한 시인의 지향은 그를 다시 '순수'의 시인으로 몰아 가고 있다. 그의 순수는 그러나 자연과 초자연, 현실과 초현실을 잇는 가교를 건설하기 위한 전략이기도 하다. 그 전략은 자연을 통해서 자연을 초월하는 수석의 역설적 존재 방식을 통해서 실현될 수 있었던 것이다.

5장
다시, 무엇을 위한 시인인가
: 신동엽의 시론

신동엽은 유토피아를 지향한 시인이
다. 무엇보다 먼저 그는 문명의 시대, 즉 분업과 전문화의 시대를
극복하고자 했다. 그 다음으로 문명의 시대와 더불어 잃어버렸던
시인의 사명을 다시 상기하고 그것을 미래에 투사하여 회복하고
자 했던 것도 그와 관련된다.

* 이 글은 《인문학연구》(2014년 8월)에 게재된 〈신동엽의 시론 연구〉를 수정하고 보완
  하여 재수록한 것이다.

시론과 시인론 사이

신동엽은 1959년 〈이야기하는 쟁기꾼의 대지〉부터 시작해 1969년 암으로 사망할 때까지 10년 정도의 시력을 가지고 있는 시인이다. 그래서 그의 시가 1960년대와 밀착해 있다는 것은 당연한 일이다. 1960년대의 시인 중에서도 그는 김수영과 더불어 1970년대 이후 참여시의 가능성을 개방한 시인으로 알려져 있다. 다만 양자 사이에 차이가 있다면, 김수영이 모더니즘을 통해서 개척한 참여시의 가능성을, 신동엽은 리얼리즘을 통해 개방했다는 점이 다를 뿐이다.[1] 또한 그들 양자의 참여시가 4·19를 배경으로 탄생했다는

---

1   신동엽과 김수영을 대비한 사례로는 졸고, 〈전통이 된 혁명, 혁명이 된 전통〉, 《상허학보》, 2010. 10. 참조.

점도 공통점이라 할 수 있다. 하지만 4·19를 바라보는 관점에서 양자는 차이를 보인다. 김수영이 비교적 4·19의 당대적 의미에 치우쳐 있는데 반해, 신동엽은 4·19의 역사적 의미로까지 관심의 범위를 넓히고 있다. 물론 그렇다 해도 양자 모두 4·19의 시인이라는 평가는 달라지지 않는다.

이처럼 시인의 측면에서는 양자 모두 4·19의 시인으로, 때로는 1960년대 참여시의 원조라는 평가를 받고 있지만, 시론詩論의 측면에서는 평가가 사뭇 다르다. 잘 알다시피 1960년대는 순수와 참여 개념을 둘러싼 논쟁이 활발하게 진행되었고, 김수영은 이어령과의 '불온시' 논쟁으로 그 대미를 장식한 것으로 유명하다. 그렇기 때문에 그 논쟁의 성과를 반영하고 있는 김수영 최후의 시론[2]은 참여시론의 진수를 보여 준 사례로 자주 인용되곤 한다. 반면에 김수영과 더불어 1960년대 참여시를 대표하는 시인으로 평가받고 있음에도 불구하고 신동엽의 시론은 크게 주목받지 못했다. 무엇보다 그에게는 당대의 논쟁에 개입하면서 제출한 시론이 없다는 점, 그리고 발표한 시론 자체가 반드시 참여시에만 한정된 논의로 볼 수 없다는 점이 그 원인이라 할 수 있다.

실제로 신동엽의 시론은 참여시론이라기보다는 오히려 시의 본질과 그 역사에 대한 일반론에 가깝다는 것이 특징이다. 더욱이 그의 시론은 '시의 이론'이라기보다는 '시인에 대한 이론'이라고 하는 것이 적합할 정도로 '시인'이라는 말에 집중되어 있다. 그의 시론은 설사 '시란 무엇인가'라는 질문에서 시작하더라도 결국에는 '시

---

2 특히 〈시여 침을 뱉어라〉와 〈반시론〉을 가리킨다.

인이란 누구인가'로 귀결되는 경우가 많다. 그만큼 신동엽은 시인 이라는 말과 그에게 부여된 사명에 관심이 많았던 시인이다.

예컨대, 그 자신의 독자적인 구분법에 따라서 항상 '시인'을 '시업가詩業家'로부터 구별하고자 했던 것이 대표적인 사례이다. 이때 '시업가'란 시 쓰기를 직업으로 삼고 있는 사람을 뜻한다. 그러므로 그가 시인을 시업가와 구별하려 했다는 것은 시인이 결코 직업인이 되어서는 안 된다는 그의 신념을 반영한 것이다. 바로 이 '직업으로서의 시인'이야말로 그가 평생에 걸쳐서 비판의 대상으로 삼았던 '가짜 시인'의 모습이다. 앞으로 보겠지만, 대부분의 현대 시인이 그러한 판정에서 벗어날 수 없었다. 이처럼 신동엽에게는 시와 비非시의 구분보다 더욱 중요했던 일이 '시인'과 '가짜 시인(= 시업가)'을 구별하는 문제였다. 그런 의미에서 그의 시론에서 '시인에 대한 이론'이 상당 부분을 차지하는 것은 전혀 어색하지 않다.

신동엽의 시론에서는 이처럼 '시인'이라는 말부터가 특별한 의미로 등장한다. 이때 시인은 반드시 그의 독창적인 시대구분법을 통해서 이해할 필요가 있다. 그의 3단계 시대구분법은 특히 시인이라는 말의 의미를 해명하는 데 중요한 토대가 된다. 그에게 있어서 진정한 시인은 '근대=문명'에 대해서 대립적 입장을 취하는데, 이 또한 그의 3단계 시대구분법에 따라서만 이해할 수 있다. 여기에 등장하는 독창적인 개념 '전경인全耕人'에는 신동엽이 꿈꾸는 이상적인 시인의 모습이 담겨 있다.

이렇게 진정한 시인과 가짜 시인의 구별을 핵심으로 해서, 그의 시론에는 문명비판적 관점이 배경으로 깔려 있으며, 이는 대지에서 하늘로 이어지는 그의 주요 개념과도 관련되어 있다. 그러므로 시인에 대한 신동엽의 관심은 결코 시대를 초월한 시인 일반론에 한정되지 않는다. 시인에 대한 일반론인 것처럼 보이지만, 그의 시론은 사실상 1960년대 한국이라는 시공간적 맥락과 밀접하게 연결되어 있다. 이는 보편성과 특수성을 모두 담보하고자 했던 그의 의지가 반영되어 이룬 성과이다. 이처럼 신동엽의 시론을 통해 시대에 밀착한 진정한 시인의 모습을, 그리고 '참여시론'이 아니라 진정한 '참여시인론'의 모델을 보게 될 것이다.

지地, 세계와 대립하기까지

"문명인은 대지를 이탈하고 세계는 맹목기능자의 천지로 변하고 말았다."[3] 이 문장에는 시와 시인에 대한 신동엽의 관점이 압축적으로 반영되어 있다. 먼저, 신동엽의 관점에서 "대지"는 시인이 거주해야 할 가장 근본적인 터전을 의미한다. 시인이 대지를 '이탈'하고자 한다면, 그것은 이미 그가 시인이기를 포기했다는 뜻이기도 하다. 하지만 불행히도 이미 "문명인"은 대지를 이탈한 삶을 살고 있으며, 문명인과 더불어 문명인으로 살아가고 있는 현대의 시인 또한 대지를 이탈할 가능성이 높아 보인다. 그래서 실제로 대지를 이탈한 시인들에 대한 비판이 신동엽 시론의 상당 부분을 차지하고 있다.

---

3 신동엽, 〈단상초〉, 《신동엽전집》, 1980, 창작과비평사, 354쪽. 이하 본문에서의 《신동엽전집》은 《전집》으로 적고 쪽수만 밝힌다.

그 다음으로 "세계"는 어떠한가. 대지를 이탈한 문명인의 세계는 "맹목기능자"의 세계이기도 하다. 세계를 가득 채우고 있는 수많은 "기능자"들은 신동엽의 눈에는 다만 "맹목기능자"일 뿐이다. "기능"은 뛰어날지 몰라도, 그들의 기능이란 한 치 앞도 제대로 보지 못하는 "맹목"의 삶을 낳고 있다. 이때 대지를 이탈한 삶과 맹목기능자의 삶은 서로 밀접하게 연관되어 있다. 맹목기능자의 삶은 이미 대지를 이탈한 문명인에게만 속하는 삶이기 때문이다. 대지를 이탈한 문명인의 세계에서 "맹목기능자"가 아닌 삶을 살아가는 것은 정말 어려운 일이다. 그러한 삶이 가능하다면 그 시작은 당연히 "대지"로 회귀하는 삶에서 찾아야 할 것이다.

신동엽의 "시인"이 호출되는 상황이 이러하다. 사람들은 대지를 이탈해 있고, 세계는 맹목기능자의 천지로 변했다. '이러한 상황에서 시인이란 무엇인가?'[4] 이것이야말로 신동엽이 답하고자 했던 가장 근본적인 질문이다. 이를 통해서 어째서 신동엽의 시론이 하필 '시인'과 그의 '사명'에서부터 시작하는지, 그 이유를 알 수 있다.

우선 신동엽이 "대지"의 시인임을 우리는 기억해야 한다. 그만큼 '대지' 개념은 그의 시론에서 상당히 중요한 위상을 차지한다. 그가 이상적인 시인의 모습을 가리켜 "전경인全耕人", 즉 대지를 경작하는 사람이라고 한 데에서, 시인과 대지의 밀접한 관련성을 짐

---

4 이러한 질문은 다분히 하이데거를 연상케 한다. 하이데거는 횔덜린을 회상하는 글(〈궁핍한 시대의 시인〉)에서 '무엇을 위한 시인인가?Wozu Dichter'라는 물음을 던지고 있다. 이처럼 '세계'와 '대지'라는 용어의 사용을 포함하여 신동엽의 시론에서 하이데거의 흔적을 찾기는 어렵지 않다. 특히 그의 반反문명론적 시각은 하이데거의 관점과 연관지어 이해할 수 있는 부분이 많다. 만약 김수영과 더불어 신동엽의 시론에서도 하이데거의 흔적이 발견된다면, 1960년대 참여시론에 미친 하이데거의 영향력을 확인할 수 있을 것이다.

작할 수 있다. 문제는 "문명인의 고향은 대지가 아니다."(《전집》, 364쪽)라는 그의 진술에 있다. 시인은 대지와 밀접한 관련성을 가지고 있지만, 문명인은 이미 대지를 벗어나 있다는 것이다. 그렇다면 시인이 무엇을 해야 하는지가 분명해 보인다. 시인은 대지를 벗어난 현대문명을 등지고, 대지를 기억하며 대지와의 밀착된 관계를 회복하고자 노력하는 존재인 것이다. 이러한 시인의 활동을 가리켜 그는 "대지에의 향수적 귀의"(《전집》, 368쪽)라는 말을 남기고 있다.

그러나 그는 "오늘 우리 현대를 아무리 살펴보아도 대지에 뿌리 박은 大圓的인 정신은 없다."[5]고 단정한다. "대지"는 뿌리를 내리기 위한 장소이지만,[6] 불행하게도 "현대"사회에 대지에 뿌리를 내리고 있는 "정신"은 없다는 것이다. 그렇다면 대지를 이탈한 현대인은 도대체 어디에 거주하고 있다는 말인가?

문명인은 대지를 이탈하였다. 그들은 고향을 버리고 次數性 世界 속의 文明樹 나뭇가지 위에 기어올라 궁극에 가서는 아무도 아닌 그들 스스로의 肉魂들에게 향하여 어제도 오늘도 끌질을 하고 있는 것이다.[7]

여기에서 보듯 대지는 우선 "문명인"이 떠난 장소를 의미한다.

---

5 〈시인정신론〉, 《전집》, 368쪽.
6 이런 의미에서 보면 김수영의 '거대한 뿌리'가 신동엽의 '대지' 개념과 통하는 바가 있음을 알 수 있다.
7 〈시인정신론〉, 《전집》, 366~367쪽.

또한 동시에, 문명인이 등장하기 이전 시대를 배경으로 작동하는 시간적 개념임을 알 수 있다. "대지"에는 단순히 장소적 의미만 있는 것이 아니라, 이미 지나간 '시간'이라는 시간성이 포함되어 있는 것이다. 그리고 그러한 시간적 흐름을 표시하기 위해 신동엽은 독자적인 방식으로 역사를 3등분해서 제시하고 있다. 보통은 '고대/중세/근대(현대)'라는 세 가지 명칭을 사용하여 시대를 구분하는 것이 일반적이지만, 신동엽의 역사 인식에서는 '근대(혹은 현대)'를 기점으로 그 이전의 '고대/중세'와 그 이후의 '현대 이후'가 서로 마주 보며 상동성의 관계를 맺는 형태를 이루고 있다. 자세히 보면 그의 역사 의식은 '현대 이후'가 '고대/중세'로 회귀하고 있는, 일종의 순환적 시간관을 전제한다.[8] 이러한 독창적인 시대구분법에 따라서 그는 근대(혹은 현대)에 "차수성 세계"라는 명칭을 부여하고 있다.

신동엽의 독자적 시대구분법에 따르면, 인류에게는 한때 "대지"를 중심으로 "세계"가 구성되었던 시절이 있었다. 근대 문명이 정착하기 이전에 속하는 그 세계에서 인간은 대지에 뿌리를 내리고 살았다. 하지만 문명의 세계가 시작되면서부터 인간들은 대지를 버리고 '문명이라는 나무'(=文明樹) 위로 올라가게 되었다. 이처럼 신동엽의 시대구분법은 인류의 역사를 '나무'에 비유해서 설명한다는 점이 특징이다. 다시 말해서, 문명 이전에 인류는 대지에 밀착한 뿌리 부분에 살고 있었지만, 문명이 시작되면서 뿌리를 떠나서 나무 위로 이동했다는 것이다. 이러한 상태를 가리켜서 신동엽

---

8 신동엽이 지향했던 '현대 이후' 혹은 '근대 이후'의 내용을 살펴보면, '포스트모더니티'가 '새로운 중세'와 관련이 있다는 최근의 관점을 상기하게 만든다.

은 "기형적 분지分枝"[9](《전집》, 366쪽)라는 말을 사용하고 있다. 대지에 뿌리를 내리고 있는 상태에서는 하나였던 것이 나무 위로 올라가면서 가지를 따라 여럿으로 나뉘기 시작한 것이 인류의 역사인 것이다. 하나에서 여럿으로 나뉘는 것이 인류 역사의 축소판이고, 그것은 인류의 거점이 뿌리에서 가지로, 다시 말해서 대지에서부터 "허공"[10]으로 이동했다는 것을 의미한다.

인류가 대지에 뿌리를 내리던 시절에 "세계"는 대지에 밀착해 있었으므로 대지와 조화를 이루는 삶의 문화를 제공할 수 있었다. 하지만 인류가 대지를 떠나 문명이라는 나무를 타고 올라가서 그 나무의 가지를 따라 서로 나뉘기 시작하면서부터 "세계"는 대지와 대립하는 삶, 인류 전체가 서로 나뉘는 삶의 문화를 허용하게 된 것이다. 신동엽의 관점에서 인류 문명의 역사는 이처럼 대지와 '조화'를 이루던 세계에서 대지와 '대립'하는 세계로 이동하는 과정으로 그려진다.[11] 대지와 밀착하여 조화를 이루던 시대를 신동엽은 다음과 같이 묘사하고 있다.

인류의 봄철, 인종의 씨가 갓 뿌려져 움만이 트였을 세월, 기어 다니는 짐승들에겐 산과 들과 열매만이 유일한 의지요 고향이었으며, 어머니 유방에 매어달린 갓난아기와 같이 그들과 대지와의 음

---

9 "분지(분지)"는 사실상 "분업"을 비유적으로 표현한 것이다.
10 "문명인의 고향은 대지가 아니다. 그들의 출생은 허공 속에서 시종했다."(《시인정신론》, 《전집》, 364쪽.)
11 이러한 과정은 비단 인류 문명의 역사에만 한정되지 않는다. 그러한 과정은 한반도의 문명화 과정에서도 동일하게 반복된다. '근대=문명'을 기준으로 삼등분되는 역사라는 점에서 인류사와 한 국사는 크게 다름이 없다.

양적 밀착 관계 외엔 어느 무엇의 개재도 그 사이에 용납될 수 없었을 것이다. 그곳은 에덴의 동산, 곧 나의 언어로 原數性 世界이어서 그곳에 次數性 世界 건축 같은 것을 기획하려는 기운은 아직 찾아볼 수가 없었을 것이다. (중략) 대지 위에 나뭇가지를 세우고 그 위에 올라 앉아 재주 부리는 재미를 익히기 시작한 것이다. 이후 이들 인간들은 대지에 소속된 생명일 것을 그만두고 대지와 그들과의 사이에 새로 생긴 떡잎 위에, 즉 인위적 건축 위에 作巢되어진 차수성적 생명이 되었다. 하여 인간은 교활하고 극성스런 어중떤 존재자로서 하늘과 땅 사이에 등록이 되었다.[12]

인류가 대지와 밀착한 시절은 '인류의 유년기'이기 때문에 인류는 마치 "어머니 유방에 매어달린 갓난아기"와 같은 상태로 묘사된다.[13] 이러한 시절을 신동엽은 성서에서 말하는 "에덴의 동산"에 비유함으로써, 인류가 다시 돌아가야 할 가장 이상적인 시공간으로 추켜세우고 있다. 그러므로 이처럼 대지와 밀착하고, 대지에 뿌리를 내리고 있는 인류의 삶을 가리켜서 그는 "원수성 세계原數性 世界"라는 명칭을 부여하고 있다. 그 다음으로 이어지는 문명의 시대가 그의 관점에서는 "차수성 세계次數性 世界"인 것이다. 그러한 시대는 인류의 고향, 인류의 어머니인 대지를 떠나서 인류가 문명을 건설

---

12 〈시인정신론〉,《전집》, 363쪽.
13 신동엽의 '원수성 세계'는 어머니와 아기 사이에 제3자의 개입을 허용하지 않는다는 의미에서 라캉의 용어로 말하면 '상상계'에 해당한다고 할 수 있다. 그렇다면 '차수성 세계'는 '상징계', '귀수성 세계'는 '실재계'와 견주어 이해할 수 있다. '귀수성 세계'는 '원수성 세계'로 통하는 불가능한 통로라는 점에서 그러하다.

다시, 무엇을 위한 시인인가 |

하기 시작한 때이므로 "원수성"보다 열등하다는 의미에서 "차수성"이라는 명칭이 사용된다. 이때부터 인류는 "대지에 소속된 생명"이길 거부하고 "하늘과 땅 사이에" "어중띤 존재자"가 된 것이다.

천天, 천지인의 대두

인간이 "하늘과 땅 사이에" 존재하는 것은 당연지사인데, 대지를 떠난 인간이 하늘을 향한다는 신동엽의 관점을 압축하고 있는 단어가 바로 '천지인天地人'이다. 앞서도 보았듯이 인류의 유년기에 인간은 '대지'에서 출발하였고, 문명의 나무를 타고 올라 그 목표 지점인 '하늘'을 향하고 있다. 만약 인간이 다시 '대지'로 회귀하고자 한다면, 반드시 '하늘'을 통과해야만 할 것이다. 하지만 신동엽은 문명의 지속적 상승을 통해서 인류가 '하늘'에 닿을 수 있다고 생각하지는 않는다. 이에 대해서 신동엽은 다음과 같이 부정적 진술을 남기고 있다.

그들을 실은 공중풍선은 날이 갈수록 기세를 올려 하늘 높이 달아날 것이다. (중략) 아무리 서구적인 무서운 노력으로 하늘 끝에 이르기 위해 벽돌을 쌓아 올려 본다 하더라도 그 하늘 끝은 나타나 주지 않을 것이다.[14]

---

14 〈시인정신론〉, 〈전집〉, 367쪽.

성서의 '바벨탑'을 연상시키는 이 대목에서, 신동엽은 인류가 문명의 벽돌을 아무리 높이 쌓아 올려도 결코 "하늘 끝"에 닿을 수는 없을 것임을 상기하고 있다. 성서의 바벨탑처럼 대지를 떠난 인류가 하늘을 향해 쌓아 올리는 '문명의 탑'은 신적인 지위를 노리는 인류의 교만한 생각에서 기원한 것이기 때문이다. 인류가 스스로 하늘이 되고자 할 때 '원수성의 세계'로 되돌아가려는 인류의 소망은 이루어지지 않는다. 오히려 성서에서처럼 문명의 탑이 무너지는 순간에 인류는 비로소 하늘을 보게 될 것이다. 신동엽은 하늘의 모습이 4·19와 같은 혁명적인 순간에 드러난다고 생각한다.

우리들은 하늘을 봤다
1960년 4월
역사를 짓눌던, 검은 구름장을 찢고
영원의 얼굴을 보았다.　　　　　　　_〈금강〉의 서시 부분

신동엽의 관점에서 "하늘"이란 곧 '혁명'이 도래하는 순간, 다시 말해서 '원수성의 세계'로 되돌아가기 위해서 "귀수성 세계歸數性 世界"(《전집》, 362쪽)가 개방되는 순간에 경험되는 사태를 가리킨다.[15] 그것은 '문명의 벽돌'을 쌓아 올리는 행위를 통해서는 결코 도달할 수 없는 순간이다. 그리고 그 혁명의 입구에 시와 시인이 서게 된다.[16] 따라서 4·19와 동학의 상동성相同性을 강조하는 그의 서사시

15　신동엽의 '하늘'의 의미에 대해서는 졸고, 〈혁명이 된 전통, 전통이 된 혁명〉, 앞의 책. 참조.

16　시와 사랑과 혁명의 관계에 대해서 그는 이렇게 적고 있다. "내 일생을 시로 장식해 봤으면. / 내 일생을 사랑으로 채워 봤으면. / 내 일생을 혁명으로 불질러 봤으면."(〈서둘고 싶지 않다〉, 《전

《금강》이 그의 대표작이 되는 것은 자연스럽다.

그런데 두 개의 혁명을 비슷한 원리의 반복적 출현으로 정리하고 있는 《금강》에서는, 혁명 외에도 반복되고 있는 또 하나의 역사가 그려져 있다. 그것이 바로 외세의 개입이다. 특히 《금강》에는 미국에 대한 신동엽의 전형적인 관점이 드러나 있다. 무엇보다도 미국은 다른 여러 나라와 마찬가지로 '외세'의 부분집합에 불과한 것으로 그려진다.

> 신라 왕실이 / 백제, 고구려 칠 때 / 당나라 군사를 모셔왔지. // 옛날 사람 욕할 건 없다. // 우리들은 끄떡하면 외세를 / 자랑처럼 모시고 들어오지. / 8 · 15 후, 우리의 땅은 / 디딜 곳 하나 없이 / 지렁이 문자로 가득하다. (중략) 누구였던가, 무엇에 당선만 되면 / 다음날 당장 미국에 건너가 / 더 많은 동냥, 얻어 올 수 있다고 장담했던 / 정치 거지는, // 내 진실로 묻노니 그대들이 구걸해 온 / 동냥돈이, 단 한번만이라도 농민들의 / 밥사발에, 쌀밥으로 담겨져 본 적이 있었는가.
> _〈금강〉 2~6장[17]

이 작품에서 전후의 한국은 미국을 향해 '동냥'을 구걸하는 '거지'의 형상으로 묘사되고 있다. 그것은 한국에 대한 미국의 정치적 · 경제적 · 군사적 원조를 가리키는 것으로, 양자의 불평등 관계를 짐작케 한다. 그 연장에서 1967년에 신동엽은 원조 경제 22

집》, 343쪽.)

17 《전집》, 140~141쪽.

년을 언급하면서 한국 사회의 현황을 다음과 같이 정리하고 있다. 우선 대중들은 "백 달러밖에 안 되는 국민소득 주머니로 국민소득 4천 5백 달러인 미국 사람들과 똑같은 양복, 똑같은 구두, 똑같은 텔레비전 프로를 즐기려 눈물겹게 안간힘"을 쓰고 있다는 것이다. 이것은 미국식 대중문화의 확산과 모방 현상에 대한 풍자로 볼 수 있다.

다른 한편으로 지식인들은 어떤가. 신동엽에 따르면 "영문학 숭상의 비평가나 시인들은 지난 22년간 기회 있을 때마다 모든 지면을 총동원하여 歐美式 잣대로 한국문학을 재단하려 했었다."[18] 이것은 유럽과 미국의 문학을 세계문학의 정전으로 숭상하고, 이를 기준으로 한국문학을 평가하는 태도를 문제삼고 있는 것이다. 이처럼 신동엽은 대중문화와 고급문화를 막론하고 미국의 문화를 숭상하고 모방하려는 태도의 확산을 크게 우려하고 있다. 더구나 그것들이 대개 미국과 한국 사이에서 형성된 문화적 우열 관계를 전제한 현상이라는 점이 문제이다. 이러한 인식에서 보면 미국의 문화는 우월하고 한국의 문화는 열등하다. 그리고 열등한 문화가 우월한 문화를 모방하는 것은 당연하다.

신동엽의 독창성이 발휘되는 지점이 여기이다. 그는 시와 산문을 통해서 초지일관 당시의 이러한 통념을 뒤집는 사고를 제시하고 있었기 때문이다. 미국이 우월하고 한국이 열등하다는 판단은 특정한 시대적 맥락 안에서만 성립한다는 것이 신동엽의 생각이다. 그것은 그의 독특한 역사관에서 비롯된다. 앞서도 말했듯이

---

18 〈8월의 문단〉, 《전집》, 383쪽.

다시, 무엇을 위한 시인인가 |

그는 인류의 역사를 크게 3등분하여 제시하고 있다.

> 땅에 누워 있는 씨앗의 마음은 原數性 세계이다. 무성한 가지 끝
> 마다 열린 잎의 세계는 次數性 세계이고 열매 여물어 땅에 쏟아져
> 돌아오는 씨앗의 마음은 歸數性 세계이다.[19]

이것은 봄-유년-씨앗의 "원수성"을 지나, 여름-성년-잎의 "차
수성"을 거쳐, 가을-노년-열매의 "귀수성"으로 되돌아오는 거대
한 순환적 시간관을 역사에 투영한 것이다. 이러한 순환적 시간관
에 따르면 직선적 시간관은 오로지 "차수성"의 시대에만 적용되는
것으로 한정된다. 대지와 자연에서 벗어나 문명의 탑을 높이 쌓아
올리던 차수성의 시대에는 당연하게 후진과 선진의 구별이 중요해
진다. 그렇지만 차수성의 처음과 끝은 거대한 순환적 시간에 포함
되면서 소멸해 버린다. 거대한 순환의 틀에서 직선을 보면, 후진은
선진의 꼬리를 물고, 선진은 다시 후진의 꼬리를 물게 될 것이다.
후진은 선진을 모방하고자 하지만, 선진은 결국 후진을 모방하고
자 할 것이다. 따라서 신동엽의 독특한 역사관에서 내려다보면 당
시 한국 사회에 만연해 있는 미국에 대한 열등감은 차수성의 시대,
직선적 시간관에 갇혀 있을 때만 발생하는 현상이라 할 수 있다.
　물론 현재(혹은 현대)는 인류의 여름철, 즉 차수성의 시대이고, 당
연히 직선적 시간관이 지배하는 시대이다. 이때는 인간의 문명이
대지와 자연을 정복하고, 인공의 바벨탑을 세우고자 하는 열정이

---

19 〈시인정신론〉, 《전집》, 362쪽.

극에 달한 시대인 것이다. 만약 인간의 문명이 차수성의 시대에만 갇혀 지낸다면 미국문화를 모방하는 일은 중요한 행위가 될 수 있다. 하지만 차수성의 시대가 끝나고 귀수성의 시대가 도래할 것을 믿는 사람들에게 미국문화는 영원한 모방의 대상이 될 이유가 전혀 없게 된다. 하물며 그것은 세계문학의 보편적 기준이 될 자격도 없다. 따라서 그에게서 미국, 미국문화, 미국문학에 대한 열등감을 전혀 발견할 수 없는 것은 당연하다. 그것은 차수성의 세계, 즉 문명의 시대를 지배하는 한시적인 현상에 지나지 않기 때문이다.

인人, 시인의 사명

신동엽은 틈만 나면 "詩業家는 있어도 詩人은 드물다."(《전집》, 354쪽)라는 말을 자주 반복하는데, 여기에는 시를 전문가들 사이의 대화로만 축소하려는 '난해성'의 전문가들에 대한 비난의 뜻이 포함되어 있다. 이와 같이 시와 문학이 "문학 전문가들끼리의 특수 문화"(《전집》, 370쪽)가 되어 버린 것은 오늘날의 문학이 "차수성 세계"의 정신에 갇혀 있다는 뜻이기도 하다. 이때 자연 정복과 효율성을 앞세우는 차수성 세계의 정신으로 신동엽이 가장 강조하는 것이 '분업'과 '전문화'이다.

오늘의 문명의 특징을 한 마디로 표현하자면 〈분업〉일 것이다. 설교는 목사가, 성가는 성가대가, 성서는 성서 전문연구가가 떠맡아 가고 있다. 한 사람의 인체에도 이미 수백 명의 분업 의사가 엉겨 붙어 제가끔 눈·코·귀·아랫배·윗배 가운데 한 가지씩만을 떼어 가지고 달아났다. 세상은 맹목기능자의 세계로 화하고 말았다. 멀지 않아 손톱·발톱 미장전문가가 새로 나타나도 아무도 놀라지 않을 세상이 되었다.[20]

이 글에서처럼 차수성의 세계는 분업과 전문화가 대세를 이루는 시대를 배경으로 한다. 분업의 시대에는 수많은 영역이 분화될 것이고, 분화된 영역마다 해당 분야의 전문가들이 양산될 것이다. 이때 그 전문가들이 대개 '맹목기능자' 성향을 보인다는 것이 가장 큰 문제이다. 그들은 자신의 전문 분야에만 매몰되어 그것에 대한 반성적 판단이 불가능하다. 막스 베버Max Weber의 표현을 빌리자면 이런 현상을 '세계의 탈주술화Entzauberung der Welt'라고 명명할 수 있을 것이다. 베버에 따르면, 세계가 합리화되는 과정에서 제거되는 것은 정령만이 아니다. 동시에 세계의 의미까지 멸균 청소되는 현상이 동반된다.[21] 그 결과 계산을 통해서 세계를 지배할 수 있다는 생각이 팽배하게 되고, 결국 사람들은 의미의 존재를 더 이상 믿지 않게 된다는 것이다. 따라서 차수성의 시대가 지속하는 한, 당분간 이처럼 목적도 의미도 질문하지 않는 맹목적인 전문가, 이른바 영혼 없는 전문가들이 점차 증가할 것이다.[22]

---

20 〈시인·가인·시업가〉,《전집》, 390쪽.
21 막스 베버, 이상률 옮김,《직업으로서의 학문》, 문예출판사, 1994, 27쪽.
22 "오늘날 철학, 예술, 과학, 경제학, 정치, 종교, 문학 등은 인생에의 구심력을 상실한 채 제각기 천만 개의 맹목기능자로 화하여 사방팔방 목적 없는 허공 속을 흩어져 달아나고 있다." (〈시인정신론〉,《전집》, 360쪽.)

이처럼 '분업'과 '전문화'가 차수성 세계의 특징이라 했을 때, 신동엽은 그것을 일종의 직업의식의 측면에서도 바라보고 있다. 여기에서 '시인'에 대한 신동엽의 독창적인 구분법이 제시되고 있다.

여기에서 〈詩人〉이라고 말할 때의 〈人〉자는 특별한 뜻을 가지고 있다. 돈벌이와 관계 있는 소위 〈쟁이〉들의 직업명사 끝엔 〈家〉나 〈師〉가 붙는다. 이발사 · 구두수선사 · 요리사 · 의사 · 초상화가 · 성악가 · 소설가 · 철학가 등등 이루 헤아릴 수 없을 정도로 많다. 그러나 유독 詩人만은 詩業家라고 부르지 않고 〈人〉자를 붙여준다. 그리고 그 옆에 〈哲人〉이 역시 〈人〉자를 달고 훨훨 소요하고 있다. 詩人과 哲人. 무슨 業家가 아닌 詩人과 哲人들은 과연 무엇을 천시받고 태어난 사람들일까.[23]

그는 직업으로서의 시인을 "시업가詩業家"라고 부르면서 "시인詩人"과 구별할 것을 제안하고 있다. 왜냐하면 신동엽의 관점에서 시인은 결코 시를 직업으로 삼는 전문가일 수 없기 때문이다. 시를 직업으로 삼는다는 것은 분업과 전문화를 전제로 한다는 뜻이기도 하다. 물론 차수성의 세계, 즉 문명의 시대에는 불가피하게 분업이라는 제도를 도입할 수밖에 없지만, 원수성의 세계를 지향하는 시인에게는 결코 그 원칙이 적용될 수 없다는 것이 신동엽의 관점이다.

이때 '시인'과 더불어서 분업과 전문화의 정신에서 벗어나 있는

---

23 〈시인 · 가인 · 시업가〉,《전집》, 390쪽.

존재로서 그가 "철인哲人"을 언급한다는 것이 특징적이다.[24] '철인' 은 물론 직업으로서의 '철학가'와 구별되는 존재이다. 이러한 구분 법에 따라서 신동엽이 생각하는 시의 성격을 이해할 수 있다. 그에 게 있어서 시는 '메타적'인 성격이 강한 어떤 것이다. 고대 그리스 시대에 모든 학문의 메타적 질문에 집중했던 '철학'이 그러했는데, 신동엽의 '시' 또한 이것을 닮아 있다. 그렇기 때문에 그는 시인에 게 모든 분야에 걸쳐서 메타적으로 개입할 것을 강조하고 있다. 하 지만 오늘날 불행하게도 철학 또한 더 이상 예전의 지위를 누리지 못하고 있다. 그럼에도 불구하고 그는 한때 철학이 그러했던 것처 럼 시가 그러한 지위를 누렸던 시절을 회상하고 있는 것이다. 이때 의 '시인'은 '시업가'와 구별되는 존재로서, 그는 그 특징을 다음과 같이 정리하고 있다.

우리 인류 문명의 오늘이 있는 것은 오직 분업문화의 성과이다. 그러나 그뿐 그것은 다만 이 다음에 있을 방대한 종합과 발췌를 위 해서만 유용할 뿐이다. 분업문화를 이룩한 기구 가운데 〈人〉은 없 었던 것이다. 분업문화에 참여한 선단적 기술자들은 이 다음에 올 〈綜合人〉을 위해서 눈물겹게 희생되어져 가는 수족적 실험체들에 지나지 않을 것이다. 〈全耕人〉의 개념은 오늘 문명인들의 혐오와 멸시의 대상이 되고 있다. (중략) 현대의 예술, 종교, 정치, 문학, 철학 등의 분업스런 이상 경향은 다만 이러한 역사적 필연 현상으로서만

---

24 그는 항상 '哲人'과 '詩人'을 동시에 호명하는 습관이 있다. 신동엽에게 있어서 철학과 시 사이에는 전혀 갈등이 없다. 이것은 이른바 '순수'와 '자율성'의 명목으로 언어에만 시의 칸막이를 내세우고 있는 당대의 모더니스트를 겨냥한 발언이기도 하지만, 거기에는 그의 역사관이 투영되어 있다.

설명이 될 수 있을 것이다. 모든 것은 상품화해가고 있다. 이러한 광기성은 시공의 경과와 함께 배가 득세하여 세계를 대대적으로 변혁시킬 것이다. 세계는 맹목기능자의 천지로 변하고 말았다.[25]

요컨대 신동엽이 생각하는 시인은 단순히 '언어' 상품의 '전문가'가 아니라 정치, 종교, 사상을 '종합적으로' 사유할 수 있는 '全人'에 가까운 존재인 것이다. 이 전인을 가리켜서 그는 "전경인全耕人"이라는 독창적인 명칭을 사용하면서, 그러한 시인을 '도래할 시인'의 모델로 삼고 있다. 말하자면 '전경인으로서의 시인'은 차수성의 시대를 살면서도 귀수성의 시대를 앞질러 사고하는 사람을 가리킨다.

물론 현대의 분업화 현상은 '역사적 필연'에 속하는 일이긴 하다. 하지만, 분업의 시대 이후에 다시 '종합'의 시대가 올 것을 그는 믿고 있는 것이다. 다만 그전까지는 분업의 시대가 극한으로 치달을 것이라고 그는 예상하고 있다.[26] 여기에는 일종의 양질전환(= 혁명)의 변증법적 관점이 투영되어 있다. 분업의 정신을 강조하는 현대문명이 방향을 전환할 시점이 있다는 뜻이다. 현대문명을 지탱하는 정신이 영원히 지속할 수는 없기 때문이다.

이처럼 신동엽의 역사관은 현대문명과 현대 시인에게 서로 다른 운명을 제시해 보이고 있다. 한편으로는 "현대문명에 대한 비

---

25 〈시인정신론〉, 《전집》, 364~366쪽.
26 시인은 예언자가 되어야 한다고 신동엽은 말하고 있는데, 뮤지컬을 포함한 "종합예술"에 대한 예언이 있어 적어 본다. "머지 않아 인류는 그들의 전 역사를 통하여 꾸준히 모색하여 온 창조적 미의 극치, 종합예술의 찬란한 시대를 가지게 될 것이다. 아마도 그것은 詩 · 樂 · 舞 · 劇의 보다 높은 조화율의 형태로서 나타나게 될 것이다."(〈단상초〉, 《전집》, 357쪽.)

관론적 해석"(《전집》, 366쪽)을 제시하면서, 다른 한편으로 그와는 정반대로 시인의 미래에 대해 훨씬 낙관적 전망을 제시하고 있는 것이다. 따라서 현대문명과 그 시대를 살아가는 시인 사이에는 필연적인 불화가 운명처럼 놓여 있다. 근본적으로 시인은 문명이 극단으로 치닫는 현대사회, 분업과 전문가만이 인정받는 산업사회에 적응할 수 없는 존재인 것이다. 하지만 불행하게도 오늘날의 시인, 즉 '시업가'는 전혀 다른 길을 걸어가고 있다.

그리하여 이웃 가게 사람들이 손끝으로 인형·도자기들을 만들어 내고 있는 것과 같이, 그들은 언어를 재료로 하여 손끝으로 언어상품을 만들어 내고 있다. 이러한 경우 그들은 〈詩人〉이 아니라 〈詩業家〉인 것이다. (중략) 오늘의 시인들은 정치는 정치 맹목기능자에게, 종교는 종교 전문기능자에게, 사상은 직업교수에게 위임해 버리고 자기들은 단어 상자나 쏟아 놓고 앉아서 핀셋트 장난이나 하려하고 있는 것이다.[27]

신동엽의 관점에서 보면 현대의 모더니스트들은 '차수성'의 시대에만 매몰되어 있는 전문가, 즉 '시업가'에 불과하다. "그들은, 정치는 정치가에게, 문명비평은 비평가에게, 사상은 철학교수에게, 대중과의 회화는 산문 전문가에게 내어 맡기고 자기들은 언어 세공만을 전업으로"(《전집》, 369쪽) 삼는 존재인 것이다. 이처럼 '차수성'의 시대에만 충실한 시 전문가, 즉 모더니스트들은 신동엽의 관

---

27 〈시인·가인·시업가〉,《전집》, 390쪽.

점에서 보면 전혀 '시인'이라 할 수 없다. 그들은 '종합인', 즉 '전경인'을 포기하고 '직업'으로서의 시인으로 만족하는 사람들이다. 하지만 진정한 시인이라면 차수성의 시대에도 원수성에 대한 지향점을 포기해서는 안 되는 것이다.

천지인과 시의 모델

이처럼 귀수성의 시대를 앞당겨 살아가는 시인들에게 '시'는 특별한 의미로 다가온다. 그것은 단순히 문학의 한 갈래에서 그치는 것이 아니다. 그것은 차수성의 시대에만 갇혀 있는 인류를 구원하겠다는 사명감에 사로잡힌 어떤 이념의 현현이다. 따라서 거대한 순환의 관점에서 보면, 그 모델이 '원수성'의 시대를 배경으로 하는 것은 전혀 어색하지 않다.

시가 呪文 대신으로 씨족이나 부락공동체의 정신적 주인역을 맡아 가고 있던 시대도 있었다. 그러한 사회에서의 시는 정치 · 종교 · 과학의 종합적 顯現體로서 민중 앞에 빛났었을 것이다. 인류문화의 위대했던 여명기에 우리는 이러한 시인의 왕국을 가졌었다.[28]

시인에게 과거 화려했던 시절, "시인의 왕국"이 있었음을 신동엽은 기억하고 있다. 그리고 아직 도래하지 않은 "미래의 시인"은

---

28 〈시인 · 가인 · 시업가〉, 《전집》, 391쪽.

다시, 무엇을 위한 시인인가 |

이처럼 이미 지나간 "시인의 왕국"에서 시인의 모델을 찾고자 애쓰는 사람이기도 하다. 분업화, 전문화를 넘어서는 "全耕人"이 그 모델임은 분명한데, 특별히 그는 "씨족이나 부락공동체의 정신적 주인"이 될 필요가 있다. 차수성의 세계를 마감하고 귀수성의 세계를 앞질러 실현해야 하는 책무가 있기 때문이다.

그렇다면 신동엽이 제시하는 전경인의 구체적인 모델은 무엇인가. 다음에서 그 내용을 확인할 수 있다.

水雲이 삼천리를 10여 년간 걸으면서 농노의 땅, 노예의 조국을 본 것처럼, 석가가 인도의 땅을 헤매면서 영원의 연민을 본 것처럼, 그리스도가, 그리고 성서를 쓴 그의 제자들이 지중해 연안을 헤매면서 인간의 구원을 祈求한 것처럼 오늘의 시인들은 오늘의 강산을 헤매면서 오늘의 내면을 직관해야 한다.[29]

여기에 언급된 동학의 창시자 수운, 불교의 창시자 석가, 그리고 기독교의 창시자 그리스도와 그의 제자들이 모두 '전경인'의 살아 있는 모델이라 할 수 있다. 하지만 이들은 결코 '종교인'이 아닌데, 그러한 구분법은 분업과 전문화를 강조하는 현대의 직업적 사고방식이 투영된 명칭이기 때문이다. 오히려 이들은 '분업'이 지배하는 문명의 시대, 즉 차수성의 세계에서 '종합'의 정신이 실현되는 모습을 보여 주는 사람들이다. 이들에게는 정치와 종교, 그리고 시와 철학의 구별이 의미를 상실한다. 그러므로 신동엽은 이들이 남

---

29 〈7월의 문단-공예품 같은 현대시〉, 《전집》, 382쪽.

긴 "성서나 불경, 수운의 〈동경대전〉"(《전집》, 391쪽)에 대해서 "나는 그것을 시라고 믿고 있다"(같은 쪽)는 고백을 남기고 있는 것이다.

철학, 과학, 종교, 예술, 정치, 농사 등 현대에 와서 극분업화된 이러한 인간이 가질 수 있는 모든 인식을 전체적으로 한 몸에 구현한 하나의 생명이 있어, 그의 생명으로 털어놓는 정신 어린 이야기가 있다면 그것은 가히 우리 시대 최고의 시가 될 수 있을 것이다. 시인이란 인간의 원초적, 歸數性的 바로 그것이다. 나는 생각한다. 시는 궁극에 가서 종교가 될 것이라고. 철학, 종교, 시는 궁극에 가서 하나가 되어 있을 것이다. (중략) 하여 내일의 시인은 제왕을 실직케 할 것이며, 제주를 실업케 할 것이며 스스로 천기를 예보할 것이다.[30]

이 글에서 그는 주로 "내일의 시인"에 대해서, 즉 "귀수성"의 시인에 대해서 말하고 있다. 하지만 자세히 들여다보면 그것은 철학자, 종교인, 정치인 등을 모두 겸할 수 있었던 '과거의 시인'으로 되돌아갈 것을 전망하는 것이기도 하다. 거대한 순환적 시간을 배경으로 바라보면 아직 도래하지 않은 시인의 미래는 이미 지나간 과거의 시인 속에 실현되어 있기 때문이다. 먼 과거에 그랬던 것처럼 먼 미래에 실현될 '귀수성'의 시대에도 시인은 다시 통치자, 기술자, 주술사를 종합한 '전경인'이 될 것이다. 혹은 시인이라면 마땅히 적어도 그러한 지향점을 앞질러 보존하고 있어야 할 것이다.

---

30 〈시인정신론〉,《전집》, 370쪽.

그런데 그 지향점의 끝에서 그는 돌연 "시는 궁극에 가서 종교가 될 것"이라는 말을 남기고 있다. 그것은 우선 전경인의 모델이 주로 종교의 창시자였다는 점을 염두에 둔 것일 수도 있다. 하지만 그의 진술은 "철학, 종교, 시"가 "궁극에 가서 하나"가 될 것임을 특별히 강조하려는 뜻이 반영된 것이기도 하다. 어쩌면 시와 철학, 그리고 종교가 하나가 되는 순간, 그때의 시는 이미 종교가 되어 있을 것이다. 그리고 그러한 '시=종교'는 정치와 과학을 모순 없이 포함하여 "정치·종교·과학의 종합적 현현체"(《전집》, 391쪽)를 완성할 것이다. 그리고 이러한 시의 정신에는 '시의 자율성'에 대한 의식이 자리 잡을 데가 없다. 자율성에 대한 의식조차도 이미 분업과 전문화의 연장선상에 놓여 있는 것이기 때문이다.

全耕人의 출현을 세기는 다만 대기하고 있다. 암흑, 절망, 심연을 외치고 있는 현대의 인류는 전경인 정신의 체득에 의해서만 비로소 구원받을 수 있을 것이다. 人類樹 나뭇가지 위에 피어난 뭇 나뭇잎들을 한 씨알로 모아 가지고 우리들은 땅으로 쏟아져 돌아가야 할 이른 가을철의 先知者가 되어야 한다.[31]

시인이 "선지자先知者"가 되어야 한다면, 그 사명은 분업과 전문화가 지배하는 차수성 세계에서 귀수성의 세계를 서둘러 개방한다는 데에 있다. 그 가능성은 "전경인의 정신"을 "체득"한 시인에게서만 발견될 것이다. 그리고 그러한 가능성을 발견한 시인의 존재

---

31 〈시인정신론〉,《전집》, 371쪽.

를 통해서 인류는 비로소 "차수성 세계"에서부터 "구원"을 받을 수 있다. 신동엽의 관점에서 보면 지금은 모든 인류가 진정한 시인, 즉 "전경인의 출현"을 고대하고 있는 상황이다. 여기에서 우리는 신동엽의 "전경인"이 거의 메시아적 수준에 근접해 있음을 알 수 있다. 물론 신동엽 자신도 스스로 "미래의 시인"이 되고자, 즉 "전경인"이 되고자 처절하게 노력하였을 것이다. 그래서 문명 세계에 중독되어 있는 사람들을 데리고 대지로 되돌아갈 "이른 가을철의 선지자"가 되고자 했을 것이다. 다만 그러기에는 시인으로서 그의 수명이 너무 짧았다는 것이 문제일 뿐이다. 어쩌면 그의 서사시 《금강》이 그러한 시도를 담고 있는 첫 번째 작품일지도 모른다.

유토피아를 꿈꾼 시인

신동엽은 유토피아를 지향한 시인이다. 무엇보다 먼저 그는 문명의 시대, 즉 분업과 전문화의 시대를 극복하고자 했다. 그 다음으로 문명의 시대와 더불어 잃어버렸던 시인의 사명을 다시 상기하고 그것을 미래에 투사하여 회복하고자 했던 것도 그와 관련된다. 이러한 유토피아 지향성은 그의 역사관을 통해서 설명할 수 있다. 신동엽은 자신만의 독창적인 개념을 바탕으로 역사를 크게 3등분하고 있다. 첫 번째 시기는 '원수성'의 세계인데, 이 세계는 인간이 대지에 밀착해서 전혀 대립하지 않았던 에덴과 같은 시기이다. 이 세계는 곧 그 다음으로 이어지는 문명의 시대, 즉 '차수성'의 세계에 의해 대체된다. 문명의 시대가 극한에 달하면 다시 '원수성'으로 되돌아가고자 하는 '귀수성'의 세계가 펼쳐진다. 이렇게 보면 그의 역사관 자체가 대체로 순환적 시간관에 속함을 알 수 있다. 이때 시인이란 '원수성'의 세계를 기억하면서 그곳으로 돌아갈 통로로서 '귀수성' 세계를 개방하는 사람을 가리킨다. 시인은 비록 '차수성'의 세계에 살고 있지만, '귀수성' 세계를 개방해야 하는 사명을 가지고 있는 사람인 것이다.

하지만 '차수성' 세계, 즉 분업과 전문화가 지배하는 문명의 세계에 그대로 적응해 버린 시인들도 있다. 이른바 자율성을 중시하는 일군의 모더니스트들이 그러한데, 그들은 시와 문학을 정치나 종교로부터 '분리'하고 문학의 '전문성'을 강화하는 데 기여했다. 이것은 분화와 전문화를 내세우는 '차수성' 세계의 논리를 따른 것으로, 이처럼 '차수성'의 세계에 머물고자 하는 시인들에게 신동엽은 '직업으로서의 시인', 즉 '시업가詩業家'라는 명칭을 부여하고 있다.

이와 반대되는 시인들도 있으니, 그들은 비록 자신들이 분업과 전문화를 강조하는 '차수성'의 세계에 살고는 있지만, '차수성'의 문화를 거부하고 '귀수성'의 세계를 개방할 소망을 갖고 있다. 이렇게 '귀수성'의 세계를 개방할 수 있는 이상적인 시인의 모델을 가리켜서 신동엽은 '전경인全耕人'이라는 개념을 사용하고 있다. '대지를 경작하는 사람'이라는 뜻의 전경인은 '분업'을 모르는 '종합인'의 정신을 가지고 있다는 점이 특징이다. 그런 뜻에서 전경인이란 존재는 '시업가'들처럼 문학이라는 전문 영역에만 갇혀 지내는 시인이 아니다. 그러므로 그들의 시에는 철학, 종교, 정치 등이 모두 포괄되어 있다. '전경인'의 삶에는 시인이자 철학자, 그리고 종교인이면서 정치가의 모습이 모두 담겨 있는 것이다.

그 전경인의 모델로서 신동엽은 水雲, 석가, 그리스도 등 특정 종교의 창시자들을 거론하고 있어 주목된다. 그러나 신동엽은 그들을 종교인으로 보지 않고 '시인＝철인'의 대표적인 사례로 자주 언급하고 있다. 따라서 그들이 남긴 경전들은 곧바로 '시'가 된다. 이것들이 자신이 지향하는 '시'의 참된 모습이라고 신동엽은 해명하고 있다. 그런 의미에서 신동엽의 서사시 《금강》은 어쩌면 시와 역사, 그리고 정치와 철학을 아우르는 '전경인'의 작품으로 기획한 작품이라고도 할 수 있다.

6장
저주받은 시인은 어떻게
자기의 길을 만드는가
: 오장환의 시

오장환이 개척하고자 했던 새로운 길, 즉 사잇길은 전통과 근대 사이에서 양자택일을 강요하지 않으면서, 전통과 근대 각자의 맹목성에 함몰되지 않는 길이다. 다시 말해서, 전통의 극한에서 부정성을 발견하면서 근대를 지향하고, 근대의 극한에서 부정성을 발견하면서 전통을 지향하는, 양자의 부정적 결합의 모습이라 할 수 있다.

* 이 글은 《한국언어문화》(2015년 12월)에 게재된 〈오장환의 사잇길〉을 수정하고 보완하여 재수록한 것이다.

이중의 소외

오장환이 첫 시집《성벽》을 간행한 1937년은 그의 나이 스무 살이 되던 해였다. 1931년 휘문고보에 입학하여 당시 스승이었던 정지용에게 시를 배운 지 6년의 세월이 흐른 뒤였다. 당시의 교지《휘문》에 실린 것을 포함하여 몇몇 습작이 1932년부터 발견되지만, 비교적 안정된 작품으로 평가되는 〈목욕간〉(《조선문학》, 1933)을 제외하고는 뚜렷한 성과를 보여 주지 못하였던 그였다. 하지만 1936년 일본 메이지대학으로 유학을 간 뒤부터 본격적인 작품 활동이 이어졌고, 그것이 첫 시집에 수록된 작품들의 대부분을 이룬다. 1936년 10월 이후부터 집중적으로 발표된 작품이 많은 것으로 보아, 이때부터 학업보다는 시 창작에 몰두했음을 알 수 있다. 곧이어 《시인부락》(1936. 11. ~ 1937. 12.) 동인 자격으로 작품을 발표하고, '남만서방'이라는 서점 겸 출판사를 구상하고 있었던 이때[1]를 오장환의 실질적인 등단 시점으로 봐도 무방할 것이다.

1936~1937년 사이에 한국의 모더니즘은 절정에 도달해 있었으며, 그것도 자본주의적 소비문화가 만연해 있는 도시문화를 배경으로 하는 경우가 많았다. 당시의 모더니즘 시인들에게 도시와 그 문명은 현대시의 형식과 내용을 뒤바꿀 정도로 지배적 경험을 제공하는 배경이었다. 그들 모더니스트들의 시선은 주로 백화점이나 카페처럼 화려한 욕망의 전시장에 집중되어 있었다. 하지만 오장환은 달랐다. 그는 대로변의 화려한 쇼윈도와 시선을 사로잡는 마네킹에 관심을 두지 않고, 그 대신 도시의 어두운 뒷골목을 배회하며 취재하는 다큐멘터리 작가를 자처하였다. 당시 겉으로는 화려하게 치장하고 있는 대도시의 뒷골목에서는 도박과 매춘, 마약 등이 은밀하게 거래되는 장면이 연출되었다. 오장환의 첫 시집은 바로 이러한 도시문명의 어두운 측면, 혹은 도시문명의 하수구에 밀착해 있었다. 그 결과 보들레르와 마찬가지로 오장환은 우리 시의 역사에서 처음으로 "매음부"를 시의 주인공으로 등장시키게 된다. 이처럼 대도시의 화려함에 시선을 빼앗기지 않았듯이, 그의 작품에서 '낭만적 사랑'을 상기하는 연애시도 찾아보기 어렵다. 혈기 왕성한 젊은 청년의 시에 '사랑'은 없고 대신 '욕망'이 그 자리를 차지하고 있는 것이다.[2] 그것이 그가 직면한 현실이었던 것이다.

---

1 1939년 그는 남반서방 혹은 남만서점에서 그의 두 번째 시집 《헌사》를 간행하게 된다.

2 오장환이 주목하는 욕망의 성격은 같은 《시인부락》 동인이었던 서정주와 비교해 보면 더 잘 부각된다. 서정주의 초기 작품들은 보들레르의 영향을 받아서 인간의 원초적 욕망에 밀착해 있었는데, 《시인부락》에 발표된 오장환의 작품에서도 인간의 욕망이 강조되어 유사성을 보인다. 다만 오장

다른 한편, 오장환은 '전통'에 주목한 시인이기도 하다. 여기에서 도 전통을 바라보는 그의 독특한 관점이 문제적이다. 1920년대 중반 이후 전통론은 민족주의적 색채가 강하게 작용하면서, 시조와 민요를 포함한 민족적 형식에 대한 관심을 부추겼다. 시에서도 전통에 대해 우호적인 시인들이 많았는데, 그중에서도 소멸해 가는 전통문화를 포착했던 백석이 크게 주목을 받았고, 그에 대해 문단이 호의적인 반응을 보였다. 하지만 이 무렵 오장환은 그러한 분위기에 대해 다음과 같이 찬물을 끼얹는 비판적 발언을 게재하고 있다.

나 보기의 백석은 시인이 아니라 시를 장난(즉 향락)하는 한 모던 청년에 그쳐 버린다. (중략) 미숙한 나의 형용으로 말한다면 백석 씨의 회상시는 갖은 사투리와 옛이야기, 연중행사의 묵은 기억 등을 그것도 질서도 없이 그저 곳간에 볏섬 쌓듯이 그저 구겨 넣은 데에 지나지 않는 것이다. 백석 씨는 시인도 아니지만 지금은 또 시도 쓰지 않는다.[3]

백석을 향해서 '시인이 아니다'라고 한 발언은 부정적 판단의 극한을 보여 준다. 그것은 백석의 작품을 시로 볼 수 없다는 뜻이기도 하다. 오장환은 심지어 백석이 시를 쓴 것이 아니라 "장난"을 해 본 것에 불과하다는 식으로 비난의 강도를 높이고 있다. 백석의 작품을 "회상시"라고 명명하면서, 그것은 다만 "사투리와 옛이야기"

환의 그것이 대개는 도시를 배경으로 하는 사회적 욕망이라는 데서 차이를 보인다.
3 오장환, 〈백석론〉, 《풍림》, 1937. 4. 최두석 편, 《오장환전집2》(창작과비평사, 1989), 16쪽에서 재인용.

저주받은 시인은 어떻게 자기의 길을 만드는가 |

그리고 "묵은 기억" 등을 그저 '무질서'하게 수집해 놓은 것에 불과하다는 입장을 보인다. 오장환의 판단에 의하면, 작품이 되기 위해서는 "질서"가 있어야 하는데 백석의 시는 완성을 기다리는 원재료들만 잔뜩 쌓여 있지 "질서"가 없다는 것이다. 그 원재료들을 가지고 "질서"를 만들어야만 시가 되는데, 백석의 시는 아직 시 이전단계에 머물러 있다는 뜻이다. 문제는 그렇게 부여할 "질서"가 무엇이냐는 것이다. 그는 이렇게 말하고 있다.

> 그는 시에서 소년기를 회상한다. 아무런 쎈치도 나타내이지는 않고 동화의 세계로 배회한다. 그러면 그는 만족이다. 그의 작품은 그 이상의 무엇을 우리에게 주지 않는다. 그는 앞날을 이야기한 적이 없다. 자기의 감정이나 의견을 이야기하지 않는다.[4]

오장환은 백석의 작품에서 "그 이상의 무엇"을 기대하고 있다. "사투리", "옛이야기", "묵은 기억"들을 '객관적으로'보여 주는 것만으로 "만족"해서는 안 된다는 것이다. 그가 보기에, 그렇게 수집된 과거의 유물들에 대해서 "자기의 감정이나 의견을 이야기"하는 데까지 나아가야 하며, 더 나아가서 과거의 유물들을 가지고 "앞날을 이야기"할 수 있어야 한다. 그러나 백석의 작품에는 과거의 유물들이 시의 창고에 쌓여 있을 뿐, 그것들을 가지고 시인 자신의 주관적인 "의견"이 포함된 "이야기"를 만들어 내지는 못했다는 것이 오장환의 판단이다.

---

4 오장환, 〈백석론〉, 앞의 책, 15쪽.

물론 오장환의 판단이 전적으로 옳다고 할 수만은 없다. 백석의 작품이 "이야기"를 만들고 있지 않다는 데에 동의하기도 어렵다. 다만 오장환이 문제삼고 있는 것은 다른 측면에 있다고 할 수 있다. 즉, 백석의 작품에서 전통이 전적으로 '긍정'되고 있다는 사실이 문제인 것이다. 소멸해 가는 전통문화에 대한 아쉬움에 사로잡힌 백석을 향해서 오장환은 모든 전통이 그처럼 '긍정'될 수는 없다는 입장을 보인다. 오장환에 따르면 어떤 전통에 대해서든 그에 대하여 "자기의 감정이나 의견을 이야기"하는 것은, 곧 그것을 통해서 "앞날을 이야기"하기 위함이다. "앞날을 이야기"하기 위해 전통은 우선 부정되고 비판되어야 했던 것이다. 그러므로 백석처럼 전통을 '긍정'하는 데에 주력하지 않고, 오장환은 오히려 '부정'해야 할 전통을 폭로하는 데 관심을 보이고 있다. 이처럼 오장환이 백석의 시를 부정적으로 평가한 근거에는 전통에 대한 오장환의 비판적 관점이 전제되어 있는 것이다.

이렇게 전통에 대한 태도만 보면 오장환은 마치 근대의 옹호자처럼 보인다. 그러나 앞에서 보았듯이, 오장환은 근대문명의 집약체라 할 수 있는 도시에 대해서도 부정적인 태도를 유지하고 있었다. 그런 점에서 그는 근대의 도시문명에 대해서도, 그리고 전통에 대해서도 비판적인 거리를 유지하고 있었던 것이다. 이러한 이중적 거리 두기로 인해서 오장환은 당시 시단의 지배적 분위기와도 구별되는 위치에 놓이게 된다. 그는 도시문명의 화려함에 매료되어 있는 당대의 모더니스트들과 달리 도시의 어두운 뒷골목을 집중적으로 취재하였으며, 전통에 대해서 긍정의 눈길을 보내는 몇몇 시인들과 달리 전통의 부정성을 폭로하고 있기 때문이다. 그런 의미에서 오장환은 당시 시단을 양분하고 있던 모더니스트와 고전주의(혹은 전통주의) 양측으로부터 소외된 위치에 있었음을 알 수 있다. 당시 조선의 시단에 스무 살 재일 유학생이 계승하고자 했던 시적 경향은 없었던 것이다. 그런 의미에서 오장환은 자기의 길을 스스로 개척하고자 했던 것이고, 그 길은 전적으로 새로운 길이었다. 도시문명에 대해서도, 그리고 전통유산에 대해서도 비판적 거리를 유지하면서, 그는 사잇길을 개척하고자 했다. 그것은 자본주의 문명에 동화되지 못하면서 과거로도 되돌아갈 수 없는 '저주받은 시인'들에게 주어진 길이기도 하다.[5] 그 사잇길을 개척하기 위해서 그는 아도르노Theodor Adorno가 그렇게 했던 것처럼[6] 문명의 관점에서 전통을 비판하고, 전통의 관점에서 문명을 비판하는 방식을 도입하고 있다. 여기에서는 오장환이 개척한 사잇길의 성격과 그 의미를 검토하고자 한다.

전통의 안과 바깥

오장환의 시에 대해서 '이중성'을 거론하는 사람들이 많다.[7] 특

5　"자본주의체제나 부르주아적인 삶의 질서에 동화될 수 없었던, 하지만 타락하기 이전의 본원적 세계로도 돌아갈 수 없었던 서정시인들은 '저주받은 시인'의 표상을 통해 서정시를 현대사회의 영원한 타자로 자리매김하기도 했다." 남기혁, 〈오장환 시의 육체와 퇴폐, 그리고 모럴의 문제—해방 이전의 시 창작을 중심으로〉, 《한국문학이론과 비평》 54, 2012. 3., 162쪽.

6　아도르노는 그의 미학 체계를 세우면서 헤겔의 관점에서 칸트를 비판하고, 칸트의 관점에서 헤겔을 비판하는 전략을 구사한 바가 있다.

7　가령 오세인, 〈오장환 초기시에 나타난 이중성의 폭로와 욕망의 문제〉, 《한국문학이론과 비평》 47집, 2010. 6.

히 그의 시에 등장하는 대상들의 '위선'이 가장 두드러지는 이중성의 사례이다. 겉으로 보이는 것과 속으로 숨기는 것 사이에 차이가 있을 때 우리는 '진정성authenticity'이 부족하다고 말한다. 오장환의 시에는 이처럼 진정성을 상실한 인물들이 자주 등장한다. 그 대표적인 사례가 〈정문旌門〉에 나타난다.

열녀를 모셨다는 旌門은 슬픈 울 창살로는 음산한 바람이 스미어 들고 붉고 푸르게 칠한 황토 내음새 진하게 난다. 小姐는 고운 얼굴 방 안에만 숨어 앉아서 색시의 한 시절 삼강오륜 朱宋之訓을 본받아 왔다. 오 물레 잣는 할멈의 진기한 이야기 중놈의 과객의 화적의 초립동이의 꿈보다 선명한 그림을 보여 줌이여. 시꺼먼 사나이 힘 세인 팔뚝 무서운 힘으로 으스러지게 안아 준다는 이야기 소저에게는 몹시는 떨리는 식욕이었다. 소저의 신랑은 여섯 해 아래 소저는 시집을 가도 자위하였다. 쑤군, 쑤군 지껄이는 시집의 소문 소저는 겁이 나 병든 시에미의 똥맛을 핥아 보았다. 오 효부라는 소문의 펼쳐짐이여! 양반은 죄금이라도 상놈을 속여야 하고 자랑으로 누르려 한다. 소저는 열아홉. 신랑은 열네 살 소저는 참지 못하여 목매이던 날 양반의 집은 삼엄하게 교통을 끊고 젊은 새댁이 독사에 물리려는 낭군을 구하려다 대신으로 죽었다는 슬픈 전설을 쏟아 내었다. 이래서 생겨난 효부 열녀의 정문 그들의 종친은 가문이나 번화하게 만들어 보자고 정문의 광영을 붉게 푸르게 채색하였다.
_〈旌門 - 廉洛 · 烈女不敬二夫忠臣不事二君〉 전문

이 작품은 가문의 영광을 위해서 개인의 욕망을 억압하고 끝내 죽음을 선택한 열아홉 신부의 비극적인 삶을 그려 내고 있다. 공동체의 윤리와 개인의 욕망이 대립하였을 때 공동체를 위해서 개인이 희생해야 했던 유교사회의 이념을 압축적으로 보여 주는 작품이다. 이 작품에서 "정문"은 개인의 욕망에 대해서 공동체적 윤리의 승리를 확인하고 승인하는 기념비의 성격을 띠고 있다. 이 작품에서 "가문"과 "종친"은 "상놈을 속여야 하고 자랑으로 누르려" 하기 때문에 상놈과 구별되는 '양반의 문화'를 유지하고자 했다. 그것을 위해서 소저의 자살을 희생적 죽음으로 위장하는 "슬픈 전설"을 만들어 낸 것이다. "정문"의 존재는 그러한 위장술과 눈속임이 성공했다는 것을 의미한다. 열아홉 살 "소저"의 욕망은 가문의 수치였고, "가문"과 "종친"의 관점에서 보면 "소저"는 비난받아 마땅한 대상에 불과했던 것이다. "소저"를 바라보는 시선의 주체는 "가문"과 "종친"이었다.

그러나 이 작품의 독자는 "소저"를 바라보는 "가문"과 "종친"에게 시선을 되돌려 주고 있다. 오히려 "소저"의 관점에서 "가문"과 "종친"을 바라보면서 그들이 비난받아 마땅한 대상임을 확인하고 있다. 이것은 마치 개인의 욕망을 억압하고 세워진 "정문"이라는 기념비의 논리를 거꾸로 뒤집어 놓는 것과 같다. 현실에서는 공동체의 윤리가 개인의 욕망을 억압하고 승리한 것처럼 보이지만, 궁극적으로는 공동체 윤리가 스스로 비윤리적임을 폭로함으로써 패배하게 되는 구조를 이 작품은 보여 주고 있다. 공동체의 윤리와 개인의 욕망이 대립하였을 때 개인적 욕망의 편에 서게 만드는 것은 '근대적 개인'의 대두와 관련이 된다. 전통적 유교 이념의 내부에서 보았을 때는 전혀 문제가 되지 않았던 것이, 그 이념의 바깥에서 보았을 때는 위선과 거짓임이 폭로되는 형국이다. 그것은 공동체의 윤리와 개인의 욕망이 대립하였을 때 그 문제를 해결하는 방식의 차이에서 오는 것이다. 전통사회에서는 개인의 욕망을 희생하는 것이 당연했지만, 근대사회에서는 개인의 욕망을 수용하는 새로운 공동체 윤리를 모색하고 있기 때문이다.[8]

따라서 이 작품에서 전통이 부정적으로 그려지게 된 원인은 전통 자체에 있다기보다는 그것을 바라보는 시인의 '근대적 관점'에 있다고 할 수 있다. 전통적 공동체 윤리가 근대적 개인 윤리와 대립하면서 그 부정성이 더욱 부각되고 있는 것이다. 이를 통해서 오장환이 전통 부정의 근거를 근대적 이념에서 끌어오고 있음을 알게 된다.[9]

世世傳代萬年盛하리라는 성벽은 편협한 야심처럼 검고 빽빽하거니 그러나 보수는 진보를 허락치 않어 뜨거운 물 끼얹고 고춧가루 뿌리던 성벽은 오래인 휴식에 인제는 이끼와 등넝쿨이 서로 엉키어 면도 않은 터거리처럼 지저분하도다.   _〈성벽〉 전문

이 작품에서도 성벽을 바라보는 관점은 "진보"의 위치에 세워져

---

8 오세인은 전근대적 욕망과 근대적 욕망의 충돌 문제로 오장환의 작품을 분석하고 있다. 특히 오세인, 앞의 글, 165~169쪽.
9 백석의 경우에도 근대와 전통은 대립적 관계를 유지하고 있다. 근대는 전통적 공동체 문화를 소멸시키는 원인이 되고 있기 때문이다. 그럼에도 불구하고 백석은 근대의 관점에서 공동체 문화를 비판하기보다는 오히려 그러한 비판적 관점 자체를 반성하게 하는 요인을 공동체 문화에서 찾아낸다는 점에서 오장환의 경우와 대비된다. 오장환이 전통의 보수성을 근대의 진보적 시각에서 비판하고 있다면, 백석은 근대의 진보적 시각 자체에 대한 반성을 통해서 전통의 보수성을 재평가하고 있는 것이다.

있다. 성벽의 안쪽에서 보면 "보수"는 "뜨거운 물 끼얹고 고춧가루 뿌리"면서 지켜야 할 가치임에 분명하다. 하지만 성벽의 바깥쪽에서 성벽의 안쪽을 바라보는 "진보"의 관점에서 보면, 성벽이 지키고자 했던 가치는 "편협한 야심"에 불과할 뿐이다. 앞의 "정문"과 마찬가지로 "성벽"은 지키고자 했던 보수적 이념과 가치는 사라지고 그 대신에 유물만 남아 있는 상태를 보여 준다. 그 내용은 사라지고 형식만 남아 있는 전통의 모습을 대변하고 있는 것이다.

하지만 전통이 과거의 유물이 될 수밖에 없는 것은 "世世傳代萬年盛하리라는", 시간의 흐름을 거스르고 시간을 정지시키려는 의식의 산물이다. 그의 시 〈카메라 룸〉에는 이런 구절이 있다.

寫眞
어렸을 때를 붙들어 두었던 나의 거울을 본다. 이놈은 진보가 없다.

_〈카메라 룸〉 부분

그는 자신의 과거 모습이 찍혀 있는 사진을 보고 있다. 그 사진이 하는 역할은 사진 속에 "어렸을 때를 붙들어 두"는 것이다. 다시 말해서 사진은 과거의 시간을 그 상태로 정지시키는 역할을 하고 있다. 어떤 순간을 영원히 보존하고자 하는 인간의 보수적 욕망이 사진을 통해서 실현된 것이다. 그래서 시간의 흐름을 거스르고 시간을 영원히 정지시키고자 하는 "이놈은 진보가 없다."

이와 마찬가지로 "성벽"의 존재는 대를 이어서 "만년" 동안 그대로 유지되기를 희망하는 어떤 가치를 지향한다. 시간을 정지시키고 시간의 흐름을 거스르는 의지의 표현이다. 그러나 역설적이게도 바로 그러한 의지 자체로 인해서 그들의 시간은 과거 그 순간에 정지한 채 머물게 되는 것이다. "보수"는 영원을 지향하면 할수록 과거의 시간 속에 정지 상태로 머물게 된다. "오래인 휴식"은 "世世傳代萬年盛"이 실현된 모습이라 하겠다. 성벽이 지키고자 하는 가치들은 과거 그 순간에 멈춰 있지만, 그 위로 시간이 흐르면서 가만히 있더라도 "이끼와 등넝쿨이 서로 엉키어 면도 않은 터거리처럼 지저분"해질 수밖에 없다. 보수를 고집하면 할수록 성벽이 지키고자 하는 가치는 더 이상 지킬 가치가 없는 낡은 유물이 되고 만다.

이처럼 오장환의 경우 전통은 그 내부에서 보면 긍정적인 것도 외부에서 보면 부정적으로 판단될 수 있는 이중성을 지니고 있다. 백석이 전통의 내부에서 그것의 소멸을 재촉하는 근대를 바라보고 있다면, 오장환은 소멸에 저항하는 전통을 그 외부의 시선으로 바라보고 있다는 점에서 차이를 보인다. 즉, 전통의 성벽 안쪽에서 전통을 긍정적으로 묘사하는 백석에 비해서, 오장환은 전통의 안과 바깥을 동시에 조망할 수 있는 '사이'에 서서 전통의 양면성을 보여 주고자 했던 것이다.

도시와 고향의 사이

이처럼 "진보"의 관점에서 전통의 부정성을 드러냈다고 해서 오장환이 근대사회를 전적으로 긍정했던 것은 아니다. 오히려 그 반대로 오장환은 근대사회의 이중성에 대해서 더욱 신랄하게 풍자

하는 모습을 보여 준다. 근대에 대해서 그가 보여준 비판의 강도는 전통에 대한 부정적 판단을 훨씬 능가한다.

> 온천지에는 하로에도 몇 차례 은빛 자동차가 드나들었다. 늙은 이나 어린애나 점잖은 신사는, 꽃 같은 계집을 음식처럼 싣고 물탕을 온다. 젊은 계집이 물탕에서 개고리처럼 떠 보이는 것은 가장 좋다고 늙은 상인들은 저녁 상머리에서 떠들어 댄다. 옴쟁이 땀쟁이 가진 각색 더러운 피부병자가 모여든다고 신사들은 투덜거리며 가족탕을 선약하였다.
>
> _〈온천지〉 전문

"온천지"와 "은빛 자동차"는 전통이 사라진 자리에 들어선 근대 문명의 풍경을 담아내고 있다. "꽃 같은 계집을 음식처럼 싣고" 온 천지를 찾아오는 "점잖은 신사"에 대한 시인의 태도는 부정적이다. 저녁을 먹으며 "젊은 계집"에 대해서 떠들어 대는 "늙은 상인들"이 바로 "점잖은 신사"이기도 하다. 식욕과 성욕을 "은빛 자동차"로 포장하고 있는 부르주아의 전형적인 모습이 "점잖은 신사"라는 말에 압축되어 있다. 이는 개인적 욕망에 사로잡힌 근대인의 타락한 모습이기도 하다.

타락한 욕망을 발산하고자 그들이 더욱 청결한 "가족탕을 선약" 한다는 데서 풍자적 의도가 드러난다. 부르주아는 이미 공동체의 문화를 알지 못한다. 공동체의 문화는 오히려 "옴쟁이 땀쟁이 가진 각색 더러운 피부병자가 모여든다"는 말처럼 '비위생적인' 상황을 초래할 뿐이다. 이처럼 공동체의 문화가 더럽고 불결하기에 그들은 청결을 유지하기 위해 "가족탕"을 선호한다. 겉으로는 '위생'

을 이유로 내세우고 있지만, 부르주아들이 향유하는 문화는 이미 계급적 차별과 배제의 원리를 포함하고 있는 것이다. 그들이 선호하는 순수는 '다른 계급의 배제'를 요청한다는 점이 특징이다.

개인적 욕망에 사로잡힌 부르주아의 근대적 가치가 전적으로 긍정적일 수 없는 이유가 여기에 있다. 앞서 보았듯이, 오장환은 공동체의 윤리가 개인의 욕망과 대립하면서 전자가 후자를 억압하고자 할 때 개인의 욕망을 지지하는 입장에 있었지만, 그렇다고 해서 개인의 모든 욕망에 대해서 긍정적인 것은 아니었다. 오장환은 오히려 개인의 욕망을 통해서 작동하는 자본주의의 생리에 비판적 관점을 유지하고 있다.

> 푸른 입술. 어리운 한숨. 음습한 방 안엔 술잔만 훤하였다. 질척척한 풀섶과 같은 방 안이다. 顯花植物과 같은 계집은 알 수 없는 웃음으로 제 마음도 속여 온다. 항구. 항구. 들리며 술과 계집을 찾아다니는 시꺼믄 얼굴. 윤락된 보헤미안의 절망적인 心火. ─퇴폐한 향연 속. 모두 다 오줌싸개 모양 비척어리며 얇게 떨었다. 괴로운 분노를 숨기어 가며 …… 젖가슴이 이미 싸늘한 매음녀는 파충류처럼 포복한다.
>
> _〈매음부〉 전문

"온천지"의 "젊은 계집"이 여기에서는 "현화식물顯花植物과 같은 계집"에 연결된다. 식물이 꽃을 피워서 곤충을 유인하듯이 "매음부"도 꽃을 피워서 "술과 계집을 찾아다니는 씨꺼믄 얼굴"을 유혹하고 있다. 하지만 "알 수 없는 웃음"을 팔고 있는 "매음부"들에게 늘어 가는 것은 "괴로운 분노"뿐이다. 다만 "제 마음도 속"일 정도로 그 분노를 "숨기어 가며" 살아가고 있을 뿐이다.

　앞서 〈旌門〉이라는 작품에서는 개인의 욕망을 억압당한 "小姐"가 공동체의 가치를 보존하기 위해 '죽음'을 택했지만, "매음부"는 개인의 욕망을 대가로 지불하면서도 겨우 '생존' 하나만을 챙길 뿐이다. 과거에는 목숨을 바쳐서라도 지켜내야 할 가치가 있었지만, 근대사회에서는 살기 위해서라면 어떤 가치도 버릴 준비가 되어 있어야 한다. "음습한 방 안엔 술잔만 훤하였다"는 진술에서 알 수 있듯이, 근대사회에서는 욕망의 대상이 되는 것들만 크게 부각되고 나머지는 어둠 속에 가려진다. 술잔만 훤하게 비추는 조명처럼 그들의 욕망도 일정한 대상을 향하게 설정되는 것이다. 외형상으로 "매음부"는 마치 욕망의 중심부에 있는 것처럼 보이지만, 사실상 그들은 개인의 사사로운 욕망이 박탈당한 상태에 놓여 있다. 그들은 개인적 욕망을 포기하는 대신에 생존을 선택한 것이다. "파충류처럼 포복"하면서도 "분노"를 숨기고 "웃음"을 팔면서 살아가는 그들에게 개인적 욕망이란 다만 사치일 뿐이다.

　이렇게 욕망을 거래하는 도시의 뒷골목 풍경이 집약적으로 제시된 작품이 〈夜街〉이다.

　　쓰르갯바람은 못 쓰는 휴지쪽을 휩싸아 가고

　　덧문을 척, 척, 걸어닫은 商館의 껍데기 껍데기에는 맨 포스터 투성이.

　　쫙 퍼지는 번화가의 포스터

　　酒甫

　　초저녁 북새통에 갓을 비뚜로 쓴 시골영감

십년지기처럼 그 뒤를 따라 나가는 늙은 좀도적!

음험한 눈자위를 구을리며 쑹덜쑹덜 수군거리는 거지

헌 구두를 훔키어잡고 달아나는 애편쟁이 눈섶이 싯푸른 淸人은 훔침훔침 괴침을 추썩어리며 어둠 밖으로 나온다.

불안한 마음

불안한 마음

생명수! 생명수! 과연 너는 아편을 가졌다.

술맛이 쓰도록 생활이 고달픈 밤이라 뒷문이 아즉도 입을 다물지 않은 중화요리점에는 강단으로 정력을 꾸미어 나가는 매음녀가 방궤처럼 뼷낙질을 하였다.

컴컴한 골목으로 드나드는 사람들─골목 뒤로는 옅은 추녀 밑으로 시꺼믄 복장의 순경이 굴뚝처럼 우뚝 다가섰다가 사라지고는 사라지고는 하였다.

영화관─환락경. 당구─마작구락부─도박촌

_〈夜街〉 전문

카메라를 들고 이동하면서 도시의 밤거리 풍경을 담아 내고 있는 듯한 작품이다. 작품에 담겨진 도시의 밤거리는 어둡고 번잡하다. 바람에 휴지가 날리고, 벽에는 온통 포스터가 붙어 있다. "갓을 비뚜로 쓴 시골영감"의 뒤를 "늙은 좀도적"이 노리고 있고, "거지"와 "아편쟁이"가 활보하는가 하면, "중화요리점" 뒷문에서는 "매음녀"가 사람들을 유혹한다. 이처럼 좀도둑과 거지, 아편쟁이와 매음녀가 본격적으로 활동하는 모습이 오장환이 포착한 도시의 밤 풍경을 이룬다. 돈과 아편, 그리고 성을 둘러싼 욕망의 주체들이 밤거리를 활보하고 있다. 밤거리는 도시의 뒷골목 풍경을 형성하면서, 뒷골목을 배회하는 어두운 욕망들을 불러내고 있는 것이다. 이것이 1930년대 후반 식민지 경성의 뒷골목 풍경이다.

결정적으로 이들 모두의 욕망을 감시하는 "순경"이 있다. 도시는 욕망을 통해서 움직이는 것처럼 보이지만, 그 욕망은 이미 관리된 욕망에 불과한 것이다. "순경"으로 대표되는 법적 한계가 설정되면, 욕망은 그 한계선을 벗어나지 못하게 된다. "순경"이 식민지의 경찰력임을 감안하면 뒷골목을 배회하는 욕망들은 자본주의적 욕망이면서, 동시에 식민지적 상황에 국한되어 있는 욕망이라 할 수 있다.

"컴컴한 골목으로 드나드는 사람들"은 "술맛이 쓰도록 생활이 고달픈" 사람들이다. 이들은 돈과 아편, 그리고 성에 대한 욕망에 시달리지만, 그 욕망이 실현되는 순간 위험한 상황에 처할 수 있다. 비록 밤거리는 욕망의 관계로 서로 맺어진 사람들로 북적대지만, 그 누구도 "불안한 마음"에서 벗어나지는 못한다. 온천지의 신사, 웃음을 파는 매음부, 아편쟁이와 좀도둑, 그리고 도박꾼들 중에서 그 누구도 안정된 삶을 보장받는 경우가 없다. 그들에게 삶을 포기하면서까지 지켜야 할 가치는 이미 사라지고 없기 때문이다.

그래도 도시의 뒷골목을 배회하는 욕망의 노예들도 자신을 되돌아볼 수 있는 자리는 있을 것이다. 오장환은 그것을 '고향'에서 찾아내고 있다.[10]

---

10 그런 의미에서 오장환의 시적 편력을 '탈향'에서 '귀향'으로 평가하는 경우가 있다. 박민규는 그러한 연구 경향의 결론을 이렇게 정리하고 있다. "(1) 구체제의 봉건적 전통을 전면 거부했고, 그에 따라 (2) 근대 도시문명을 동경 · 지향했으나 (3) 환멸적 도시 체험을 통해 자본주의적 근대문명

진종일
나룻가에 서성거리다
행인의 손을 쥐면 따뜻하리라.

고향 가차운 주막에 들러
누구와 함께 지난날의 꿈을 이야기하랴.
양구비 끓여다 놓고
주인집 늙은이는 공연히 눈물지운다.

간간히 잿내비 우는 산기슭에는
아즉도 무덤 속에 조상이 잠자고
설레는 바람이 가랑잎을 휩쓸어 간다.

예 제로 떠도는 장꾼들이여!
商賈하며 오가는 길에
혹여나 보셨나이까.

전나무 우거진 마을
집집마다 누룩을 듸듸는 소리, 누룩이 뜨는 내음새……

_〈고향 앞에서〉 **부분**

을 부정하는 방향으로 나아갔으며 (4) '어머니'로 기표화되는 고향을 그리워한다는 식으로 말이
다."(박민규, 〈오장환 시의 댄디즘에 나타난 근대 비판의 성격─《성벽》과 《헌사》를 중심으로〉,
《Comparative Korean Stdudies》, 15권 1호, 2007, 229쪽.) 이에 따라서 오장환의 시에는 탈향의 욕
망과 귀향 충동 사이에 모순이 존재하게 된다.

저주받은 시인은 어떻게 자기의 길을 만드는가 |

"고향"에는 들어가지 못한 채 그 근처를 지나가는 "행인의 손을 쥐면 따뜻하리라"는 생각은 향수병의 전형적인 사례를 보여 준다. "전나무 우거진 마을"의 풍경과 "누룩이 뜨는 내음새"의 감각적 자극은 "아즉도 무덤 속에 조상이 잠자고" 있는 고향에 대한 그리움의 대리 표현이다. 고향도 아니고 "고향 가차운 주막에"만 들어가도 "양구비 끓여다 놓고 / 주인 늙은이는 공연히 눈물"을 흘리는 장면은 인정 많은 고향 사람들을 환기한다.

근대 이후에는 사실 대부분의 삶들이 "예 제로 떠도는 장꾼들"처럼 살아가는 것이다. 고향에 정착하지 못하고 이리저리로 떠돌아다니는 장돌뱅이의 삶이 고향을 버린 근대인들의 전형적인 모습인 것이다. 욕망을 교환하기 위해 맺어지는 근대적 인간관계에 비한다면, 오래된 "누룩이 뜨는 내음새"와 '따뜻한 손'은 '지나간 미래'처럼 제시되고 있다. 하지만 그 고향은 항상 되돌아가기 어려운 곳에 있다.

> 눈 덮인 철도는 더욱이 싸늘하였다
> 소반 귀퉁이 옆에 앉은 농군에게서는 송아지의 냄새가 난다
> 힘없이 웃으면서 차만 타면 북으로 간다고
> 어린애는 운다 철마구니 울 듯
> 차창이 고향을 지워 버린다
> 어린애가 유리창을 쥐어뜯으며 몸부림친다   _ 〈北方의 길〉 전문

1939년 고향을 버리고 북방의 만주로 이주할 수밖에 없는 사람들의 비애가 어린아이의 울음을 통해 생생하게 표현된 작품이다.

여기에서 "농군에게서" 나는 "송아지의 냄새"는 앞선 작품에서 "누룩이 뜨는 내음새"처럼 친밀감을 불러일으킨다. 고향은 무엇보다 냄새를 포함한 원초적 감각기관을 통해서 친밀하게 다가온다.[11] "차창이 고향을 지워 버린다"면서 "어린애가 유리창을 쥐어뜯"는 것도 몸에 새겨진 고향의 기억이 얼마나 강렬한 것인지를 알려준다. 이 장면을 통해서 고향을 떠나는 삶에 대한 부정적 인상은 더욱 강화된다.

이처럼 근대인은 욕망의 대상을 따라 끊임없이 이주하면서 살아간다. 그것이 도시의 뒷골목을 배회하는 원인이 되기도 한다. 욕망의 대상을 따라 부단히 이동하는 근대적 삶은 '고향' 앞에서 그 부정성을 노출하게 된다. 그러나 고향은 마치 '오래된 미래'처럼 도시의 뒷골목을 배회하는 근대인의 삶을 어루만져 준다.

오장환의 자리

오장환은 전통에 대해서도 근대 도시문명에 대해서도 모두 부정적인 반응을 보인 시인으로 유명하다.[12] 1930년대 후반의 고전주의자들이 전통에 대해 긍정적 자세를 취했을 때, 오장환은 홀로

---

11 이것은 백석에게 있어서 과거로 진입하는 경로에 감각이 있는 것과 마찬가지이다.

12 이에 대해서 이기성은 "그(오장환)의 시에서 과거를 향한 노스탤지어가 거부되는 한편, 미래를 향한 동경도 부재한다"고 지적하고 있다.(이기성, 〈탕아의 위장술과 멜랑콜리의 시학—오장환론〉, 《민족문학사연구》 33, 2007, 348쪽.) 오장환이 이처럼 과거로도 미래로도 갈 수 없는 것은 양자에 대해서 비판적 관계를 맺고 있기 때문이다.

전통사회의 위선과 그 이중성을 폭로하는 일에 매진했다. 공동체적 윤리와 개인의 욕망이 갈등하는 경우 전통사회는 개인이 그 욕망을 희생할 것을 강요하곤 했다. 〈旌門〉에서는 욕망의 주체가 죽음을 선택하는 것으로 해결된다. 시는 그 내용을 담담히 서술하고 있는 것처럼 보이지만, 이미 죽음을 선택한 "소저"의 욕망을 지지하는 입장에 서 있다. 이런 경우 전통은 가문의 영광을 위해서 개인의 희생을 강요하는 부정적 대상으로 그려진다. 오장환은 전통을 비판적으로 바라보게 만드는 대신에 근대적 개인의 욕망을 긍정적으로 묘사하고 있다.

다른 한편으로 그는 근대 도시문명의 신랄한 비판자로도 유명하다. 특히 대도시의 뒷골목을 배회하는 좀도둑, 아편쟁이, 매음부, 도박꾼 등의 욕망을 직접적으로 노출하고 있는 것이 특징이다. 대도시의 뒷골목에는 밤거리를 배경으로 욕망을 거래하려는 사람들로 북적댄다. 욕망을 거래할 수 있는 관계에 한정된 인간관계는 지속성을 얻지 못하고 있다. 근대 도시문명의 인간관계는 이처럼 욕망의 교환과 밀착해 있는데, 그것은 비인간성의 극한을 보여 준다. 이처럼 근대 도시문명의 비인간적 관계와는 대조적으로 오장환은 '고향'이 치유의 기능을 수행할 수 있다고 본다. 고향은 도시에서는 전혀 찾아볼 수 없는 인간적 관계가 실현되는 장소이기도 하다. 고향에 비춰 보면 근대인은 탈향의 떠돌이 인생을 살아가고 있다.[13] 고향을 떠나 욕망을 추종하며 떠도는 삶에 대해 비판적이

---

13 그것은 오장환이 직면한 도시문명이 '항구'를 중심으로 설정되어 있기 때문이기도 하다. "나는 異港에 살고 어매는 고향에 있어"(〈향수〉)에서처럼 오장환에게 있어서 항구의 떠돌이 삶과 고향에서의 정착된 삶 사이에 대조가 선명하다.

다 보니, 그의 고향은 '오래된 미래'처럼 근대인을 위로하는 지점을 형성하고 있다.

그러나 오장환이 고향을 적극적으로 옹호할 수 없었던 데에는 고향에 여전히 부정할 전통이 내재되어 있기 때문이다. 특히 근대 사회로의 진입을 차단하는 봉건적 구습이 비판의 대상임에는 변함이 없다. 그렇다고 해서 근대사회가 전적으로 긍정될 수 있는 대상인 것도 아니다. 근대 자본주의 문명이 초래한 비인간적 관계는 다시 극복의 대상이 되고 있기 때문이다. 그 부정성을 드러내기 위해서 고향이 바로 거울의 역할을 수행하고 있는 것이다. 이렇게 근대에 비추어 전통의 부정성이 드러나고, 고향에 비추어 근대 문명의 부정성이 드러날 수 있다면, 전통과 근대는 상호 비판적 관계를 유지하면서 새로운 길을 만들 수 있을 것이다. 바로 이것이 오장환이 개척하고자 했던 새로운 길, 즉 사잇길의 의미다. 이 길은 전통과 근대 사이에서 양자택일을 강요하지 않으면서, 전통과 근대 각자의 맹목성에 함몰되지 않는 길이기도 하다. 다시 말해서, 전통의 극한에서 부정성을 발견하면서 근대를 지향하고, 근대의 극한에서 부정성을 발견하면서 전통을 지향하는, 양자의 부정적 결합의 모습이라 할 수 있다.

이처럼 오장환이 전적으로 새로운 길을 개척한 것이라면, 그것은 전통과 근대의 사잇길이라 할 수 있다. 이것은 마치 전통을 부정할 때는 근대적 가치관을 기준으로 비판하고, 근대를 부정적으로 묘사할 때는 전통적 고향 의식을 그 대안으로 제시하는 것처럼 보인다. 하지만 오장환은 전통을 무작정 부정하거나 긍정하는 것도 아니고, 근대에 대해서도 무조건적 부정이나 긍정을 제시하지 않는다. 그 대신에 전통과 근대를 대면시키고 서로 비판할 수 있게 만드는 과정에서 양자가 더욱 밀접하게 연결되는 방식을 취하고 있다. 이처럼 전통과 근대를 결합하고 화해시키는 방식에 있어서 오장환의 시도는 충분히 독창적이고 이질적이다. 이것이 1930년대 후반의 시단에서 오장환이 개척한 새로운 길의 내용인 것이다.

해방 이후 남한에서 발생한 대표적인 경계인 경험은 월남민越南民에서 찾아볼 수 있다. 그러나 모든 월남민에게서 경계인의 경험을 지속적으로 기대할 수는 없다. 경계인으로 살면서 주변인이 되기보다는 지배 세력에 쉽게 동화되는 경우가 더 많다. 그런 점에서 시인 김규동은 월남민이라는 자의식을 유지하면서 작품을 통해 그것을 지속적으로 표현하고자 했던 드문 사례를 보여 준다. 김규동의 월남민 의식은 초기의 모더니즘 시에서 후기의 리얼리즘 시까지 일관되게 관철되는 특징을 보인다.

---

* 이 글은 《인문학연구》(2015년 8월)에 게재된 〈김규동의 월남민 의식〉을 수정하고 보완하여 재수록한 것이다.

경계인으로서 월남민

식민지와 분단의 경험에 대한 이해는 한국 사회의 근대화 과정을 해명하는 데 필수적이다. 그 경험은 공히 근대 한국 사회가 어떤 경계를 중심으로 형성되었음을 증언하고 있다. 식민지 시대에 그것이 '인종적 경계'였다면, 분단 시대에 그것은 '이념적 경계'라고 할 수 있을 것이다. 일본과 조선, 그리고 남과 북의 경계를 중심으로 근대 한국 사회의 기본적인 문제들이 형성된 것이다.

그중에서 식민지 시대의 인종적 경계선에 대한 경험[1]은 근대문학 연구자들 사이에서 충분히 탐색되었고, 여전히 탐구가 활발히

---

1 인종적 경계선에 의한 식민지 경험에 대해서는 졸고, 〈윤동주와 다문화적 주체성의 문학〉, 《한국근대문학연구》, 한국근대문학회, 2012를 참조.

진행되는 영역이다. 특히 인종과 언어를 둘러싼 이중성/다중성의 문제에 대해서는 식민지 시대 조선인의 경계인 경험을 해명하는 데 상당한 연구가 축적되어 있다. 반면에, 상대적으로 분단 시대의 경계인 경험에 대한 연구는 충분하다고 보기 어렵다. 종래에 '분단문학'이라는 명칭으로 이루어진 연구들이 있었지만, 이는 대체로 분단 체제를 비판하고 통일 시대를 지향하는 통일지향적 연구에 속한 것이었다. 문제는 이러한 연구가 대체로 분단 상황을 극복해야 할 과제로만 바라본다는 데에 있다.[2] 만약 분단 상황이 통일에 이르기 위한 과도기적 단계에 불과한 것이라면, 분단 상황 자체에 큰 의미를 부여할 이유가 별로 없다. 더욱이 분단 상황에서 비롯되는 경계인의 경험이란 것도, 궁극적으로는 소멸해야 할 경험으로만 평가받게 된다. 이렇게 경계인의 경험에 대한 성급한 가치판단이 경계인 연구에 장애로 작용하고 있는 것이다.

따라서 해방 이후 이념적 경계선에 대한 연구는 분단문학의 연장으로 간주될 수 없다. 분단문학은 근본적으로 민족을 기본 단위로 하는 통일을 지향하며, 통일이란 곧 이념적 경계선이 궁극적으로는 소멸할 것을 전제하고 있기 때문이다. 그러므로 통일이라는 미래적 소망을 분단 상황에 투사하는 연구가 아니라, 분단 상황 그 자체에 주목하는 연구가 필요하다. 이때에 비로소 이념적 경계선에 대한 연구가 의미를 지니게 된다. 다시 말하지만, 분단 시대의 경계인 경험은 그 자체만으로 긍정적이거나 부정적인 것이라 판

---

2 분단문학에 대해서 백낙청은 "통일을 이룩하는 데 필요한 모든 것에 대한 인식이요 성찰이며 통일을 저해하는 온갖 것에 대한 반성과 부정의 문학"으로 정의하고 있는데, 이러한 관점이 분단문학의 지배적 관점이라 할 수 있다. 강진호, 〈문학과 사회, 그리고 문학연구〉, 《상허학보》 37, 2013, 18쪽.

정할 문제가 아니다. 오히려 그것은 분단 상황에서 파생된 불가피한 경험일 뿐만 아니라 분단 상황의 성격을 그 자체로서 파악하게 만드는 열쇠가 될 수 있다.

그렇다면 경계인이란 무엇인가? 첫째, 그것은 무엇보다 경계선에 대한 경험에서 탄생하는 주체를 가리킨다. 분단 시대에는 이념적 경계선을 중심으로 선택을 강요받는 상황에서 경계선 경험이 발생한다. 둘째, 그것은 경계선을 넘어서는 이주의 경험을 포함하는 주체를 가리킨다. 해방 이후 분단 체제가 고착화되는 과정에서 발생한 납북, 월북, 월남, 포로 등의 경험은 어떤 방식으로든 이주의 경험을 포함하며, 그 과정에서 경계인이 발생하게 된다. 최근에는 탈북의 경험이 그 계보를 잇고 있다. 셋째, 그것은 이주민의 특성상 소수자로 남게 되며, 따라서 한 사회의 중심이 아니라 주변에서 정체성을 형성하게 된다. 심지어 두 세계에 모두 참여하면서도 두 세계에 모두 속하지 않는 '주변인'[3]이 되기도 한다. 이처럼 경계선, 이주, 주변인의 경험을 공유할 때 경계인이라는 범주의 적용이 가능하다.

해방 이후 남한에서 발생한 대표적인 경계인 경험은 월남민越南民에서 찾아볼 수 있다. 월남민은 월남 시기와 그 동기 면에서 다양

---

3 '주변인'의 대표적 사례로는 특정한 국가 안에 살고 있는 소수민족을 들 수 있다. 예컨대 미국에 거주하고 있는 '아시아계―미국인'처럼 주변인은 "두 문화에 살면서 어느 곳의 구성원도 아닌 개인"(이정용, 《마지널리티―다문화 시대의 신학》, 포이에마, 2014, 73쪽.)을 가리킨다. 이들은 "두 세계 모두에게 원치 않는 존재가 되었지만 여전히 두 세계 속에서 살고 있"(앞의 책, 같은 쪽)는 모순적인 존재이다. 이때 이들의 삶은 "어디에도 속하지 못하는 이방인"(앞의 책, 74쪽)의 삶으로 인식된다. 이처럼 주변인을 "두 세계 사이In-Between에 존재하는 것"으로 정의하는 것이 일반적인데, 이것을 이정용은 '부정적 정의'라고 말한다. 그 대신에 그는 "두 세계 모두In-Both에 존재하는 것"이라는 긍정적 정의를 제안하고 있다.(앞의 책, 94~95쪽) 이렇게 두 가지 정의를 모두 수용하게 되면, 주변인은 비로소 "두 세계 모두를 넘어서는In-Beyond 존재"(앞의 책, 97쪽)가 될 수 있다는 것이다.

고향은 어떻게 만들어지는가 |

한 편차가 존재하긴 하지만, 어떤 방식으로든 경계인의 성격을 보이기 마련이다. 물론 모든 월남민에게서 경계인의 경험을 지속적으로 기대할 수는 없다. 한때 경계인이었다고 하더라도 그 경험을 그대로 유지하기는 어렵기 때문이다. 그래서 경계인으로 살면서 주변인이 되기보다는 지배 세력에 쉽게 동화되는 경우가 더 많다.

그런 점에서 시인 김규동은 월남민이라는 자의식을 유지하면서 작품을 통해 그것을 지속적으로 표현하고자 했던 드문 사례를 보여 준다. 이 글에서 살피고자 하는 것은 김규동의 작품에 나타난 경계인의 경험과 그 의식의 내용이다. 김규동의 경우 그것은 월남민 의식으로 나타나므로, 다양한 경계인의 경험 중에서 월남민에 한정된 경험 세계를 살필 수 있을 것이다.

월남민의 모더니즘

김규동은 두만강 상류에 자리 잡고 있는 함경북도 종성 출신으로 의사인 아버지 밑에서 의사지망생으로 자랐다. 경성고보 시절 김기림의 영향을 받았으나 의대 진학에 뜻을 두었고, 경성에서 의대 진학이 좌절되자 연변의대에서 수학하였다. 하지만 다시 문학에 미련이 있어 의학 공부를 접고 김일성종합대학 조선어학부에 편입하였다. 편입한 지 1년 만인 1948년 2월 김규동은 단신으로 월남하여 김기림의 주선으로 교사 생활을 하던 중 〈강〉을 발표하며 등단하였고, 남과 북에 단독정부가 들어선 이후 남쪽에 남아 〈후반기〉 동인으로 활동하였다. 그 뒤로는 신문사와 잡지사를 전전

하며 1955년 첫 시집《나비와 광장》을 출간하고, 1958년에 두 번째 시집《현대의 신화》, 그리고 1959년에 시론집《새로운 시론》을 발간하는 등 활발하게 활동하다가, 1972년《현대시의 연구》를 출간하기 전까지 10여 년의 공백기를 거치게 된다. 그 후 1975년에 고은이 주도한 자유실천문인협의회(현재 민족문학작가회의)의 고문으로 추대되면서 시단에 복귀하였고, 1977년《죽음 속의 영웅》을 출간하고, 이후에는《깨끗한 희망》(1985),《하나의 세상》(1987) 등 제목만 보아도 분단시인(통일시인)임을 알 수 있는 시집으로 진보적 시인의 이미지를 굳히게 된다.

일반적으로는 1960년대 10년간의 공백기를 전후해서 김규동의 시세계가 달라진 것으로 평가한다. 1950년대에는 〈후반기〉 동인으로 활동하면서《새로운 시론》등을 통해 문명비판적 이미지즘을 옹호하는 시인으로 알려졌지만, 공백기를 거쳐 1970년대부터는 분단 문제를 전면에 내세우는 사회비판적 참여시인으로 선회하였다는 것이다. 그래서 김규동은 고은과 더불어 모더니즘에서 리얼리즘으로 '전향'한 대표적인 시인으로 언급되고 있다.

이처럼 김규동의 시세계를 전기의 모더니즘과 후기의 리얼리즘으로 나누는 것이 일반적 관점이 되고 있지만,[4] 이러한 구분은 사실상 그의 시력 전체를 거시적으로 조망했을 때만 가능한 판단이

---

4 그래서 김규동에 대한 연구는 전기와 후기 한 시기에만 국한한 경우가 많다. 따라서 통시적 연구의 경우에는 전기에서 후기로 이어지는 연속성과 단절점에 주목하게 된다. 통시적 연구의 대표적인 사례로는 이동순, 〈장엄한 분단서사와 회복의 시정신〉, 김규동,《김규동 시전집》, 창비, 2011, 862~886쪽; 김홍진, 〈모더니티에서 민중적 현실인식으로의 시적 갱신〉, 맹문재 엮음,《김규동 깊이 읽기》, 푸른사상, 2012; 한강희, 〈'분열과 부정'에서 '통일 염원'에 이르는 도정─김규동론〉, 현대문학이론연구, 2006을 들 수 있다.

다. 그의 시세계를 조금만 자세히 들여다보아도 전기시와 후기시가 엄격히 구별되지 않는다는 것을 알 수 있다. 말하자면, 후기시의 몇몇 테마는 이미 전기시에서부터 충분히 확인될 뿐 아니라,[5] 전기시의 모더니즘적 태도가 후기시에서도 계승되면서 생경한 리얼리즘의 가능성을 벗어나 있음을 알 수 있다. 전기시와 후기시는 엄격하게 구별되는 것이 아니라 다만 지배적인 시작법에서 차이를 보일 뿐이다. 오히려 김규동의 시세계에서는 모종의 일관성이 발견된다고 할 수 있는데, 그것은 바로 '월남민 의식'의 관철이다. 그것은 분단과 통일의 문제에 깊이 개입해 있는 후기시에만 해당되는 현상이 아니다. 모더니즘을 지배적 시작법으로 내세우고 있는 전기시에서도 월남민 의식은 기본적인 정신적 배경으로 자리 잡고 있다.[6] 이는 특히 전쟁을 바라보는 그의 시선에서 확인된다.

현기증 나는 활주로의 / 최후의 절정에서 흰나비는 / 돌진의 방향을 잊어버리고 / 피 묻은 육체의 파편을 굽어본다 // (중략) // 하얀 미래의 어느 지점에 / 아름다운 영토는 기다리고 있는 것인가 / 푸르른 활주로의 어느 지표에 / 화려한 희망은 피고 있는 것일까

_ 〈나비와 광장〉(《나비와 광장》, 1955) 부분

---

5 "김규동 시인의 경우 초기부터 줄곧 민족의 역사와 세계사적 현실을 외면하지 아니하고 적극적으로 이를 의식하고 강조하여 왔던, 현실주의자이면서 진보주의자였음을 부인할 수 없다"(김효은, 〈허망의 광장에서 희망의 느릅나무에게로 — 김규동의 후기 시세계〉, 맹문재 엮음, 《김규동 깊이 읽기》, 푸른사상, 2012, 128쪽)는 평가가 이를 뒷받침한다.

6 월남한 젊은 시인들이 모더니즘에 경도된 사례가 많은 것도 특징적인 현상이다. 그들이 전통 서정시의 동일성 체계와는 달리 부조화와 균열의 시세계에 익숙한 것은 모더니즘과 월남 체험 사이의 어떤 상관성을 추정케 한다. 이에 대해서는 졸고, 〈월남민 체험과 한국 모더니즘 시의 성장〉, 《대산문화》, 2013년 가을호 참조.

전기시의 대표작 〈나비와 광장〉은 전쟁으로 피폐해진 한반도를 "흰나비"의 시선으로 바라본 작품이다. 전쟁으로 인해 "흰나비"는 "돌진의 방향"을 상실하고 "미래"도 "희망"도 없는 상태를 경험하고 있다. 전쟁이 상실감을 동반한다는 것은 일반적인 상식이다. 문제는 상실감의 주체를 "나비", 그것도 "흰나비"로 상정하고 있다는 것이다. "흰나비"는 다른 작품에도 등장하는데,[7] 노골적으로 백의민족을 연상케 하는 비유로 활용되고 있다. 그런 의미에서 "흰나비"는 남과 북의 이념적 경계를 뛰어넘을 뿐 아니라, 오히려 이념적 경계로 인해서 상실감을 경험하게 된 민족적 상징으로 사용되고 있다.

어떤 의미에서 이것은 소박한 민족주의라고 할 수 있을 터인데, 그것이 모더니즘을 지향하는 시기의 김규동의 작품에서 심심치 않게 발견된다. 첫 시집 《나비와 광장》(1955)만 하더라도 이 외에도 "굿바이! 판문점"(〈1952년의 교외−신년송〉), "분단 없는 민족의 내일"(〈3 · 1절에 부치는 노래〉) 등 민족주의를 연상케 하는 구절이 포함되어 있다. 그 연장에서 보면 그의 "흰나비"는 경계선을 중심으로 분단된 국토를 하늘에서 조망하면서 통일을 염원하는 주체의 분신이라고 할 수 있다. 초기시에서 민족을 상징하고 있는 "나비"는 후기시에서도 동일한 모습으로 등장하고 있어서 주목된다.

---

7 같은 시집에 등장하는 '나비'는 "이윽고 / 전쟁의 탄도를 벗어난 / 어린 나비들"(〈대위〉), "나비는 / 상장喪章처럼 휘날리며 오고"(〈전쟁은 출렁이는 해협처럼〉), "전쟁의 언덕을 올라오는 / 어린 나비들"(〈전쟁과 나비〉) 등에서 전쟁 피해의 당사자들을 가리키고 있으며, 특히 "불행한 역사에 시달린 / 흰나비들의 손짓도 / 새삼 시름겹구나."(〈해변단장〉)에서 보듯 '나비'는 "흰나비들"로 대표된다.

고향은 어떻게 만들어지는가 |

두 마리 나비가 / 너훌너훌 날아갑니다 / 한 마리는 남에서 백두산 향해 날고 / 다른 한 마리는 북에서 / 한라산으로 날고 있습니다 // (중략) // 나비의 작은 눈에 / 펼쳐진 남북길 / 그 화려한 길에 / 숨 가쁜 깃발처럼 / 구름이 스칩니다 / 나비 나비 / 남북길의 흰나비들.

〈나비들의 전설〉(《생명의 노래》, 1991) 부분

이 작품에서 발견되는 "흰나비들"은 전기시의 그것과 그 상징적 의미를 공유하고 있다. 이전의 "나비"는 이제 "두 마리 나비"로 변경되었지만, 여전히 그것들은 "흰나비들"인 것이다. "두 마리 나비"는 각각 남과 북에서 출발하여 경계선을 지나 진행 방향의 끝까지 종단하는 것으로 설정되어 있다. 〈나비와 광장〉에서 방향을 잃고 방황하던 나비는 이제 분명한 방향을 갖게 된 것이다. 다만 "나비"가 제시하고 있는 그 방향으로 사람들이 갈 수 없다는 것이 문제다. 그래서 이 작품에서 그는 "사람이 못하는 왕래를 / 그들이 합니다"(〈나비들의 전설〉)라고 진술하고 있다.

여기에서 "나비"는 자연스럽게 "사람"과 구별되는 역할을 수행하고 있다. 그것이 '자연'을 대표하는 것이라면, 김규동의 시세계에서 자연은 사람이 하지 못하는 일을 대행하는 존재로 간주되고 있다. 초기시에서 "나비"는 전쟁의 피해자인 민족 전체를 상징하고 있어서 '자연'이라기보다는 '인간'에 더 가까운 의미를 지니고 있었다. 하지만 후기시에서 "나비"는 '인간'이 넘어설 수 없는 경계를 넘어 이동할 자유를 지니고 있는 '자연'으로 기능하고 있다. 물론 여기에도 인간적 소망이 투사되어 있지만, "나비"는 이미 인간과 구별되는 자연의 위상을 지니고 있다. 전기시에서는 전후의 피폐해진 인간의 삶을 대변하던 "나비"가 후기시에 이르러 분단 상황을 극복하지 못하는 인간의 한계를 비판하고, 그것을 초월하여 존재하는 "나비"로 변모한 것이다.

이처럼 "나비의 작은 눈"에는 경계선을 넘어서고자 하는 시인의 소망이 투영되어 있다. "나비"의 소망처럼 김규동 시인은 전기시에서부터 이미 남과 북의 이념적 경계를 초월해 있는 시야를 확보하고 있었던 것이다.

> 다시는 돌아오지 않을 / 먼 이역으로 떠나가는 것처럼 / 모두 다 황망히 스쳐 가는 체온 속에서 / 위태로이 흔들리는 조국의 모습 / (중략) / 피와 살을 뿌려 / 건져 낸 조국 / 불과 화약 연기 헤치고 / 지켜 온 조국 // 천만 가슴과 가슴으로 으스러져라 부둥켜안고 / 뜨거운 얼굴 부비던 것 / 천만년 떠받쳐 가리라던 맹서 / 바람결처럼 가 버린 것이나 아닌가 　_〈조국〉《나비와 광장》, 1955) 부분

따라서 김규동의 전기시에는 민족주의의 경향성만 있었던 것이 아니다. 모더니즘 시인으로서는 예외적으로 "조국"이라는 표현을 사용하면서 국가주의적 태도까지 드러내고 있기 때문이다. 물론 김규동이 호명한 "조국"은 결코 남한이나 북한 어느 한쪽에만 한정되는 것이 아니다. "나비의 작은 눈"에서 확인했듯, 그것은 이미 경계선이 삭제되어 있는 "조국"일 뿐이다. 이념적 경계선이 무의미해지는 것은 "조국"의 과거 역사에서 비롯된다. "조국"은 목숨을 바쳐서 "건져 낸" 역사와 온갖 환란에서 "지켜 온" 유구한 역사가 포함하고 있는 것으로서, 그렇다면 현재의 이념적 경계선은 의

고향은 어떻게 만들어지는가 |

미를 잃고 만다.

이처럼 김규동의 전기시에는 이미 민족주의와 국가주의적 면모가 바탕에 깔려 있음이 확인된다. 전기시의 모더니즘은 근본적으로 "나비"로 대표되는 백의민족과 "조국"을 통해 호출되는 국가의 역사를 포용하는 특징을 보인다. 모더니즘 자체가 전통과 권위를 부정하고 그로부터 자유로운 주체를 지향하는 것이라면, 경계선으로 분할된 조국 앞에서 김규동의 전기 모더니즘은 부정해야 할 전통과 권위를 발견하지 못했던 것이다. 부정할 것은 민족과 국가를 혼란에 빠뜨린 전쟁과 문명에 있을 뿐이다. 그것은 식민지에 저항하는 민족/국가의 관점이 전후 모더니즘으로 연장되는 장면을 보여 준다.[8]

> 그 소리는 / 나라 없는 백성들의 / 마지막 아우성 // 그 소리는 /
> 제국주의자들의 총칼과 강제에 항거하는 / 위대한 민족의 절규
>
> _〈그 소리는 – 다시 돌아온 3월의 초하루〉《현대의 신화》, 1958) 부분

"제국주의자들의 총칼"은 "나라 없는 백성"에 대해서만 대립하는 것이 아니다. 오히려 식민지에서 해방된 이후에도 "위대한 민족의 절규"는 여전히 유효한 것처럼 보인다. 해방을 맞이하여 "솟구치는 겨레의 아우성은 / 검은 문명의 소음 속에 / 가라앉아"(〈8월은 회상의 달—8·15 해방 십주년 기념시〉) 버렸기 때문이다. 제국주의

---

8 이러한 관점은 같은 후반기 동인이었던 박인환에게서도 확인된다. 박인환은 해방 이후 여전히 지속되고 있는 식민지적 상황을 환기하고 제국주의에 대해 비판적 관점을 유지하고 있기 때문이다. 이에 대해서는 졸고, 〈박인환의 삶과 문학〉, 오문석 엮음, 《박인환》, 글누림, 2011 참조.

로 대표되는 "검은 문명"으로 인해서 한반도의 민족/국가는 불가피하게 전쟁의 소용돌이에 휩싸였던 것이다. 이처럼 제국주의 문명에 대한 김규동의 비판적 관점은 민족/국가에 대한 긍정적 관점에서 파생된 것이다.[9]

고향의 존재와 비존재

국가/민족의 관점에서 이념적 경계선은 소멸해야 할 대상에 불과하다. 그러나 이념적 경계선의 부정과 초월을 위해서는 우선적으로 그 존재를 긍정하지 않을 수 없다. 즉, 현재 이념적 경계선이 수행하고 있는 부정적 기능을 드러내지 않을 수 없는 것이다. 그 부정적 기능이란 경계선 자체의 초월불가능성에서 파생한다. 경계선을 넘어서는 것은 금기를 위반하는 행위이며, 불온한 행위에 해당한다. 해방 이후 남과 북의 단독정부는 그 경계선을 중심으로 존재를 보장받고자 했다. 경계선을 넘어서는 것은 법의 보호를 받지 못하는 영역으로 진입한다는 것을 의미한다. 그 초법적인 영역이 경계선 저편에 있는 것이다.

하지만 월남민 김규동은 경계선 너머에 있는 것을 '고향'이라고

---

9 해방 이후 제국과 민족을 대립적으로 파악한 것은 진보적 진영의 일반적 인식이었다. 이에 대해서는 졸고, 〈해방기 시문학과 민족담론의 재배치〉, 《한국시학연구》, 2009. 8. 참조. 그런 의미에서 김규동의 모더니즘이 진보 진영과 공유하는 바가 있다는 것, 그런 의미에서 김규동이 진보적 모더니즘의 가능성을 열었음을 알 수 있다. 김규동 모더니즘의 진보적 성격은 같은 후반기 동인이었던 초현실주의자 조향과 대비해 보면 더욱 선명해진다. 이에 대해서는 졸고, 〈전후 시론에서 현대성 담론 연구〉, 《현대문학의 연구》, 2005 참조.

명명한다. 월남민의 고향은 항상 경계선 저편에 있는 것이어서, 경계선의 존재를 통해 비로소 의미를 부여받게 되는 지역이다. 경계선이 존재하지 않는다면 고향은 더 이상 고향으로 기능할 수 없게 된다. 그러므로 월남민의 고향은 경계선의 존재로 인해서 "다시는 돌아가 볼 수 없을 것만 같은"(《잠 아니 오는 밤의 시》) 장소의 성격을 지닌다. 이처럼 고향이 경계선의 존재를 통해서 그 존재의 의미를 지니는 것처럼, 경계선 또한 고향의 존재를 통해서 경계선의 기능을 수행할 수 있다.

따라서 월남민 김규동의 고향은 항상 '상실'의 방식으로 존재한다. 지금 여기에 존재하지 않기 때문에 존재하는 것이다. 존재하지 않는다는 의미에서 고향은 이미 '유토피아u-topia'의 성격을 지니고 있다. 이처럼 고향이 '상실'의 방식으로 존재한다는 것은 경계선을 사이에 두고 돌아갈 수 없는 지역에 존재한다는 뜻이기도 하다. 실향과 귀향불가능성이 서로 연결되어 있는 것이다. 귀향불가능하기 때문에 실향인 것이고, 실향이기 때문에 귀향이 불가능하다.

그리고 돌아갈 수 없다는 것은 비단 공간적인 의미에 한정되지 않는다. 시간적으로도 고향은 이미 돌아갈 수 없는 과거 시간을 가리키고 있다. 다시 말해서 고향의 시간은 과거에 멈춰 있는 것이다. 고향에서 시간은 정지해 있다.

얼음이 하도 단단하여 / 아이들은 / 스케이트를 못 타고 / 썰매를 탔다 / 얼음장 위에 모닥불을 피워도 / 녹지 않는 겨울 강 / (중략) / 지금 두만강엔 / 옛 아이들 노는 소리 남아 있을까 / 통일이 오면 / 할 일도 많지만 / 두만강을 찾아 한번 목놓아 울고 나서 / 흰머리 날

리며 / 씽씽 썰매를 타련다 / 어린 시절에 타던 / 신나는 썰매를 한
번 타 보련다   _〈두만강〉(《하나의 세상》, 1987) 부분

그는 비록 "흰머리"로 덮여 있어도, 그의 고향은 결코 나이를 먹
지 않는다. "어린 시절에 타던 / 신나는 썰매", "옛 아이들 노는 소
리"를 통해서 고향의 시간은 여전히 "어린 시절"에 머물러 있는 것
이다. 고향으로부터 떠나온 날은 40년, 50년이 되어 가지만 고향의
시계는 항상 "어린 시절"의 나이에 정지해 있다. 고향은 무시간의
진공 상태로 포장되어 있는 것이다. 고향의 무시간성은 다음의 작
품에서도 확인된다.

카메라에 담겨 온 / 두만강의 천연색 사진은 / 신통하게도 / 40년
전 그대로여서 / 어쩌면 / 우리 집 느릅나무 늘어진 가지도 보일 듯
싶어 / 숨을 죽이고 / 들여다보았는데 / 풀이며 풀, 진창이며 산이 /
한결같이 말이 없음에 / 나도 오래도록 벙어리 되어 / 총을 메고 선
젊은 보초병 앞에 / 등신처럼 서 있어야 했다 / 변하기라도 했다면
/ 잊을 수도 있을 것을 / 오, 때 묻지 않은 고향이여.
                    _〈고향은 변하지도 않고〉(《오늘밤 기러기떼는》, 1989) 전문

김규동의 고향은 "40년 전 그대로" "때 묻지 않은" 상태로 보존되
어 있다. "변하기라도 했으면 / 잊을 수도 있을 것"이라고 말한 것
처럼, 변하지 않고 과거의 그 상태로 보존되고 있다는 것은 시간의
영향을 받지 않았다는 것이다. 고향의 시간은 흐르지 않고 정지해
있기 때문에 오래도록 기억의 대상으로 남게 된다. 고향의 시간은

정지해 있지만, 항상 고향을 상기하는 화자에 의해서 현재로 호출된다.

그리고 그렇게 돌아갈 수 없는 유년의 정지된 시간에 '어머니'가 존재한다.[10] 김규동은 평생 고향에 두고 온 어머니에 대한 그리움과 죄의식에 시달렸다. 어머니는 이념적 경계선 저편에서 고향에 의미를 부여하는 유일한 존재이다. 어머니로 인해서 고향은 비로소 의미를 지닌다. 어머니의 존재로 인해서 고향은 김규동에게 경계선을 넘어가도록 촉구하는 대상이 된 것이다. 어머니라는 강력한 요인이 아니었다면 경계선을 넘어서려는 욕구는 발생하지도 않았을 것이다.

> 희미한 창밖에 / 멀리 뻗어 가는 공상의 날개 / 이 밤 눈길이 흽니다 // 어머니 / 그곳에 가만히 계서 주세요 / 당신의 말씀 듣고 싶어요 // 오랫동안 혼자 계시게 했군요 / 밤중 아들이 오는 꿈을 꾸며 / 몇 번이나 소스라치게 깨셨는가요 / 눈길이 차군요 / 꿈에도 잊지 못하던 그 길이   _〈공상의 날개〉(《현대의 신화》, 1958) 부분

초기시에 해당하는 이 작품에서 화자는 "어머니 / 그곳에 가만히 계서 주세요"라고 주문한다. 만약 어머니가 고향에 머무르지 않는다면 고향은 그 의미를 상실하게 될 것이기 때문이다. 어머니는 고향에 머물러 있기만 한 존재가 아니라 적극적으로 "밤중 아들

---

10 김규동의 전체 시작품 중에서 '어머니'를 테마로 하는 시는 전체의 약 10퍼센트를 차지할 정도로 많다. 이동순, 앞의 글, 앞의 책, 875쪽.

이 오는 꿈을 꾸"기도 한다. 화자만 어머니를 그리워하는 것이 아니라, 어머니 또한 화자를 그리워하고 있다는 것이다. 그런 의미에서 김규동의 시에서 어머니는 언제나 아들이 돌아오기를 기다리는 상태로 등장한다.[11]

> 왜 못 오는거냐 / 심지 가늘게 타는데 / 빈방 심지 꺼져 가는데 / 두만강의 물소리 / 머리맡 스쳐 가는데 // 한 사내 / 장벽 앞에 와 길이 막혔다 // 왜 못 오는거냐 / 가족들 모여 앉았는데 / 아직 못 오는 집 나간 자식 / 그 자리 하나 / 쓸쓸히 남아 / 꺼질 듯 꺼질 듯 촛불이 탄다.
> _〈빈자리〉(《생명의 노래》, 1991) 부분_

고향에 있는 어머니 앞에서 시인 김규동은 "아직 못 오는 집 나간 자식"에 불과하다. 고향에는 화자가 비워 둔 "그 자리 하나"가 남아 있으며, 그 "빈자리"를 채움으로써 가족은 비로소 완성을 보게 된다. 다만 "한 사내 / 장벽 앞에 와 길이 막혔"을 뿐이다. 그러나 고향을 떠나 경계선 이편에 있는 "한 사내"에 의해서 고향도 비로소 완전해지게 된다. 고향은 그 자체로 완전한 것이 아니라 완전해지기를 기다리는 장소이다. 물론 고향이 그 빈자리를 채워 완전해진다면 그것은 더 이상 고향의 기능을 수행하지 못하게 될 것이

---

11 심지어 꿈속의 어머니는 서울을 찾아오시기도 한다. "두만강 끝에서 서울까지 / 어머니 오시다 / 소복에 지팡이 짚으시고 / 산 넘고 물 건너 이천 리 길 / 어머니 오시다 / (중략) / 40년 전에 집 떠난 자식 찾아 / 어머니 서울에 오시다 / (중략) / 못난 이남 자식은 / 어여쁜 어머니 앞에 다만 꿇어 엎드려 / 꿈일지라도 / 오래 울 수 있게 해 달라고 떼를 쓴다 / 어디 보자 / 남조선은 살기 어렵다더니 / 그 많은 세월 견뎌 냈구나 / 하지만 흔적 없는 타향살이 웬말이냐 / 기다리다 못해 내가 왔다"(《어머니 오시다》)

고향은 어떻게 만들어지는가 |

다. 이 이념적 경계선으로 인해서 고향에 빈자리가 유지되고 있으며, 고향은 완성을 기다리는 불완전한 상태에 처해 있는 것이다.

고향과 소통하는 자연의 언어

앞서 말했듯이 어머니를 통해서 존재 의미를 부여받고 있는 고향은 유년의 시간에 멈추어 있다. 기억의 시간이 유년에 머물러 있기 때문이다. 그 유년의 기억 속에서 자연과 역사가 서로 대립하고 있다. 인간은 역사를 만들지만, 자연은 역사를 만들지 않기 때문이다. 그래서 고향의 자연은 항상 인간이 만든 역사로부터 자유로운 곳에 위치한다. 자연은 인간의 역사로부터 영향을 받지 않는 곳에 존재하면서 인간의 역사를 비판적으로 초월할 수 있는 거점이 되는 것이다.

나무 / 너 느릅나무 / 50년 전 나와 작별한 나무 / 지금도 우물가 그 자리에 서서 / 늘어진 머리채 흔들고 있느냐 / 아름드리로 자라 / 희멀건 하늘 떠받들고 있느냐 / 8 · 15때 소련 병정 녀석이 따발총 안은 채 / 네 그늘 밑에 누워 / 낮잠 달게 자던 나무 / 우리 집 가족사와 고향 소식을 너만큼 잘 알고 있는 존재는 / 이제 아무 데도 없다 / 너의 기억력은 백과사전이지 / 어린 시절 동무들은 어찌 되었나 / 산 목숨보다 죽은 목숨 더 많을 / 세찬 세월 이야기 / 하나도 빼지 말고 들려다오 / 죽기 전에 못 가면 / 죽어서 날아가마

_〈느릅나무에게〉(《느릅나무에게》, 2005) 부분

자연은 고정된 장소에 머물러 있지만, 그 장소를 배경으로 인간의 시간(＝역사)이 흘러간다. 그래서 한 장소에 머물러 있는 "느릅나무"는 역사적 장면에 대해 목격자의 역할을 담당할 수 있는 것이다. 한 장소에서 그토록 오래 지켜보고 있는 자연보다 "우리 집 가족사"를 더 많이 알고 있는 것은 존재하지 않는다. 다만 인간이 그 자연의 언어를 이해할 수 없을 뿐이다. 그럼에도 불구하고 화자는 침묵하는 자연에게 어디에서도 들을 수 없는 "세찬 세월 이야기"를 "하나도 빼지 말고 들려" 달라고 요청하고 있다. 여기에서 자연의 언어는 인간의 언어를 능가하는 소통 능력을 보여 주고 있다.

한 장소에 머물면서 고향에서 인간이 만들어 놓은 역사를 모두 기억하는 것이 자연이라면, 그 소식을 전해 주는 전령 또한 자연이 담당하고 있다. 앞에서 살펴보았듯이 "나비"는 인간을 대신하여 인간이 넘어설 수 없는 경계선을 자유롭게 넘나드는 역할을 맡았다. 하지만 "나비"에서는 소통의 능력을 발견할 수 없었다. "나비"처럼 경계선을 넘어서면서도 소통의 능력을 겸비한 존재로 자주 등장하는 자연이 바로 "기러기"다. 기러기는 시인이 경험할 수 없는 장소를 방문하고 그곳의 소식을 전해 주는 대상으로 그려진다.

애야 / 숨을 죽이고 / 기러기 울음소리를 듣자 / 이북 고향에서 내려오는 / 저 새의 속삭임을 / 조심조심 밤하늘에 놓이는 / 이 울음은 / 내 어머님의 소식이요 / 네 삼촌과 고모의 안부도 전하는 / 고마운 말이다 / (중략) / 오늘밤 북에서 오는 저 손님은 / 이제 때가 왔음을 일러 주고 있다 / 통일의 밝은 빛이 트여 옴을 / 알려 주는구나 / 또 전하기를 / 백 살 난 내 어머님도 여태 살아 계시고 / 네 삼

촌과 고모도 / 백두산 밑 그 옛터에 잘들 살고 있단다

_ 〈기러기〉(《오늘밤 기러기떼는》, 1989) 부분

한 장소에 머물지 않고 철을 따라 다른 장소로 이동하는 것이 철새의 성질이다. "느릅나무"가 한 장소에 머물면서 인간의 역사를 모두 기억하는 자연이라면, "기러기"는 한 장소의 소식을 다른 장소로 전해 주는 자연이다. 두 자연은 모두 인간이 수행할 수 없는 기능을 보충하고 대리하는 존재로 등장한다. 인간이 수행할 수 없는 이유가 이념적 경계선 때문이라면, 두 자연은 그러한 경계선을 넘어서는 존재로서 인간과 구별된다. 여기에서 "기러기 울음소리"는 단순한 소리가 아니다. 그것은 인간의 언어로 전달할 수 없는 "소식"과 "안부"를 압축하고 있는 소리이다. 또한 그것은 과거의 소식뿐 아니라 미래의 예언("통일의 밝은 빛이 트여 옴"), 그리고 화자의 간절한 소망("백 살 난 내 어머님도 여태 살아 계시고")까지도 전달하는 소리인 것이다.

이렇게 자연은 인간의 역사(혹은 언어)와 대립하면서, 경계선에 갇혀 있는 인간의 한계를 극복해 주는 대상으로 등장하는데, '국토' 또한 마찬가지 기능을 수행한다. "기러기떼"가 경계선 안쪽에 있는 인간이 갈 수 없는 고향을 방문하고 그 고향의 소식을 전해 주면서 소통의 가능성을 열어 주고 있다면, 한반도의 바탕을 이루는 '국토'는 한 몸으로 일체화되어 있는 민족/국가의 신체적 표현으로 간주된다. "남도 북도 없는 하나의 국토"(〈5월은 장미를 안고〉)에 인위적인 경계선을 긋는 것은 국토가 경험하는 수난의 일종인 것이다.

하늘 위의 바다 / 일렁이는 구름발 헤치고 / 드높이 솟은 바다 / 거대한 잔 받들어 / 하늘을 열고 땅을 열어 / 오천 년 역사를 이루었나니 / 백두산이여 / 천지, 넘치는 생명의 물이여 / (중략) / 백두산은 우리의 힘이고나 / 맑디맑은 천지물은 / 자유와 평화의 애틋한 샘이고나 / 마천령의 힘찬 숨결 / 남으로 길게 뻗어 / 함경산맥 개마고원 넘어 / 태백 차령의 준령 이루고 / 노령 소백의 큰 기둥 / 지리산에 닿아 / 다시 한라로 이어진 오직 하나인 혈맥 / 삼천리 강토 금 없이 연이은 / 하나인 땅이여 하늘이여 / 오, 통일과 만남의 산 백두산 / 희망과 평화의 바다 / 백두산 천지

_〈통일의 빛살 — 백두산〉《오늘밤 기러기떼는》, 1989) 부분

백두산에서 시작해서 지리산, 한라산으로 이어진 "하나인 혈맥"은 이미 "금 없이 연이은" "하나인 땅"이고 "하늘"을 가리킨다. 그러므로 백두산은 그 자체만으로도 "통일과 만남의 산"이 되고, 그 정상에서 마치 술잔처럼 받쳐 든 "천지"는 "희망과 평화"를 상징한다. 이렇게 산맥과 산맥을 이으면서 형성된 "삼천리 강토"는 그 자체로 분할을 허용하지 않는 원초적인 합일의 상태를 대변하고 있다. 분할을 허용하지 않는 자연적 대상이지만 인간은 그 위에 "금"을 그을 수 있는 존재이다. 원초적 합일의 경지를 보여 주는 자연에 비한다면 인간은 이념적으로 경계선을 만들고 분열하는 존재로 나타난다. 기본 층위를 구성하는 자연에 비해서 그 위에 군림하는 인간의 열등성이 부각되어 있다. 분단 상황이란 것은 자연에 비해서 열등한 인간이 자연=국토를 유린하는 행위에 지나지 않는다.

오늘밤 / 휴전선 찬 하늘 날아오는 / 저 기러기떼는 / 필시 두만 강 그리운 소식 갖고 오는 / 반가운 손일 것인데 / 감방에 묶인 몸이 / 나가 맞지 못하고 / 귀만 쫑그리네 // 새떼는 / 시멘트 집이 하도 들어차 / 삭막한 서울에는 앉지도 못하고 / 남으로 남으로 내려가 는데 / 들릴 듯 말 듯 / 밤하늘에 퍼지는 새의 울음소리를 / 검은 구 둣발 소리 / 무참히 지워 버리네.

_〈오늘밤 기러기떼는 ─ 문익환 님께〉(《오늘밤 기러기떼는》, 1989) 전문

더구나 "휴전선"을 넘어서 "두만강 그리운 소식"을 가지고 오는 기러기떼를 맞이하지 못하는 사람들이 있다. 감옥에 갇힌 통일운 동가를 제외하면, "시멘트 집"으로 가득 차 있는 "삭막한 서울"의 시민들, 그리고 "검은 구둣발 소리"로 비유되는 군부 권력 등이 그 들이다. 이들은 이념적 경계선의 안쪽에 터를 마련하고 있기 때문 에 경계선을 넘어설 이유가 없다. 따라서 기러기떼가 전해 주는 "소식"을 듣고자 하는 욕망이 사라진 존재들인 것이다.

특이한 것은 군부 권력 외에 "밤하늘에 퍼지는 새의 울음소리" 를 들을 수 없는 지역으로 "삭막한 서울"을 지목한다는 점이다. 서 울도 비록 사람이 사는 곳이긴 하지만 그곳은 김규동의 고향과 대 조적인 장소인 것이다. 적어도 서울은 자연의 언어를 필요로 하지 않는 대표적인 '도시'로 그려진다.

어둡고 탁한 우리들의 도시 / 밀물처럼 찰랑대는 이곳 / 이 엄청 난 시멘트더미를 / 어떻게 할 것이냐 / (중략) / 팽창해 가는 / 거대한 괴수같이 / 하늘에 솟아오르고 땅속에 파고들고 / (중략) / 유유히 움

직이는 것은 / 풍경과 기억이 아니라 / 너와 나의 약속과 믿음이 아니라 / 등 붙일 데 없는 그림자의 물결이요 / 춤추는 석유제품의 무덤이다 / 뿌리 뽑힌 자의 희디흰 이빨이다 / 어디로 가는지도 모를 / 피투성이 경주의 눈부심이다 / (중략) / 죽음의 냄새 물씬한 화폐다발이요 / 피 묻은 욕망의 물결이다

_〈마지막 도시〉《오늘밤 기러기떼는》, 1989) 부분

김규동에게 있어서 서울로 대표되는 "도시"는 다만 "엄청난 시멘트더미"이면서 "팽창해 가는 / 거대한 괴수"에 불과하다. 그 "괴수" 안에 거주하는 사람들은 "죽음의 냄새 물씬한 화폐다발"과 "피묻은 욕망"으로 살아간다. 그들에게는 상실된 고향에 대한 "기억"도, 그리고 상실된 고향의 회복에 대한 "믿음"도 필요하지 않은 것이다. 왜냐하면 도시인은 본래 한 곳에 머물지 않고 끊임없이 떠돈다는 점에서 "뿌리 뽑힌 자"이기 때문이다. 도시의 떠돌이 유목민에게는 돌아가야 할 '고향'이 존재하지 않는다. 그 대신에 그들은 항상 "어디로 가는지도 모를 / 피투성이 경주"에만 매몰되어 치열한 경쟁 속에서 살아갈 뿐이다.

이처럼 사회가 점차 도시화되면 될수록 고향이라는 장소에 대한 회복의 열정도 사라질 것이다. 그에 따라 고향으로 향하는 마음 때문에 더욱 선명해지는 경계선의 존재에 대한 인식도 희미해지고, 도시화가 보편화될수록 월남민 김규동이 지닌 경계인적 사고는 점차 주변적인 것으로 밀려날 것이다. 시인 김규동이 도시와 그 문명에 대해서 비판적인 이유가 여기에 있다.

경계선 체험과 월남민 의식

이상에서 살펴본 것처럼 김규동의 월남민 의식은 초기의 모더니즘 시에서 후기의 리얼리즘 시까지 일관되게 관철되는 특징을 보인다. 그의 월남민 의식의 두드러진 성격은 무엇보다 경계선에 대한 지속적인 관심의 환기이다. 모더니즘 시인으로 등단할 무렵부터 김규동은 이념적 경계선으로 인한 실향 의식에 사로잡혀 있었다. 실향 의식에의 집착으로 그는 모더니즘 시인으로는 드물게 고향의 존재를 강조하게 된다. 두만강 주변에 자리한 그의 고향에는 그가 두고 온 어머니가 있어서 더욱 애절한 그리움을 불러일으킨다. 어머니는 고향에 의미를 부여하게 만들고, 고향이 의미를 지닐수록 이념적 경계선에 대한 그의 관심은 증폭된다. 심지어 민족/국가의 이름으로 경계선 초월의 필요성을 강조하기도 한다. 민족/국가의 입장에서 제국주의 문명과 전쟁에 대해 비판적인 부분은 진보적 모더니즘의 가능성을 보여 준다.

어머니의 존재에 의해 과도하게 의미를 부여받고 있는 그의 고향은 시간적으로 유년기에 정지하여 현실에서 벗어난 공간을 형성한다. 다만, 고향에 대한 화자의 그리움 못지않게 고향에서 화자를 기다리는 어머니가 자주 등장하는데, 이로 인하여 고향은 화자가 채워야 할 빈자리를 남겨 두고 있다. 그 빈자리가 있기에 고향은 고향일 수 있는 것이어서, 화자의 소망대로 그 빈자리가 채워지면 고향은 더 이상 고향의 기능을 수행하지 못하게 된다.

또한 고향에는 인간의 역사를 기억하는 한결같은 자연이 있다. 시인 김규동은 자연의 언어를 통해서 고향 소식을 듣고자 하며, 따라서 고향 소식을 전해 주는 자연과 소통하기 위해 자연의 언어를 해독하는 것이 강조된다. 인간이 만들어 놓은 경계선도 국토를 비롯한 자연을 통해 초월할 수 있는 것으로 평가되지만, 도시의 발전과 더불어 자연의 언어를 알아들을 수 없는 사람들로 인해서 경계인은 주변인으로 전락하게 된다. 경계인의 관점에서 보면 도시인은 경계선 안쪽에서 경계선의 존재를 인지하지 못한 채로 살아가는 삶을 선택하게 된다. 따라서 고향의 존재로 인해서 부득이 '자연의 우위'를 내세우는 김규동에게 도시는 비판적 대상으로 머물게 된다.

2부

주제론

8장
시와 노래는 어떻게 만나는가
: 시와 가곡

━━━━━━━━━━ 가곡은 문학과 음악의 경계 지점에 자리하고 있는, 모순된 성격을 가지고 모순된 지점에서 번성하는 장르이지만, 문학사의 주변에서 항상 문학과 호흡하는 문학의 타자적 장르이다. 또한 가곡은 문학과 음악, 고급문화와 대중문화가 만나는 사거리에서 형성되는 거리의 문화이기도 하다. 사방을 모두 볼 수 있는 자리가 바로 가곡의 자리라고 할 수 있다. 그리고 그 자리는 문학사를 새롭게 볼 수 있는 '관점'이 열리는 자리이기도 하다. ━━━━━━━━━━

* 이 글은 《현대문학의 연구》(2012년 2월)에 게재된 〈한국 근대가곡의 성립과 그 성격〉을 수정하고 보완하여 재수록한 것이다.

근대시의 성립 이후 '시가詩歌'의 문제

근대시의 발전 과정을 '창가-신체시-자유시'의 단계로 설명하는 사람은 많다. 이러한 설명에 전제된 사고를 추정하기도 어렵지 않다. 이것은 우선 직선적 발전론적 사고방식이 투영된 결과이다. 근대시는 창가에서 자유시로 '발전'한 것이며, 후진은 허용되지 않는다. 이것은 그 자체로 근대적 사고의 전형을 보여 준다. 이때 발전의 방향은 '미분화'에서 '분화'로 진행된다. 창가는 시와 노래가 미분화된 것으로 '시가詩歌'로 표기되며, 자유시는 시에서 노래를 분리하는 데 성공하여 '시詩'만의 독자적 표기를 사용한다. 이때도 마찬가지로 후진은 허용되지 않는다.

이런 식의 설명에는 또한 문학의 자율성을 옹호하는 '문학주의적 관점'이 전제되어 있다. 우여곡절을 거쳐 시문학이 최종적으로 자율성을 획득했기 때문에, 근대적 자율성이라는 최종적 관점에서 부터 앞선 시기 시문학의 발전 과정과 진행 정도를 평가할 수 있다는 것이다. 자율성을 획득한 근대시의 관점에서 보면 '시와 노래의 공존' 문제는 근대시의 성립 이전까지만 허용되는 전근대적 현상에 불과하며, 따라서 근대시의 성립 이후에는 그런 현상에 주목할 이유가 없다. 근대시 이후에는 '시詩/가歌의 역사'가 아니라 오로지 '시詩의 역사'만이 문제인 것이다. 그러므로 근대시의 성공적인 정착 이후에 전개되는 '시와 노래의 공존의 역사'가 시문학사의 관심에서 멀어지는 것은 당연하다. 특히 근대시 정착 초기에는 '시와 노래의 공존'의 문제가 문학과 음악 사이의 '미분화'의 흔적이거나 '전근대'의 잔재로 간주될 가능성이 많다. 근대문학의 자율성을 옹호하고, 그러한 자율성의 정신에 입각한 근대문학사를 지향하는 한 '시와 노래의 공존' 문제는 오히려 망각과 배제의 대상에 속한다.

하지만 근대시의 정착 이후 식민지 근대시문학사에서 '노래'의 문제가 망각된 적은 거의 없었다. 1920년대 시조부흥운동에서부터 1940년대 《문장》지의 조선주의에 이르기까지 근대시 성립의 핵심 쟁점에는 항상 '노래'의 문제가 포함되어 있었다.[1] '노래'가 제거된 '시'의 역사가 근대시의 역사라는 생각은 문학사의 이념형이 만들어낸 허구적 가설에 불과하다. 잘 알다시피 근대시문학사에서 '노래'가 문제적 요소로 등장한 것은 '노래'에서 '시'를 분리할 것

---

1 "시조를 노래와 노래에 담긴 민족적 본질에 뿌리내리도록 하려 했던 최남선류의 '시조부흥론'과는 반대로, 이병기에게는 시조에서 '노래'를 제거하는 것, 말하자면 시조를 '문학'으로 위치 지우는 것이 근대적인 변화 속에서 시조를 부흥시키는 유일한 길이었다." 차승기, 〈근대문학에서의 전통 형식 재생의 문제〉, 《상허학보》, 2006. 6., 29쪽.

을 주장했던 자유시의 도입 직후였다. 자유시의 정착이 대세로 알려진 상황에서 '반反자유시'의 이름 아래 민요와 시조를 앞세운 '시가詩歌'의 반격이 시작된 것이다. 한때는 그것을 카프KAPF 중심의 사회주의 문학운동에 대항하는 민족주의 세력의 맞대응 운동으로 해석하거나, 시조와 민요에만 한정된 것에 주목하여 '문학 내부의 사정'으로 축소해서 살피곤 했다. 기껏해야 그것은 '근대시＝자유시'라는 대세를 거스르는 후진적 퇴행 현상이거나, 근대시의 성립을 저지하려는 보수 세력의 무기력한 저항으로 비칠 가능성이 많다. 다만 이러한 해석은 문학주의적 관점을 벗어나지 않았을 때만 타당한 설명이라 할 수 있다.

이 글에서는 근대시 성립 이후에도 지속되는 시와 노래의 공존 문제를 해명하기 위해, 문학주의적 관점에서 벗어나 근대문학사의 경계선 바깥으로 시야를 넓히고자 한다. 그것이 문학사 내부에만 한정된 문제가 아니므로 문학의 경계선을 넘어 음악과 문학이 인접한 영역까지 살펴볼 필요가 있다. 이처럼 문학과 음악의 경계 지역까지 영역을 넓히면 문학사 내부에서 제대로 포착되지 않는 현상이 시야에 들어오게 된다. 특히 문학사나 음악사 단독으로는 그 존재를 해명하기 어려운 '경계적 장르들'이 그러한데, 여기에서 살피고자 하는 '가곡歌曲'[2]이 그 대표적 장르이다. 가곡은 근대 초기의 '창가唱歌'와 더불어 시와 노래의 결합을 통해 존속하는 경계선상의 장르이다. 문학사의 경계 바깥에 있기 때문에 그것은 오히

---

2 이 글에서 그것은 우리나라의 전통적 고전가곡이 아니라 서양에서 유래한 예술가곡art songs에 한정된다.

시와 노래는 어떻게 만나는가 |

려 근대시 성립 이후 '노래'가 '시'와 결합하는 다양한 양상들을 살피는 기준점이 되어 줄 것이다. 가곡의 위치에서 보면 시와 노래의 결합 현상은 전근대적 현상도 아니며 문학사 내부에만 한정해서 이해할 문제도 아니게 된다. 문학의 자율적 영역은 밀폐된 공간이 아니라 인접 영역과 부단히 교섭하면서 역동적으로 형성되는 유동성을 본질로 하기 때문이다.

가곡 성립의 조건으로서 근대시의 확립

가곡은 시와 음악이라는 서로 독립된 장르가 하나로 융합되어 성립한 성악곡을 가리킨다.[3] 시와 음악의 조화를 지향한다는 점에서 겉보기에 그것은 근대적 '분화'의 정신을 위반하고 전근대적 '통합'의 가치를 연장하는 퇴행적 장르인 것처럼 보인다. 노래에서 시를 해방시켜야 한다, 혹은 반대로 시(문학)가 음악을 속박해 왔다는 주장이 근대 이후 문학사와 음악사 양측의 분열을 낳았기 때문이다. 가곡은 문학사의 관점에서건 음악사의 관점에서건 시와 음악의 조화를 지향한다는 점에서 퇴행적 현상처럼 보인다.

하지만 가곡의 본고장 독일의 경우만 보더라도 가곡이 전근대적 퇴행 현상이 아님을 곧바로 이해할 수 있다. 독일에서 가곡의 번창은 괴테에서 하이네에 이르기까지 화려하게 꽃피웠던 낭만주의 시문학을 배경으로 하고 있기 때문이다. 근대시를 대표하는 낭

---

3 김미애, 《독일가곡의 이해》, 삼호출판사, 1998, 4쪽.

만주의 시문학이 아니었다면 가곡은 예술의 경지로까지 승격될 수는 없었을 것이다.[4] 낭만주의 시문학에서 문학의 자율성 의식이 성장했음을 감안하면, 가곡의 성립을 위해서는 우선적으로 문학 내부에 자율성의 정신이 확립될 필요가 있다. 다시 말해서 시와 음악 각기 독자적으로 자율성 의식을 확고하게 견지하지 못하는 한 가곡은 성립될 수 없는 것이다. 근대시의 성립이 가곡 성립의 필수 조건인 까닭이다.

이렇게 보면 가곡은 분명 근대적 현상이다. 시와 음악의 통합을 목적으로 한다 해도, 통합의 조건으로 가곡은 양자의 명백한 분리를 요구하기 때문이다. 이처럼 시와 음악의 영역이 충분히 분화되어 각각 자율성이 확보된 상태에서 양자의 통합을 모색하는 것이 가곡이라면, 시와 음악이 분리되지 않은 단계에서 시와 음악이 결합된 형태를 가리켜 가곡이라 하기는 어렵다.[5] 문제는 그것을 구분하기가 쉽지 않다는 점이다. 특히 음악사에서는 근대적인 예술가곡의 성립 이전부터 시와 음악의 관계를 중시하는 성악곡의 전통이 있으므로, 가곡이라는 형식의 요구에서 전통 단절의 의미를 발견하기가 어려운 것은 사실이다. 반면 시문학사에서는 수천 년을 이어오던 '노래와 시의 결합'이라는 형식에 결정적인 변화를 가져온 것이 근대시의 자율성 의식이다. 그만큼 자율성의 의식에는 파격적인 데가 있다. 따라서 시와 음악의 결정적 단절을 근대시 성립

---

4 이홍경, 〈시와 음악의 이중주―예술가곡에 나타난 문학과 음악의 상호매체성〉, 《독일어문학》 48집, 2010, 85쪽.
5 문학과 음악의 자율성이 확보되기 이전의 시와 노래의 결합 형태는 '창가'를 마지막으로 소멸하게 된다.

의 조건으로 내세운 시문학사의 관점에서 보면, 시와 음악의 재통합을 추진하는 가곡 장르의 등장은 오히려 '반동'을 부추기는 것으로 여겨질 수 있다. 근대 이후의 시문학사에서 가곡이 주목받지 못하는 이유가 여기에 있다.

이렇게 본다면 가곡은 앞선 시기의 창가唱歌와 확연히 구별된다. 시와 음악의 결합이라는 사실에만 주목하면 창가와 가곡에서 차이를 발견하기 어렵다. 하지만 근대 초기의 창가는 이미 완성되어 있는 서양의 악보에 가사만 바꿔 붙이는 이른바 '노가바(노래 가사 바꿔 부르기)' 형식으로 시와 음악의 결합을 추진했다. 하나의 악보에 여러 가지 내용의 가사가 우연적으로 결합할 수 있으므로, 시와 음악의 결합이 유기적으로 이루어질 수 없음은 물론이다. 악보로 제공되는 원곡이 아무리 예술적으로 뛰어나다 할지라도 가사를 바꿔 만든 창가에서 예술성을 기대할 수는 없다. 근본적으로 '예술 창가'라는 말이 성립할 수 없다는 것이다. 오히려 대중계몽을 목적으로 만들어진 가사와 익숙한 멜로디가 결합하여 '유행창가'로 발전하는 것이 자연스럽다. 그렇다면 아직 문학이 자율성을 획득하지 못하여 문학의 형식이 부득이하게 음악에 기생하면서 생존하는 단계에서는 창가 형식이 문학사적으로 의미 있는 대상일지 몰라도, 이미 문학이 자율성을 획득한 이후의 창가는 더 이상 문학사적으로 의미 있는 존재라 할 수 없다. 따라서 유행창가에서부터는 문학사의 관심에서 벗어나 음악사 혹은 대중문화사의 대상으로 이전되는 것이다.

이외에도 시와 음악의 결합이라는 형태만 유사할 뿐 가곡은 창가와 명백히 다른 방식으로 존재한다. 무엇보다 창가는 악보가 선재하고 가사 창작이 그 뒤를 잇지만[6], 가곡은 가사가 선재하고 그 뒤에 악보 창작이 이어진다는 점에서 창가와 다르다. 창가는 음악을 문학적으로 이용하는 것이고, 가곡은 문학을 음악적으로 이용하는 것이라 할 수 있다. 그 이용 방식도 현저한 차이를 보이는데, 창가는 음악(악보)을 도구적으로 이용하는 경향이 있지만, 가곡은 문학(시)을 영감의 대상으로 삼고 악보를 통해 음악적 해석을 보여 준다는 점에서 구별된다. 창가의 악보는 아마추어 시인들의 시 창작을 도와주는 형식적 틀이지만, 가곡의 악보는 전문적 시인들의 시작품에 대한 전문적 작곡자의 음악적 해석이 담긴 창작물인 것이다. 따라서 기존의 악보를 재활용하는 창가의 경우에는 굳이 작곡자의 존재가 필요하지 않지만, 가곡은 반드시 작곡자의 손을 거쳐야 한다. 문학적 자의식이 성숙하지 못한 비전문가들이 음악과 관계하는 방식이 창가인데 반해, 가곡은 전문적 훈련을 받은 음악인들이 전문적 시인들의 작품을 통해 시와 음악의 관계를 새롭게 모색하는 창조적 활동이라 할 수 있다. 시와 음악의 결합에 있어서 창가는 전근대성에 근접하고 있고, 가곡은 근대성을 기반으로 삼고 있음을 알 수 있다.

이처럼 창가와 확연하게 차이를 보이고 있음에도 불구하고 우리나라의 경우 창가와 가곡 모두 '찬송가讚頌歌'를 모델로 삼고 있다는 점에서 서양의 가곡과 다른 배경을 보여 준다. 초창기 작곡자

---

6 물론 1905년경부터는 김인식, 이상준, 홍난파 등 우리나라 최초의 작곡가들의 등장으로 인해서 '창작창가'가 등장하기 시작한다. 민경찬, 〈"창가"를 다시 묻는다〉, 《한국어문학연구》 51집, 2008. 8., 26~30쪽 참조. 하지만 창작창가 역시 기존 창가의 형식과 정신을 그대로 계승하고 있다는 점에서 새로운 단계를 보여 주지 못하고 있다.

대부분이 기독교를 통해서 음악에 입문했다는 점[7]만 보아도 찬송가의 영향이 압도적이었음을 충분히 확인할 수 있다. 하지만 찬송가 형식이 아무리 창가 등장의 긍정적 배경이라고 할지라도 그것이 가곡 창작에 미친 영향까지 항상 긍정적이었다고 판단하기는 어렵다. 찬송가는 그 특성상 가사 전달에 치중할 수밖에 없고, 전달의 편의를 위해서 가급적 음절 단위로 하나의 음표를 배정하는 방식을 선호하게 된다. 이럴 경우 선율은 가사를 전달하는 도구적 성격이 강해지며, 그것은 작곡가가 가사를 대하는 방식에도 그대로 반영되기 마련이다. 이렇게 되면 가곡 작곡자는 창가의 태도를 반복하게 될 것이다.

또한 찬송가의 가사는 1절에서 시작하여 후렴구까지 이어진 다음 다시 처음으로 되돌아오는 형식을 취하고 있는데, 이러한 유절 형식有節形式 · strophic form은 1절의 가사와 2절의 가사의 차이를 음악적으로 반영하지 못하기 때문에 '시와 노래의 일치'라는 가곡의 원칙에도 위배된다. 그것은 또한 근대시의 정신에도 어긋나는데, 근대시의 경우 1연과 2연에서 동일한 정서가 반복하는 경우는 거의 없기 때문이다. 교회 음악을 통해 처음 음악에 입문한 대부분의 가곡 작곡자들에게 있어서 찬송가의 영향은 가곡 창작에서 부정적인 결과를 가져올 수 있다. 예컨대 가사를 전달하기 위한 도구로서 선율을 사용한다든지, 반대로 시의 분위기와 전혀 무관하게 선율만 제작하는 경우도 발생할 수 있다. 이처럼 가사와 선율의 관계

---

7 이경분, 〈일본 식민지 시기 서양음악의 수용과 그 정치적 의미〉, 《음악학》, 2010, 161~164쪽 참조. 특히 김인식, 이상준, 홍난파, 김형준 등이 새문안교회 집사로 지냈다는 사실은 유명하다.

가 도구적이거나 무관계성을 유지하는 것은 초창기 창가에서 흔히 발견되는 현상이며, 이것은 가곡 창작에서 가장 경계해야 할 사항이라 하겠다. 비록 가곡이 창가와 찬송가의 영향을 받으면서 성장했다 하더라도 그것들의 부정적 유인에서 벗어나지 못했을 때 가곡은 가곡으로서의 독자성을 부여받지 못할 수도 있다. 찬송가와 창가는 가곡의 독자적 성립을 위해 제일 먼저 극복해야 할 대상이라 할 수 있다.

무엇보다도 가곡 창작에 있어서 가장 중요한 조건은, 그것이 시를 근거로 하는 작곡 형식이라는 점에 있다. 앞서 보았듯이 낭만주의를 배경으로 등장한 독일의 예술가곡은 그것 자체가 시 텍스트에 대한 감동의 표현이거나 시에 대한 음악적 해석이라 할 수 있다. 따라서 독일의 가곡에는 시에 대한 자의식을 비롯한 낭만주의 문학관이 투영되어 있는가 하면, 음악적으로도 기악곡의 발전에 힘입어 음악에서 기악의 지위 문제에 대한 새로운 해석이 반영되어 있기도 하다. 이처럼 가곡의 창작 동기에 시적 감동이 있고, 그 감동에 대한 음악적 해석에서 음악적 판단이 강조된다면, 가곡의 초점이 일차적으로 시에 맞춰져야 할 것은 당연하다. 그런 의미에서 식민지 시대의 가곡은 그 발생에서부터 문제를 포함하고 있다. 최초의 성악곡 〈사의 찬미〉는 유행가와 구별되지 않으며, 최초의 가곡이라 평가받는 〈봉선화〉는 일반적 가곡 창작의 순서를 무시하고 있어 창가와 구별되지 않기 때문이다. 홍난파의 〈봉선화〉는 처음에는 그의 단편소설집 《처녀혼》(1920) 서두에 '애수'라는 곡명으로 멜로디만 먼저 소개되었던 것이, 나중에(1925) 김형준에 의해 가사가 붙여져서 다시 발표되었기 때문에 시에 대한 감동의 표현과는 거리가 멀다. 그 외에도 〈봉선화〉는 가곡의 본래적 성격에 비춰 보자면 부족한 부분이 많다.[8] 하지만 다른 한편에서 보면, 그 작품은 시에 대한 자의식이 충분히 성숙하지 못한 시점에서는 가 곡 창작이 불가능하다는 것, 혹 가능하다 하더라도 창가에 근접할 가능성이 많다는 것을 입증하는 사례가 되고 있다.

시조와 가곡의 연대

다시 말하지만 가곡의 성립을 위해서는 근대적 자유시의 성공 적 정착이 필수적으로 요청된다. 시에 대한 근대적 인식, 즉 자율 성에 대한 확고한 신념이 세워진 이후에야 가곡 창작의 가능성이 열리는 것이다. 하지만 가곡의 특성상 자유시 운동의 본래 취지에 위배되는 상황을 연출하지 않을 수 없다. 시의 자율성을 확보하고 자유시를 정착시키기 위해서는 '노래와 시의 분리'라는 과제를 완 수해야 하는데, 반대로 가곡은 다시 '노래와 시의 일치'를 지향해야 하기 때문이다. 근대적 자유시의 성립을 조건으로 등장한 가곡이 다시 근대적 자유시의 정신을 정면으로 배반할 수밖에 없다는 사 실은 가곡의 본질에 내재하는 딜레마를 보여 준다. 가곡 작곡자는 자유시의 진보적 정신을 이어받되 그 형식에서만은 복고적 태도

---

8 나진규는 홍난파의 〈봉선화〉가 최초의 가곡으로 문제가 있다면, ①피아노 반주가 선율에 종속되 어 있고, ② 못갖춘마디로 시작하여 언어의 강세와 음악의 강세가 어긋나고 있으며, ③ 음악이 가 사보다 먼저 쓰인 것이라고 정리하고 있다. 나진규, 《애창 한국 가곡 해설》, 태성, 2003, 19-20쪽. 그러므로 아직도 최초의 예술가곡을 결정하는 문제가 남아 있다. 이에 대해서는 김용환, 〈'한국 최 초의 예술가곡'에 관한 소고〉, 《음악과 민족》 20호, 2000. 참조.

를 취해야 하는 이율배반적 상황에 처하게 된다. 시문학사의 입장에서 봐도 가곡의 등장이 전적으로 긍정적일 수 없는 이유가 여기에 있다.

최초의 가곡에 대해서는 논쟁의 여지가 있지만, 1920년대 초반부터 제작이 시작되어[9] 대략 1920년대 중반 이후부터 작곡집 출간, 공연 및 유통이 활성화된 것으로 볼 수 있다. 1920년대 중반이면 최남선을 필두로 해서 '시조부흥운동'이 활발하게 전개될 시점인데, 공교롭게도 이 무렵에 가곡도 그와 동시에 뿌리를 내리게 된 것이다. 이것은 시조부흥운동과 가곡의 정착 사이에 긴밀한 관련성이 있음을 시사한다. 생각해 보면 시조부흥운동이라고 해서 그것이 순수하게 복고적인 시운동인 것은 아니며 오히려 근대적 서정시의 정신을 계승하고 있고, 다만 시조 형식의 현대화를 통해 서구 편향적 근대시에 민족적 색채를 부여하려 했다는 점[10]은 기억할 만하다. 그리고 이 점이 가곡의 지향점과 만나는 부분이다. 가곡도 마찬가지로 시와 음악의 결합을 목적으로 하긴 해도 근대시의 성립을 조건으로 받아들이고 있기 때문이다. 근대적 자유시를 대세로 인정한 상태에서 가곡은 비로소 시조와 연대할 수 있게 된다.

하지만 앞서도 말했듯이 근대시의 자율성의 정신을 받아들이되 시와 음악의 통합을 모색해야 하는 것은 가곡 창작이 처해 있는 딜

---

9 홍난파의 경우를 제외하고도 박태준은 1921~1923년 마산 창신학교에서 교편을 잡으면서 〈미풍〉, 〈사우思友〉, 〈순례자〉 등을 작곡하였고, 현제명도 1925년부터 미국 유학 중에 〈고향생각〉, 〈산들바람〉 등을 작곡하면서 근대가곡의 서막을 열고 있다.

10 이에 대해서는 졸고, 〈민족문학과 친일문학 사이의 내재적 연속성 문제 연구─최남선을 중심으로〉,《현대문학의 연구》, 2006. 참조.

시와 노래는 어떻게 만나는가 |

레마적 상황이다. 그리고 그 점에서는 현대시조 또한 예외가 아닐 것이다. 자유시를 대세로 인정하지만 시조는 태생적으로 반자유시의 경향을 지니고 있기 때문이다. 이러한 딜레마적 상황 때문에 가곡이나 시조는 유사성의 구조를 공유하고 있으며, 그에 따라 동일한 위험 요인을 안고 있다. 다시 말해서 양자 모두 창가와 찬송가의 퇴행적 구조로 완전히 동화될 가능성이 상존한다. 특히 가곡의 경우 찬송가처럼 유절형식을 선호한다든지, 4·4조나 7·5조의 시작품에 의존하여 선율의 단순성을 확보하려는 경향이 그러하다. 한편으로는 자유시가 대세라는 점을 인정하지만 다른 한편으로는 자유시를 배반해야만 하는 딜레마적 상황에 처해 있는 것이 가곡이다. 그러나 바로 그것이 가곡의 태생적 한계이므로 그 안에서 독자적 형식을 만들지 못한다면 가곡은 실패한 장르가 될 수 있는 것이다.

이러한 딜레마적 상황을 가장 잘 반영하고 있는 것이 '현대시조'이며, 이러한 한계를 성공적으로 돌파한 사례로서 가곡 작곡자들이 발견한 시인으로 노산 이은상을 꼽을 수 있다. 식민지 시대 창작 가곡 중에서 이은상의 시조를 대상으로 하는 사례는 단연 압도적이다. 예컨대 홍난파는 자신의 유일한 가곡작곡집《조선가요작곡집》(1933) 전체를 이은상의 작시로만 채우고 있고, 현제명도《현제명작곡집》1집(1932)과 2집(1933)의 가사 절반을 이은상에 할애하고 나머지를 자신의 작시로 채우고 있으며, 박태준도 자신의 첫 번째《가곡집》(1927)에서 이은상의 작시를 대폭적으로 도입하고 있고, 가곡의 경우는 아니지만 이흥렬도 처음 시도하는 동요극《꽃동산》(1933)의 전체 곡의 가사를 이은상의 작품만으로 편성하고 있을 정도이다. 심지어 김동진처럼 창작가곡의 숫자가 많지 않은 경우에도 이은상의 작품이 포함될 정도로 가곡 작곡자들 사이에서 이은상 시조의 인기는 타의 추종을 불허한다. 해방 이후에는 월북 시인들의 작품을 개작하면서까지 이은상의 도움을 받을 정도였으니, 그에 대한 가곡 작곡자들의 신뢰가 어느 정도였는지 충분히 짐작할 수 있다.

이처럼 여러 시조 작가 중에서 유독 이은상의 시조가 가곡의 주된 대상으로 선정된 데에는 원인이 없을 수 없다. 우선 박태준이나 안기영의 경우에는 직장 동료로 근무[11]한 것도 원인으로 작용했겠지만, 대개는 그의 작품이 낭만주의적 상상력을 기반으로 시조 형식의 현대화에 비교적 성공한 사례에 속한다는 사실에 근거한다. 1920년대 중반 이후 최남선을 비롯한 일련의 시인들이 '시조부흥운동'을 실천에 옮겼지만, 그들이 창작한 시조는 전통적 시조관에서 크게 벗어나지 못하고 있었는데, 이은상은 《노산시조집》(1932)을 전후해서 시조 현대화의 모범적 사례를 제시했다고 판단한 것이다. 서정적 분위기를 동반한 함축적 표현은 일상의 평이한 우리말과 결부되어 참신성을 얻고 있다. 여기에 그가 부친에 이어 독실한 기독교인이었다는 사실 또한 가곡 작곡자들의 마음을 사로잡는 데 기여한 바가 있을 것이다.

이렇게 해서 가곡 작곡자들은 1920년대 후반에서 1930년대 초반으로 이어지는 '반反자유시' 분위기 속에서 되살아난 시조를 적극적

---

11 박태준은 1921년 이은상의 부친이 설립한 마산창신학교에서 동료 교원으로 근무한 적이 있으며, 안기영은 1931년 이화여전에서 동료 교수로 근무한 인연이 있다.

으로 지원하게 된다. 우선적으로 시조의 모순적인 존재 방식이 가곡의 숙명을 연상케 하기 때문이다. 시조는 가곡의 거울상이라 할 수 있다. 따라서 가곡은 시조 작가로부터 지속적으로 재료를 공급받을 수 있게 되었고, 시조 작가는 가곡을 통해서 시조를 대중적으로 널리 보급하는 효과를 얻게 된다. 유성기 음반을 비롯한 최신 미디어의 발전이 고전적 장르의 현대적 부활에 유리한 환경을 만들어 주었던 것처럼, 가곡이라는 음악매체가 시조의 현대화에 결정적인 후원자로 부상하게 된 것이다. 시조 작가의 입장에서 보면 '현대적 가곡'은 악보만 서구적일 뿐이지 그 기능에 있어서 '전통적 가곡'과 큰 차이를 느끼지 못할 정도의 친연성을 보이고 있다.

동요에서 재현되는 창가 이미지

가곡이 등장할 무렵 '동요童謠'도 동반 출현하였다는 것은 잘 알려진 사실이다. 1923년부터 방정환이 주관하는 《어린이》 잡지를 통해 다양한 동요 작사가들이 발굴되었으며, 1924년부터는 최초의 창작동요 〈반달〉을 작곡한 윤극영을 비롯하여 정순철, 박태준 등이 동요 작곡에 참여하면서 가곡 작곡자가 동요 작곡을 겸하는 경우가 점차 늘었다. 몇몇 사람들, 즉 이화여전의 안기영, 연희전문의 현제명, 그리고 은거 작곡가 채동선의 경우를 제외하고는[12] 대

---

12 안기영과 현제명의 경우 각각 동요 9곡과 5곡을 남겼지만, 가곡에 비해 소극적으로 참여했다고 할 수 있다. 초기 작곡가들의 성악곡 작품 수에 대해서는 김미옥, 〈초기 한국가곡 양식사〉, 《음악과 민족》 32호, 2007, 59쪽의 표 참조.

부분의 가곡 작곡가들이 동요 작곡에도 적극적으로 참여하게 된 것이다. 이렇게 보면 동요의 존재는 자유시 정착 이후 '시와 노래의 결합'이 더욱 활발하게 추진되었음을 입증하는 중요한 증거가 될 수 있다. 더욱이 동요의 생산성은 시조와 가곡의 그것을 훨씬 능가했다. '반자유시 운동'의 영역을 시조와 민요, 혹은 가곡에만 한정할 수 없는 이유가 여기에 있다.

1920년대부터 동요 작곡이 성장하게 된 이유는 여러 가지가 있겠지만, 우선적으로 음악전문기관이 전무하던 당시에 음악교육이 가장 활발하게 이루어진 곳이 유치원 교사를 양성하는 교육기관이었는데[13] 경성보육학교, 중앙보육학교, 이화보육학교 세 군데가 1927년에서 1928년 사이에 정식 인가를 받으면서 이후에 음악 교수로 채용된 사람들이 동요 작곡에 관여하는 사례가 늘었다.[14] 그들 대부분이 가곡 작곡에 참여한 사람들이었으므로 동요 작곡은 결국 생업의 문제와 연결된 측면이 많다. 그중에는 사명감을 보이는 경우도 있어서, 예컨대 홍난파는 1929년 일본 유학을 마치고 중앙보육학교 교수로 채용되었는데, 이 과정에서 《조선동요백곡집》 간행을 구상하게 된다. 실제로 1929년과 1933년 두 번에 걸쳐서 총 100곡의 동요를 작곡하였고 지금까지 상당수의 작품이 유통되고 있다.

《조선가요작곡집》(1933)은 그 사이에 작곡된 가곡집으로, 이처

---

13 유치원 교육과정에는 음악(동요), 율동/유희, 동화 등에 할애된 시간이 많다. 이에 대해서는 이윤진, 《일제하 유아보육사 연구》, 혜안, 2006, 205~211쪽 참조.
14 홍난파, 이흥렬, 김성태, 정순철 등이 보육학교 교수로 재직하면서 동요 작곡에 몰두한 사례에 속한다.

럼 동요와 가곡의 작곡을 동시에 겸하는 사례는 흔히 발견된다. 하지만 거의 비슷한 시점에 작곡되었다고 할지라도 동요와 가곡 사이에 차이를 둘 수밖에 없었다. 우선 무엇보다 가사 창작자의 위상이 다르다. 가곡의 작시는 대부분 전문 시인들의 작품에서 선택되지만, 동요의 작시는 전문적으로 동요를 창작하는 몇몇 시인들을 제외하고 아마추어인 경우가 많았기 때문이다. 홍난파의 경우만 하더라도 간행 시기는 비슷하더라도 《조선가요작곡집》(1933) 전체 14곡은 모두 이은상의 작시로 채워졌지만, 100곡 동요에서는 이은상의 이름은 찾을 수 없고 그 대신 다양한 작시자들로 다채롭게 구성되었음을 보게 된다.

하지만 기존의 시작품을 가져다 거기에 곡을 붙이는 방식이 아니라 곡을 위해 새로 시를 창작하는 경우가 많았다는 점은, 동요 장르에 대한 작가들의 자의식이 존재했다는 것을 의미한다. 그럼에도 불구하고 근대문학사에서 동요는 크게 관심을 받지 못했는데, 그것은 우선 아마추어 작가도 손쉽게 만들어 낼 수 있는 단순한 형식으로 되어 있다는 점, 그리고 무엇보다도 그것이 '창가'의 제작 방식을 연상시킨다는 데에 원인이 있다. 가곡에 사용된 시작품은 대부분 기존에 이미 발표된 것이므로 노래로 만들어질 것을 고려해서 창작한 것이 아니지만, 동요의 작시는 노래로 불릴 것을 염두에 두고 창작하는 것을 기본으로 한다. 곡이 붙여져 널리 불릴 것을 전제하지 않는 동요 창작이 많지 않은 까닭이다.

동요 제작의 동기 중에는 일본식 학교창가를 대체하겠다는 민족주의적 배경도 포함되어 있는데, 학교에서 창가의 자리에 동요가 대신 자리하게 되는 것처럼, 문학사의 관점에서 동요는 창가의 연장선상에서 살펴볼 필요가 있다. 창가는 근대시가 자율성을 획득하기 위해 반드시 극복해야 할 자질들을 집약한 잡종 장르였는데, 그러한 자질들이 동요에서 반복되고 있기 때문이다. 우선 동요는 노래로 불릴 것을 전제로 창작된 시작품이다. 형식적으로 노래에 종속될 가능성이 많아서, 정형화된 리듬을 선호하게 된다. 단순화된 리듬에 쉬운 언어적 표현은 아마추어 시인들의 참여 의욕을 불러일으키기 쉽다. 거기다가 계몽적 어조까지 더해지면 학교창가에 근접하기 십상이다. 그렇기 때문에 동요는 식민지 후반기에 이르기까지 창가를 대신하여 7·5조와 4·4조의 리듬을 지속적으로 생산해 낸 장르이기도 하다. 동요 작시에 능통했던 윤석중만 하더라도 그의 대표작 대부분이 7·5조였다는 사실을 보면 쉽게 확인할 수 있다.[15] 자유시가 이미 상당히 진전된 결과를 보여 주고 있는 상황임에도 불구하고, 미디어를 통해 전파되는 동요에서 여전히 7·5조 혹은 4·4조의 리듬이 지배적이라면 그것은 대중들 사이에 시에 대한 근본적인 오해를 만들어 낼 수도 있다. 더군다나 동요에 뛰어든 시인들조차 노래를 전제로 하는 형식에 익숙해지게 된다면, 그것은 시문학사에서 가장 우려할 만한 퇴행적 행위가 될 가능성이 많다. 문학사에서 창가 못지않게 동요를 그 대상에서 배제하려 했던 것도 동요에서 감지되는 '노래'의 압도적 위력이 근대시의 자율성 영역을 훼손할 것으로 판단했기 때문이다.

동요의 퇴행적 성격에 비해서 1930년대 후반에 접어들면 시조

---

15   물론 윤석중도 1930년대에 7·5조의 형식을 깨뜨리려는 시도를 한 적이 있다.(김제곤, 〈일제강점기 창작동요의 전개과정〉, 《아동문학평론》, 2009. 9., 50쪽 참조) 하지만 잘 알려진 그의 작품들은 대부분 7·5조의 테두리를 벗어나지 않는다.

와 가곡은 현대화에 박차를 가하는 모습을 드러낸다. 앞서 말했듯이 《문장》의 이병기는 시조에서 '노래'를 추방함으로써 시각언어에 충실한 현대성을 도입하고 있으며, 가곡에서는 채동선·나운영·윤이상 등이 정형시 중심의 한계를 벗어나기 위해 자유시를 적극적으로 활용하여 현대성을 지향하는 실험적 작품을 선보인다.[16] 시조가 노래로부터 독립함으로써 현대화를 성취하고자 한다면, 가곡 또한 정형시를 버리고 자유시를 재료로 해서 음악적 현대성에 도달하고자 한 것이다. 이와 같은 추세와 대비해 본다면, 동요의 형식에서 오히려 창가의 부활을 보게 된 것은 식민지 시대 동요의 한계라 할 수 있다.

잡가에서 민요를 구해 내는 가곡

1929년 이광수, 주요한, 김동환 3인은 뜻을 같이 한다는 의미에서 《3인작시가집》을 공동으로 간행했다. 일종의 선집 형식으로 자유시와 번역시 외에 시조와 민요 등을 수록한 이 책의 출간은, 그중 일부 작품을 포함하여 그들 작품이 가곡의 조명을 받게 되는 계기가 되었다. 하지만 그들이 가곡 작곡가들의 관심권 안에 들게 된 이유가, 비단 가곡이 선호하는 시의 형식을 제공하고 있다는 데 한정되지는 않는다. 1929년 2월 시인과 작곡가가 연합하여 '가요 정화운동'을 목적으로 하는 '조선가요협회'를 창립하게 되는데, 그

---

16 가곡의 현대성에 대해서는 홍정수, 〈한국음악의 관점(3): 현대성〉, 《음악과 민족》 35호, 2008. 참조.

명단에 이광수·주요한·김소월·이은상·김억·김동환 등 가곡의 주된 작시자들이 대거 포함되어 있다.[17] 가곡 작곡자 중에서는 이화여전의 안기영이 특별히 음악 영역을 대표하는 회원으로 기재되어 있다.

1930년대에 김동환이 주재하는 잡지 《삼천리》는 "가요협회 회원 석송 김형원 군"의 〈그리운 강남〉(안기영 작곡)의 성공적 공연 소식을 전하면서, 안기영이 "재래의 민요조를 참작하여 조선 정서가 드러나게 작곡"[18]했다는 사실을 강조하고 있다. 안기영은 "내가 조선에 돌아와서 처음 작곡하여 발표하여 본 것이 가요협회에서 보낸 이광수 씨의 〈우리 애기날〉과 김형원 씨의 〈그리운 강남〉"[19]이었다고 고백하여, 그 두 곡이 가요협회의 청탁에 의한 작곡임을 시사하였다. 이후에도 안기영은 주로 가요협회에 속하는 시인을 중심으로 근대적 민요시에 속하는 작품을 선정하여 그것을 합창곡으로 편곡하는 적극성을 보이며 그 결과물로 《조선민요합창곡집》(1931)을 발간하였다. 그 과정에서 그는 "우리는 모든 것이 다 그러하였지만 얼마나 우리의 민요를 무시하여 왔는가? 그 귀하고 고상한 노래를 다만 음란하고 방탕한 시간의 유흥물로 만들어 버렸으니 우리의 죄가 얼마나 심한가?"[20]라는 진술을 남기고 있어서,

---

17 조선가요협회의 구상은 김동환의 〈망국적 가요 소멸책〉(《조선지광》, 1927. 8.)이라는 글에 이미 드러나 있다. 그 책략으로 그는 이미 뜻있는 시인과 가인歌人이 일치단결하여 '가요작가단체'를 조직하자고 제안하고 있는데, 그것이 '조선가요협회'로 이어진 것이다. 조선가요협회에 대한 최근의 연구로는 구인모, 〈근대기 한국 시인들의 매체 선택─조선가요협회를 중심으로〉(《현대문학의 연구》, 2011)가 있다.

18 〈문단 장삼이사〉, 《삼천리》, 1930. 7.

19 안기영, 〈춘원 석송 노래의 작곡과 나의 고심〉, 《삼천리》, 1930. 7.

20 안기영, 〈음악·연극·미술─조선민요와 그 악보화〉, 《동광》, 1931. 5.

그가 조선가요협회의 취지에 전적으로 공감하는 대표적인 작곡가임을 알 수 있다.

심지어 그는 이화여전 학생을 중심으로 합창단을 조직하여 자신의 '민요합창곡'을 주된 레파토리로 삼아 전국을 순회하면서 공연하였는데, 이 과정에서 "여학생들이 무대에 올라가 〈양산도〉와 〈방아타령〉을 하게 되니" "점잖은 노인들께서는 '여학생이 기생들처럼 소리를 하다니, 학교에 보낼 수 없'"[21]겠다는 반응을 보였다고 기록하고 있다. 당시 사람들이 민요를 부르는 것을 대개 '기생'이 할 일이라 생각했던 것이다. 잡가에서 출발하는 통속민요가 기생 출신의 대중가수들에 의해 전통적 가창 방식으로 불리우고 있었던 데에 그 원인이 있다. 이런 상황에서 앞서 말했던 시인들과 안기영이 의기투합하여 '조선가요협회'를 만들고 잡가를 대체할 만한 전통적 민요의 발굴 및 보급에 나선 것이다. 또한 그것을 '서양식 가창 방식'과 결합된 '신민요'로 제작하여, '트로트'와 '잡가'에 의해 점령당한 대중가요계의 통속화 현상을 바로잡겠다는 의지를 보여 주었다. 실제로 1933년을 전후하여 조선적 색채가 강조된 신민요가 전성기를 구가하게 되는 데에는, 이러한 노력의 뒷받침이 있었다.

시조의 경우 노래로부터 분리됨으로써 근대문학에 속한 장르로서 승인 받으려는 욕망이 발휘된 반면, 민요는 노래로 둘러싸인 대중문화에 침투하여 대중의 통속적 취향을 개선하려 했다는 점에서 차이를 보인다. 음악과 문학 사이에서 어느 쪽에 근접하느냐에

---

21 안기영, 앞의 글.

따라서 다른 상황에 처하게 된 것이다. 이것은 사실상 가곡에 내재하는 양면성의 발현이기도 하다. 가곡은 한편으로는 시조처럼 전통적인 요소와 근대적인 요소의 모순된 공존물이기도 하다. 또한 다른 한편으로는 민요처럼 대중음악적 욕망과 고급문화적 욕망을 동시에 포함하고 있는 장르이기도 하다. 이처럼 조선가요협회의 성립과 그 활동은 근대적 시인과 작곡자가 연대하여 대중문화에 개입하여 그 문화를 순화하고 조선적 색채를 강화하겠다는 취지가 반영된 대표적 사례에 해당한다. 하지만 작곡가로서 유일하게 적극적으로 지지해 주었던 안기영이 자신의 합창단에 속한 제자와의 스캔들로 인해 학교를 떠나 만주로 가게 되는 1933년부터 조선가요협회는 활력을 잃게 된다. 그 뒤를 이어서 국악계에서 1934년 '조선음악연구회', '조선성악연구회'를 창립하여 전통음악의 진흥 보급에 주력한 것은 전혀 우연이 아닐 것이다.

전통음악의 채보 작업은 이미 작곡가 1세대에 해당하는 김인식·이상준 등에 의해서 광범위하게 이루어졌는데, 그 과정에서 전통음악 채보의 저작권 문제가 불거지게 된다. 안기영의 스캔들 사건 이전에, 작곡가 이상준이 안기영을 포함해서 이화여전 교수 3인을 상대로 소송을 제기한 것이다. 안기영의 《조선민요합창곡집》에 자신의 악보가 무단으로 도용되었다는 것이 그 이유였다. 〈그리운 강남〉의 성공 이후 그 후렴구에 사용된 "아리랑 아리랑 아라리요 / 아리랑 강남에 어서 가세"가 자신이 직접 채록한 민요악보에서 무단으로 전용되었음을 강조한 것이다. 〈아리랑〉의 저작권 소송에서 안기영은 그것은 전래된 것으로서 이상준의 창작으로 볼 수 없다며 맞섰는데, 배제학당에서 스승과 제자로 만난 두 사람의 소송

시와 노래는 어떻게 만나는가 |

은 당시로서는 상당히 충격적인 일이었다. 하지만 양자의 맞대결은 창가 세대와 가곡 세대 사이에 보이지 않는 알력이 겉으로 드러난 것으로도 볼 수 있다.

이념의 강요에 따른 개작의 폭력

시문학사에서는 드물지만 가곡에서는 이념적 검열에 의한 금지뿐 아니라 개작의 사례도 많아 원작 훼손의 원인이 되고 있다. 한번 노래로 굳어지면 되돌릴 수 없다는 점을 감안한다면, 개작으로 인해서 망실된 가사는 비단 가사의 훼손 차원을 넘어 가곡 자체의 본질을 무시하는 폭력의 행사이다.

특히 이념적 검열에 따른 개작의 사례는 해방 직후 남과 북에서 동시에 자행된 이념적 폭력의 흔적을 고스란히 보여 주고 있다. 개작은 우선 시에 대한 감동과 그 해석을 본질로 하는 가곡의 본성을 무시하고, 그저 악보에 가사를 바꿔 붙이는 '노가바'의 형식을 강요하여 가곡을 창가의 수준으로 격하시키는 행위이기도 하다. 월북 작곡가의 곡은 곡 전체가 금지되었지만, 시인이 월북한 경우의 가곡이나 동요는 개작되어 전하는 경우가 많다. 가곡의 경우에는 정지용의 작품을 이은상이 자신의 작품으로 개작하고, 동요의 경우에는 윤복진의 작품이 윤석중의 작품으로 교체된 것이 대표적인 사례이다.

식민지 시기에 정지용의 시를 가곡의 대상으로 삼은 대표적인 작곡가로 채동선을 꼽을 수 있는데, 그가 여동생 소프라노 채선엽을 통해 발표한 총12편의 가곡 중 정지용의 시를 대상으로 한 8편 전체가 해방 이후 이은상의 시로 교체되는 수모를 겪었다. 그는 특별히 정지용의 종교시로 평가되는 〈다른 하늘〉을 합창곡과 독창곡으로 다양하게 변주하면서, 본래의 시작품에는 없는 '아멘'이라는 종교적 표지를 삽입할 정도로 시와 노래의 조화를 고려한, 가곡 본래의 정신에 충실한 작곡가이다. 그런 작품마저도 이은상에 의해 개작되어 〈또 하나 다른 세계〉라는 이름으로 개명되어 전해진다.[22]

시와 노래의 유기적 결합을 생명으로 하는 가곡에 강요된 개작의 아픔은 개작을 단행하는 작사자에게도 치명적인 상처를 남기게 된다. 채동선처럼 시와 노래의 유기적인 짜임새를 중시하는 작곡자의 곡에서 원시原詩를 제거하고 그 자리에 다른 시작품을 끼워넣는 가혹한 방식은 가곡에 내재하는 '창가'로의 회귀 가능성이 현실로 드러난 사례이다. 가곡은 그 자체로 모순된 상황에서 긴장을 유지하고 있기 때문에, 조금만 한쪽으로 기울면 가곡 이전의 창가(혹은 찬송가) 수준으로 전락하게 된다. 이것이야말로 해방 이후 냉전 체제가 가곡에 남긴 상처라 할 수 있다.

문제는 이처럼 무리한 작업을 맡으려면 가곡에서든 동요에서든 작시가로서 탁월성을 인정받은 사람만이 가능한데, 가곡에서는 이은상이 동요에서는 윤석중이 자주 동원되었다. 두 사람은 '시

---

22 정지용의 〈다른 하늘〉이 이은상의 〈또 하나 다른 세계〉로, 정지용의 〈또 하나 다른 태양〉이 이은상의 〈나의 기도〉로 개작되었다는 사실은 종종 잘못 기록되는 경우가 많다. 예컨대 《우리 양악 100년》(현암사, 2001, 145쪽)에는 "〈다른 하늘〉(정지용 시)이 〈그 창가에〉(모윤숙 시)로, 〈또 하나 다른 태양〉(정지용 시)이 〈또 하나 다른 세계〉(이은상 시)로" 개사되었다고 잘못 기록하고 있으며, 이러한 오류는 민경찬 외, 《동아시아와 서양음악의 수용》(음악세계, 2008)의 107쪽에서도 반복되고 있다. 제목의 유사성만으로 동일 작품이라 판단한 결과라 생각된다.

시와 노래는 어떻게 만나는가

와 노래의 유기적 관계'라는 가곡의 기본 전제를 스스로 배반하면서도, 그 사이에 자신의 작품을 감쪽같이 끼워 넣어 본래의 유기적 관계를 회복하는 일을 동시에 단행해야 하는 이율배반적 상황에 놓이게 된다. 그 결과 대부분의 작품은 성공하지 못했지만 그중에서도 이은상의 〈그리워〉는 정지용의 〈고향〉을 대신하기에 충분히 성공한 것으로 알려져 있다.[23] 이 또한 처음에는 박화목의 〈망향〉으로 개작하였으나 유족들의 요청으로 이은상이 다시 작시하게 되어, 하나의 곡에 세 작품이 대응하는 선례를 남기고 있다. 하지만 정지용의 종교시를 개작하는 과정에서는, 개사한 작품의 질적 수준이 빈약하여 시인 자신으로서도 오명을 남긴 결과가 되었다.

물론 가곡으로 만들어진 시의 목록이 반드시 문학사적으로 의미 있는 작품의 목록이 아닌 것은 분명하다. 가곡으로 널리 알려진 작품이라 할지라도 문학사적으로 평가를 받지 못하는 작품도 얼마든지 포함되어 있다. 가곡 작곡가가 시를 보는 방식에는 나름대로의 원칙이 있을 것이기 때문이다. 가곡 작곡가의 입장에서는 가곡으로 만들기에 적합한 작품의 조건이 있을 것이고, 그 조건에 응답하는 시인과 응답하지 않는 시인이 구분될 것이다. 그런데 식민지시대의 가곡에 한정해서 그 조건에 응답하지 않은 시인의 명단에 한용운, 이병기, 서정주 등 불교와 연관된 시인들이 속해 있는 것은 문제적이다. 의도적이라고는 할 수 없고, 가곡에 부적합한 이유가 있을 터이지만 교회 선교를 통해서 음악을 배울 수밖에 없었던

---

23 동요에서는 윤복진/홍난파의 〈하모니카〉가 윤석중/홍난파의 〈옥수수 하모니카〉로 대체된 사례를 들 수 있다.

식민지 시대 가곡 작곡자의 한계를 보여 주는 것이라 할 수 있다.

이처럼 종교적 관용의 정신은 부족할지 몰라도 가곡 작곡가의 활동 반경은 멀리 간도와 만주까지 이어질 정도로 크고 넓다. 〈선구자〉로 유명한 조두남은 1930년경부터 만주 하얼빈 등을 터전으로 삼았으며, 김동진은 1939년 일본 유학 이후 곧바로 만주로 진출하여 '신경교향악단'에서 활동하였고, 그 뒤를 이어 1941년 김성태가 입단하는 등 만주 지역을 중심으로 하는 음악인들의 활동은 1930년대 후반 만주를 중심으로 하는 조선문인들의 이주문학의 연장선상에서 검토할 가치가 있다.[24] 게다가 1926년부터 간도로 도피해 거주한 동요 작가 윤극영, 그리고 1933년 스캔들의 주인공 안기영의 간도행까지 고려하면, 간도 지역에 구축된 음악인 인프라도 무시할 수 없다.

가곡의 모순적 성격과 문학사의 이면

가곡은 본래부터 문학사적으로 정전이라 평가받는 작품을 추종하지 않기 때문에, 그 또한 문학사의 조명을 받지 못하는 이유가 된다. 마찬가지로 전문 성악가가 아니더라도 누구나 소화할 수 있는 단조로운 선율로 되어 있기 때문에 음악사에서도 중요한 자리를 차지하지 못한다. 문학과 음악의 관점에서 보면 주변 장르이지

---

24 만주에서의 식민지 음악정책과 조선인 작곡가들의 활동에 대해서는 노동은, 〈만주음악연구1─만주국의 음악정책 전개〉, 《한국문학연구》 33집, 2007. 12. 참조.

만, 문학과 음악의 경계 지점에 자리하고 있는 여러 장르들 중 으뜸 장르인 것은 분명하다. 하지만 그 주변적 속성 때문에 문학과 음악 분야에서 구축된 근대적 자율성의 정신을 위반하는 일이 잦으며, 종종 자기모순적 구조를 드러내는 경우가 많다. 시문학사의 관점에서 보자면, 창가에서 자유시로 발전적 방향을 그리고 있는 자유시를 향해서 가곡 작곡자는 역주행의 가능성을 제시하는 것처럼 보이기도 한다. 하지만 가곡이 그려 보이는 역주행의 방향도 근대적 자유시의 성립을 필요조건으로 삼고 있다는 점에서 그 자체만으로도 모순적인 시도이다. 자유시의 성립을 조건으로 하면서도 자유시의 파괴를 자행하는 가곡의 모순적 성격은, 시문학사의 조명을 받지 못하는 충분한 이유를 제공하고 있다. 그렇기 때문에 냉전 체제에서는 문학이 경험하지 못한 수준의 개작의 압력까지 강요받았던 것이다. 개작이란 시와 노래의 유기적 통합을 추구하는 가곡 본래의 정신을 스스로 배반하여 분열증에 이르게 만드는 폭력적인 사태이다. 그것은 개작을 실행한 작시자에게도 영향을 미쳐서, 가곡의 모순적 성격이 더욱 효과적으로 드러나는 계기가 되기도 한다.

비록 시문학사의 관심을 받지 못한 가곡이지만, 그것은 시문학사의 뒤편에 자리한 보이지 않는 숨은 동반자이기도 하다. 그것은 처음에는 자유시의 성립 이후 새롭게 대두하는 시조 형식의 든든한 지원자가 되었지만, 시조 형식이 노래로부터 벗어나 급진적 현대성을 추구하는 순간 자체적으로도 자유시를 도입하여 변신을 시도하여 문학사의 흐름에 부합하는 모습을 보여 주기도 한다. 가곡을 통해서 동요의 성격을 조명하면 동요에서 창가로의 회귀 가능성이 드러나기도 한다. 그런 의미에서 동요의 형식은 가곡에 내재하는 반자유시의 욕망이 과도하게 드러난 장르이기도 하다. 이처럼 가곡의 모순적 성격의 다른 측면은 조선가요협회를 통해 민요와 연결되는 부분에서 발견된다. 작시자와 작곡자가 일치하여 잡가(통속민요)로 매몰된 지역으로 뛰어들어 민요의 순수성을 구해내어 '신민요'를 탄생시키지만, 이를 통해서 가곡에 내재하는 대중음악적 욕망과 고급문화적 취향의 모순적 공존이 드러나게 된다.

가곡은 이처럼 모순된 성격을 가지고 모순된 지점에서 번성하는 장르이다. 하지만 문학사의 주변에서 있으면서 항상 문학과 호흡하는 문학의 타자적 장르임은 분명하다. 또한 가곡은 문학과 음악, 고급문화와 대중문화가 만나는 사거리에서 형성되는 거리의 문화이기도 하다. 사방을 모두 볼 수 있는 자리가 바로 가곡의 자리라고 할 수 있다. 그리고 그 자리는 문학사를 새롭게 볼 수 있는 '관점'이 열리는 자리이기도 하다.

9장
시에 남아 있는
샤머니즘의 흔적은 무엇인가
: 근대시와 샤머니즘

원시종교 혹은 자연종교를 대표하는 샤머니즘이 근대문학의 성립과 더불어 배제된 것은, 문학이 종교(=샤머니즘)를 밀어낸 사례가 아니라 오히려 문학과 종교(=기독교) 사이의 은밀한 결탁 관계를 알려주는 증거가 된다. 그런데 근대문학의 성공적인 출범 이후, 1920년대 중반부터 샤머니즘이 다시 문학으로 호출된다. 이번에는 추방이나 배제를 위한 전략적 초대가 아니었다. 오히려 샤머니즘에 다시 종교로서의 지위를 부여하는 절차가 진행되었다. 심지어 1930년대로 접어들면 샤머니즘에 민족종교 혹은 한국종교라는 표지가 첨가되는 것을 목격하게 된다.

* 이 글은 《한국시학연구》(2013년 12월)에 게재된 〈한국시에 나타난 샤머니즘 연구〉를 수정하고 보완하여 재수록한 것이다.

문학에서 추방되는 샤머니즘

근대를 가리켜 문학이 종교를 대체한 시대라는 지적이 있다.[1] 이러한 지적은 한편으로는 문학에 대한 광적인 숭배 현상을 가리키는 것이긴 하지만, 다른 한편으로는 과학적 합리성이 지배하는 시대에 비합리성이 허용되는 거의 유일한 영역이 문학에 한정된다는 뜻도 포함한다. 물론 문학에 대한 광적인 숭배에 종교적 성격이 포함된다 하더라도, 이를 통해서 문학이 종교적 기능을 완전히 대체한 것으로는 볼 수 없다. 문학이 종교를 완전히 대체했다기보다는 오히려 근대문학의 성립 과정에서 문학이 종교를 적극적으로

---

1 대표적으로 벤야민은 그의 '아우라' 개념을 통해 문학과 예술로 이전된 종교적 숭배의 흔적을 지적한 적이 있다. 벤야민에 앞서서 매슈 아널드는 그의 책 《교양과 무질서》(1869)에서 근대 이전에 종교가 했던 기능이 문학을 포함한 교양Culture으로 이전되었음을 선언한 바 있다.

이용한 측면이 더욱 강하다는 것이 진실에 가깝다.

　다만 우리의 경우 근대문학의 초창기에 문학을 지원한 지배적 종교가 기독교였다는 점에 주의할 필요가 있다. 기독교가 포교를 목적으로 설립한 교육시설, 그리고 그들에 의한 인쇄 및 출판 활동이 근대문학 성립에 지대한 영향을 끼쳤음은 주지의 사실이다. 여기에서부터 적어도 종교와의 관련성에서 보면, 서양의 근대문학과는 다른 출발점을 보이게 된다. 한국문학의 경우 기독교는 종교이기 이전에 '계몽'으로 기능했기 때문이다. 계몽의 기능을 담당하는 종교였던 기독교는, 그러므로 '합리성의 종교'라는 모순된 지위를 부여받게 된다. 따라서 기독교가 근대문학 출범에 지대한 공헌을 했다면, 그것은 전근대적 비합리성을 청산할 사명을 문학에 부여했다는 데서 찾아진다. 근대문학의 서막을 열었던 신소설 작가들만 하더라도 하나같이 '미신 타파'를 비롯하여 전근대적 비합리성의 잔재를 청산하고 서구적 합리성을 순탄하게 안착시키는 데 문학을 이용하였다. 그런 의미에서 근대문학의 성립은 서구적 합리성의 국내 진출을 지원하는 제도적 절차였고, 그 뒤에 계몽종교로서의 기독교가 있었던 것이다.

　그러므로 문학이 종교를 대체하였다는 지배적 판단은 오로지 서양의 근대문학에만 제한적으로 적용된다고 볼 수 있다. 적어도 근대 전환기의 조선에서 기독교는 근대문학 성립의 적극적 후원자였기 때문이다. 다만 기독교는 종교이기 이전에 계몽의 다른 이름으로 기억될 필요가 있을 뿐이다. 문제는 기독교가 계몽의 자리를 차지하면서, 당시 조선에 존재하던 대부분의 종교 형식들이 '미신'으로 분류되었다는 데에 있다. 그 대표적인 종교 형식이 바로

'샤머니즘'[2]이다. 따라서 근대 전환기에 샤머니즘이 문학으로 초대 받는다고 한다면, 그것은 대개 추방을 선고받기 위함에 한정되었 다. 말하자면 배제를 위한 포섭이었던 것이다. 추방을 위한 초대 의 형식을 제외하고는 근대 전환기 문학에서 샤머니즘은 긍정적 인 모습으로 등장할 수 없었다. 이를 통해서 알 수 있는 것은, 근대 문학의 성립을 적극적으로 후원했던 기독교가 '샤머니즘' 앞에서 는 '종교'로서 작동하고 있었다는 사실이다.

사실상 샤머니즘으로 대표되는 모든 원시적 자연종교는 기독교 앞에서 더 이상 종교일 수 없었던 것이다. 원시종교와 자연종교가 오로지 추방되기 위해서만 문학으로 초대받았던 것은 기독교가 유일한 고급종교로 인정받기 위한 절차의 시행이라 할 수 있다. 그 런 의미에서 초창기 근대문학에서 기독교가 전면에 등장하는 문 학이 흔치 않았다고 해서, 한국의 근대문학이 기독교의 영향력에 서 벗어나 있었다고 볼 수는 없다. 적어도 근대 전환기의 조선에서 는 문학이 종교를 대체했던 것이 아니라, 오히려 종교가 문학에 적 극적으로 개입하고 있었다고 보는 것이 타당하다. 기독교가 유일 한 종교가 되기 위해서 필요한 '미신' 제거 작업을 근대문학이 대신 한 것이다. 그러므로 원시종교 혹은 자연종교를 대표하는 샤머니 즘이 근대문학의 성립과 더불어 배제된 것은, 문학이 종교(=샤머 니즘)를 밀어낸 사례가 아니라 오히려 문학과 종교(=기독교) 사이

---

2 샤머니즘은 일반적으로 원시종교 중에서 주로 샤먼Shaman을 중심으로 하는 신앙 체계를 가리킨 다. 이때 샤먼은 엑스타시의 상태에서 죽은 자와 접촉하고 이를 계기로 예언, 치병, 제의 등의 의식 을 주관하게 된다. 엘리아데에 의하면 샤먼은 "정신 상태의 경험자"이면서, 의사들처럼 병을 치료 하고, 주술사들처럼 이적을 행하기도 하며, 영혼의 안내자, 사제, 신비가, 심지어 시인이기도 하다 는 것이다.(미르치아 엘리아데,《샤머니즘》, 이윤기 옮김, 까치, 1992, 23~24쪽)

의 은밀한 결탁 관계를 알려주는 증거가 된다.

　그런데 근대문학의 성공적인 출범 이후에 상황이 변하기 시작
했다. 1920년대 중반부터 샤머니즘이 다시 문학으로 호출된 것이
다. 이번에는 추방이나 배제를 위한 전략적 초대가 아니었다. 오
히려 샤머니즘에 다시 종교로서의 지위를 부여하는 절차가 진행
되었다. 심지어 1930년대로 접어들면 샤머니즘에 민족종교 혹은
한국종교라는 표지가 첨가되는 것을 목격하게 된다. 이 글의 관심
사는 여기에 있다. 우선 샤머니즘이 다시 문학, 특히 시문학에 등
장하게 되는 배경을 살피고, 그 다음으로 그것이 시문학과 결합하
는 방식을 이해하고자 한다. 넓게 보면 이것은 '샤머니즘 문학'이
일종의 종교문학으로 간주될 수 있는지를 따지는 일에 해당한다.[3]
그동안 종교문학의 대상이 사실상 기독교·불교 등에만 한정되어
있었기 때문에, 종교문학의 범주를 샤머니즘까지 확장할 수 있는
가능성에 대한 탐색이 필요하다. 이 글은 그 가능성 탐색의 사전적
작업에 해당한다.

3　샤머니즘 문학의 종교문학으로서의 가능성 탐색을 위해서 이 글에서는 그 대상을 식민지 시대, 그
　것도 가장 대표적인 사례에만 논의를 한정할 것이다. 이를 위해서는 먼저 1920년대와 1930대 샤머
　니즘 문학의 차이점을 부각할 것이다. 이는 샤머니즘이 불려 오게 되는 정황의 차이를 통해 설명될
　것이다. 둘째로는 샤머니즘 문학을 두 부류로 나누고자 했다. 하나는 샤머니즘을 객체화하는 문학
　이고, 다른 하나는 샤머니즘을 주체화하는 문학으로 분류해 보았다. 전자에는 샤머니즘을 역사와
　풍속의 대상으로 보면서 그것에 민족적 성격을 부여하려는 경우가 속하고, 후자에는 샤머니즘에
　서 문학적 상상력의 원류를 찾아내려는 경우가 속한다. 전자를 대표하는 사람으로 최남선과 백석
　을 들 수 있고, 후자를 대표하는 인물로 각각 김소월과 서정주를 거론하였다. 이를 통해서 샤머니
　즘을 객관적으로 기억하는 문학과 샤머니즘을 주관적으로 전유하는 문학의 유형화를 세울 수 있
　을 것인데, 구체적인 내용은 차후의 과제로 미룬다.

샤먼의 귀환: 최남선의 경우

앞서 말했듯이 샤머니즘이 다시 근대문학의 전면에 등장하게 되는 시점은 1920년대 중반이다. 1920년대 초반의 동인지 시대만 하더라도 샤머니즘이 재조명될 가능성은 없어 보였다. 그만큼 기독교와 근대문학의 은밀한 결합이 완고했기 때문이다. 예컨대 그 제호부터 기독교를 연상시키는 동인지 《창조》에 기독교와 관련된 인사들이 대거 참여하고 있었음은 잘 알려진 사실이다.[4] 물론 그 이전 시기와 마찬가지로 아직 기독교가 문학의 전면에 등장하지는 않았다. 동인지를 통한 문학제도의 합리성 구축 과정에서 모든 종교는 잠정적으로 배제되어야 했기 때문이다. 특히 동인지 문단 내부에서 통용되었던 문학의 자율성 이념이 기독교를 포함한 모든 종교의 개입을 허용하지 않았다.[5] 문학의 근대적 성격에 대한 인식이 충분히 정착되지 않은 상태에서 종교의 개입은 바람직한 일이 아니었던 것이다. 기독교를 포함한 모든 종교의 의식적 배제는 문학제도의 합리화를 위한 불가피한 선택이었다.

이러한 분위기를 반전시킨 인물로 한용운과 최남선을 들 수 있다. 한용운은 불교 대중화를 고민했던 학자이기도 했고, 그의 시집 《님의 침묵》(1926)은 불교적 세계관을 연애시 형식으로 풀어 제시

4　주요한과 주요섭 형제처럼 그 이름에서부터 기독교적 집안임을 쉽게 짐작할 수 있는 경우도 있다. 동인지 작가들 중에 기독교의 주요 선교지였던 평안도 출신 문인들이 많았다는 사실도 기억할 만하다.

5　순수문학의 대표 주자였던 김동리가 샤머니즘을 적극적으로 소설에 끌어들인 것을 보면, 1920년대 초반에는 종교를 끌어들이면서도 문학의 순수성을 훼손하지 않는 방식에 대한 충분한 이해가 없었다고도 볼 수 있다.

한 작품집으로도 손색이 없다. 이런 관점에서 보면《님의 침묵》이야말로 종교적 세계관이 근대문학의 전면에 나타난 첫 작품이라 할 수 있다. 첫 번째 사례라는 점에서 한용운의 시집은 이후 근대문학이 종교를 수용하는 방법에 대한 암시를 주었을 것으로 추측된다. 물론 한용운 이전에도 이와 비슷한 시도가 전혀 없었던 것은 아니다. 창작은 아니지만 이미 김억의 타고르 시집 번역에서도 문학이 종교를 수용하는 방식에 대한 고민이 발견된다. 타고르 번역 시집은 신앙시와 연애시를 결합한 대표적 사례로 간주될 뿐 아니라, 그 언술 방식이나 산문시적 발상이 한용운에게 지대한 영향을 주었음은 잘 알려져 있다.[6] 다만 창작 시집으로서는《님의 침묵》이 첫 사례라는 데는 변함이 없다.

이처럼 근대문학, 특히 근대시문학이 종교에 대해 개방적 태도를 취하게 된 결정적 계기를 찾는다면, 1920년대 중반 상당수 시인들이 참여했던 '반反자유시운동'을 들 수 있다. 그것은 지나치게 서구중심적으로 개편되었던 동인지 시대의 문학 이념에 대한 근본적인 반성과 연결되어 있다. 그 한편에 '시조부흥운동'이 있었고, 최남선이 주도적으로 참여했음도 잘 알려진 사실이다. 얼핏 보기에 서구에서 도입된 '자유시'가 근대시의 지배적 형식으로 굳어진 시점에 돌연 '반反자유시' 구호를 내세우면서 대표적인 '정형시' 형식이었던 시조를 복원하고자 했다는 점에서, 이것은 무턱대고 '과거로의 회귀'를 주장하는 반근대적 운동처럼 보인다. 하지만 그것은 사실 서구적 근대의 자리에 민족과 전통을 대신 세워 두겠다는

6　특히《기탄잘리》(1923)와《원정》(1924)의 영향을 무시할 수 없다.

의도를 내포한다는 점에서 지극히 근대적인 발상을 전제한다. 말하자면 이것은 서구적 근대화를 향한 문단 내부에서의 최초의 반성적 시도로서, 맹목적 근대화가 아니라 '의식적' 근대화의 가능성을 기획한 것으로 볼 수 있다.

이때 민족과 전통의 이름으로 시조 부흥의 필요성을 설득하는 과정에서 논리적 근거로서 최남선이 끌어들인 것이 바로 샤머니즘이다.[7] 최남선을 통해서 시조와 샤머니즘 사이에 최초의 만남이 이루어진 것이다. 이처럼 그가 서로 관계가 없어 보이는 양자를 연결할 수 있었던 근거는 크게 두 가지다. 첫째로 그는 '단군'에서 양자 연결의 근거를 발견하고 있다. 단군이 최초의 '샤먼(=무당)'이었다는 사실의 확인이 이를 뒷받침한다. 그 사실의 발견에 대해서는 최남선의 옥중 체험에 대한 기록이 남아 있다.

옥중에서 단군 문제의 기사적 연구를 행하여 대체의 견해를 세우고 단군이 이론상으로 '단굴'이란 말의 對音일 것을 추정하고서, 과연 實證이 있는지 없는지, 문자 전설에는 물론 없거니와, 혹시 遐方僻語에라도 그 片影을 찾을 수 있을지 없을지를 조 비비듯 궁금해 하다가, 출옥한 뒤에 사방 탐문한 결과로 錦江 좌우 지방―〈삼국지〉의 이른바 天君의 임자인 馬韓 古土에서 무당을 '단굴'이라고 일컬음을 발견하였을 적에 꼭 한번 소원 성취의 쾌미란 것을 맛보고[8]

---

7 이에 대해서는 졸고, 〈민족문학과 친일문학 사이의 내재적 연속성 문제 연구―최남선을 중심으로〉 《현대문학의 연구》, 2006)를 참조.
8 최남선, 〈백두산근참기〉, 《육당최남선전집》 6권, 현암사, 1976. 51쪽.

시에 남아 있는 샤머니즘의 흔적은 무엇인가 |

그는 '단군'과 '단굴'(단골＝무당) 사이의 언어적 유사성을 토대로 '단군'에서부터 이어지는 샤머니즘의 전통을 복원하고 있다. 이 대목이 바로 근대 전환기에 밀려났던 샤머니즘이 다시 전통의 이름으로 호명되는 장면이다. 이로써 '단군＝샤먼'이 민족과 전통의 기원으로 자리잡았기 때문이다. 그 다음으로 최남선은 샤머니즘의 본질을 '음악'에서 찾고, 그 '노래와 춤'의 속성이 시조의 기원이기도 하다는 설명을 덧붙이고 있다.

> 원체 종교란 것이 神이란 力에 대한 제사란 표현을 하는 것이어니와, 신에 대하여 사람의 嘆仰希願하는 바 至情을 표현하는 본위적 방법은 다른 것 아닌 음악이니, 공포하여 그 怒氣를 끄기도 노래와 춤으로며, 경모하여 그 환심을 사기도 노래와 춤으로며, 신력을 加被하고 神事를 시행하는 표적도 또한 노래와 춤으로 이었다.[9]

다시 말해서 시조의 음악적 성질에 이미 '종교적 전통'이 내재한다는 것이 그의 판단이다. 그것을 확인할 수 있는 근거로 우선 시조도 노래의 형식을 띤다는 점을 들고 있다. 이로써 샤머니즘과 시조를 연결할 수 있는 두 번째 근거가 '노래'를 공유한다는 데에 있음을 알 수 있다. 잘 알다시피 당시에는 노래로 불리던 청각 중심의 정형시 전통에서 벗어나 활자에 의존하는 시각 중심의 시, 즉 눈으로 읽는 자유로운 형식의 시가 대세를 이루고 있었다. 따라서 시조를 통해서 다시 '노래'를 회복하자는 발상은 이미 시대착오적

---

9 최남선, 〈시조태반으로의 조선민성과 민속〉, 《조선문단》, 1926. 6., 5쪽.

퇴행으로 간주되기에 충분했다. 그럼에도 불구하고 자유시 보급에 주력하던 상당수의 시인들이 시조부흥운동에 편승한 것은, 근대문학 발전에 '민족문학'의 성격이 요구된다는 판단에 따른 것이다. 근대문학이 민족문학이기도 해야 한다고 생각했기에, 수많은 근대적 시인들이 단군이라는 샤먼에서부터 시작되는 '노래'의 전통이 시조를 통해 면면히 이어져 왔다는 최남선의 주장에 동조할 수 있었다. 시조에서 민족문학의 역사적 근거를 발견할 수 있었기 때문이다.

이렇게 되면 시조를 지탱하고 있는 단군, 그 샤먼(=무당)이 민족문학의 근원으로 자리잡게 되고, 그 결과 샤머니즘이 문학에 있어서 민족주의를 지탱하는 근거로 인정받게 된다. 이 모든 과정은 '최초의 샤먼'으로 지목된 단군의 부활이 아니었다면 불가능했을 일이다. 다른 한편으로 만약 단군이 민족주의의 시원 자격으로 부활하지 않았다면 샤머니즘 또한 민족주의자들의 지지를 얻어 낼 수 없었을 것이 분명하다. 왜냐하면 민족주의자들은 대개 근대 초기의 계몽주의자들이었고, 그렇기 때문에 여전히 '미신'에 대해서는 단호한 태도를 취했을 것이기 때문이다. 하지만 '단군'에서 기원하는 민족의 노래 형식이 '시조'를 통해 계승되고 있다는 민족주의적 논리가 받아들여지면서, 샤머니즘은 드디어 '민족적 전통'의 자격으로, 그것도 '종교적 전통'의 자격으로 근대사회의 한복판으로 초대받았다. 한때 미신의 이름으로 추방되었던 샤머니즘이 근대적 민족주의의 발화와 성장을 위한 불쏘시개로서, 그리고 전통적 종교 형식의 이름으로 '호명'되면서 '창조'된 것이다.

샤머니즘에 추가되는 '전통적' '민족적' '토속적' '민속적'이라는 수식어가 대개 이 무렵에 만들어졌음은 물론이다. 그러므로 1920년대 중반에 '단군'과 더불어 동시에 부활한 '시조', 그리고 '민요'를 향해서 '전통적' '민족적' '토속적' '민속적'이라는 수식어를 붙일 수 있다면, 거기에는 반드시 '단군이라는 샤먼'의 흔적이 남게 된다. 시조와 민요의 부활이라는 표면적 현상 뒤에는, 사실상 단군을 통해서 민족주의의 '기원' 자격으로 근대문학의 무대로 진출한 샤머니즘의 부활이 있었던 것이다.[10] 따지고 보면 시조 부흥의 필요성을 주장하기 이전부터 이미 최남선은 '단군＝샤먼'에 대한 연구에 착수하고 있었는데, 그것이 바로 그 유명한 〈불함문화론〉이고, 그와 동시에 그는 시베리아 샤머니즘(＝살만교) 연구도 진행하여 〈살만교차기〉를 작성해 두었다. 이처럼 최남선이 〈불함문화론〉 발표를 1928년까지 늦추면서 다른 방식으로 단군에 관련된 일련의 글들을 쏟아 낼 무렵, 이능화도 〈조선무속고〉(1927)라는 글을 잡지 《계명》에 게재하면서 샤머니즘이 본격적인 학문의 대상으로 자리를 잡게 되었다. 기독교라는 계몽종교에 의해서 미신으로 추방당했던 샤머니즘이 1920년대의 민족주의자들에 의해서 다시 부활하여 때로는 학문적 대상으로, 때로는 종교적 전통으로 귀환하는 장면이 연출된 것이다.

---

10 이에 대해서는 소래섭, 〈1920년대 국민문학론과 무속적 전통〉(《한국현대문학연구》, 2007. 8.) 참조.

샤먼의 상상력: 김소월의 경우

하지만 앞서 말했듯이, 최남선과 이능화 등에 의해서 샤머니즘이 학문적 대상으로 부각하던 무렵에도 근대시의 대세는 여전히 '자유시'였다. 따라서 아무리 '단군＝샤먼'에서 시작된 '노래'의 종교적 전통이 중요하다 해도 '정형시'를 무작정 강요할 수는 없는 일이었다. 더욱이 그때까지는 샤머니즘 자체가 시문학을 통해서 주목받을 만한 분위기도 형성되지 않았다. 이런 상황이었음에도 불구하고 유독 샤머니즘에 관심을 두었던 시인이 바로 김소월이다. 다만 김소월은 샤머니즘과 관계하는 데 있어서 최남선의 경우와는 달랐다. 단군과 시조를 연결하여 샤머니즘에 대한 역사적 관심을 불러일으켰던 최남선과 달리, 김소월은 '단군'에 아무런 비중도 두지 않았다. 최남선은 현재의 상황을 민족의 기원(단군＝샤먼)에 연결하려는 역사적 의지가 강렬했지만, 김소월의 관심사는 오로지 샤머니즘에 잠재하는 시적 상상력의 가능성에 모아졌다.

잘 알려져 있듯이 김소월 시의 절창은 이별이라는 서정적 상황을 전제하는 경우가 많다. 이별의 정황은 사랑의 성립을 방해하는 장애와 거리를 동반하여 비극적 정서를 유발한다. 그런 의미에서 김소월의 시에서 '거리'에 대한 의식은 유별난 데가 있다. 그 거리는 종종 삼수갑산과 같은 물리적 장애로 인해서 발생하는 경우도 있지만, 죽음이라는 불가피한 운명으로 인해서 발생하는 경우도 있다. 그런 의미에서 '거리'는 인간의 유한성에 대한 의식을 동반하게 된다. 그의 시문학은 이러한 '거리'를 통해서 인간의 유한성을 자각하고, 그 유한성의 상태를 극복하기 위한 문학적 시도로도 읽힌다. 특히 삶과 죽음의 경계처럼 인간의 운명적 한계에 닿아 있을 때, 그의 작품은 종종 그 경계를 넘어서고자 하는 시적 상상력을 발동시킨다. 그것은 특히 다음의 작품에서 두드러진다.

퍼르스럿한 달은, 성황당의
데군데군 헐어진 담 모도리에
우둑히 걸리었고, 바위 위의
까마귀 한 쌍, 바람에 나래를 펴라.

엉기한 무덤들은 들먹거리며,
눈 녹아 황토 드러난 멧기슭의,
여기라, 거리 불빛도 떨어져 나와,
집 짓고 들었노라, 오오 가슴이여

세상은 무덤보다도 다시 멀고
눈물은 물보다 더 더움이 없어라.
오오 가슴이여, 모닥불 피어오르는
내 한세상 마당가의 가을도 갔어라.

그러나 나는, 오히려 나는
소리를 들어라, 눈석이물이 씨거리는
땅 위에 누워서, 밤마다 누워,
담 모도리에 걸린 달을 내가 또 봄으로.　　**_ 김소월, 〈찬 저녁〉 전문**

가을에서 겨울로 이행하는 계절을 배경으로, 작품 전체의 분위기는 "찬 저녁"에 직면한 시적 화자의 심리에 집중되어 있다. 이때 시적 화자가 처해 있는 물리적 공간에 대한 묘사가 특징적이다. "성황당", "헐어진 담", "까마귀 한 쌍", "엉기한 무덤들"을 통해서 짐작할 수 있지만, 시적 화자가 처한 공간은 "거리 불빛도 떨어져 나와" 있는 "멧기슭"을 터전으로 삼고 있다. 이것은 직접적으로 언급되진 않았지만 '무당'의 거주지를 연상시킨다. 무당을 연상시키는 시적 화자는 세상 사람들로부터 떨어져 있는 산기슭에 "집 짓고 들었노라"고 고백하고 있다. 속세와 거리를 두고 사는 시적 화자에게 "세상은 무덤보다도 다시 멀"게만 느껴진다. 이처럼 세상으로부터 거리를 두고 살고 있지만, 그는 "담 모도리에 걸린 달"을 쳐다보며 그의 인생에서 "모닥불" 같은 시절을 그리워하고 있다. 그것도 "땅 위에 누워서", "밤마다 누워" 그 달을 보고 있는 것이다. 더구나 그렇게 누운 상태에서 시적 화자는 가을에 미리 찾아온 눈이 녹는 소리, 즉 "눈석이물이 씨거리는" "소리를" 듣고 있다.

그런데 밤마다 "땅 위에 누워" 있는 화자는 눈이 녹으면서 들려오는 미세한 소리까지 식별할 수 있을 정도로 고독이 절정에 달해 있다. "까마귀 한 쌍"을 통해서 짐작컨대 시적 화자는 지금 "담 모도리에 걸린 달"을 보면서 누군가를 그리워하고 있다. 그리움의 대상은 구체적으로 명시되어 있지 않지만, "달"은 세상과 거리를 두고 있는 시적 화자가 유일하게 세상과 통하는 매개체의 기능을 하고 있다. "달"을 보고 있는 시적 화자의 심리적 고독감은 이렇듯 유폐된 상황에서 절정에 달해 있다. "달이 암만 밝아도 쳐다볼 줄을 / 예전엔 미처 몰랐어요"(《예전엔 미처 몰랐어요》)에서처럼 "달"을 처다보는 화자의 심리적 상태는 항상 극한의 고독을 전제한다.

그러므로 그의 사랑은 극한의 고독에서 발생하는 그리움의 최대치라고 할 수 있다. 그의 사랑이 세속적인 사랑과 구별되는 부분이 여기에 있다. 그의 사랑은 인간이 처해 있는 가장 고독한 지점에서부터 발원하기 때문에, 오히려 '탈속적 성격'이 강하다. 이처럼 그의 사랑의 열망은 극한의 고독, 극한의 장애를 통해서 더욱 강렬해진다는 특징이 있다. 따라서 그 가장 극단적인 사례가 산 자와 죽은 자 사이에서 발생하는 것은 당연하다. 그것은 그의 작품 〈묵념〉에 잘 나타나 있다.

> 이슥한 밤, 밤기운 서늘할 제
> 홀로 창턱에 걸어앉아, 두 다리 드리우고,
> 첫머구리 소래를 들어라.
> 애처롭게도, 그대는 먼첨 혼자서 잠드누나.
>
> 내 몸은 생각에 잠잠할 때. 희미한 수풀로서
> 촌가의 액막이제 지내는 불빛은 새어 오며.
> 이윽고, 비난수도 머구소리와 함께 잦아져라.
> 가득히 차오는 내 심령은 … 하늘과 땅 사이에.
>
> 나는 무심히 일어 걸어 그대의 잠든 몸 위에 기대어라
> 움직임 다시 없이. 만뢰萬籟는 구적俱寂한데.
> 희요熙耀히 내려비추는 별빛들이
> 내 몸을 이끌어라. 무한히 더 가깝게.
> _김소월, 〈묵념〉 전문

시의 화자는 "홀로 창턱에 걸터앉아" 개구리 소리를 듣고 있고, 그 사이에 "그대는 먼첨 혼자서 잠"들어 있다.[11] "그대의 잠든 몸 위에 기대어" 보는 화자의 행동은 "하늘과 땅 사이에" "가득히 차오르는 내 심령"에 의해서 상상을 통해 가능한 일이다. 삶과 죽음의 경계가 두 사람 사이를 갈라놓고 있기 때문이다. 주변 촌가에서는 그 경계를 넘나들기 위한 제사 행위가 진행 중이다. 어느 집은 "액막이"를 위한 제사를 지내는가 하면, 다른 집에서는 "비난수"하는 소리가 개구리 소리와 함께 들려온다. 밤이 더욱 깊어 가면서 제사도 비난수하는 사람도 잦아들고, 밤 늦도록 깨어 있는 화자는 멀리서 "희요히 내려비추는 별빛들이" "내 몸을 이끌"고 있음을 경험한다. 화자의 영혼은 "무한"을 향해 "더 가깝게" 날아오르는 상태를 경험하게 된다. 현실적으로는 불가능한 일일지라도 그의 "심령"은 "별빛"의 인도를 받으며 무한히 이동할 수 있다는 것이다. 육체로부터 분리된 영혼의 자유로운 이동, 육체의 한계를 넘어서는 영혼의 무한한 가능성을 압축적으로 보여 주고 있는 것이다. 상상을 통해서 연인이 비록 곁에 있다고 생각하더라도 결국 "홀로" 남아 있다는 의식의 끝에 서게 되면 삶과 죽음의 경계를 넘어서는 현상이 발생한다.

이처럼 물리적인 거리로 인해서 발생하는 현실적 장벽은 물론이고 삶과 죽음 사이에 있는 초현실적 경계까지 모두 극복할 수 있

11　오태환은 이 작품의 화자에 대해 이승을 떠도는 죽은 자의 혼령으로 해석하고 있다. (오태환, 〈혼과의 소통, 또는 무속적 요소의 문학적 층위—김소월·이상·백석 시의 무속적 상상력〉, 《국제어문》, 2008. 4., 213쪽.) 이 글에서는 〈묵념〉 자체가 죽은 자를 상대로 한다는 점에서 화자를 살아 있는 사람으로, 그 대상을 죽어 있는 사람으로 이해하고자 한다.

는 것은 "별빛"과 같은 자연 사물을 이용해서만 가능하다. 인간의 영혼과 그의 상상력을 자극하여 무한을 향해 나아가게 만드는 것이 자연이라고 할 수 있다. 소월의 경우 인간적인 한계와 장벽을 극복하고 서로 소통하기 위한 상상력의 정신적 근거가 샤머니즘에 있음은 분명하다. 따라서 그러한 장벽과 한계들의 극복은 서양의 기독교처럼 순수하게 인간의 내면세계를 통해서 이루어지는 것이 아니다. 그것은 반드시 자연적 사물이라는 우회로를 통해서만 성취될 수 있다. 자연을 매개로 하는 유한성의 초월은 소월이 보여 준 샤머니즘적 상상력의 본질에 속한다. 그런 의미에서 자연을 매개로 하지 않는 추상적 영혼은 김소월의 샤머니즘에서는 낯선 것이라 할 수 있다.

이처럼 1920년대의 샤머니즘은 시조라든가 서정시와 결합되어 서구 편향의 '자유시'에 대한 반성의 가능성을 열어 준 것을 특징으로 한다. 이것은 샤머니즘이 민족주의적 상상력을 촉발하는 매개체로 활용되었음을 의미한다.

샤먼의 기억: 백석의 경우

1930년대로 접어들면 오히려 일본의 민속학자들이 앞다퉈 샤머니즘에 대한 관심을 주도한다는 점이 특징이다. 그것은 일선동조론日鮮同祖論의 근거를 '샤머니즘'에서 찾음으로써 그것을 제국주의의 '동화주의' 논리로 활용하기 위한 전략에서 발원한 것이다. 예컨대 조선의 종교적 심성과 일본의 종교적 심성 사이에 일치점이 찾아지면, 그것을 통해 일본의 '신사'를 보급할 수 있다는 발상의 적용이다. 따라서 조상신을 섬기는 조선의 샤머니즘을 적극 지원하는 '심전心田개발운동'이 추진된다. 이 운동은 1935년부터 1937년까지 일본의 민속학자 겸 경성제국대학 교수인 아키바 다카시秋葉隆를 중심으로 전개된 사업으로서,[12] 정치적 통치술의 목적으로 샤머니즘을 연구한 대표적 사례이다.[13] 이 과정에서 무속이 '한국의 고유 신앙'으로 확고한 지위를 차지하게 되고, 광범위한 무속조사 사업이 진행될 수 있었다. 특히 아키바는 중일전쟁 이후 내선일체를 선전하기 위한 교재용 책자에 〈민속 및 신앙상으로 본 내선 관계〉를 게재하고 있는데, 출산 이후 금줄을 치는 조선의 풍습을 비롯하여 여러 민속학적 사실을 들어 조선과 일본의 유사성을 찾아내는 동시에 조선의 원시성을 강조하고 있어서 민속적 사실의 일부로서 샤머니즘 연구가 궁극적으로 도달하는 최종적 지점을 확인하게 된다.[14]

백석의 작품에 등장하는 샤머니즘의 흔적은 이러한 민속학적 관심의 연장선상에서 이해할 수 있다. 그는 샤머니즘을 살아 있는 종교로서 보기보다는 사라져 가는 과거의 민속으로 이해하고, 그에 대한 유년의 향수를 표현하고 있다.

---

12 아키바 다카시가 1935년 조선총독부 중추원에서 심전개발과 관련해서 행한 강연의 제목이 바로 〈조선의 고유 신앙에 대하여〉이다.

13 여기에는 조선의 샤머니즘 연구자였던 최남선과 이능화도 참여한 것으로 알려져 있다.

14 아키바 다카시의 민속학 연구에 대해서는 김화경, 〈일제 강점기 조선 민속조사 사업에 관한 연구〉(《동아인문학》, 2010. 6.); 최길성, 〈아키바 다카시(秋葉隆)의 식민지주의 조선관〉(《한국민속학》, 2004. 12.); 최길성, 〈무라야마 지준(村山智順)과 아키바 다카시(秋葉隆)의 무속 연구〉(《한국무속학》, 2011. 8.) 등을 참조 바람.

시에 남아 있는 샤머니즘의 흔적은 무엇인가

가즈랑집 할머니

내가 날 때 죽은 누이도 날 때

무명필에 이름을 써서 백지 달아서 구신간시렁의 당즈깨에 넣어

대감님께 수영을 들였다는 가즈랑집 할머니

언제나 병을 앓을 때면

신장님 달런이라고 하는 가즈랑집 할머니

구신의 딸이라고 생각하면 슬퍼졌다 _ **백석, 〈가즈랑집〉 부분**

백석의 작품에서는 이처럼 인물이 초점화되어 있는 경우가 많지만, 이 작품은 평북 지방의 무당이 전면에 등장한다는 점이 특징이다. 다만 그의 〈여승〉과 마찬가지로 종교계의 인물이 등장하더라도 그 인물이 성스러운 존재로서 일반인과 구별되는 지점에 있는 것은 아니다. 무당은 일상의 한가운데서 함께 생활하는 존재로 그려지고 있어서, 성과 속의 구별이 무의미하다. 다만 "가즈랑집 할머니"가 "구신의 딸"이라는 것은 화자에게 독특한 슬픔을 안겨 준다. 그러므로 "구신" 또한 더 이상 공포의 대상이 아닌 것이다. 여기에서는 마을의 병을 치료하는 의료 행위를 포함해서 인간의 탄생과 죽음을 두루 관장했던 늙은 무당의 고달픈 삶이 전면화되어 있을 뿐이다. 할머니 샤먼은 이미 친밀한 이웃이고, 민속의 일부로 일상 속에 깊숙이 침투해 있다. 따라서 백석은 할머니 샤먼 외에도 "아랫마을에서는 애기무당이 작두를 타며 굿을 하는 때가 많다"(〈삼방〉)는 구절을 남기고 있는데, 그것조차도 아이들의 놀이 풍습을 열거한 끝에 포함하고 있어서 마치 그것도 '놀이'의 연장인 것처럼 생각하게 만든다. 이처럼 백석의 시에 등장하는 샤머니즘

은 대개 과거의 사라져 가는 풍습인 것이고, 조선적 민속의 원형을 보존하고 있는 향수의 대상이다.

그의 작품에서 샤머니즘은 이처럼 친숙한 풍습으로 자리 잡고 있을 뿐 아니라 어린 화자에게 공포와 환상을 제공하는 문화적 생태환경으로 드러난다. 특히 '귀신'에 대한 그의 독특한 진술은 샤머니즘이 일상을 구성하는 방식을 잘 보여 준다.

> 나는 이 마을에 태어나기가 잘못이다.
> 마을은 맨천 구신이 돼서
> 나는 무서워 오력을 펼 수 없다
> 자 방 안에는 성주님
> 나는 성주님이 무서워 토방으로 나오면 토방에는 디운구신
> 나는 무서워 부엌으로 들어가면 부엌에는 부뜨막에 조앙님
> (중략)
> 아아 말 마라 내 발뒤축에는 오나가나 묻어 다니는 달걀구신
> 마을은 온데간데 구신이 돼서 나는 아무 데도 갈 수 없다
>
> _ 백석, 〈마을은 맨천 구신이 돼서〉 부분

이 시에서는 방 안, 부엌, 심지어 발뒤축에도 귀신들이 상존하여 어린 화자를 공포로 몰아넣고 있다. 하지만 그 어린 화자의 공포스런 표정은 성인이 된 백석의 눈에 웃음을 유발할 뿐이다. 그것은 다시 말해서 성인이 된 백석의 눈에는 더 이상 그러한 귀신이 존재하지 않게 되었다는 뜻이기도 하다. 근대적 사고로 무장한 백석은 더 이상 세상을 샤머니즘의 눈으로 바라보지 않는다. 다만 유년 시

시에 남아 있는 샤머니즘의 흔적은 무엇인가 |

절의 샤머니즘적 사고방식에 대해 향수를 느낄 뿐이다. 이때 모든 장소, 모든 사물들에 부착되어 있다고 하는 귀신은, 만물이 살아 있다고 느끼는 애니미즘의 관점이 투영되어 있는 것이다. 귀신들은 모든 장소와 사물에 의미를 부여하고, 이를 공유하는 사람들 사이에서 공동체적 유대를 형성한다. 그런 의미에서 여기에서 샤머니즘은 사라져야 할 저급한 미신의 일종으로 평가되는 것이 아니다. 오히려 모든 장소와 사물들에 대해서 애니미즘의 친밀한 관계를 맺지 못하고 살아가는 현대인들에게 반성의 계기를 마련해 주는 사유의 기점이 되고 있다. 전근대적 민속은 비록 사라지고 없어졌다 할지라도, 그것이 오히려 근대적인 삶을 비판적으로 바라보게 만드는 계기를 제공한다는 의미에서 그 유효성을 잃지 않고 있다는 것이다.

따라서 마을 성황당에 음식을 차려 놓고 귀신에게 "잘 먹고 가라"고 비는 젊은 색시들이 등장하는 〈오금덩이라는 곳〉은 자연을 포함한 모든 사물들에서 의미를 박탈하고 있는 근대적 인간이 근접할 수 없는 곳, 다만 향수의 대상[15]으로 남아 있는 곳을 대표한다. 샤머니즘의 풍습이 이미 지나간 과거의 것임은 틀림없는 사실이지만, 그것이 오히려 근대적 관점에 대해 비판적 거리를 유지하게 만든다는 점이 백석의 시에 등장하는 샤머니즘의 특징이다. 그러므로 백석의 샤머니즘은 조상신 숭배와 전혀 관련성이 없다. 말하자면, 민속학이라는 학문의 이름으로 취재된 샤머니즘이 식민

---

15 백석의 샤머니즘을 식민지 무속론과 향수의 관점에서 분석한 사례로는 김은석, 〈백석 시의 '무속성'과 식민지 무속론─백석 시의 '무속적 상상력' 재고〉(《국어문학》, 2010. 2.)를 참조.

통치라는 거대서사의 시야에서 조망될 수밖에 없는 것이라면, 백석의 기억 속에 살아 있는 유년의 풍습으로서의 샤머니즘은 체험된 일상의 이름으로 미시적 문화사의 모범적인 모습을 보여 주고 있다. 거대서사를 거부하고 작은 사물들에서 의미를 발견하고자 하는 샤머니즘의 관점은 제국의 눈을 거절하는 피식민자의 시점을 확보해 주고 있는 것이다.

샤먼의 신화: 서정주의 경우

한편 샤머니즘과 관련하여 이 무렵에 등장한 새로운 경향이 있으니, 김동리의 작품과 그의 형 김범부의 풍류사상이 그것이다. 김동리는 심전개발이 한창이던 1935년 〈화랑의 후예〉로 등단하여, 이듬해 〈무녀도〉를 선보임으로써 신라의 화랑과 무당 모화의 존재를 통해 샤머니즘의 소설적 형상화에서 두각을 나타냈다. 이때 그의 작품의 배경으로 김동리의 형 김범부의 풍류사상을 지적하는 경우가 많다.[16] 당대의 사상가 김범부는 신라의 화랑을 '샤먼'의 관점에서 바라보면서 화랑도의 기본 이념을 풍류도로 해명하고, 거기에서 한민족의 고유 신앙을 발견하고 있는데, 그러한 사상이 김동리의 소설에서 재현되고 있다는 관점이 그것이다. 《삼국사기》와 《삼국유사》를 중심으로 재구성한 김범부의 풍류사상은 해

16　김범부와 김동리 소설의 관련성에 대해서는 전상기, 〈소설의 현실 구성력, 그 불일치의 의미─김범부의 《화랑외사》와 김동리의 《무녀도》를 대비하여〉(《겨레어문학》, 2008. 4.); 박진숙, 〈한국 근대문학에서의 샤머니즘과 '민족지(ethnography)'의 형성〉(《한국현대문학연구》, 2006. 6.) 참조.

　　　　　　　　　시에 남아 있는 샤머니즘의 흔적은 무엇인가 ┃

방 이후(1948) 책(《화랑외사》)으로도 출간되어 우파민족주의의 이론적 자산으로 활용되었으며, 근본적으로 인간과 자연, 인간과 인간, 육체와 정신의 유기적 조화를 강조한다는 점이 특징이다. 이러한 발상은 근본적으로 서구의 근대적 자연관, 인간관, 육체관을 정면으로 부정하는 전근대적 사상으로서 일제 말기 '반反서구', '반反근대'의 제국주의 이데올로기와 유사성을 보이고 있다. 〈무녀도〉와 같은 김동리의 소설에서도 나타나는 외래종교와 토속종교의 대립 또한 크게 보면 서양과 동양의 대립이라는 일제 말기 전쟁 이데올로기의 기본구도를 깔고 있다고 할 수 있다. 그 점에서 보면 '샤머니즘'이 일제 말기 총력전 체제를 지원하는 이데올로기로 제공되는 동시에, 해방 이후 우파들의 민족주의 이데올로기 생산에 동원되는 모습을 확인하게 된다.

해방 이후 김범부에 의해서 발견된 신라의 풍류사상이 시문학으로 전이된 대표적 사례가 서정주의 작품인데, 잘 알다시피 서정주야말로 정치적으로 민족주의 우파의 성향을 강하게 띠고 있다. 서정주의 '신라 정신'이 결정적으로 발현된 것은 전쟁 직후로, 그는 《삼국유사》를 통해서 발굴된 신라의 신화와 전설에서 '영통'과 '혼교', '영원성' 등의 핵심 주제를 발굴하고 그것을 작품으로 표현하여 세인들의 주목을 받은 바 있다.[17] 서정주의 신라정신 또한 김범부의 경우와 마찬가지로 외래종교가 들어오기 이전의 고유한 민족종교를 가리키는 것으로서 근본적으로 샤머니즘적 성격을 띠고

---

17 서정주의 신라정신이 성립되는 과정에 대해서는 박현수, 〈서정주와 미학적 기획으로서의 신라정신―'사소 모티프'를 중심으로〉(《한국근대문학연구》, 2006. 10.)를 참조.

있다.

　　천오백 년 내지 일천 년 전에는
　　금강산에 오르는 젊은이들을 위해
　　별은, 그 발밑에 내려와서 길을 쓸고 있었다.
　　그러나 송학 이후, 그것은 다시 올라가서
　　추켜든 손보다 더 높은 데 자리하더니,
　　개화 일본인들이 와서 이 손과 별 사이를 허무로 도벽해 놓았다.

_ 서정주, 〈韓國星史略〉 부분

　　천오백 년에서 천 년 전에 "금강산에 오르는 젊은이들"이 '화랑'을 가리키는 것은 분명해 보인다. 그들이 산을 오르는 사이에 별들이 내려와 그들의 발밑을 쓸어 주는 환상적인 장면을 연출하는 나라가 신라인 것이다. 하지만 그 사이에 중국의 학문(＝유학)이 들어오면서 다시는 그러한 일이 불가능해졌으며, 일본의 식민지 지배로 더욱더 그 관계가 멀어졌다는 것을 내세워 외래종교나 서구 학문의 도입으로 천 년 전 신라의 고유 종교가 사라졌음을 한탄하고 있다. 이 독특한 자연주의 혹은 자연중심주의는 자연과 인간의 조화라는 논리를 통해 전쟁 중에도 자연에서 위안을 찾아내는 (예컨대, 〈무등을 보며〉에서처럼) 초현실적 시세계를 형성하는 데서 힘을 발휘하게 된다. 서정주에게 있어서 신라의 샤머니즘은 인간과 자연 사이의 마술적이고 환상적인 관계를 가능하게 했던 신화적 세계를 형성하고 있다. 그는 그 영원성의 세계를 통해서 인간세계가 비로소 안정감을 얻을 수 있다고 믿는데, 그 최종적 귀결점이《질마재 신화》를 통해 나타난다. 거기에서는 유년 시절 질마재 언덕에서 수집된 전설적 이야기들을 중심으로 신라에 버금가는 샤머니즘적 세계가 환상적으로 연출되고 있다.

그때에는 왜 그러시는지 나는 아직 미처 몰랐읍니다만, 그분이 돌아가신 인제는 그 이유를 간신히 알긴 알 것 같습니다. 우리 외할아버지는 배를 타고 먼 바다로 고기잡이 다니시던 어부로, 내가 생겨나기 전 어느 해 겨울의 모진 바람에 어느 바다에선지 휘말려 빠져 버리곤 영영 돌아오지 못한 채로 있는 것이라 하니, 아마 외할머니는 그 남편의 바닷물이 자기 집 마당에 몰려 들어오는 것을 보고 그렇게 말도 못 하고 얼굴만 붉어져 있었던 것이겠지요.

_ 서정주, 〈해일〉 **부분**

바다에서 죽음을 맞이한 외할아버지가 마치 "바닷물"이라도 된 것인 양 집 안으로 들어오는 장면, 그리고 그 바닷물이 마당으로 들어오는 것을 보고 얼굴을 붉히는 외할머니의 표정만으로도 죽은 자와 산 자가 중개물을 통해서 서로 만난다는 샤머니즘의 정신이 환상적인 장면으로 재현되고 있음을 보게 된다. 이때도 양자 사이를 매개해 주는 것은 자연이다. 자연은 한편으로는 인간의 목숨을 앗아가기도 하지만, 다른 한편으로 산 자과 죽은 자를 연결해 주기도 한다. 죽어도 죽지 않는 인간의 삶에 대한 이해, 자연과 인간이 분리되지 않았다는 믿음, 그리고 죽은 자와 산 자가 서로 통할 수 있다는 신념 등이 이 시의 기본 정신을 형성하고 있으며, 멀리는 '신라 정신'에서 기원하는 신화적 인식이라 할 수 있다.

현실에서는 이루어질 수 없는 신화적 소통의 현장이 기억 속의 신화적 공간을 통해서 재현되고 있는 것이다. 이처럼 신화적 기억이라고 할 수 있는 시적 상상력의 추진력은 바로 샤머니즘에서 기원한다. 신화와 전설을 통해 유전되는 샤머니즘의 전통이 근대적 서정시의 정신적 기반으로 다시 소생하고, 그것이 이념적 차원으로 승화되는 것은 서정주가 기여한 바이다. 서정주에 이르러 샤머니즘은 드디어 독립된 종교적 교리를 구비하게 되었으며, 삶의 원리이면서 시 창작의 원리로까지 발전할 수 있게 되었다. 이것은 서양의 종교인 기독교와 서양의 근간이 되는 신화의식에 대한 열등감과 부채의식에서 벗어나기 위한 서정주 개인의 노력의 산물이기도 하다.

종교문학으로서의 샤머니즘 문학

이상으로 근대시의 형성 과정에서 샤머니즘이 출현하는 과정과 문학적 흔적들을 추적해 보았다. 특히 1920년대와 1930년대를 중심으로 샤머니즘의 시적 구현 양상을 살피는 데 주력하였다. 앞서 보았듯이, 1920년대 이전까지만 하더라도 샤머니즘은 '미신'으로 치부되어 부정적인 평가를 받는데, 이는 서양에서 도입된 기독교의 관점이 투영된 것이다. 기독교는 처음에 사실상 종교로서가 아니라 합리적 계몽사상처럼 군림하면서 샤머니즘을 비합리성으로 규정하고 추방하는 데 기여했다. 이러한 상황은 1920년대 초반의 동인지 시대까지 이어진다.

하지만 1920년대 중반 일군의 시인들이 지나치게 서구 추종적인 자유시 지향의 태도를 반성하고 시조를 중심으로 하는 새로운 시운동의 필요성을 제기하면서 샤머니즘의 운명이 바뀌게 된다. 이때 시조의 기원을 단군으로까지 소급하여 노래의 민족적 전통을 확립하고자 했던 사람이 최남선이다. 최남선은 최초의 샤먼(= 단골)으로서 단군을 지목함으로써 샤머니즘이 민족문학의 기원에 있다는 사고를 전파하였다. 최남선의 언급 이후 샤머니즘은 전통적 종교, 민족종교의 명예를 회복한다. 그러나 최남선의 경우 샤머니즘은 객관적 서술의 대상에 지나지 않았다. 반면에 샤머니즘의 세계관을 시적 상상력의 원리 차원에서 검토한 사람이 김소월이다. 그의 작품 중에서 이별의 아픔을 노래한 것들이 절창으로 꼽히는데, 산 자와 죽은 자 사이의 이별의 순간을 영혼의 교류를 통해 극복할 수 있다는 사고를 시에 도입하고 있어 주목된다. 한편으로 그것은 영혼을 통해서 물리적 거리를 극복할 수 있다는 상상력의 확장을 낳았다. 이는 샤머니즘의 정신을 시적 상상력 확장을 위한 발판으로 삼고 있다는 것을 의미한다. 1920년대에 이르러 샤머니즘은 이론적 차원에서 민족적 종교로서 복원되는 한편, 시적 상상력 차원에서 서정시의 정신을 형성하는 데 기여한 것으로 평가된다.

반면 1930년대에는 샤머니즘에 대한 접근법에 변화가 온다. 우선 샤머니즘이 일본의 제국주의적 학문이라 할 수 있는 민속학적 접근의 대상이 된 것이다. 일본의 신사와 조선 샤머니즘의 유사성을 해명하기 위한 민속학적 접근법에는 최남선과 이능화도 참여하여 친일 활동의 계기가 되기도 한다. 이러한 민속으로서의 샤머니즘 연구는 시에도 반영되어 백석의 경우 샤머니즘 풍속에 대한 기억의 시 쓰기로 이어진다. 또한 다른 한편으로 그것은 김범부, 김동리, 서정주로 이어지는 풍류로서의 샤머니즘론으로 발전하게 된다. 그러나 풍속의 대상으로서 샤머니즘을 바라보는 백석은, 샤머니즘을 유년의 기억에 남아 있는 과거화된 대상, 곧 객체로 간주하는 측면이 강하다. 반면 풍류로서의 샤머니즘은 샤머니즘을 신라에서부터 현재까지 살아 있는 현재적 사상으로 간주한다는 점에서 백석과 차이를 보인다.** 백석의 샤머니즘은 무당과 귀신에 대한 유년의 기억을 성년의 화자가 회상하는 방식으로 전개하여, 샤머니즘을 친숙한 공동체적 생활의 일부분으로 그려 낸다는 특징이 있다. 이때 샤머니즘의 과거적 성격이 강조되긴 하지만, 그것은 오히려 사물과 장소에서 의미를 박탈하는 근대적 세계관을 반성하는 계기를 마련하고 있다. 이것은 민속학 연구의 제국주의적 취지를 위반하는 일이기도 하다. 서정주의 샤머니즘은 더 나아가 신라에서 이어지는 신화적 사고를 재현하고자 한다는 점에서 샤머니즘의 세계관적 측면을 강조하고 있다. 신화적 세계관은 시인이 그 자체로 복원하고 싶어 하는 세계로서, 자연과 인간, 삶과 죽음이 서로 소통하는 영원성의 세계라고 할 수 있다. 이때 샤머니즘은 여타의 종교적 자질들을 흡수하면서 한국의 독자적인 시적 세계관을 형성하는 근본 이념으로 자리 잡고 있다. 따라서 서정주에 이르러 샤머니즘은 비로소 종교문학의 경지에 이르렀다고 할 수 있다.

정리하자면, 1930년대의 샤머니즘은 전통적 종교로만 복원되는 것이 아니라 그것의 현실적 기능을 회복한다는 데 의미가 있다. 백석의 경우처럼 근대사회의 무의미성을 비판적으로 반성하는 계기를 만드는 것, 서정주의 경우처럼 서구적 종교관을 대체할 만한 민족종교로서의 지위를 다시 차지하려고 하는 것 등이 그것이다. 이러한 과정을 통해 샤머니즘은 비로소 종교문학으로서 내용을 확보하는 데 필요한 단계를 거쳐 왔다고 할 수 있다. 이로써 식민지 시대에 이미 기독교와 불교 등에 치우친 종교문학의 범주에 샤머니즘이 그 일부로 기입될 수 있는 최소한의 여건이 마련되었다.

10장
바다도 물아일체의 대상인가
: 시인과 바다

바다에는 인간의 손길이 미치지 못하는 깊이와 넓이가 있고, 그것이 인간을 압도한다. 바다는 인간이 더 이상 근접할 수 없는 세계에 도달했다는 것, 즉 인간의 한계를 알려 주는 역할을 한다. 인공과 자연의 대립을 무화시키고 자연을 인간화하여 지배한다는 물아일체의 전략이 통하지 않는 자연이 바다인 것이다.

* 이 글은 《한국시학연구》(2017년 8월)에 게재된 〈시인과 바다 : 바다에 대한 시적 형상화의 의미〉를 수정하고 보완하여 재수록한 것이다.

바다에 대한 물아일체의 (불)가능성

시인들에게 바다란 무엇인가? 크게 보면 바다는 자연의 일부이고, 시인은 인간에 속한다. 바다와 시인의 관계는 자연과 인간의 관계를 압축적으로 반복하는 것처럼 보인다. 그러나 바다는 다른 자연과 차이를 보인다. 우선, 오랫동안 시인들이 자연을 대상으로 하는 시를 쏟아 냈지만 바다는 뒤늦게 시의 대상으로 부상하게 된다. 자연을 대상으로 연마했던 시적 기술이 바다에도 적용되는 것이 당연할 텐데, 문제는 여기에서 발생한다. 다른 자연에서 제대로 작동했을 시적 기술이 바다에서도 작동해야 하지만, 바다는 아직 '낯선 자연'이었고 그 이후에도 '낯선 자연'으로 남게 된다.[1] 자연이

---

1 시에 나타난 바다에 대한 연구는 주로 '바다 이미지'의 다양한 양상을 살피는 방식으로 진행되었다.

지만 자연에 포섭되지 못하는 자연인 것이다. 그런 현상이 바다라는 소재가 뒤늦게 발견되었기 때문에 발생한 것인지, 아니면 바다라는 소재 자체의 본성에서 기원한 것인지 살펴볼 의미가 충분하다.[2] 이를 위해 고전부터 현대에 이르기까지 바다에 대한 시 몇 편을 추출하여, 바다에 대한 시적 형상화의 내용을 살피고자 한다.

자연이 문화적 상상의 산물이라는 것은 널리 알려진 사실이다. 자연은 그 자체로 존재하는 세계가 아니라 인공의 손길을 통해서 비로소 존재하는 세계이다. 따라서 인공으로부터 독립된 청정 자연은 더 이상 존재하지 않는다. 자연과 인공은 양자택일이 허용되지 않는 공존재共存在인 것이다. 그럼에도 불구하고 유독 자연의 자연다움을 가장 잘 보존하고 있는 대상으로 거론되는 자연이 있다. 자연다움을 가장 잘 보존하고 있으므로 인공의 세계에서 멀리 떨어져 있고, 그래서 인공에 대하여 반성적 거리 두기를 가능케 하는 자연이 있기 마련이다. 가장 대표적인 것이 산과 바다이다.

산, 그중에서도 깊은 산속은 인간세상에서 멀리 떨어져 있으면서 태양에 가장 근접한 높이를 보여 주어 성스러운 공간을 허용한다. 깊은 산속에 자리잡은 성전, 산꼭대기에 터를 잡은 신전 등이

그것은 주로 바다 이미지에 내포된 상징적 의미(박민영, 〈근대시와 바다 이미지〉, 《한어문교육》 27, 2012. 11.), 그리고 바다에 대한 시인의 인식 혹은 세계관(손미영, 〈현대시에 나타난 '바다 이미지' 고찰〉, 《우리문학연구》 20, 2006. 8.)을 살피는 일에 집중하게 된다. 그것은 바다 이미지의 다양한 유형학적 시도를 유발한다. 이 글은 바다의 '자연성'에 대한 질문에서부터 이전 논의와 차별된다. 바다는 기존의 자연적 사물의 이미지와 같은 것이 아니며, '다른 자연'의 의미를 내포하고 있다는 것이다. 따라서 그러한 '다른 자연'을 시의 소재로 취급하는 과정에서 시인들은 기존의 시적 형상화와는 다른 방식을 탐구할 수밖에 없었다는 것이다.

2 새로운 시의 소재가 등장하면 그 소재를 형상화하는 과정에서 시의 형식에 변화가 발생할 것은 충분히 짐작 가능한 일이다. 시의 소재는 수동적 재료가 아니라 시의 형식을 시험대에 올려놓는 존재인 것이다.

산의 독특한 자연스러움을 드러낸다. 그러나 산이 보여 주는 자연이란 인간의 종교적 심성이 절정에 도달했을 때와 연결된다는 점에서, 그것은 어쩌면 가장 인공적인 자연의 모습일 것이다. 인간 세상에서 가장 멀리 떨어져 있으면서도 인간세상의 초월적 욕망이 최고도로 집결되어 있는 공간이 바로 산속이다. 그런 의미에서 가장 자연다운 자연으로 거론되는 깊은 산속은 역설적이게도 가장 인간적인 자연의 모습을 보여 준다. 어쩌면 깊은 산속은 가장 인간적이기 때문에 가장 자연적이라는 평가를 받는 공간인지도 모른다.

인공과 자연이 대립하지 않는 상태, 그런 경지를 예로부터 물아일체物我一體라고 했다. 이 말은 어차피 모든 자연은 결국 인공적일 수밖에 없다는 사실에 대한 간접적 승인의 표현일 수도 있다. 모든 자연이 인간화되었을 때 물아일체의 경지를 체험할 수 있다는 것인데, 이때 자연은 이미 너무나 인간적이고 너무나 인공적이기 때문에 전혀 낯설거나 두려운 존재가 아니다. 자연은 그것이 등장하는 순간 이미 인간에 의해 포섭되고 인공의 색으로 덧칠해져서 친숙한 공간이 되어 버리는 것이다.

신기한 것은, 이런 방식의 관념이 인간이 자연의 횡포에 막무가내로 굴복할 수밖에 없었던 시절, 말하자면 인간이 자연의 은총을 수동적으로 바랄 수밖에 없었던 시절에 형성되었다는 사실이다. 그것은 어쩌면 인간이 자연을 지배할 수 없을 때에, 자연에 동화되어 인간이 자연에 복종하는 태도를 취하면서 다른 한편으로 자연을 통제하고 정복하려 했던 샤머니즘적 관습의 연장에 있는 것이기도 하다.[3] 너무나 거대한 자연의 횡포에 맞서기 위해서 인간은 자연을 충분히 인간화할 필요가 있었다. 가장 자연적인 것이기 때문에 가장 인간적인 색을 입히고자 한 것이다. 산, 그중에서도 깊은 산속에 대한 시적 형상화는 바로 그러한 인간적 대응의 산물이라 할 수 있다.

바다 또한 산과 더불어 인공의 손길에서 멀리 떨어진 존재임에는 분명하다. 그러나 사람들은 바다에 대해서는 물아일체의 샤머니즘적 전략을 구사하는 데 실패한다. 바다에는 인간의 손길이 미치지 못하는 깊이와 넓이가 있고, 그것이 인간을 압도한다. 바다는 인간이 더 이상 근접할 수 없는 세계에 도달했다는 것, 즉 인간의 한계를 알려 주는 역할을 한다. 인공과 자연의 대립을 무화시키고 자연을 인간화하여 지배한다는 물아일체의 전략이 통하지 않는 자연이 바다인 것이다.

바다는 인간화되지 않는 자연이지만, 인간에게 인간의 한계를 알려 준다는 의미에서 인간적인 자연이다. 인간은 바다 앞에서 자신의 한계를 인식하고 그 한계를 받아들이게 된다. 그러나 이것은 역설적이게도 인간이 바다 앞에서 자신의 한계를 넘어서는 상상력을 작동시키게 만드는 요인이 되기도 한다.[4] 너무도 심오한 깊이와 끝없이 펼쳐진 넓이를 통해서 인간은 자신의 한계를 받아들이

---

3 한국의 근대시와 샤머니즘의 관련성에 대해서는 졸고, 〈한국시에 나타난 샤머니즘 연구〉(《한국시학연구》 38, 2013. 12.)를 참조.

4 바다가 역사의 대상이 되었을 때 그 의미에 대해서 주경철은 이렇게 말한다. "바다는 한편으로 사람의 길을 가로막는 장벽이지만 동시에 사람들의 상상력을 자극하고 수평선 너머로 유혹하여 결국 머나먼 이국과 소통시키는 길이 되기도 한다."(주경철, 《문명과 바다》, 산처럼, 2009, 11쪽.)

는 한편, 그 한계를 넘어서는 세계에 대한 갈망을 동시에 품게 되는 것이다. 바다라는 자연은 자신의 한계를 인정하는 인간만이 그 한계를 넘어서는 상상을 작동시킬 수 있다는 새로운 진리를 알려준다.

바다 앞에서 드디어 인간은 자연과 대립하는 것이 아니라 자기 자신의 한계를 마주하게 된다. 그것은 자기 자신의 개인적 한계인 동시에 자신이 포함되어 있는 세속적, 공동체적 삶의 한계이기도 하다.[5] 그러므로 바다 앞에서는 자기의 삶에 대해서, 그리고 세속적 삶에 대해서 반성하고 점검하는 일이 전혀 어색하지 않다. 그런 의미에서 바다는 전혀 친숙한 공간이 되지 못한다. 바다는 일상에서는 허용되지 않는 예외적 사태가 발생하는 장소인 것이다. 낯설고 이질적인 사건, 말하자면 모험이 발생하는 곳이기도 하다.

물아일체의 전략을 통해 산을 정복했던 인간은 자신의 한계를 알지 못한다. 거대한 자연조차도 복종을 가장한 지배의 전략, 즉 물아일체의 전략으로 정복할 수 있는 대상인 것이다. 이것은 고전이 지배하는 세계, 즉 물아일체의 전략을 구사했던 고전시가의 세계가 가장 인간적이었고, 가장 반反자연적인 결과를 산출하였음을 의미한다. 물아일체의 전통을 계승하는 주객동일성의 전통서정시[6]가 비유와 상징을 통해 자연을 재해석하려 했을 때도 그러한 전략

---

5 바다를 통한 교역은 국가와 국가를 연결하게 되지만, 이와 동시에 국가와 국가 사이의 경계선에 대한 인식(즉, 민족주의 의식)을 강화하게 된다. 이는 이질적인 것과의 차이가 부각되면서 동일성이 강화되는 것과 같은 이치이다.

6 "자아와 세계 간의 정서적, 형이상학적 동일성을 추구하는" 경향으로서, 한때 "자아와 세계의 내적 연관성을 파괴시키는 파시즘적인 자본의 폭력"에 맞서는 시의 형식으로 주목받은 바 있다. 최동호, 〈전통서정시론의 시대적 변천〉, 《어문학》, 2001. 6, 494쪽.

은 유지된다. 물아일체, 주객동일성이라는 유사성의 전략은 자연에 대한 숭배와 자연에 대한 지배를 동시에 달성하고자 했던 고전 세계의 샤머니즘적 이중성이 반영된 결과이다.

그러나 바다에 이르러 인간은 자연을 단순한 대립물로 세우는데 성공하지 못하게 된다. 바다는 인간이 그 크기를 가늠할 수 없는, 심오한 깊이와 거대한 넓이를 소유하고 있기 때문이다. 인간의한계를 넘어서는 바다를 강압적으로 인간화하기 위한 전략은 물아일체가 아니라 물아불일치物我不一致, 혹은 자신의 한계에 대한 반성적 거리 두기일지도 모른다. 바다는 자신 혹은 자신이 속한 공동체의 삶을 되돌아보게 만드는 한계 지점이기 때문이다.

그러므로 바다라는 대상은 단순히 여러 가지 시적 소재의 일부라고 할 수 없다. 기존의 시적 소재와 달리 바다라는 소재를 가공하는 과정에서 시인들은 새로운 시의 형식에 대한 필요를 경험하고 있기 때문이다. 바다를 대하는 시인의 자세 변화를 통해 그 기초적인 요인을 확인해 보자.

고전시가의 바다 : 바다에 대한 물아일체의 조건으로서 '육지의 결여'

먼저, 고전시가의 바다를 살펴보도록 하자. 거대한 대륙 중국의 영향을 받았기 때문에 고전시가에서 바다는 크게 부각된 소재가 아니었다.[7] 고전시가에서 바다는 인간이 배를 타고 나갈 수 있는

---

7 변승구에 따르면 바다를 소재로 한 시조는 총 156수로 집계된다. 전체 시조의 수에 비하면 그리 많

만큼의 거리를 배경으로 한다. 바다는 육지에서 멀리 떨어져 있지 않고, 육지에 부속된 공간으로 표상된다. 바다의 넓이는 배를 타고 낚시를 즐길 수 있을 만큼의 거리를 벗어나지 않는다. 그러므로 바다를 표상할 때는 육지가 그 기준점으로 작용하게 된다.

桃花 쓴 흐르는 믈에 니러드는 나뷔드라
香늬을 죠히여서 곳마다 안지마라
져근덧 太海로 가면 갈 곳 몰나 흥노라   _작자 미상[8]

김기림의 〈바다와 나비〉를 연상시키는 이 시조에서 "太海"는 복숭아꽃잎이 흩날리는 무릉도원의 강줄기 끝에 이어져 있다. 그 강줄기를 따라 꽃이 흐르고, 그 향기에 끌려 "니러드는 나뷔들"은 꽃을 따라 강줄기가 끝나는 지점까지 이르게 된다. 이렇게 강이 끝나는 지점에서 바다가 펼쳐지고, 강과 바다의 경계선이 드러난다. 그리고 "香늬"만을 따르던 "나뷔"는 드디어 "桃花 쓴 흐르는 믈"과 "太海"의 경계를 넘어서게 된다. 그런데 이 작품에서 화자는 강과 바다의 경계를 넘어서면 "갈 곳 몰나" 혼란스러운 상황이 펼쳐질 것을 예감하고 우려하고 있다. 육지와 달리 바다 위에는 길이 나 있지 않기 때문에 한번 바다로 접어들면 방향을 상실하게 된다는 것이다. 나비가 꽃향기를 따라 여기저기 이동하는 것은 자연스러운 일이지만 눈앞의 꽃향기만을 좇았을 때 결국에는 낭패를 보게

다고 할 수 없는 양이다. 변승구, 〈고시조에 나타난 '바다'의 심상 고〉, 《한국고전연구》 26, 2012, 252쪽.

8 박을수 편, 《한국시조대사전》, 아세아문화사, 1992.(작품번호 1234)

된다는 경고의 뜻을 전달하고 있다.

무릉도원에서 시작되는 강줄기의 향기는 바다 앞에서 소멸하고 만다. 바다는 무릉도원에서 시작되는 모든 향기의 종점인 것이다. 아무리 강렬한 향기도 바다 앞에서는 더 이상 의미를 지니지 못하게 된다. 바다는 마치 삶이 더 이상 기능하지 못하는 죽음의 세계처럼 그려지고 있다. 바다 앞에 거대한 경계선이 그어져 있는 것이다. 그 경계선을 따라서 바다에는 혼란과 무질서, 방향 상실 등이 배치되어, 자연스럽게 질서, 방향성을 대변하는 육지와 대립되고 있다. 바다는 육지에 포함되어 있는 요소(질서와 방향성 등)의 결여 형식으로 이해되는 것이다. 이 시의 화자에게 바다는 능동적positive이고 긍정적인 묘사의 대상이 아니라, 소극적이고 부정적negative으로만 묘사되는 대상으로 여겨지고 있다. 바다는 육지의 끝에서 펼쳐지는 공간이며, '육지의 결여'가 시작되는 지점인 것이다. 이처럼 바다가 육지의 결여로 인식되는 데서, 바다에 대한 인식의 기준점이 육지에 있음을 알 수 있다. 그리하여 육지에서 통용되는 물아일체와 주객동일성의 관점이 바다에서도 관철된 것이다. 동일성과 유사성에 근거하는 비유와 상징의 형식이 지배적인 것도 이와 관련된다. 그래서 이 작품에서는 바다를 포함하여 모든 자연 표상('복숭아꽃잎이 흐르는 강물', '나비', '복숭아 꽃향기' 등)이 자아의 이념을 대변하는 비유와 상징이 되고 있다.

다음 작품에서도 바다는 '육지의 결여'로 그려지고 있다. 육지에는 존재하는 것이 바다에서는 더 이상 통용되지 않는 현상이 그것이다. 다만, 특징적인 것은 육지의 결여라는 이유만으로 바다가 긍정적 평가의 대상이 되고 있다는 점이다.

묽 의 외로운 솔 혼자 어이 싁싁ᄒ고
　　빅매여라 빅매여라
머흔 구룸 恨ᄒᆞᆫ티 마라 世셰上샹을 리온다
　　至지匊국忩총 至지匊국忩총 於어思ᄉᆞ臥와
波파浪랑聲셩을 厭염티 마라 塵딘喧훤을 막ᄂᆞ도다

＿윤선도, 〈漁父四時詞〉 부분

이 시의 화자는 '어부'로 설정되어 있다. 그러나 이 시의 화자 어부는, 바다를 생활의 배경으로 삼고 있는 인물이긴 하되 "생계를 유지하기 위해 고기를 잡는 생활인으로서의 어부가 아닌 자연친화적인 어부"[9]의 모습을 하고 있는 점이 특징이다. 이 시의 화자는 육지보다는 바다에 익숙한 삶을 살아갈 것이다. 그런 의미에서 앞서 인용한 무명씨의 시조가 바다를 '무릉도원의 결여'로 그렸다면, 이 연시조에서는 바다 자체가 마치 '무릉도원'인 것처럼 그려지고 있어 대조를 이룬다. 바다가 '부정적'인 공간이 아니라 '긍정적'으로 형상화되고 있는 것이다.

그러나 그 긍정성의 기원에는 여전히 '육지의 결여'로서의 바다라는 관념이 자리하고 있다. 바다의 긍정성이 바다 자체에서 기원하는 것이 아니라 그것이 '육지의 결여'이기 때문에 긍정적으로 기능하고 있는 것이다. 구체적으로 살펴보면, 여기에서 바다를 둘러싸고 있는 '구름'이나 '파도 소리' 등은 육지로 표상되는 세상사로

9　김광, 〈강호한정에 나타난 여가문학적 이미지 탐색―고산 윤선도의 어부사시사를 중심으로〉, 《문학춘추》 93, 2015. 12., 229쪽.

바다도 물아일체의 대상인가　｜

부터 화자 자신(＝외로운 소나무)을 분리하고 차단해 준다. 바다는 육지의 소음이 더 이상 미치지 못하는 한계 지점에 위치해 있는 것이다. 그 한계 지점에서 바다는 파도 소리를 통해 육지의 소음이 부재하는 공간을 형성한다. 육지의 소음이 결여된 공간을 형성함으로써 바다는 긍정적 성격을 띠게 되는 것이다.

여기에서 주목할 점은, 바다가 그 자체로 의미 있는 공간이 아니라, 육지의 결여이기 때문에 긍정적 공간의 의미를 부여받는다는 것이다. 육지의 부정성이 결여된 공간이 바다이기 때문이다. 이처럼 육지의 결여로 표상되는 바다는 그 자체로는 의미를 지니지 못한다. 바다는 육지와 대비되었을 때만 의미를 지닌다. 그러므로 고전시가에서 육지 소음에 대한 바다의 차단은, 바다와 육지가 여전히 긴밀하게 연결되어 있다는 것을 전제한다.[10] 구름과 파도를 동원하여 육지의 소음을 차단한다고 하더라도, 바다라는 공간이 독립된 세계를 유지하는 것은 아니다. 처음부터 바다는 육지로부터 분리될 수 없으며, 육지의 연장으로 간주된다. 바다는 독자적으로 존재하는 공간이 아니라 오히려 육지를 부각하기 위한 배경으로 등장한다.

그러므로 육지의 부정성이 결여된 바다 내부에는 '순수한 육지'에 대한 화자의 갈망이 은폐되어 있다. 육지의 결여로 인해서 긍정적으로 평가되는 바다는 사실상 육지의 속살이었던 것이다. 곧 바

---

10 유배지에서 생성된 시조들이 대개 그러하듯이 바다는 육지를 벗어나지 못하고 있다. 윤선도의 〈어부사시사〉의 경우에도 "세상을 벗어나 아름다운 자연을 벗 삼으며 강호한정을 노래했다고는 하지만, 이 작품에도 역시 곳곳에 그의 정치적 욕망이 표출되어 있음을 어렵지 않게 찾아낼 수 있다." 조태성, 〈'산-바다'의 공간기호와 욕망의 진퇴―고산 시조의 감성적 독해〉, 《국어국문학》 156, 2010. 12., 163쪽.

다는 전혀 낯선 자연이 아니다. 이 작품이 "물아일체의 자연에 몰입하여 관조의 견지에서 자연을 완상한 강호, 산림문학"[11]인 이유가 여기에 있다. '어부'의 노래인 〈어부사시사〉는 바다가 아니라 강산江山을 중심으로 하는 문학(이른바 강호한정江湖閑情의 문학)으로 귀속된 것이다.

따라서 강호한정의 문학에서 육지에서 멀리 떨어진 바다 그 자체는 상상의 대상이 되지 못한다. 바다는 멀리 떨어진 곳의 소식을 기다리는 개방된 공간이 아니므로, (오히려 육지의 중심에서 들려오는 소식을 기다린다는 점에서) 바다로 나간 관념은 바다를 돌아서 다시 육지로 귀환하는 폐쇄적 공간에 갇히고 만다. 바다는 육지로 되돌아가기 위한 반환점일 뿐이다. 이처럼 자연이 물아일체의 대상의 지위를 유지할 수 있었던 고전시가의 세계에서조차 바다는 그 자체로 '결여'인 자연의 모습을 하고 있다. 바다는 '육지의 결여'일 뿐만 아니라 육지로 대표되는 '자연의 결여'였던 것이다. 바다가 자연이 되기 위해서는 유보적인 조건이 충족되어야 한다. 즉 바다는 그 자체로 자연인 것이 아니라 자연의 결여인 한에서만 자연으로 인정받는다는 뜻이다. 바다는 육지의 결여, 즉 자연의 결여라는 형식으로 물아일체의 대상에 겨우 편입되었던 것이다. 그렇지 않다면 바다는 그 자체로 독립적인 관심의 대상이 될 수 없었다.

---

11 김광, 앞의 글, 227쪽.

바다도 물아일체의 대상인가 |

근대시의 바다 1 : 자연으로 위장한 문명/비문명의 바다

'육지의 결여'로 간주되던 바다가 드디어 독자적인 목소리를 회복하는 것은 최남선의 〈海에게서 少年에게〉를 통해 확인된다. 이 작품에서 바다는 더 이상 육지의 연장도 아니고 육지를 위해서 배경으로 존재하는 대상도 아니다. 오히려 바다는 육지와 대립하고, 육지를 무너뜨릴 만한 막강한 힘을 부여받는다.[12]

텨······ㄹ썩, 텨······ㄹ썩, 텨, 쏴······아.

싸린다, 부슨다, 문허 바린다.

태산泰山 갓흔 놉흔 뫼, 딥태 갓흔 바위ㅅ돌이나,

요것이 무어냐, 요게 무어야.

나의 큰 힘 아나냐, 모르나냐, 호통ᄭᅡ디 하면서

싸린다, 부슨다, 문허 바린다.

텨······ㄹ썩, 텨······ㄹ썩, 텨, 튜르릉, 콱.

텨······ㄹ썩, 텨······ㄹ썩, 텨, 쏴······아.

내게는, 아모것, 두려움 업서,

---

12 잘 알다시피 최남선에게 있어서 바다는 서양 근대문명의 알레고리로 사용된다. 그에 반해서 육지는 중국 중심의 봉건사회를 가리킨다는 점에서 바다와 대립한다. 바다와 육지의 대립은 서구문명과 중국 중심의 동양문명의 대립이기도 한 것이다. 하지만 정작 최남선의 관심은 바다에 있는 것이 아니라, 바다와 육지 사이에 있는 '반도'라는 조선의 지리적 위치와 그 사명을 환기하는 데 있었다. 조선은 동양과 서양의 문명과 문화가 혼종적으로 결합할 수 있는 가능성의 땅이라고 생각한 것이다. 이에 대해서는 졸고, 〈문학사 교육과 문학문화―최남선을 중심으로〉(《국제어문》 49, 2010. 8.)를 참조 바람.

육상陸上에서 아모런 힘과 권權을 부리던 자者라도,

내 압헤 와서는 쏨쌱 못하고

아모리 큰 물건도 내게는 행세하디 못하네.

내게는 내게는 나의 압헤는.

텨……ㄹ썩, 텨……ㄹ썩, 텩 , 튜르릉,콱.

_ 최남선, 〈海에게서 少年에게〉 부분

이 작품에서 화자의 시선은, 그동안 육지에서 바다를 향하던 고
전적 시선에 반대하여 바다에서 육지를 향해 몰아치는 파도를 따
라가고 있다. 육지의 중심을 이루는 '태산 같은 높은 뫼'도, 육지를
지배하는 세속적인 '힘과 권력'도 바다는 아무런 두려움 없이 때리
고, 부수고, 무너뜨리려 하고 있다. 화자는 아무런 두려움도 없이
육지를 향해 사정없이 몰아치는 바다의 힘에 완전히 동화되어 있
다. 화자는 바다와 일체를 이루는 것처럼 보인다. 그런 의미에서
이 작품은 시적 화자가 바다의 입장에서 일체를 이루는 첫 번째 작
품이다.

물론 이 작품에서 시적 화자가 일체되기를 소망하는 바다가 자
연을 대표한다고 할 수는 없다. 이 작품에서 바다는 자연이 아니라
오히려 문명에 더 가깝기 때문이다. 다시 말해서 바다는 이미 인공
적인 세계를 대표한다. 인공적인 세계를 대표하는 문명이 자연의
모습을 하고 나타난 것이 바다인 것이다. 바다는 자연으로 위장한
문명을 표상한다. 따라서 겉으로 보았을 때 이 시의 화자는 바다와
일체가 되어서 전적으로 육지에 대립하고 있는 것처럼 보이지만,
자세히 들여다보면 바다가 육지 전체를 부정하는 것은 아님을 알

수 있다. 이 작품의 마지막 연에서 바다는 육지에 대해서 약간은
유보적인 태도를 보여 주고 있다.

> 텨……ㄹ썩, 텨……ㄹ썩, 텩, 쏴……아.
> 뎌 세상世上 뎌 사람 모다 미우나,
> 그중中에서 쪽 한아 사랑하난 일이 잇으니,
> 담膽 크고 순정純情한 소년배少年輩들이
> 재롱才弄텨럼, 귀貴엽게 나의 품에 와서 안김이로다.
> 오나라, 소년배少年輩, 입맛텨 듀마.
> 텨……ㄹ썩, 텨……ㄹ썩, 텩, 튜르릉, 쾅.

　기본적으로 바다는 육지에 있는 모든 존재를 부정하지만, 육지
에 있는 '소년배'만큼은 품에 안고 입을 맞추려 하고 있다. '소년배'
는 바다가 부정하는 '세상 사람'에 속하지 않는, 다시 말해서 아직
'세상'에 물들지 않은 유일한 존재이기 때문이다. '소년배'는 육지
의 권력을 추종하는 '세상 사람들'과 달리, 바다와 더불어 새로운
'미래'를 기획할 수 있는 존재인 것이다. 과거의 권위에 종속된 육
지의 삶에 비해서 바다를 통한 '소년배'의 삶은 미래를 향해 개방되
어 있다. 바다는 자연으로 위장한 문명이면서, 미래의 시간으로 개
방된 공간인 것이다. 이처럼 바다를 통해 개방된 미래의 시간이 문
명이라는 목적지를 향해 움직이는 직선적, 발전적 시간이라는 것
은 이제 상식에 속한다. 이것은 바다로 개방되지 못한 물아일체의
자연관에서는 찾아보기 어려운 현상이다. 〈해에게서 소년에게〉가
근대시의 첫 번째 위치에 놓이는 이유가 여기에 있다.

그러나 문명의 위장을 걷어 내고 자연으로서의 바다만을 관찰해도 이 작품에서는 특이점이 발견된다. 특히 '소년배'의 관점에서 보았을 때 두려움 없이 몰아치는 바다의 존재는 더 이상 친숙한 대상이 아니다. 육지를 향해 거칠게 부딪치는 파도는 위협적이고 두려운 대상일 뿐이다. 이 작품에서 바다는 처음으로 육지와 구별되어 독자적인 세계를 구축하고 있을 뿐 아니라, 인간 세상에 공포를 안겨 주는 두려운 존재로 부상한다. 이것은 그동안 '산'을 통해서 구축된 자연의 자연다움과는 완전히 구별된 모습이다. 바다는 편안하고 친숙하고 익숙한 삶을 뒤흔드는 존재, 낯설고 불편하고 두려운 존재가 되고 있는 것이다. 그것은 바다라는 자연 내부에 문명이라는 미래형 시간이 내장됨과 동시에 발생한 현상이다. 이 작품은 그렇게 낯선 미래의 시간이 순수한 자연의 시간이 아니라 문명화된 자연의 시간이라는 것을 보여 준다. 그래서 최남선의 이 작품은 문명을 통해 형성된 인공의 시간이 자연으로 위장하면서 작동하기 시작한 근대의 시점과 일치하는 것이다. 최남선의 바다는 자연이 더 이상 순수한 자연이 아니라는 것을 폭로하고 있다. 그의 바다는 자연과 인공의 모순적 공존의 가능성을 열어 두고 있다.

더욱이 이 작품에는 이처럼 모순투성이의 낯설고 두려운 존재를 향해 일체감을 형성하고자 하는 화자가 등장한다. 친숙한 대상을 향해서 일체감을 형성하는 일은 쉽지만, 낯설고 두려운 대상의 위치에 서는 것은 어려운 일이다. 이렇게 낯선 바다와의 일체감을 시도하면서 물아일체物我一體의 경험에도 변화가 찾아오게 된다. 두렵고 낯설고 익숙하지 않은 대상을 향한 동일시의 시도는, 익숙하지 않은 세계에 대한 그리움의 감정을 발생시킬 것이기 때문이다.

이것은 소리없는 아우성
저 푸른 해원海原을 향하여 흔드는
영원한 노스탈쟈의 손수건
순정은 물결같이 바람에 나부끼고
오로지 맑고 곧은 이념의 푯대 끝에
애수는 백로처럼 날개를 펴다
아아 누구던가
이렇게 슬프고도 애달픈 마음을
맨 처음 공중에 달 줄을 안 그는　　　　　_유치환,〈깃발〉전문

　　여기에서 바다는 인간이 영원히 도달할 수 없는 세계, 즉 유토피아의 세계를 구축하고 있다. 바다 건너편에 존재할지도 모르는 또 다른 세계에 대한 그리움은 "영원한 노스탈쟈"를 통해 표현되고 있다. 육지에 매인 상태에서 바다를 향해 자유롭게 날아가고 싶어 하는 '깃발'의 그리움은 미지의 세계를 '향수鄕愁'의 대상으로 호명하고 있다. 깃발이 매여 있는 육지와는 완전히 다른 세계임에 분명한 "저 푸른 해원"에 대하여, 육지의 존재는 두려움이 아니라 매혹을 경험하고 있는 것이다.[13]

　　그런데 여기에서 주목할 사실은, 최남선의 바다와 달리 유치환의 바다는 더 이상 자연으로 위장한 문명이 아니라는 것이다. 오

13　김기림의 〈바다와 나비〉에서도 바다는 두려움과 매혹의 감정이 공존하는 대상으로 그려진다. 그
　　것은 바다의 깊이(="수심水深")가 알려져 있지 않았다는 데서 비롯된다. 미지의 세계라는 사실
　　이 모순된 감정의 발현을 가능케 하는 것이다. 이러한 감정의 복합성은 아이러니와 역설 등 복합
　　적 감정의 표현에 적합한 형식의 발현으로 이어지게 된다.

히려 그의 바다는 자연으로 위장한 문명을 해체하고자 하는 어떤 열정을 대표한다.[14] 그 열정은 문명보다는 차라리 '원시'에 더욱 근접한 것, 다시 말해서 생명 그 자체를 향하고 있다. 그것은 자본주의와 제국주의로 대표되는 당대 문명으로부터의 자유를 지향하고 있다.[15] 바다는 자연으로 위장한 문명을 비판하고 그 위에 자유를 세우게끔 유도하는 어떤 대상인 것이다. 그 낯설고 이질적인 세계인 바다는 이제 자유를 포함하는 자연이라는 모순된 지위를 부여받게 된다.[16] 시적 화자에게 자유를 선사하는 자연이 곧 바다인 것이다. 바다라는 자연은 근대 문명이 자연으로 위장하고 있다는 사실을 폭로함으로써 인간에게 자유를 선물하고 있는 것이다.

이처럼 바다가 육지와 분리되어 독립된 세계를 구축하는 순간, 낯선 세계는 육지의 인간을 유혹하는 그리움의 대상으로 부상하게 된다. 이것은 바다 저편에 있다고 간주되는 낯설고 이질적인 세계가 더 이상 두려움의 대상이 아니라 매혹적인 대상으로 변모하고 있음을 보여 준다. 그것은 자연과 자유를 동시에 포함하는 바다의 이중적, 모순적 지위에 대한 시적 화자의 반응이기도 하다. 바

---

14 그런 의미에서 유치환의 〈깃발〉을 아나키즘적 자유와 해방의 자연관, 즉 반反문명적, 반反자본주의적 자연관이 투영된 작품으로 읽는 경우가 있다. 조동범, 〈아나키즘 시문학에 나타난 자연 인식 연구―유치환 시의 자연 인식과 아나키즘의 관계를 중심으로〉, 《우리문학연구》 53, 2017. 1., 451쪽 참조. 참고로 이 글에 따르면 "아나키즘 문학의 자연은 아나키즘이 지향하는 자유와 해방을 현현"(448쪽)하는 자연을 일컫는다.

15 〈깃발〉은 유치환의 초기 시에 해당한다. 김옥성은 유치환의 초기 시세계를 '노마디즘'으로 규정하고 있다. 그는 "유치환 문학에 나타난 문학적 정신으로 '방랑벽'은 '고정된 것'을 거부하고 '다른 것', '새로운 것'을 탐색하는 모험의 정신으로 이해할 수 있다."라고 하면서, 이렇게 "고정된 영역을 거부하고 끊임없이 다른 것, 새로운 것을 모색하는 그의 문학적 정신을 노마디즘으로 규정"하고 있다. 김옥선, 〈유치환 초기시의 노마디즘 연구〉, 《어문학》 136, 2017. 6., 114~115쪽.

16 독일 관념론에 따르면 자연과 자유는 서로 양립불가능하다. 인간의 자유는 자연을 지배하는 필연성의 외부에 서 있기 때문이다. 근대의 미학은 자연과 자유의 접점에서 그 터를 마련하게 된다.

다에 대한 동경은 그러므로 자유에 대한 동경이며, 그 자유는 자본주의 문명으로부터의 자유를 향하고 있다. 유치환에 이르러 바다는 이렇게 해서 문명의 반대편으로 이동하여, 반反문명을 표상하는 자연을 대표하게 된다.

근대시의 바다 2 : 타락한 문명과의 물아일체

바다가 이처럼 독자적인 세계를 구축하게 되면, 바다 그 자체에 대한 경험은 육지에서의 경험을 상대화할 수 있게 된다. 육지에서는 경험할 수 없는 또 다른 세계가 바다를 통해 펼쳐지기 때문이다. 이것은 물론 일반 사람들도 비교적 멀리까지 항해할 수 있는 시대를 배경으로 한다. 먼 거리를 항해하는 일이 일반화되면, 바다는 이제 멀리 떨어져 있는 육지와 육지를 연결하는 통로의 성격을 부여받게 된다. 바다는 육지의 한계가 아니라 다른 육지로 통하는 가능성이 실현되는 장소인 것이다.

바다는 육지의 삶에 비해서 정착을 허용하지 않는다. 특히 바다를 항해하는 배는 육지에 오래 머물지 않는다. 따라서 바다 위의 삶에서 육지는 더 이상 중심이 될 수 없다. 육지는 다시 바다로 나가기 위해서, 혹은 또 다른 육지로 진출하기 위해서 잠시 머물러 있는 처소일 뿐이다. 이 색다른 삶의 풍경은 다음 작품에 잘 나타나 있다.

폐선처럼 기울어진 고물상옥古物商屋에서는 늙은 선원이 추억을 매매하였다. 우중중-한 가로수와 목이 굵은 당견唐犬이 있는 충충한 해항海港의 거리는 지저분한 크레용의 그림처럼, 끝이 무디고. 시꺼먼 바다에는 여러 바다를 거쳐 온 화물선이 정박하였다.

값싼 반지요. 골통같이 굵다란 파이프. 바닷바람을 쏘여 얼굴이 검푸러진 늙은 선원은 곧-잘 뱀을 놀린다. 한참 싸울 때에는 저 파이프로도 무기를 삼아 왔다. 그렇게 모자를 쓰지 않는 항시港市의 청년은 늙은 선원을 요지경처럼 싸고 두른다.

나폴리Naples와 아든Aden과 싱가포르Singapore. 늙은 선원은 항해표와 같은 기억을 더듬어 본다. 해항의 가지가지 백색, 청색 작은 신호와, 영사관, 조계租界의 갖가지 깃발을. 그리고 제 나라 말보다도 남의 나라 말에 능통하는 세관의 젊은 관사를. 바람에 날리는 흰 깃발처럼 Naples. Aden. Singapore. 그 항구 그 바의 계집은 이름조차 잊어버렸다.

_ 오장환, 〈해항도海港圖〉 부분

이 작품의 시적 화자는 바다를 중심으로 살아가는 "늙은 선원"이다. 여기에서의 "늙은 선원"은 고전시가의 '어부'와 마찬가지로 바다를 삶의 터전으로 삼고 있다. 다만, 고전시가의 '어부'에게 바다는 시적 화자를 육지로 되돌려 보내는 폐쇄적 공간이었지만, 여기 이 "늙은 선원"에게 바다는 육지에 정착하지 못하는 시적 화자를 받아 주는 개방적 공간이라는 점에서 차이를 보인다. 그러나 그렇게 개방된 공간에서 허용되는 것이 '자유'가 아니라 '타락'이라는 사실에 주목해야 한다. 육지와 육지를 떠돌면서 "늙은 선원"이 경험한 것은 도시 문명의 '타락'이었고, 그는 거기에서 벗어날 수 없는 자신을 발견한다.[17] 따라서 최남선의 바다에서 발견되는 문명에 대한 순수한 동경이란 이제 전혀 찾아볼 수 없게 된다. 바다는 문명의 타락상을 여실하게 드러나게 하는 어떤 거울이 되고 있는 것이다.

"여러 바다를 거쳐 온 화물선"처럼 "늙은 선원"에게 육지에서의 경험은 "항해표와 같은 기억"만으로 존재한다. 그마저도 육지에서의 기억들 사이에 바다가 개입하여 기억은 파편화된다. 늙은 선원에게도 "한참 싸울 때"가 있었지만, 이제 그는 "그 항구 그 바의 계집" 이름조차 기억하지 못하는 나이가 되었다. 물론 늙은 선원의 파편화된 기억은 바다 위에서 만들어진 것이다. 한곳에 정착하지 못하는 늙은 선원에게 있어서 육지는 언젠가는 떠나야 할 곳이고, 바다로 나아가기 위한 일시적인 정착지에 불과하다. 바다 위에서의 삶은 육지에서는 경험하기 힘든 유목민의 삶을 가능하게 만든다.[18] 다른 사람들에게 바다는 육지로 되돌아가는 과정에 놓여 있지만, 늙은 선원에게는 육지가 오히려 바다로 되돌아가기 위해서 잠시 머무르는 곳일 뿐이다.

---

17 오장환의 시는 전통의 폐쇄성과 근대의 개방성을 모두 부정적으로 평가한다는 특징이 있다. 근대의 개방성에 대한 부정적 평가는 '항구'를 중심으로 하는 그의 시편에서 집중적으로 드러난다. 바다의 개방성과 그 의미에 대해서는 조현아, 〈오장환 시의 공간과 분열의 문제〉, 《한국시학연구》 41, 2014. 12.를 참조.

18 오장환의 시에서 '항구'는 시적 화자를 방랑자, 유랑자로 규정하는 기능을 수행하고 있다. 그의 작품 〈船夫의 노래2〉에 대해서 조현아는 이렇게 말한다. "이 작품 속의 시적 화자는 퇴폐한 항구에서 벗어나 바다로 나갔지만, 그 속에서도 유랑하는 자아의 모습으로 드러난다." 조현아, 앞의 글, 325쪽.

늙은 선원의 기억도 일반적인 사람들의 그것과 다르다. 대부분의 사람들에게 기억은 연속성을 이루면서 자신의 정체성과 관련한 이야기를 형성한다. 하지만 늙은 선원에게 기억은 파편적이어서 연속성을 잃고 희미한 "추억"으로 변질된다. 기억의 파편화는 그의 정체성에도 영향을 미칠 수밖에 없다. 그의 정체성은 기억의 파편화를 토대로 끊임없이 재구성될 것이기 때문이다. "시꺼먼 바다"는 육지와 육지("나폴리와 아든과 싱가포르" 등)를 연결해 주지만, 그 낯선 연결의 경험은 미지의 세계로 개방된 정체성, 즉 변신을 허용한다. 바다를 건너는 일은 다른 존재가 되는 경험이기도 한 것이다. 이제 다음 작품에서 우리는 타락한 문명의 심연으로 깊이 침잠하는 화자를 만나게 된다.

걸어서 항구에 도착했다
길게 부는 한지寒地의 바람
바다 앞의 집들을 흔들고
긴 눈 내릴 듯
낮게 낮게 비치는 불빛
지전紙錢에 그려진 반듯한 그림을
주머니에 구겨 넣고
반쯤 탄 담배를 그림자처럼 꺼 버리고
조용한 마음으로
배 있는 데로 내려간다
정박 중의 어두운 용골龍骨들이
모두 고개를 들고

항구의 안을 들여다보고 있었다
어두운 하늘에는 수삼 개數三個의 눈송이
하늘의 새들이 따르고 있었다.

_ **황동규**, 〈기항지〉 전문

"걸어서 항구에 도착"한 화자는 배를 타고 어디론가 떠날 준비가 되어 있다. 그러나 바다를 향해 열려 있는 여행의 가능성은 전혀 즐거운 경험이 아니다. "어두운 하늘"은 항구를 낮고 무겁게 내리누르고 있고, 항구에서는 모든 것들이 흔들린다. 차가운 바람은 "바다 앞의 집들"을 흔들고, "수삼 개의 눈송이"를 흩날린다. 항구에 정박 중인 배들은 외지인처럼 "항구의 안"을 "들여다보고" 있을 뿐, 항구를 정착지로 생각하지 않는다. 배를 타러 내려가는 화자 또한 "반쯤 탄 담배"를 꺼 버린 채 "하늘의 새들"처럼 어둡고 불안하다. 이처럼 바다를 향해서 개방되어 있는 항구에서는 인간과 사물이 모두 외지인처럼 낯설다.

이 황량한 항구의 풍경은 화자가 거주하는 문명 세계를 재현하고 있다. 그 세계는 거기에 거주하는 화자가 언제든 떠날 준비가 되어 있는 낯선 세계이다. 어디에도 정착할 친밀한 공간은 존재하지 않는다. 이런 문명 세계에서는 누구나 어디에서도 낯선 경험을 하게 된다. 그런데 여기에서 친밀성이 소멸한 공간이 곧 화자의 내면세계를 반영한다는 것은 충분히 짐작 가능하다. 그러나 이것을 물아일체, 주객동일성의 경험이라 할 수는 없다. 서로에게 외지인처럼 낯설고 무관심한 항구에서는 친밀성의 공간이 형성되지 않는다. 내면과 외부 세계 또한 교감을 나누지 못한다. 그럼에도 불구하고 소외된 공간은 소외된 내면의 투사로 표현되고 있는 것이다. 낯선 세계로 열려 있는 바다 앞에서 화자는 자기 자신에 대해서 반성적 거리를 유지하고 있지만, 그 거리는 거의 분열에 가깝다. 세계로부터 소외된 화자는 내면적으로 자기소외를 조성함으로써 그 세계에 맞서고 있는 것이다.

바다 앞에서 시적 화자는 "지전紙錢에 그려진 반듯한 그림"조차도 마치 더 이상 쓸모가 없다는 듯이 아무렇게나 "주머니에 구겨 넣"어 버린다. 불안한 마음에 "반쯤 탄 담배"를 서둘러 "꺼 버리고" 배에 오르려 하고 있다. 이 망설임을 통해서 바다가 현실에 대한 구원이나 해방의 기능을 수행하지 못하고 있음을 알 수 있다. 육지와 바다의 경계인 항구는 마치 삶과 죽음의 경계 지역인 것처럼 차갑고 무겁고 어둡다. 화자는 이 죽음의 세계로 건너가는 이 순간의 쾌감을 통해서 삶을 견디고자 하는 것이다. 바다는 직접적으로 드러나 있지는 않지만 차가운 죽음의 모습으로 삶을 맞아들이고 있다. 이 죽음의 바다는 현대인이 마주할 수 있는 유일한 자연의 모습인지도 모른다. 더 이상 자연은 친절하지도 친숙하지도 않다. 현대의 '물아일체'는 이렇게 낯설고 이질적인, 죽은 바다와 일체를 이루고자 하는 열망의 다른 표현일 것이다. 그것은 물아일체가 불가능한 낯선 자연을 향해서 물아일체를 갈망하는 고통스러운 작업을 가리킨다. 그 새로운 길이 바다를 통해서 전해진 것이다.

바다의 수사학을 위하여

'설득의 기술'에서 시작된 수사학의 기술은 끊임없이 갱신되었다. 그 많던 기술의 목록은 현대로 접어들면서 단순화되어 '축소된 수사학'의 시대라는 평가를 낳기도 하였다. 하지만 현대에 이르러 특정한 수사적 기술에만 관심을 보인다고 하더라도 다른 기술들이 소멸했다고 할 수는 없다. 상징과 알레고리의 우위 다툼이 수세기에 걸쳐서 진행되었지만, 즉 어떤 때는 상징이, 어떤 때는 알레고리가 우세한 지위를 구가했지만, 상징도 알레고리도 여전히 수사학의 목록에 자리 잡고 있다.

그러나 상징과 알레고리의 우위 다툼의 역사에서도 알 수 있듯이, 시대적 맥락이라는 것이 수사적 기술의 지위에 영향을 미친다. 말하자면 수사적 기술은 내용에 무관하게 항존하는 형식이 아니라, 그것이 담아 내고자 하는 내용에 따라 변화하는 형식인 것이다. 따라서 '바다'라는 대상이 시에 도입되었을 때, 바다의 성격이 시대마다 다른 것처럼, 그것을 취급하는 시의 형식에도 바다의 성격이 영향을 미친다고 생각할 수 있다.

전통적으로 바다는 육지와 구별되는 자연이어서, 육지에서 통용되는 물아일체의 경험이 바다에서는 쉽게 허용되지 않았다. 그럼에도 불구하고 바다를 육지의 연장으로 간주하고 육지에서의 경험을 완성하기 위해서 바다를 부수적으로 끌어들이는 경향이 강했다. 바다는 육지와 구별된 삶을 허용하지만, 육지를 기준으로 육지에서의 세속적 삶의 '결여'로만 간주되었다. 결여로서의 바다는 독자적 세계를 구축하지 못했고, 따라서 육지의 삶에 대해 능동적 기능을 수행하지 못했다. 물론 그 자체만으로 독자적 관찰의 대상이 되지도 못했다. 이것은 바다를 통해 전해지는 이질적이고 낯선 삶의 가능성을 억압하기 위한 고전시가의 전략적 선택이라고 할 수 있다.

그러나 최남선 이후 바다는 육지와 대립하는 공간일 뿐 아니라 육지를 적극적으로 부정할 수 있는 독자적인 힘을 가지고 있는 세계로 표상된다. 바다는 낯익고 친숙한 육지의 삶을 부정하고 새롭고 낯선 삶의 가능성을 열어 두게 된다. 이로써 바다는 낯선 세계에 대한 갈망과 이질적인 삶에 대한 그리움이라는 새로운 수사적 기술을 추동하는 자극제가 된다. 바다라는 소재는 과거에도 전통적 물아일체의 자연관에 한계가 있다는 것을 알려 주었지만, 최남선에 이르러 그것이 본격적으로 해체될 수 있게 된 것이다.

다만, 최남선의 바다에서는 자연으로 위장한 문명의 모습을 확인할 수 있다면, 유치환의 바다에서는 자본주의 문명의 반대편을 향하는 자유의 열정을 발견하게 된다. 근대문학 초창기에 이미 문명을 실어 나르는 바다에서 문명의 저편을 가리키는 바다까지 다양한 스펙트럼이 형성된 것이다. 그렇지만 바다라는 자연이 자연 그 자체로 의미가 있는 것이 아님은 분명하다. 그것은 비록 자연이지만 그 안에는 문명 혹은 반反문명을 향한 자유가 항상 내재해 있기 때문이다.

이후 먼 거리까지 항해하고 다른 육지로 이동하는 일이 잦아지면서, 육지와 육지를 연결하는 과정에서 마침내 바다의 새로운 역량이 드러나게 된다. 어디에도 정착하지 못하는 바다 위에서의 삶은 파편적 기억과 파편적 이미지의 결합으로 이루어진 새로운 시의 가능성도 열어 두게 된다.

이제 바다는 완전히 육지에서 독립하여 독자적인 세계를 구축하며, 육지에서의 삶에 영향을 미치는 단계에까지 이르게 된다. 정착민의 삶에 대응하는 자기동일성의 삶은 바다로부터 전해지는 낯설고 이질적인 삶의 가능성을 통해 무너지게 된다. 바다는 낯선 세계로 개방된 삶을 초대함으로써 시적 화자의 자기동일성에 균열을 유발한다. 낯선 세계로 개방된 화자는 자기 자신에게조차 낯선 존재로 변모할 가능성을 품고 있는 것이다. 이와 같이 바다를 배경으로 하는 외부 세계와 내면세계의 일치는 더 이상 물아일체도 주객동일성도 아닌 새로운 경험을 제공한다. 그것은 낯선 존재를 향한 일체감의 시도라 할 수 있다. 이것은 더 이상 순수한 자기동일성의 자연이 존재하지 않는다는 사실을 전제한다. 모든 자연이 인공으로 더럽혀진 자연인 것처럼, 그러한 자연과 일체감을 시도하는 모든 시인의 고투는 분열과 소외 상태를 경험하게 한다. 자기 자신과 낯설게 대립하는 자연과 일체감을 시도하는 행위가 시적 화자의 내면에서 재현될 것이기 때문이다. 오늘날의 물아일체가 강요된 화해, 물아불일치의 증거가 되는 이유가 여기에 있다. 그런 의미에서 바다는 항상 그 시대에 자연이 존재하는 방식의 최전선을 보여 준다고 하겠다.

11장
문학이론은 문학에 무슨 짓을 하였는가
: 이론 이후의 문학비평, 문학연구

　　　　　　　　　　　　문학비평과 문학연구는 '이론'과 접촉
한 이래로 서로 다른 방식으로 각자의 욕망을 표출하고 있다. 문
학비평은 '철학'으로, 문학연구는 '역사'로 그 영역을 확장하고자
하는 것은, 문학이라는 경계에 갇힌 욕망이 표출되는 순간을 보
여 준다. 특징적인 것은 그 과정에서 '인문학의 위기' 담론도 광범
위하게 확산되었다는 점이다.

* 이 글은 《구보학보》(2016년 6월)에 게재된 〈이론 이후의 문학, 인문학〉을 수정하고 보
　완하여 재수록한 것이다.

문학과 철학, 과학

〈문학이란 何오〉에서 근대문학은 시작되었다. 이 말은 단순히 이광수에서, 혹은 이광수의 소설이나 문학론에서 근대문학이 시작되었다는 뜻이 아니다. 오히려 질문의 방식을 두고 하는 말이다. '~이란 무엇인가'와 같이 문학의 본질에 대한 질문, 그리고 그러한 질문을 통해서 확립된 문학에 대한 자의식을 통해서 근대문학이 시작되었다는 뜻이다. 그런 의미에서 이광수의 질문은 근대문학의 개시를 알리는 사건이었다.

1916년 11월 와세다 대학 '철학과'에 재학 중이던 대학생 이광수는 총독부 기관지 《매일신보》에 〈문학이란 何오〉라는 글을 발표한다. 문학의 본질과 그 속성에 대한 단순한 소개처럼 보이지만, 이 글은 전통적 문학관을 해체하고 그 자리를 새로운 문학관으로 대체하려는 전략적 선언문의 형식을 취하고 있다. 이광수는 이 글에서 인간의 정신 영역을 '知/情/意' 3분법으로 파악하고, 그것들을 각각 '과학', '문학', '도덕'에 연결하고 있다. 이때 그는 새로운 문학의 성격을 "人의 情을 만족케 하는 서적"이라는 데서 찾는다. 이러한 정의가 새롭다는 것을 증명하기 위해서, 그는 과거의 문학이 전혀 그렇지 않았음을 해명한다. 그에 따르면 과거에는 "情"을 "知와 意의 노예"로 간주하여, "情에 기초를 有한 문학도 역시 정치·도덕·과학의 노예" 신세를 면하지 못했다는 것이다. 따라서 그때는 문학에서 지식을 구하고 문학으로 유교적 도덕을 고취하고자 했던 것인데, 그 점이 "조선에 문학이 발달치 못한 원인"이다.[1] 그런 의미에서 문학의 성격을 '情의 만족'으로 한정하는 것은, 더 이상 과학(＝知)과 도덕(＝意)의 지배를 허용하지 않겠다는 의지의 표현이기도 하다. 학자들은 이광수의 이러한 생각에서 '문학의 자율성'이라는 근대적 문학 개념의 탄생을 지적한다. 그로부터 두 달 뒤 이광수는 자신의 대표작 《무정》(1917)을 같은 신문에 연재하기 시작하는데, 이 작품은 근대적 장편소설 개념에 부합하는 최초의 작품으로 평가받는다.

이광수는 이 글에서 문학이 "정치·도덕·과학의 노예"에서 해방되었음을 선포하고 있다. 그러므로 이 글은 문학이 더 이상 과학과 도덕의 지배를 받지 않아도 된다는 뜻에서 근대문학의 해방 문서이기도 하다. 사람들은 이 순간을 가리켜 문학이 비로소 자유를 얻었다, 혹은 '자율성'을 획득했다고 말한다. 그리고 불과 몇 년

---

1 이광수, 〈문학이란 하오〉, 《매일신보》, 1916. 11. 11~12.

뒤인 1919년《창조》의 등장 이후 문학의 자율성은 더 이상 되돌릴 수 없을 만큼 자명한 진리가 되어 있었다. 이때까지만 해도 문학에 대한 비평도, 연구도, 이론도 아직 존재하지 않았던 시절이었다.

그런데 이 무렵 러시아에서 비슷한 방식의 질문이 제기되었다. 러시아 형식주의로 불리는 이들의 질문 또한 '문학이란 무엇인가' 였다. 이들의 관심은 특히 "독자적인 문학 과학"의 성립에 있었는데, 여기에서 '독자적'이라는 말은 "문학 고유의 자율적 원리"를 가리킨다.[2] 다시 말해서, 이들은 "문학이 심리학 · 사회학 · 철학 · 다른 예술 분야의 도움 없이는 설명될 수 없는 것으로 되어 버린 문학의 종속성을 극복함으로써 문학연구의 중심이 어디까지나 문학 자체에 놓여지"[3]기를 바랐다. 이들의 관심 또한 "문학의 종속성을 극복"하고 '자율성'을 획득하는 것이었지만, 그것은 문학 자체의 자율성이 아니라 문학을 연구하는 "문학 과학"의 자율성을 가리킨다. 그들은 이전까지의 문학연구가 문학 자체가 아닌 여타의 학문(심리학, 사회학, 철학 등)에 종속되었다는 사실을 밝히고, 다른 학문으로부터 문학연구가 독립성을 획득하여 "문학 과학"으로 발전할 것을 의도하였다. 문학연구는 "철학"을 비롯한 인문학(혹은 사회과학)으로부터의 독립을 위해 "과학"이 되기로 결심한 것이다. 이광수의 문학은 "과학"으로부터 독립하는 것이 자율성의 조건이었지만, 러시아 형식주의 문학연구의 경우에는 "과학"이 분과학문의 자율성을 보증하는 조건이었던 셈이다. 문학과 문학연구는 이렇

---

2 츠베탕 토도로프, 김치수 옮김,《러시아 형식주의》, 이화여대출판부, 1988, 12쪽.

3 츠베탕 토도로프, 앞의 책, 같은 쪽.

게 서로 다른 방식으로 자율성을 확보하려 했고, 그것은 문학이 분과학문으로 자립하기 위한 노력을 보여 준다.

비슷한 시기(1920년대) 영국에서도 케임브리지 대학 영문과 교수들 중심으로 '영문학'에 새로운 변화의 바람이 일기 시작한다. I. A. 리처즈, 윌리엄 엠프슨, F. R. 리비스 등에 의해서 "꼼꼼히 읽기close reading"로 대표되는 "실제비평"(이후 '신비평'의 모델)이 발전한 것이다.[4] 이들의 비평을 지금은 '신비평'이라는 '문학이론'의 관점에서 바라보고 있지만, 이들은 "비평의 임무는 텍스트를 해석하여 그것을 독자와 매개해 주는 것"이라고 강조하면서, "이론은 비평가와 텍스트 사이에 '선입견'을 끼워 넣어 비평가를 방해할 따름"[5]이라고 생각했다. 이때만 하더라도 문학비평가들 사이에 '이론'에 대한 불신이 팽배해 있었던 것이다. 이론을 둘러싼 논쟁은 실제로 1930년대에는 F. R. 리비스와 르네 웰렉 사이에 발생한다. 웰렉은 리비스가 시도한 낭만주의 시인에 대한 '꼼꼼히 읽기'가 이론적 진공상태에서 이루어진 실제비평이라는 데 주목하고, 리비스에게 자신의 읽기와 방법론이 어떠한 이론적 가정에 바탕을 두고 있는지 분명히 밝힐 것을 요구했다. 하지만 리비스는 "나는 문학비평과 철학은 전혀 별개의, 서로 다른 학문이라 생각한다"[6]는 말을 통해서 답변을 거부했다. 위대한 문학작품을 통해서 인간이 비로소 가장

---

4 피터 베리, 한만수 외 옮김,《현대 문학이론 입문》, 시유시, 2001, 32~35쪽.

5 피터 베리, 앞의 책, 41쪽.

6 F. R. 리비스, 김영희 옮김,〈문학비평과 철학〉,《현대문학의 연구》, 1989, 16쪽. 이 글은 르네 웰렉의〈철학과 문학비평〉에 답하는 글이다. 리비스의 '반反철학'적 관점에 대해서는 김영희,〈F. R. 리비스: 비평적 실천과 사유의 모험〉,《안과 밖》, 2009. 11. 참조.

인간적인 상태에 도달할 수 있다고, 따라서 문학이 타락한 근대사회를 견뎌 내는 문화적 방패라고 믿었던 그였지만, 그는 문학작품에 대한 철학적 접근을 한사코 거절했다. 그의 문학비평은 "위대한 전통의 분별"을 위한 "가치판단"을 중시하였지만,[7] 그는 시인과 소설가가 철학자는 아니라는 것, 따라서 그들의 작품에서 철학적 개념을 도출하거나 철학적 개념으로 작품을 정리하는 등의 행위를 비평으로 인정하지 않았다. 그는 비평가에게 철학적 훈련이 불필요하다고는 생각하지 않았지만, 문학비평이 철학적 분석 행위로 경도되는 것은 경계했다. 그는 분명 문학비평이 문학과 철학의 경계 지점에 있다고는 생각했지만, 한사코 문학이 철학으로 환원되어서는 안 된다는 믿음을 갖고 있었다. 그를 20세기 초반 영문학이 분과학문으로 성립하는 데 결정적인 영향을 준 인물로 언급하는 이유가 여기에 있다. 그런 사람에게 특정 문학작품에 대한 비평적 판단에 있어서 그 판단의 근거를 개념적, 논리적으로 밝혀 달라는 요청은 가혹한 것이었다. 그는 아마도 문학비평과 연구에 '이론'이 도입되는 과정에서 문학과 철학 사이에 세워 둔 경계가 다시 무너질 가능성을 예상했던 것이다.

이론과 문학의 위기

한국의 경우 문학비평과 문학연구에서 '이론'이 광범위하게 확

---

7 김영희, 앞의 글, 43쪽.

산되기 시작한 시점을 대개 1990년대로 본다. 사회주의권 붕괴 이후에 '마르크스주의의 위기'가 공공연하게 제기되고, 이를 배경으로 프랑스 철학을 중심으로 하는 '포스트—' 이론이 급격하게 확산된 것이다. 루카치·아도르노·벤야민 등 마르크스주의 비평가들에 대한 관심이 시들해지고, 알튀세르·푸코·데리다·라캉·들뢰즈·네그리·지젝·아감벤·랑시에르·바디우 등으로 이어지는 이론 열풍이 이어졌다. 이론 열풍에 이어지는 사태에 대해서는 다음과 같은 증언을 참조할 수 있다.

> 학생들은 문학작품을 제쳐 놓고 포스트모더니즘의 문화론에 심취하여, 어떻게 말하면 문학과는 상관없는 데리다, 푸코, 라깡, 마르크스, 니이체를 즐겨 논하고 인용하는, 과거에 볼 수 없었던 문학연구 풍토가 조성되어 가고 있다. 문학연구에서 문학 자체가 이론의 뒷전에 밀려나고, 문학을 연구하기 위하여 이론을 배우는 것이 아니라 이론을 전개시키고 보완하기 위하여 문학이 보조 수단으로 전락한 이 시기는 문학비평과 문학 자체의 위기라 하지 않을 수 없다.[8]

1995년 영문학과 소속 교수의 증언이 담긴 이 글은 이론 열풍으로 형성된 사태의 심각성을 알려 주고 있다. 이 글에 따르면 당시의 학생들은 "문학작품을 제쳐 놓고" "문학과도 상관없는" "이론"에 심취해 있었다. 과거에도 이론이 중요하지 않은 것은 아니었지만, 이론을 연구하는 자세가 과거에 비해 상당히 달라진 것이다.

---

8 이창배, 〈포스트모던 문화비평 하에서의 문학의 위기〉, 《영어영문학》 제41권, 1995, 320쪽.

과거에는 "문학을 연구하기 위하여 이론을 배우는 것"이 정상이었으나, 이제는 "이론을 전개시키고 보완하기 위하여 문학이 보조 수단"이 될 정도로 문학과 이론의 관계가 역전되었다는 것이다. 그는 이처럼 "문학연구에서 문학 자체가 이론의 뒷전"으로 밀려나는 기현상을 포스트모더니즘 도입 이후 생겨난 새로운 "문학연구 풍토"라고 말하고 있다.

여기에서 그는 "문학비평과 문학 자체의 위기"를 예감하고 있다. 그 예감은 그만의 것은 아니어서, 미국의 비평가 해럴드 블룸의 우려를 덧붙이고 있다. 즉, 블룸이 "장차 미국의 영문학 교육이 문화비평으로 대치되고 영문학과에서는 셰익스피어나 밀턴 대신에 만화나 영화, 록뮤직이 가르쳐지는 날이 올 것이라고 매우 비관스러운 목소리"를 들려주었다는 것이다.[9] 인용문에서 "문화론" 혹은 "문화비평"은 최근 번역어로 '문화연구Cultural Studies'를 가리키는 것으로서, 포스트모더니즘 이후 문학연구에서 대세를 이루고 있는 '이론들'을 대표한다. 인용문에 나타난 영문학자의 분노는 이론에 대한 '신비평'의 혐오의 전통을 계승하는 것이기도 하다. 문학연구가 문화연구로 대체되는 현상을 보수적인 문학연구자들은 견딜 수 없었던 것이다.

'문화연구'에 대한 반감은 마르크스주의 비평의 계보를 잇는 진보적 비평가에게서도 발견된다. 이른바 '이론의 확산'은 진보적 마르크스주의 비평의 입장에서도 위협적이었기 때문이다. 이론이 문학연구의 중심을 차지하는 현상을 '마르크스주의의 위기'로 보는

---

9   이창배, 앞의 글, 333쪽.

것은, 테리 이글턴의 저서 《이론 이후After theory》에서 분명해진다.

　전투적이었던 1960년대의 정치 지형에서는 낙관주의가 넘쳐났다. 그 무엇을 원하든지 간에 충분히 강렬하게 욕망하기만 한다면 모두 성취할 수 있었다. 유토피아는 파리 도로변의 벽돌 아래에 있는 듯했다. 그렇지만 바르트, 라캉, 푸코, 데리다 같은 문화연구자들은 유토피아를 향한 충동의 역류를 이미 감지하고 있었다. 당연하게도 그들은 이런 충동이 현실에서 실현되리라고는 더 이상 믿지 않았다. 유토피아에의 충동은 욕망의 공허함, 진리의 불가능성, 주체의 연약함, 진보의 거짓말, 권력의 편재성 등에 의해 치명적일 만큼 위태로워졌다.[10]

　"문화연구자들"의 대두로 인해서 마르크스주의로 대표되는 "유토피아를 향한 충동"은 소멸하였다. 1970~80년대 서구 유럽에서는 "유토피아"를 꿈꾸게 했던 것들, 즉 욕망·진리·주체·진보·권력 등이 치명적인 스캔들에 휩싸였다. 이론이 확산되면서 사라진 것은 유토피아만이 아니다. '이론'을 중심으로 그 이전과 이후의 문학연구자들 사이에 공감대가 사라졌다. 한편으로, "오늘날 밀턴의 고전적인 인유법 같은 것을 연구하는 구닥다리 노인네들은 근친상간이나 사이버페미니즘 같은 것에 푹 빠져 있는 난폭한 젊은이들을 흘겨본다." 다른 한편으로, "발을 보면 성적으로 흥분하는 이상성욕이나 음경의 역사를 다루는 에세이를 쓰는 이 똑똑

10　테리 이글턴, 이재원 옮김, 《이론 이후》, 길, 2010, 78~79쪽.

한 친구들은 감히 제인 오스틴이 제프리 아처(영국의 추리소설 베스트셀러 작가-인용자)보다 훨씬 위대하다고 주장하는 빼빼 마른 늙은 학자들을 의심의 눈초리로 바라본다."[11] 밀턴과 제인 오스틴 같은 '위대한' 작가와 그의 '정전급' 작품을 중심으로 하는 문학연구자는 근친상간, 사이버페미니즘, 이상성욕, 음경의 역사 등 성과 젠더를 중심으로 하는 문화연구자와 다른 곳을 바라보고 있다. '문화연구'로 대표되는 '이론'의 영향력이 '고전적인' 문학연구자와 '새로운' 문화연구자 사이에 틈을 만든 것이다.

이처럼 문학연구자들 사이에서 확산되는 '이론 열풍'은 각종 보수적 문학연구자에게는 "문학비평과 문학 자체의 위기"로, 진보적 문학연구자에게는 '마르크스주의의 위기'로 감지되면서, 각종 '위기 담론'의 연쇄를 유도하고 있다. 가장 먼저 대두한 것이 '문학의 위기'를 둘러싼 쟁점들이다. 그러나 '문학의 위기'는 문학비평이 이론으로, 그리고 문학연구가 문화연구로 대체되기 이전에 사실상 다음과 같은 메타적 사유에서 비롯된 것이다.

이광수의 문학론은 특히 문학에 의한 미적 교육을 민족주의적 헤게모니의 일환으로 포섭하는 논리 속에서 근대적 기획의 성격을 명확히 드러낸다. 그의 문학론이 시사하는 바와 같은 육체적, 감성적 인간의 자발적인 국민 주체화는 미적인 것을 부르주아 민족국가에 대한 정치적 인준에 동원한 계몽주의 이후의 미학과 친연성을 띠고 있다. 〈문학이란 何오〉가 성립시킨 근대적 문학론의 핵심

---

11 테리 이글턴, 앞의 책, 16쪽.

은 바로 미학 이데올로기aesthetic ideology라고 해도 좋을 것이다.[12]

인용문의 분석에 따르면, 〈문학이란 何오〉는 일종의 "문학에 의한 미적 교육"과 그 이데올로기적 전략을 노출한 문서로 읽힌다. 《무정》을 비롯한 이광수의 장편소설도 일종의 미적 이데올로기의 기능을 수행할 수 있다는 것이다. 다시 말해서 《무정》의 독자는 독서 행위를 통해서 "육체적, 감성적 인간의 자발적인 국민 주체화"를 경험하게 된다. 따라서 《무정》이라는 근대적 장편소설은 "부르주아 민족국가에 대한 정치적 인준"을 위해 동원된 사례가 되고 만다. 이것은 이광수의 문학론을 메타적 차원에서 분석한 것으로서, 근대적 문학 개념이 부르주아 민족국가의 국민 주체화 전략에 결부되어 있음을 폭로하고 있다.

이 글에서 이광수가 지향했던 '문학'은 이데올로기의 일종으로 규정된다. 이것은 이광수의 관점에서 '문학'을 바라보는 것이 아니라 '문학'을 바라보는 이광수의 관점을 상대화하는 행위이기도 하다. 그 과정에서 이광수의 '문학론'이 전제하고 있는 이데올로기적 기반이 재구성되고 있다. "부르주아 민족국가"의 "미학 이데올로기"가 그것이다. 이렇게 되면, 이광수가 던졌던 질문, 즉 '문학의 본질'에 대한 직접적인 확인을 겨냥한 질문에는 어떤 맹목盲目의 지점이 있었던 셈이다. 이광수는 자신이 문학에 대한 자의식으로 충만했다고 생각했지만, 그 자의식은 상위 이데올로기에 감염된 상태였으며, 이광수는 그것까지 의식하지는 못했던 것이다. 이처럼

---

12 황종연, 〈문학이라는 譯語〉, 《동악어문논집》, 1997, 479쪽.

문학에 대한 이광수의 신념 뒤에 은폐되어 있는 이데올로기가 폭로됨으로써, 근대문학은 절대적인 것이 아니라 상대적인 것으로 전락하게 된다. 문학에 대한 이광수의 관념은 다만 '근대적'이었을 뿐이다. 이와 같이 근대적 문학 개념에 대한 탈신비화 전략, 이러한 시야를 확보하게 해 준 것이 바로 '이론'이다. '이론'을 매개로 했을 때 이광수가 문학(혹은 문학인)에 부여했던 신비주의적, 신화적 관점이 다시 탈신비화, 탈신화화될 수 있었다. 그 결과 이광수의 문학론은 상대화되고, 1917년 즈음에 만들어진 근대적 문학 개념은 그 수명을 다하게 된다. 적어도 그 수명은 저 인용문이 작성된 1997년을 넘기지 못했던 것이다. 이광수가 믿었던 문학의 본질이며 그 성격은 1990년대로 접어들면서 그것이 이데올로기였음이 폭로되었고, 따라서 신뢰를 상실하였다. '이론'의 개입으로 이광수가 믿었던 근대적 문학 개념은 위기를 드러내며 종말을 고하게 되었다. 이처럼 '이론'은 '문학의 위기'를 예견했을 뿐 아니라 앞당기기도 하였다. 이때 '문학의 위기'의 다른 표현이 바로 '근대문학의 종언'[13]이다.

---

13 '근대문학의 종언'이라는 테제를 제시한 가라타니 고진은 문학을 바라보는 근대적 관점이 더 이상 불가능하게 되었음을 주장하고 있다. 그러나 돌이켜보면 《근대문학의 종언》이 번역되기 훨씬 이전부터, 다시 말해서 1990년대 이래로 '근대문학'을 상대화하는 '이론'은 충분히 만연해 있었다. 가라타니 고진이 그것을 확인해 주었을 뿐이다. 당시 사람들은 '근대문학의 종언'을 마치 '문학의 종언'인 것처럼 받아들였다. 2000년대 이후의 문학연구와 문학비평은 '근대'문학만이 아니라 근대'문학'조차도 종언을 앞두고 있다는 것을 확인하고 있다.

문학비평과 철학

그러나 '문학의 탈신비화'는 1990년대 이전부터, 즉 구조주의 등장 이후에 널리 알려진 내용이기도 하다.[14] 그런 의미에서 일반적으로 '이론'이라고 함은 구조주의 이후의 이론을 가리킨다. 구조주의 이전에는 앞서 살펴보았듯이 러시아 형식주의와 신비평, 그리고 마르크스주의 비평이 있었을 뿐이다. 이들 비평은 '이론'보다는 '실제비평' 혹은 '지도비평'을 앞세우면서 문학의 본질과 그 기능에 대한 확고한 신념을 견지하고 있었다. 따라서 이들에 의해서 문학사적으로 의의가 있는 정전급 문학작품에 대한 존경심은 오히려 더욱 강화되었다. 1970~80년대 한국의 문단을 양분한 모더니즘과 리얼리즘 진영의 경우에도, 양측 모두 문학연구와 문학비평에 있어서 '작가'와 '작품'이 중요하다는 것을 전혀 의심하지 않았다. 1980년대까지만 하더라도 '문학의 탈신비화'는 구조주의 안에 다만 잠복해 있었을 뿐, 그것이 본격적으로 발현되지는 않았던 것이다.

그럼에도 불구하고 '문학의 탈신비화'라는 결과를 초래한 '이론'이 구조주의에서 파생되었다는 것은 분명한 사실이다. 잘 알려져 있듯이 구조주의는 소쉬르의 언어학에서 발전된 이론이기도 하다. 소쉬르에 따르면 기호의 의미는 지시 대상을 지시함으로써 성립하는 것이 아니고 기호들 사이의 차이를 통해서 생산된다. 여기에서 '기호'를 '문학'으로 대체해도 동일하게 이해된다. 즉, 문학의

---

14 "구조주의의 수확은 무엇일까? 먼저 구조주의는 문학에 대한 가차없는 '탈신비화'를 뜻한다." 테리 이글턴, 정명환 외 옮김, 《문학이론입문》, 창작과비평사, 1989, 134쪽.

의미는 외부의 현실을 지시함으로써 성립되는 것이 아니고, 문학을 문학으로 만들어 주는 차이의 그물망 속에서 그 의미가 결정된다. 따라서 문학연구는 문학작품 내부에 이미 존재하는 의미를 찾아내는 것이 아니라, 그 의미가 생성되는 과정에 더욱 주목해야 한다. 차이를 통해서 문학의 의미가 생성된다면, 차이를 형성하는 관계망이 변하면 문학의 의미도 동시에 변하기 마련이다. 그렇다면 문학작품이라는 폐쇄적 공간을 상정하고 그 내부에 숨겨진 의미를 발굴하기보다는, 다른 문학작품과의 관계망을 통해서 의미가 생성하고 소멸하는 현상에 주목해야 한다. 이렇게 되면, 문학작품의 실제 '내용'은 괄호로 묶어 버리고 '형식'에만 집중하게 된다. 단위들 간의 관계들이 지닌 구조가 유지되는 한 어떤 내용을 선택하느냐는 문제가 되지 않기 때문이다.[15] 또한 내적 관계들의 구조가 변함이 없는 한, 개별 단위들은 다른 것으로 바뀌어도 무방하다.[16] 결국 문학작품이라는 개념을 포기하고 그 주변에 개방된 관계망에 집중할 필요가 높아지게 된다. 그 결과 문학연구와 문학비평의 대상이 작품work에서 텍스트text로 옮겨지게 된 것이다.

중요한 것은, "어떤 문학 텍스트가 위대한 문학작품인지 아닌지를 결정하는 것은 구조주의자들의 관심사가 아니"라는 사실이다.[17] 이를 통해서 구조주의가 "위대한 전통"에 집착하는 F. R. 리비스의 비평에서 얼마나 멀어진 것인지를 알 수 있다. 그것이 놓이는

---

15 테리 이글턴, 앞의 책, 121쪽.
16 테리 이글턴, 앞의 책, 122쪽.
17 로이스 타이슨, 윤동구 옮김, 《비평 이론의 모든 것》, 앨피, 2012, 486쪽.

문학이론은 문학에 무슨 짓을 하였는가 |

맥락에 따라서 그 비중과 의미가 얼마든지 달라질 수 있는 텍스트 개념의 도입으로 인해서 문학작품의 내부에 잠재한 신비한 기운, 그리고 그 신비한 기운을 숨겨 둔 작가에 대한 존경의 감정은 소멸하게 된다. 구조주의 이후로 "문학에 존재론적으로 특권적인 지위를 부여하는 것은 더 이상 어렵게 되었다."[18]

더욱이 작품과 달리 텍스트는 '작가'로부터 독립하여 자율적인 존재로 평가된다. "고립된 개별 주체가 모든 의미의 원천이라는 자신에 찬 부르주아지의 믿음은 치명적인 타격을 입었다. 언어는 개인에 앞서는 것이며, 언어가 개인의 산물이라기보다는 오히려 개인이 언어의 산물인 것이다."[19] 이로써 '저자의 죽음'이 선포되고, 작품의 의미를 결정하는 자로서 '독자'가 부상하게 된다. "독자와 비평가는 이제 소비자가 아니라 생산자의 역할을 맡게 된다."[20] 그 결과로 자연스럽게 모든 독자를 대표하는 전문적 독자 그룹인 '비평가의 지위'가 상승하게 된다. 문학비평가들이 문학작품의 의미를 자유롭게 직조할 수 있는 권한을 넘겨받은 것이다. 문학비평이 난해해지고 독자들뿐 아니라 비평가들 사이에서도 서로 소통할 수 없는 밀교적 언어를 교환하게 된 것도 이와 관련된다. 그래서 오늘날의 몇몇 비평가는 "전통적인 문학적 가치를 신봉하는 문학 신도를 거부한다. 그들은 비평이 작가와 독자를 매개해야 한다는 식의 전통적 비평관과 거리를 두고 종종 그 자신이 '문학'이나

---

18 테리 이글턴, 앞의 책, 134쪽.
19 테리 이글턴, 앞의 책, 135쪽.
20 테리 이글턴, 앞의 책, 170쪽.

'인문학'의 반열에 도달하기를 희망하는 것처럼 쓴다"[21]는 것이다. 실제로 오늘날의 비평은 문학작품을 제치고 스스로 작품의 자리를 차지하게 되었고, 그 결과 과거의 문학작품이 누렸던 권위를 스스로 인정받고자 하는 욕망에 사로잡혀 있다는 비판을 듣는다.

구조주의 이래로 저자, 주체, 진정성, 내면, 작품, 완결성, 의미, 현실, 재현 등 과거의 문학을 문학으로 만들어 주었던 대부분의 개념은 폐기되고, 그 자리를 불확실성이 채우게 된다. 따라서 과거의 문학에 비해서 오늘날의 문학은 현실 재현의 의무에서 자유로워지고, 심지어 내면에 진정성을 품을 이유가 사라지면서, 내면이 비어 있는 주체, 현실과 무관한 오락물에 근접한다는 비난을 받게 된 것이다. 이렇게 과거의 문학에 비하여 그 성격이 변질된 오늘날의 문학을 고려한다면, 오늘날의 문학비평이 '문학'으로부터 거리를 두고, 심지어 '문학'으로부터 독립하여 스스로 '문학'으로 자립하고자 하는 의지를 보이는 것이 그저 비난이 대상이 되어야 할 이유는 많지 않다. 애초에 문학비평이 '철학'으로부터 독립하기 위해서 '과학'이 되고자 했던 것처럼, 이제 오늘날의 문학비평은 '문학'으로부터 독립하기 위해서 '철학'을 필요로 하고 있을 뿐이다. 그렇기 때문에 "문학비평이 '이론주의'로 귀결되"고, "젊은 비평이 점점 서구 철학의 수입 루트로 바뀌"[22]는 현상을 두고 무작정 부정적으로만 평가할 이유는 없는 것이다. 문학에 변화가 발생한 이상 문학비평이 달라지는 것은 자연스러운 일이기 때문이다.

---

21 고봉준, 〈이론의 복화술을 넘어서〉, 《오늘의 문예비평》 67, 2007. 11., 91쪽.
22 고봉준, 앞의 글, 80쪽.

문학이론은 문학에 무슨 짓을 하였는가 |

비평의 위상이 달라졌다고 속단하기는 어렵지만, 이제 비평의 조건은 여러 면에서 과거와 달라졌다. 이 조건의 변화를 극복하기 위해서 우리 시대의 비평은 이론과 철학 쪽으로 시선을 확장하고 있다. 아니, 어떤 면에서는 문학비평이 '문학'이라는 비시대적이고 거추장스러운 한계를 벗어던지고, 이론으로, 철학으로 나아가려는 포즈를 취하고 있는 것인지도 모른다. 소설책이 아니라 철학서가, 시집이 아니라 인문학 서적이 문학비평을 잠식하고 있는 현실이 그리 달가운 현상만은 아니지만, 그렇다고 애써 눈감는 방식으로 부정할 수 있는 상황만도 아니다.[23]

인용문에 따르면, 오늘날의 문학비평은 문학을 "비시대적이고 거추장스러운 한계"로 여기고 있으며, 스스로 "이론으로, 철학으로 나아가려는 포즈를 취하고 있는 것"이다. 과거에 비해서 '이론'의 세례를 받은 오늘날의 비평은 '문학'과 '철학' 사이의 경계를 자유롭게 넘나들고 있는데, 이것은 '문학비평'과 '철학'을 구별하고자 하였던 초창기 비평가들과 크게 달라진 지점이다. 초창기 비평가들은 문학(혹은 문학비평)과 철학을 엄밀하게 구별함으로써 '국문학'(혹은 '영문학')의 독립성을 확보해야 할 필요가 있었지만, 오늘날의 문학비평에서 발견되는 문학과 철학의 경계 소멸 현상은 그럴 필요가 사라졌다는 것을 의미한다. '국문학을 넘어서'라는 말[24]이

---

23 고봉준, 앞의 글, 94쪽.

24 1998년에 발표된 김철의 연구논문 제목이자 그 자체로 하나의 '테제'라고 할 수 있다. 이 글에서 김철은 "현대문학 연구의 방법론을 지배하는 일체의 형이상학적 전제들을 의심하고 해체하자. 우리가 딛고 선 땅은 그렇게 단단한 것이 아니다."라는 말을 남기고 있다. 김철, 〈'국문학'을 넘어서–

이제 제안이 아니라 현실이 된 것이다. 그런 의미에서 문학비평은 적극적으로 철학적 글쓰기, 더 나아가 인문학적 글쓰기를 통해 새로운 변신을 시도하고 있는지도 모른다. 그것은 이론을 더욱 깊이 받아들임으로써 스스로 이론으로 독립하고자 하는 열망의 다른 표현이기도 하다. 그것은 문학비평이 '이론의 수입상인'이라는 비난을 감수하면서까지 서구 이론에 깊이 침잠하는 이유이기도 하다. 문학비평이 문학작품보다 이론에 더욱 집착하는 것은 독자적 이론으로, 더 나아가 철학으로 인정받고자 하는 의지의 다른 표현인 것이다.

문학연구와 역사

문학비평이 문학과 철학 사이에서 동요하면서 스스로 철학(혹은 이론)이 되려는 욕망을 강화하고 있었다면, 문학연구는 문학과 역사 사이에서 기존의 역사서술에 대한 대리보충의 방식을 모색한다고 볼 수 있다. 앞서도 보았듯이 문학비평뿐 아니라 문학연구에서도 문학의 자율성을 중심으로 하는 근대적 문학 개념에 대한 탈신비화는 대전제에 속한다. 문학이라는 개념은 이미 '문학이란 무엇인가'와 같은 시공간을 초월한 본질적인 물음에 의해서 해명될 성질의 것이 아니다. 구조주의 언어학에 따르면 기호의 의미는 '구성'되는 것이기 때문이다. 근대적 문학 개념 또한 특정한 시공간에

국문학 연구 방법론에 대한 하나의 제안〉,《현대문학의 연구》11, 1998, 251쪽.

문학이론은 문학에 무슨 짓을 하였는가 |

서 생성되고 소멸하는 역사적 구성의 산물인 것은 이제 널리 인정되고 있는 사실이다. 이처럼 근대적 개념의 생성과 확산, 분화 과정 등을 연구하는 것을 '개념사 연구'라고 한다.[25] 이미 문학연구에서 개념사 연구의 대상은 문학 개념뿐 아니라 연애, 어린이, 취미, 과학, 종교 개념 등으로 다양하게 확산되었다. 이때의 개념사는 일종의 '문화사'라고 할 수 있으며, 대부분은 근대적 개념의 형성사를 지향하고 있다.

물론 근대적 개념의 형성사 연구는 1990년대 이전의 '근대성' 연구를 반복하는 측면이 강하다. 그러나 이때 근대성 연구는 '내재적 발전론/식민지 수탈론'과 '식민지 근대화론'의 대립 속에서 서구적 근대문명을 모델로 하는 '발전'과 '근대화' 중심의 연속적 시간관을 지향하는 것이다. 따라서 근대성 연구는 일종의 거대서사와 관련성이 있으며, 크게 보면 '사회사'로 분류될 수 있다. 그에 반하여 개념사 혹은 문화사 연구는 미시적이고 일상적인 역사에 주목하는 아날학파의 취지를 반영하고 있다. 이것은 '사회사'(혹은 '정치사', '정치경제사')에서 '문화사'로, 다시 '신新문화사'로 역사학의 패러다임이 이동한 것과 관련되어 있다. 그것이 패러다임의 변화라는 것은 '신문화사'가 '사회사'가 전제하는 '위로부터의 역사', 즉 연속적, 직선적 발전사관에 반대하면서 '아래로부터의 역사'를 주장한다는 데서 알 수 있다.[26] 이러한 역사학의 패러다임 변화가 문학연

---

25 영문학에 문화연구의 길을 제시해주었던 레이먼드 윌리엄스의 선구적 사례(《Keywords》)를 비롯하여, 119개의 기본 개념에 대한 사전을 편찬한 라인하르트 코젤렉의 《역사적 기본 개념》이 대표적인 개념사 연구에 속한다.
26 사회사와 신문화사의 구별에 대해서는 임상우, 〈신문화사의 사학사적 기원－정치사, 사회사, 그

구에서도 반복되고 있는 것이다. 말하자면 근대성 연구가 '사회사'를 배경으로 하는 것이라면, "풍속-문화론적 연구"로 대표되는 문화연구는 '신문화사'의 대두에 보조를 맞춘 것이다.[27]

그런데 문학연구에 있어서 근대성 연구가 퇴조하고 개념사 혹은 풍속사 중심의 문화연구가 번성하게 된 것도 앞서 보았듯이 '이론'의 개입에 따른 것이다. 물론 이때 문학연구가 참조한 이론은 문학비평에 영향을 주었던 '이론'과 중복되면서도 좀 더 확장적이다. 즉, 미셸 푸코, 레이먼드 윌리엄스, 스튜어트 홀, 피에르 부르디외 등 마르크스주의와 대중문화 연구를 결합하고자 하는 새로운 형태의 '문화이론'이라는 점이 특징적이다.[28] 하지만 새로운 문학연구가 참조하는 '이론'에서도 근대적 문학 개념이 상대화되고, 작가 혹은 작품에 대한 탈신비화는 당연하게 전제된다. 근대적 문학 개념을 비롯한 근대적 개념들은 모두 '구성'된 것이기 때문이다.

'문화론적 연구'도 문학의 규범과 제도적 요건, 문학이 지식의 체계와 문화 전반에서 지니는 (상대적) 지위와, 그 역사에 대해 민감한 태도를 본질적인 요소로 한다. 이것이 '문화론적 연구'가 한편 절충

리고 문화사〉,《이화사학연구》 24, 1997; 조한욱, 〈사회사와 신문화사〉,《서양사론》 71, 2001.을 참조. 조한욱의 방어적 성격의 글을 보아도 알 수 있듯이, 신문화사는 역사학계에서도 2000년에 접어들면서 대두한 현상이라 할 수 있으며, 이는 문학연구가 문화연구(풍속연구)로 전환되는 시점과 대략 일치한다.

27 "풍속 문화론적 연구의 활발한 전개는 신문화사라는 20세기 역사학의 신조류와 맥을 같이 한다." 김지영, 〈풍속 · 문화론적 (문학) 연구와 개념사의 접촉, 일상개념 연구를 위한 시론〉,《대동문화연구》 70, 2010, 485쪽.

28 반면에 역사학계에서 '신문화사' 연구는 《문화의 해석》(클리퍼드 기어츠), 《치즈와 구더기》(카를로 진즈부르그), 《고양이 대학살》(로버트 단턴) 등으로 대표되어 국문학계가 참조하는 텍스트와 다소 차이가 있다.

문학이론은 문학에 무슨 짓을 하였는가 |

적인 이름인 '문학문화론'으로 불리거나 오래된 '문학사회학'과 유비될 수 있는 이유이기도 하겠는데, '문화론적 연구'는 한국 근대문학의 장르·개념·내포와 매체·문단 형성 과정·등단 제도·정전 등에 대한 연구 성과를 바탕으로 한 것이며 그 일부이기도 하다. 역사적 산물로서의 한국 근대문학을 추동해 온 가장 중요한 힘과 그 자체가 상대화될 수 있는 시점에 왔고, '문화론적 연구'는 이를 급진화시켜서 근대문학주의의 이념과 제도로부터 자유를 취하는 데서부터 출발했다.[29]

더욱이 "근대문학주의의 이념과 제도"에 대한 "상대화"를 통해서 문학연구는 더 이상 '문학주의'를 고수하지 않는다. 문학연구가 문학 혹은 문학성에 대한 집착으로부터 독립함으로써, 문학연구의 외연은 무한하게 확장되어 자연스럽게 '문화연구'로 대체되는 것이다. 그렇다고 할지라도, '문화연구'는 어디까지나 앞서 말했듯이 '근대성 연구'의 유산을 계승하고 있다는 점에서 '문학연구'의 발전된 형태이기도 하다. 따라서 사회사와 신문화사를 대립시키는 역사학계의 관점과는 달리, 문학연구에서 '신문화사'는 '사회사'와 극단적으로 대립하는 것이 아니라, '사회사'를 대리보충하고자 하는 의지가 강하다. '신문화사'가 '근대성 연구'를 계승하고 있다는 점이 그것을 말해 준다. 하지만 근대문학의 역사를 '보증'하기 위한 '근대성 연구'의 성과들이 오히려 근대문학의 역사를 '상대화'하고 그것들이 '만들어진 것'임을 입증하는 데 사용되었다는 점

---

29 천정환, 〈'문화론적 연구'의 현실 인식과 전망〉, 《상허학보》 19, 2007, 17쪽.

이 아이러니할 뿐이다. 그 연장에서 신문과 잡지를 비롯한 문자 미디어들이 근대적 문학 개념을 '운반'하는 도구적 기능을 수행하는 것이 아니라, 근대적 문학 개념을 '구성'하는 능동적 미디어로 부상하게 된다. 이렇게 되면 이광수에서 비롯된 근대적 문학 개념은 문자 미디어에 의해 '구성'된, 일종의 '허구'이거나 '이데올로기'였던 것이다.

풍속-문화론적 연구가 문화연구로서의 학제적 연구의 성격을 지향하고, 그런 점에서 문학 텍스트를 비문학 텍스트들과 동궤에 놓고 분석의 대상으로 삼을 수 있다. 하지만, 결국 답해야 하는 것은 언어적 구성물인 문학 텍스트를 비언어적 구성물인 비문학 텍스트와 동궤에 놓고 이해했을 때의 어떤 새로운 가능성이다. 여기에서 문학 텍스트를 비문학 텍스트의 우위에 놓고 이해해야 한다고 강변하는 것은 아니다. 하지만 기왕의 풍속-문화론적 연구의 목표가 근대(성)를 재고찰하고자 하는 것이라면, 문학/비문학, 언어/비언어의 경계를 무화시키는 전략이 어떤 효과가 있는지 스스로 답해야만 한다. 이런 점에서 풍속-문화론적 연구는 근대(성)의 역사적 구성 과정에 주목하기보다는 그것이 '대중들'에게 소비, 유통되는 과정에 보다 천착한다. 그리고 그러한 과정 속에서 문학 텍스트의 문학성은 소거되어 증발한다.[30]

---

30 오태영,〈문학의 위상 변화와 문학연구의 (탈)영토화: 최근 풍속-문화론적 연구의 한 경향에 대한 이의 〉,《상허학보》37, 2013. 2., 96쪽.

이른바 "풍속-문화론적 연구"는 문학 텍스트와 비문학 텍스트를 "동궤"에 놓고 이해하고 있으며, 심지어 "문학/비문학, 언어/비언어의 경계를 무화시키는 전략"을 구사하고 있다. 문학이 비문학으로부터 독립하기 위해서 세워 두었던 경계들은 불필요한 장벽으로 모두 제거된다. 문학은 비문학에 대한 부당한 차이를 통해서 자신의 정체성을 확립하고자 했다는 사실이 폭로되었기 때문이다. "풍속-문화론적 연구"는 그러한 폭로를 연구의 목적으로까지 승화시키고 있다. "근대(성)의 역사적 구성 과정"에 대한 연구가 그것이다. 그러한 문학연구에 따르면 근대(성)는 '허구적 구성물'이며, 그것은 '소비'를 통해서 존속한 것이다. 그러므로 "풍속-문화론적 연구"의 관심은 구조주의와 마찬가지로 "문학 텍스트의 문학성"에 있지 않다. 오히려 문학 텍스트는 근대적 풍속을 만들어 내는 여러 미디어들의 일부로 평가된다. 시와 소설은 신문과 잡지와 마찬가지로 읽을거리를 운반하고 풍속을 기록하는 문자 미디어에 불과하다.

이처럼 문학연구의 초점이 문학 그 자체에 있지 않다면, 문학연구의 대상은 근대를 '구성'하는 다양한 '문화적 주제'들로 확장될 수 있다. 그에 따라 문학연구는 자연스럽게 '문화연구'로 변신을 꾀하게 된다.

기차, 스포츠, 연애, 청년, 신여성, 학교, 취미, 독서, 어린이, 의료, 위생, 법, 광기, X선, 금발, 전등, 다방 등등 생활과 밀접하게 관련된 일상적인 소재들이 제각기 독립적인 차원에서 논의의 대상으로 부각된 것은 이러한 맥락에서였다. 생활과 너무나 밀착해 있어

서 오히려 주목받지 못했던 소재들 속에 제도, 관습, 욕망, 이데올로기가 관통되고 있다.[31]

일일이 열거할 수도 없을 만큼 다양한 "일상적인 소재들"이 문학연구의 대상으로 부상하게 되었다. 자세히 보면 그 소재들은 대개 근대를 구성하는 '제도'이거나 근대에 의해서 구성된 '인식'에 해당한다. 이것은 근대문학, 즉 작가와 작품을 이해하기 위해서 시작된 '근대성 연구'가 근대문학을 포함한 근대적 제도를 대상화하고 그 허구성을 입증하는 '탈근대성 연구'로 전환된 결과로 나타난 현상이다. 문학연구가 문화연구로 전환되는 데 있어서 '근대성 연구'가 하나의 디딤돌이 된 것이다. '근대성 연구'가 아니러니하게도 '근대성'에 대한 탈신비화를 앞당긴 결과인 것이다.

이제는 설사 작가와 작품에 대한 연구가 진행된다고 하더라도, 근대적 문학 개념에 대한 탈신비화, 근대적 문학제도가 허구적 구성물이라는 사실을 전제하지 않을 수 없게 되었다. 문학다움 혹은 '문학성'에 해당하는 본질적 요소는 더 이상 작가와 작품 내부에 항존하는 것이 아니기 때문이다. 다시 말해서 '문학이란 무엇인가'에서 시작된 질문은 오늘날 문학의 본질 확인에 대한 열망이 아니라 문학이 구성된 것이고 허구적인 것임을 확인하고자 하는 호기심을 자극하는 질문이 되어 버렸다. 이 와중에 '근대문학의 종언'과 '문학의 위기' 담론이 범람하는 것은 어쩌면 당연한 일이다.

그런데 이 과정에서 문학연구가 자신의 경계를 해체하고 인접

---

31 김지영, 앞의 글, 502쪽.

학문 영역을 끌어들이고자 했을 때, 그 영역은 문학비평의 경우처럼 '철학'이 아니었다. 앞서 말했듯이 문학비평은 수많은 '이론'을 흡수함으로써 그 스스로 '이론'으로, '철학'으로 인정받고자 하는 욕망을 드러내고 있다. 하지만 문화연구로까지 그 영역을 확장하고자 하는 문학연구는 확장 과정에서 '역사적 에세이'에 대한 욕망을 노출하고 있다. 근대(성)라는 허구가 구성되는 과정에 대한 역사적 서술은, 그 자체로 시험적 글쓰기(즉, 試論)이면서 '에세이'를 지향하는 모습을 보이고 있기 때문이다. 논문 형식 자체가 근대적 제도의 산물이라는 점에서, 문학연구의 에세이 지향성은 근대적 제도를 상대화하는 연구 방법을 글쓰기 형식에서부터 구현하는 일이기도 하다.

문학과 인문학의 위기

이상에서 살펴본 바와 같이 문학비평과 문학연구는 '이론'과 접촉한 이래로 서로 다른 방식으로 각자의 욕망을 표출하고 있다. 문학비평은 '이론'에 대한 지나친 집착으로 인해서 스스로 '이론'(혹은 '철학')이 되고자 하는 욕망을 드러내고 있다. 이에 반하여 문학연구는 '근대성'에 대한 연구를 계승하면서도 '신문화사'를 모델로 하여 스스로 근대적 제도와 그 인식에 대한 '새로운 역사 서술'을 지향하는 모습을 보이게 된다. 최근의 문학연구 결과물을 두고 역사학계에서 호의적인 태도를 보이고 있는 것도 이와 무관하지 않다. 문화연구로까지 확장된 문학연구에서 과감하게 시도되는 새로운 역사적 서술 방식이 역사학계의 보수성을 과감하게 뛰어넘는 도전적인 시도로 간주되는 까닭이다.

이처럼 문학비평은 '철학'으로, 문학연구는 '역사'로 그 영역을 확장하고자 하는 것은 문학이라는 경계에 갇힌 욕망이 표출되는 순간을 보여 준다. 특징적인 것은 그 과정에서 '인문학의 위기' 담론도 광범위하게 확산되었다는 점이다. 특히 2000년대 이래로 '인문학의 위기' 담론은 인문학에 포함된 분과학문들의 학과 폐지를 가져올 정도로 날로 그 심각성을 더하고 있다. 그러나 '인문학의 위기'는 순수하게 시장과 자본이 압도하는 신자유주의를 비롯한 외부 환경에 의해서 만들어진 것이라고만 할 수 없다. 문학을 중심으로 살펴본 바와 같이, 인문학은 그 내부에서부터 이미 '경계'를 삭제하고 있었기 때문이다. 일반적으로 '文/史/哲'로 대표되는 인문학의 기본 분과학문들은 오늘날 그 경계를 허물고 문학과 철학, 문학과 역사가 서로 융합되는 경향성을 보이고 있다. 그것은 '국문학'의 경계를 넘어서고자 하는 다양한 시도로 나타난다.

이러한 변화는 문학비평과 문학연구가 '이론'을 만남으로써 발생한 현상이다. '이론'을 통해서 문학작품'의 신비와 그에 대한 집착을 버리게 된 문학비평은, 적극적으로 '이론'(혹은 '철학')을 수용함으로써 스스로 '이론'이 되고자 하는 욕망을 노골적으로 드러내고 있다. 문학연구도 근대적 문학 개념에 대한 환상과 그 이데올로기를 폭로함으로써, 문학이 제도의 산물이라는 것을 입증하는 서술 방식을 채택하고 있다. 그런 의미에서 2000년대 이후 확산된 '인문학의 위기' 진단은, 이러한 내부적 교란과 교섭에서부터 시작된 소문이라 할 수 있다. 그러므로 '인문학의 위기'라는 진술에는 인문학을 구성하는 분과학문들의 독자성이 보장되지 않는다는 뜻이 포함되어 있다. '문학의 위기' 발상도 그와 같다. 문학과 철학, 문학과 역사 사이의 경계가 소멸할 때 문학은 위기를 진단받았다. 그러나 '문학의 위기'가 곧바로 '인문학의 위기'인 것은 아니다. 문학작품이 비록 문학비평과 문학연구에서 그 배경으로 전락했다 할지라도, 그것은 아직 인문학의 테두리에 머물고 있기 때문이다. 오히려 분과학문들 간의 장벽을 넘어서는 행위는 '위기'가 아니라 '복구'의 의미가 더욱 강하다. 인문학은 전통적으로 '文/史/哲'을 모두 겸비한 '전인全人'을 지향함으로써 특정한 분야에만 전문가이기를 자처하는 근대사회에 대해 비판적이기 때문이다. 따라서 문학비평과 문학연구도 독자적으로 존재하는 것이 아니라 인문학이라는 그물망을 배경으로 비로소 성립한다는 것이 강조되고 있다. 그런 의미에서 '이론' 이후 문학비평과 문학연구에서 형성된 '탈脫문학'의 조짐은, 아이러니하게도 문학이 '인문학의 원형'으로 복귀할 가능성을 열어 두는 것이기도 하다.

12장
근대적 문학교육은 왜 실패하였는가
: 문학이론과 문학교육이론

미래의 문학교육은 원칙적인 차원에서 '문학이란 무엇인가'를 강제하기보다는, '포스트-진정성의 주체'에게 문학이 과연 무슨 의미를 지니고 있는지를 구체적으로 확인하고 문학이 달라진 위상을 받아들이는 데서부터 새롭게 출발해야 할 것이다. 근대문학의 이념과 그 교육적 이상을 벗어난 곳에서 문학교육이론은 신천지를 발견할 수 있을 것이다. ━━

* 이 글은 《인문학연구》(2010년 8월)에 게재된 〈문학교육의 위기와 문학교육이론의 성장〉을 수정하고 보완하여 재수록한 것이다.

문학의 위기와 문학교육이론의 성장

한때 문단과 교단에서 동시에 '비평과 이론'이 압도하던 시대가 있었다. 그 당시에는 문학작품에 대한 직접적 감상 능력보다는, 이론을 통해 문학작품에 우회적으로 접근하는 능력이 더욱 강조되었다. 당연한 결과지만 문학적 '감수성'은 소녀 취향으로 폄하되고, 문학에 대한 '학문적 접근'이 높이 평가되었다. 이와 같이 문학이론과 문학비평의 급격한 성장은 처음에는 문학의 높은 위상을 간접적으로 증명하는 것처럼 보였다. 더욱이 비평과 이론의 도움을 받지 않으면 그 의미를 해독할 수조차 없는 작품들의 등장은 문학의 위상을 웅변하는 사례로까지 간주되었다. 문학이론의 비약적인 성장과 더불어 문학은 전성기를 구가하는 것처럼 보였다. 적어도 1970~80년대까지는 그랬다.

그러나 1990년대로 접어들면서 사태는 달라지기 시작했다. 더욱 급진화된 문학이론은 급기야 문학연구에서 '죽음'을 선언하기 시작했다. 저자의 죽음(푸코), 책의 죽음(데리다), 작품의 죽음(바르트), 심지어 문학의 죽음(가라타니 고진)이 줄지어 선포되었다. 주목할 사실은 여러 가지 죽음이 선언되는 과정에서 문학이론이 문학 작품으로부터 완전히 독립하여 독자적인 독서 대상으로 성장할 수 있었다는 점이다. 문학작품에 의존하던 문학비평 및 문학이론이 그 대상으로부터 독립하는 이와 같은 장면은, 이미 문학이론이 새로운 단계로 접어들었음을 의미한다. 오늘날 우리는 문학이론이 거의 철학의 자리로까지 성장해 있음을 목격하게 된다.

이처럼 이론의 성장과 문학의 죽음이 서로 교차하는 현상은, 비단 문학연구의 현장에서만 발견되는 것이 아니다. 문학연구의 현장 못지않게 문학교육의 현장에서도 발견되는 장면이다. 맥락은 약간 다르지만, 문학교육의 현장에서 이론과 지식에 치중하는 교육이 강조될수록 문학이 죽는다는 비판은 공공연한 비밀에 속한다.[1] 이론에 짓눌려 문학이 죽는다는 비난은, 교육 현장에서 기존의 문학교육에 대한 반성의 분위기를 형성하게 하였다. 특이한 것은 기존의 문학교육에 대한 반성을 기회로 하여 문학교육에 있어서 광범위하게 이론적 필요성이 대두하였다는 사실이다. 물론 이론에 짓눌려 죽어 가는 문학을 구제하기 위해서 문학교육에 새로

---

1 "학교 교육이 시를 망쳤다는 비판"(김창원, 〈중핵 텍스트에 대한 다중 접근을 통한 시교육 방법〉, 《국어교육학연구》, 2001)이나 "학교를 다니면서 약 12년간 문학을 배웠지만 많은 사람들이 성인이 된 후에 문학을 즐기지 않는다"(최미숙, 〈성인의 문학생활화 방안〉, 《문학교육학》, 2002)는 지적은 문학교육의 실패를 웅변으로 말해 준다. 그러나 이러한 사정을 면밀하게 분석하는 과정은 한국의 문학교육이론 성장에 득이 될 것이다.

요청되는 '이론들'은 문학을 압도하던 이론과는 성격을 달리한다.

문학교육에 처음 이론이 도입되었을 때, 그것은 대개 문학이론에 근거한 것이었다. 하지만 점차 그렇게 도입한 문학이론이 해명하지 못하는 교육적 측면이 발견되면서 문학교육에 필요한 독자적 이론의 필요성이 대두한 것이다. 그것은 문학교육이론(혹은 문학교육연구)이 문학이론(혹은 문학연구)에 의존하지 않은 채로, 독자적인 학문으로까지 성장하고자 하는 욕망이 발현되는 계기를 마련해 준다.[2] 그 결과 과거 문학교육의 실패는 문학교육이론의 미성숙에서 비롯된 것이며, 다시 말해 문학교육이 지나치게 문학이론에만 의존한 결과라는 진단이 효력을 얻게 되었다.[3] 이처럼 문학이론과 문학교육이론의 미묘한 대립은 심지어 문학을 바라보는 관점에서부터, 그러니까 아주 근본적이고 사소한 지점에서부터 양자 사이의 차이를 확정하고자 하는 욕망을 낳게 된다.[4] 다시 말해서 문학의 죽음이 선언된 이후에야 문학교육이론은 그 독자적 성장의 발판을 비로소 마련할 수 있게 되었다고 할 수 있다.

하지만 문학교육이론의 성장이 문학의 전성기와 일치하지 않는다는 사실을 부정적으로 평가할 수만은 없다. 그러한 사정은 무엇보다도 먼저 문학이론에 의존하던 과거의 문학교육에서 벗어

---

2 김창원(2004)의 〈시 연구와 시교육 연구 사이의 거리〉라는 제목의 논문은 그러한 사실을 단적으로 말해 준다.

3 이것은 국어교육학과에 학문적 정체성을 제공함으로써 국어국문학과로부터의 독립성을 학문 차원에서 실현하는 문제이기도 하다.

4 《문학교육원론》(서울대학교출판부, 2000)의 필자들은 〈간행사〉를 통해 "그동안 국어교육은 있어 왔으나 이에 관한 이론 수준의 연구는 부족했다는 우리 학계의 반성을" 지적하고, 같은 맥락에서 "문학의 교육은 있는데 문학교육의 이론서는 변변하지가 못하다"는 말을 반복하고 있다. 이는 문학교육이론이 '원론'에서부터 재검토되어야만 했던 당시의 사정을 간접적으로 시사하는 것이다.

나 문학교육이론에 근거한 새로운 문학교육의 가능성을 열어 두고 있기 때문이다. 그것은 또한 그 가능성의 성패와 상관없이 문학교육에도 이미 방향 전환이 시작되었음을 알려 주고 있다. 그 방향 전환의 성격을, 그동안의 문학이론에서 열거된 각종 죽음의 선언을 따라서 '근대문학교육의 종언'이라 명명하고자 한다. 이처럼 문학교육이론의 성장 배경에 '근대문학교육의 종언'을 향한 선언이 놓여 있다는 것은, 한국문학교육학의 특수성을 말해 주는 것이다. 따라서 '근대문학교육의 종언'이 의미하는 바를 해명한다는 것은 그 특수성의 내용을 확인하는 일이 될 것이다. 또한 이와 같은 작업은 문학교육이론의 성장이 아니라, 한국적 문학교육이론의 성장으로 변신할 수 있는 발판을 마련하는 일이기도 하다.

문학이론과 문학교육이론

한국적 문학교육이론의 가능성을 찾고자 한다면, 그것은 무엇보다도 교육 현장을 포함하는 교육환경의 한국적 특수성을 해명하는 데서부터 시작되어야 한다. 한국의 교육 현장에 대한 비판적 분석과 반성적 숙고에서부터 문학교육이론이 모색되고 다시 현장에서 검증될 필요가 있는 것이다. 그것은 문학이론에 비해 문학교육이론이 상대적으로 '실천적 지식'에 가깝다는 사실에 근거한다. 교육 현장에서 작동하지 않는 이상적인 이론, 그리고 특수한 교육환경을 무시하는 추상적인 이론에서는 절대로 독자적 문학교육이론의 성장을 기대할 수 없다. 그런 의미에서 과거 우리의 문학교육을 주도하던 문학이론의 실패를 반성적으로 검토하는 것은, 그 자체만으로도 우리 교육 현장의 성격을 이론적으로 해명하는 데 소중한 단서가 될 수 있다.

앞서 말했듯이, 최근 문학교육이론의 학문적 성숙은 과거 문학교육에 도입된 문학이론에 대한 비판적 반성에서 비롯된 것이다. 이때 문학교육에 도입된 첫 번째 문학이론으로 지목되는 것이 바로 '신비평'이다. 1981년 제4차 국어과 교육과정 개편에서 '표현 · 이해' 및 '언어'와 더불어 처음으로 '문학'이 독자적인 내용 영역으로 성립되었을 때, 이미 '신비평'은 대표적인 문학이론의 자격으로 문학교육 현장을 장악한 상태였다. 그 점은 신비평 자체가 문학이론으로서는 아주 예외적으로 문학교육 현장을 겨냥해서 만들어진 이론이라는 사실을 생각하면 충분히 납득할 만하다. 그들은 문학 '감상'에 치중하던 종래의 낭만주의적 문학교육을 비판하고 문학의 '이해'[5]를 겨냥하는 지적이고 분석적인 태도를 강조하면서 문학교육 현장에서 광범위한 지지를 받게 된다. 무엇보다도 그들이 가르치기에 편리한 방법적 도구들을 다양하게 전해 주었기 때문이다. 말하자면 신비평은 교사를 위한 문학이론이었던 것이다. 그 결과는 어떠한가?

학생들은 시를 배우면 시가 싫어진다는 말을 곧잘 하게 되었다.

---

5 《시의 이해》를 비롯해서 다양한 이해 시리즈가 그들의 입장을 대변한다. 이때 영어로 이해 understanding라는 단어의 사용은 철학적으로는 그것이 '오성'(지성)을 가리킨다는 사실을 포함하여, 그들이 문학에 대한 감상적 교육보다는 지성적 교육을 더욱 중시한다는 나름의 입장을 암시하고 있다.

이럴 바에는 시를 가르치지 않는 것이 그나마 학생들이 시를 사랑하게 하는 길이 아닐까 하는 무기력감 또한 교사들 사이에선 팽배하다. 그래도 무엇인가는 가르쳐야겠는데, 하는 이것이야말로 시교육이 현재 안고 있는 딜레마일 것이다.[6]

교사들은 신비평에 의존하여 작품을 수용하는 독자, 즉 학생들의 주체성을 방기한 채 난해한 비평용어들을 동원하여 텍스트 분석에만 매달렸다.[7] 결국 1990년대에 접어들면 "신비평의 해독"[8]에 대해서, 그럼에도 불구하고 거기에서 벗어날 수 없는 문학교육계의 "딜레마"에 대해서, 비판적으로 검토하는 논문들이 등장하기 시작한다. 인용문에서 보듯, 신비평은 시를 가르치기에는 편리한 도구일지 몰라도 시를 사랑하게 만들지는 못한다는 것이다. "학생들이 시를 사랑하게 하는 길", 그것은 문학교육이 지향하는 궁극적인 목적일 테지만, 신비평으로는 도달할 수 없는 길이기도 하다. 왜냐하면 신비평은 학생들의 입장을 전혀 고려하지 않는 보수적인 문학주의, 요컨대 정전숭배적 권위주의의 모습을 하고 있기 때문이다. 물론 여기에서 문학이론으로서의 신비평 자체를 문제 삼을 일은 아니다. 다만 교육 현장에서 신비평을 통한 문학교육의 실패에 주목하고자 할 뿐이다. 그것은 문학이론이 곧바로 교육 현장에서 문학교육이론으로 활용되었을 때 여러 가지 문제가 발생할

6　정재찬, 〈신비평과 시교육의 연관에 대한 비판적 검토〉, 《선청어문》, 1992, 261쪽.
7　정덕준, 〈다매체 시대의 문학교육 방향에 관한 연구〉, 《한국문학이론과 비평》, 2001, 252쪽.
8　정재찬, 앞의 글, 264쪽.

수 있음을 보여 주는 대표적인 사례이기 때문이다. 신비평의 실패가, 문학이론이 직접적으로 문학교육이론을 대신할 수 없다는 것, 따라서 문학교육이론의 독자적 개발의 필요성을 알려 주는 계기가 된 것이다.

신비평은 심지어 "문학교육을 망쳐 온 주범"[9]으로까지 평가되면서, 문학교육이론이 성장하기 위한 반면교사의 역할을 수행하였다. 따라서 이후의 문학교육이론은 무엇보다도 신비평에 대한 비판적 논의를 발판으로 삼을 수 있게 되었다. 제출된 문학교육이론의 이론으로서의 타당성 문제는 그것이 신비평의 한계를 어떻게, 얼마나 극복할 수 있느냐에 달려 있다고 해도 과언이 아니다. 그 결과 교사 중심에서 학생 중심으로, 지식과 이론 중심에서 체험과 표현 중심으로, 문학정전 중심에서 교육정전[10] 중심으로, 문학교육이론에서 다양한 방향 전환[11]이 시도되었다. 문학교육이론의 성장은 이처럼 교육 현장에서 실패한 문학이론과의 경쟁적 관계를 통해서 가능해졌지만, 따지고 보면 그것은 그동안의 문학교육 실패라는 비극적 상황을 배경으로 한다. 결국 문학교육이론의 급속한 발전은 그동안의 문학교육 실패를 문학이론의 교육적 한계가 드러나는 장면으로 적극적으로 해석한 결과였던 것이다.

하지만 문학교육의 실패를 전적으로 신비평 탓으로만 돌릴 수

---

9 김성진, 〈문학 교수 · 학습 방법론 연구〉, 《국어교육학연구》, 2004, 243쪽.

10 문학적 가치보다는 교육적 가치를 중심에 두는 새로운 정전 개념으로, 김창원(〈문학 문화의 개념과 문학교육〉, 《문학교육학》, 2003)과 박인기(〈문학교육과 문학 정전의 새로운 관계 맺기〉, 《문학교육학》, 2008) 등에서 발견된다.

11 반응중심이론, 구성주의이론 등이 대표적인 사례이다.

근대적 문학교육은 왜 실패하였는가 |

는 없다. 신비평이 정전적 성격의 작품을 분석적으로 이해하는 데 치중하고 있다고는 하더라도, 그 전에 특정 작품을 정전으로 확정 짓는 작업은 문학사적 평가를 통해서 이루어지기 때문이다. 문학사 교육은 정전 중심의 교과서 편성을 측면에서 지원하는 문학교육의 제도적 기반인 것이다. 문학사의 평가를 거쳐 정전으로 확정된 작품만이 신비평의 분석적 칼날을 감당할 수 있게 된다.

　신비평과 문학사의 교육적 활용은 특별히 '학문 중심의 교육'을 표방하는 제4차 교육과정에서 더욱 강조되었는데, 그 결과 작품에 대한 분석적 지식뿐 아니라 문학사적 지식조차도 수동적으로 암송할 수밖에 없는 주입식 교육이 문학교육의 특징으로 자리 잡게 되었다. 주입식 교육이 비단 문학교육만의 문제는 아니겠지만, 신비평과 문학사가 결합된 문학교육에서 지식이 강조되고 그 지식의 전수를 문학교육의 목적으로 삼는다는 것은, 한국의 일반적인 교육 현실과 문학교육 사이의 상관관계를 암시하고 있다. 다시 말해서 문학교육의 문제점이 곧 한국 교육 전반의 문제점을 압축적으로 보여 준다는 것이다. 문학교육 현장을 자세히 들여다보면 한국 교육계 전체의 현재 위치를 확인할 수 있다. 그리하여 1988년 제5차 교육과정에서부터는 '학문' 중심의 주입식 교육과정을 반성하고 '학생'을 중심에 놓는 새로운 교육과정 개발에 착수하였다지만, 교육 현장에서는 여전히 신비평과 문학사의 그늘을 크게 벗어나지 못한 것으로 보인다.

근대적 문학교육과 근대문학의 교육

다시 말하지만, 신비평과 문학사 교육의 한계를 직시하고 그 그늘에서 얼마나 벗어났는지를 따지는 것은 문학교육이론의 수준을 가늠하는 척도이다. 그것은 동시에 문학교육이론이 문학이론으로부터 독립하여 독자적 정체성을 수여받는 의식적 절차이기도 하다. 문학교육이론은 문학이론의 한계를 극복하는 데서부터 이론으로서의 가능성이 개방됨을 안다. 문학이론의 한계란 곧 '이론적 지식'의 한계일 것이며, 문학교육이론은 '이론적 지식'과 '실천적 지식'을 겸비하는 순간 그 성립을 인정받게 된다. 문학과 교육, 그리고 생활의 세 꼭짓점을 서로 잇는 데서부터 문학교육이론의 독자성이 성립하기 때문이다.

이때 문학이론의 한계를 극복한다는 것은, 문학이론의 교육적 활용에 문제를 제기한다는 것, 다시 말해서 문학이론에 의지한 과거 문학교육에 대한 비판적 이해를 수반한다. 문학이론의 실패는 곧 문학이론에 근거한 과거 문학교육의 실패를 우회적으로 표현한 것이다. 따라서 문학교육이론의 독자성과 정체성을 확립하기 위해서는 과거 문학교육의 실패에 대한 철저한 검토가 필요하다. 앞에서는 그것을 가리켜 '근대문학교육의 종언'이라는 선언적 진술로 표현하였다. '근대문학교육의 종언'을 선언함과 더불어 문학교육이론이 그 출발을 알리는 것은 비극적인 여운을 지닌다. 문학교육이 이론적 출발 지점에서 과거 문학교육의 실패를 선언해야 한다는 것은 참담한 일이다. 하지만 그 비극적 선언을 포함하지 않고서는 문학교육이론의 한국적 타당성을 인정받기는 쉽지 않게 되었다. '근대문학교육의 종언'을 포함하지 않는 문학교육이론은 그 진정성을 의심받을 수밖에 없다.

여기에서는 그 종언을 고하게 될 '근대문학교육'의 성격에 대해 구체적으로 살펴보고자 한다. 한국적 특수성을 고려하였을 때 '근대문학교육'은 크게 두 가지 측면을 포함한다. 즉, 형식적으로 '근대적 문학교육'을 지향하면서도, 내용상으로는 '근대문학의 교육'에 한정하는 것을 뜻한다. 다시 말해서 '문학교육'에서 근대성의 관철을 위해서 '문학'의 근대성을 교육의 내용으로 삼는다는 것이다. 문학의 근대적 특질을 문학교육의 중심에 놓는다는 것은, 비단 문학교육의 내용뿐 아니라 문학교육의 형식과 그 제도에서조차 근대성이 관철되는 결과를 낳게 된다. '근대문학교육'이 이처럼 교육의 내용이 교육의 형식을 결정하는 체제에 가깝다면, '근대문학교육의 종언'이란 곧 교육의 내용과 교육의 형식 사이의 인과적 결속관계를 절단하는 사건에 가깝다. 다시 말해서 그것은 '문학'의 근대성을 중심에 두는 문학교육이 '문학교육'의 제도적 근대성을 결정하는 방식에 대한 비판을 포함한다.

이때 '문학'의 근대성이란 무엇인가? 그것은 신비평과 문학사 교육이 지향하는 교육목표를 통해서 유추해 볼 수 있다. 잘 알다시피 신비평이 분석을 통해 궁극적으로 해명하고자 하는 것은 문학의 문학다움, 즉 '문학성literariness'이다. 형식적 장치에 대한 분석적 접근을 통해서 '좋은 작품'의 신비, 그 문학성의 비밀을 과학적으로 해명하는 것이 일차적 목적이라 할 수 있다. 이때 이미 선정된 '좋은 작품'은 이해의 대상이지 결코 비판의 대상일 수 없다. 그러므로 신비평에 따른 문학교육은 '좋은 작품'의 문학성을 식별할 줄 아는 전문가의 양성을 목적으로 한다. 신비평이 비평의 대상으로 선정한 작품은 '정전'에 해당하며, 독자는 그 '정전'의 권위 앞에 겸손하게 순종하기를 요구받는다. 그 결과는 다음과 같다.

우리의 교실은 한 마디로 종교적이고 제의적이다. 이곳에서 교사는 제사장 노릇을 맡는다. 교실은 제사를 지내는 듯한 경건함과 엄숙함이 지배하고, 그리하여 산 자보다 죽은 자가 우위를 점하게 된다. 교사와 학생 모두 경전을 대하듯 주석을 가하고 그 정통적 주석을 받들며 암송하는 데 진력한다. 새롭거나 주관적인 해석은 이단으로 처벌되며, 이 신성함을 지키기 위해서는 부득불 개인적인 호오나 이해관계 역시 투사되어선 안 된다. 수고는 우리가 하고, 영광은 죽은 시인들에게 바쳐진다. 하지만 이 제사가 바람직하지 않은 가장 큰 이유는 이 제사에 참여하는 이들이 이 제사와 이 제사를 통해 영광 받는 이를 사모하지 않으며, 스스로도 고통스러워하면서 그 제사의 임무를 다음 세대에 그대로 떠넘긴다는 데 있다. 이렇게 되면 죽은 시인들조차 인간을 고통스럽게 만들며 군림하는 한갓 우상으로 전락하게 될 따름이다.[12]

'죽은 시인의 사회'를 연상시키는 문학수업을 가리켜서 인용문의 필자는 '실체 중심의 현대시 교육'이라고 규정한다. 실체 중심의 문학교육이란 문학을 가시적인 어떤 대상(즉, 구체적인 작가와 작품)으로 보고, 그 존재와 가치를 설명함으로써 문학에 접근하는 것

---

12 정재찬, 〈현대시 교육의 방향〉, 《문학교육학》, 2006, 392쪽.

¹³을 가리킨다. 실체 중심의 문학교육은 문학의 대표성을 갖는 작품을 지정하고 그 가치를 설명함으로써, 문학이란 이런 작품을 가리킨다는 사실을 전달하고자 한다. 결국 문학적으로 우수한 작품의 존재와 그 가치에 관련된 지식을 전수하는 것을 문학교육의 목적으로 삼게 된다. 이때 문학적으로 이미 우수성을 인정받은 작품에 대해서 그 작품의 역사적 의미를 살피는 부분은 문학사가 감당한다. 문학사야말로 작품과 작가라는 실체를 대상으로 하기 때문이다. 작품, 그것도 문학정전으로 평가받은 '좋은 작품'이라는 실체를 대상으로 이루어지는 문학교육은 대개 실체론적 접근법을 취하게 된다.

실체론적 접근법에 의하면, 교과서에 수록된 작품은 대개 문학정전에 해당하는 것이며, 그 작품을 예로 들어 문학성을 전수하는 것은 문학교육의 몫이다. 이에 따르면 문학교육이란, 실체로 지목된 작품과 거기에 내재하는 문학성의 존재 및 그 가치를 지식의 형식으로 전수받는 과정이라 할 수 있다. 문학교육은 곧 이론적 지식의 교수와 학습을 통해 이루어지게 된다. 그리고 교육의 초점은 문학성에 맞춰져 있다. 쉽게 말해서 문학'을' 문학교육의 목적으로 삼고 있는 것이다. 문학은 교육의 목적이지 수단이 아니다. 문학을 교육의 수단으로 삼게 되면(문학'으로' 교육할 경우) 다른 목적을 설정해야 하지만, 실체론적 접근법에서 문학은 교육의 최종적 목적을 가리키고 있다. 즉, 문학교육의 목적이 문학에 갇히는 폐쇄성을 특징으로 한다. 또한 교육의 대상이 폐쇄적인 만큼 교육의 방향

---

13   김대행 외, 《문학교육원론》, 서울대출판부, 2000, 10쪽.

은 일방통행을 지향하게 된다. 특유의 폐쇄성으로 인해서 교육이 미치는 영향이 교실에만 한정되는 것은 말할 것도 없다. 교실 바깥에서 문학교육이 아무런 영향력도 행사하지 못하는 것이다. 교실에서의 문학과 교실 바깥에서의 삶은 점차 분리될 수밖에 없다. 그 폐쇄성을 통해서 문학은 자율성을 얻는 것처럼 보인다.

그뿐이 아니다. 실체 중심의 근대적 문학교육이 '전공교육' 수준의 문학교육을 지향한다는 데서도 문제점이 발견된다. 신비평은 비평가 수준의 안목을 교육의 목표로 정하여 '전문가의 읽기 방식'을 그저 암기하고 수용하게 하며(최미숙, 2006), 문학사 교육은 문학정전에 대한 감식 능력에 있어서 문학연구자의 수준을 요구한다. 이처럼 교육의 대상을 이상적인 독자로 상정하고 교육의 목표를 문학계의 전문가 혹은 초보적인 학자 등으로 높이 설정함으로써, 문학교육은 평범한 학생들의 눈높이를 전혀 고려하지 못하고 있다. '보통교육'과 '교양교육'의 성격을 지향해야 함에도 불구하고 오히려 '전공교육'의 성격이 강하기 때문이다.

그러므로 문학교육의 목적이 '문학성'에서 '문학능력'으로 이동한 것은 획기적인 의미를 지닌다. 물론 '문학능력'이 문학교육의 목표로 제시된 것은, '문학'을 독립된 영역으로 분리시킨 제4차 교육과정이 처음이다. 하지만 앞서도 살펴보았듯이 제4차 교육과정에서 문학교육의 실질적인 주도권은 신비평과 문학사 교육이 장악하고 있었고, 따라서 문학교육의 목표로 제시된 문학능력은 '문학성'을 인지하는 능력에 그칠 수밖에 없었다. '문학성' 중심의 교육에 '문학능력'이 종속되었던 것이다. 실체로서의 문학작품이 교육의 주대상이었기 때문이다.

하지만 적어도 제5차 교육과정부터는 교육의 주체를 '학생'으로 규정하면서 작품 중심의 '문학능력'이 아니라 문학적 경험을 중시하는 '문학능력'이 강조될 수 있었다. 촘스키의 '언어능력Linguistic Competence'에 대응하는 뜻에서 조나던 컬러에서 빌어 온 '문학능력 Literary Competence' 개념은, 한국의 교육과정에 차용되면서 국어능력의 하위범주로서 다시 태어나게 된다. 제7차 교육과정에서는 문학 과목의 일차적 목적이 '문학능력 신장'에 있음을 명시하고, 그 개념을 다음과 같이 제시하고 있다.

그렇다면 '문학' 과목의 목적이자 본체인 '문학능력'이란 무엇인가? 국어과 교육과정에서는 그것을 '학습자가 문학 현상에 능동적으로 참여하여 문학 문화를 형성하는 데 필요한 능력'이라고 하였다. 곧 문학적 사고와 문학적 표현이 유기적으로 통합되어 이루어지는 문학 현상에 참여하는 데 필요한 능력이 문학능력이다. 그것은 지식, 수행 능력, 태도, 경험으로 이루어지는데, 수행 능력은 다시 사고력과 의사소통 능력으로 구성된다. 말하자면 문학능력은 문학 지식, 문학적 사고력, 문학 소통 능력, 문학에 대한 가치와 태도, 문학 경험 등의 총체인 것이다. 이를 바탕으로 바람직한 문학 문화를 형성하고 발전시키는 것이 '문학' 과목의 궁극적인 목적이다.[14]

종래의 문학교육이 학습자의 수동성을 전제하였다면, 문학능력을 통해 재규정된 교육과정은 학습자의 '능동적 참여'를 강조한다.

---

14 《고등학교 교육과정 해설―국어》, 교육부, 2001, 301쪽.

마찬가지로 과거의 문학교육이 문학에 대한 '이론적 지식'의 전수에 치중하였다면, 여기에서는 문학에 대한 '실천적 능력'이 부각되어 있다. 이처럼 문학교육이 이론적 지식('~을 안다')과 실천적 지식('~을 할 줄 안다') 사이에 있다는 것, 즉 문학과 교육의 접점에서 성립된다는 사실이 재차 확인되고 있다. 결국 문학능력 개념이 크게 강조되는 순간, 실체적 대상에 대한 문학교육이 아니라 문학 활동으로서의 문학교육이 주목받게 되는 것은 당연하다. 문학교육의 방점이 이론적 지식에서 실천적 지식으로 점차 이동하게 되었기 때문이다.[15] 단순하게 말해서 문학보다는 교육으로 중심이 이동하게 된 것이다.

문학교육에서 문학이 아니라 교육이 강조되는 것은, 교육 현장에서부터 문학이론보다는 교육이론이 더욱 절실히 요청된다는 것을 간접적으로 시사한다. 곧 이어서 문학교육의 대상으로서 문학정전보다 교육정전의 필요성이 대두하는 것은 당연한 수순이다. 문학사적으로 문학성이 뛰어난 것으로 평가받은 '문학정전'보다는 교육하기에 좋은 '교육정전'을 중심으로 교과서를 새롭게 편성할 필요성이 제기된다. 이에 따라서 '교과서 = 정전'이라는 오래된 도식도 무너지게 된다. 교과서는 문학교육의 '목적'이 아니라 문학교육의 '도구'이자 '수단'이기 때문이다. 마찬가지로 교과서에 실린 문학작품은 그 자체가 문학교육의 목적이 아니라 그것을 통해서 문학교육이 이루어지는 과정에 종속될 길이 열린 것이다. 이 모든

---

15 본래 문학의 그리스적 어원인 poiesis가 '만들다poiein'에서 유래한다는 것을 상기하면 문학교육이 '실천적 지식'으로 회귀함은 어쩌면 문학의 본래적 기원을 향하는 것이기도 하다. 아리스토텔레스에 의하면 문학은 학문의 분류 체계(이론학, 실천학, 제작학)에서 '제작학'에 속한다.

내용은 근대문학교육의 실패를 통해서 드디어 개방된 문학교육이론의 학문적 자산을 가리키고 있다. 근대문학교육은 그 실패를 통해서 문학교육의 이론적 가능성을 활짝 열어 준 것이다.

문화연구, 문학교육이론의 새로운 동반자

문학이론의 교육적 활용과 그 실패의 경험이 문학교육이론의 학문적 독자성을 자극했다는 것은 앞서 설명한 바 있다. 문학이론의 한계를 넘어서는 지점에서부터 문학교육이론은 그 이론적 가능성을 발견하고, 이론적 영토를 구축할 수 있게 된 것이다. 이 과정에서 문학이론을 대신해서 새롭게 부상한 동반자로 '문화연구 Cultural Studies'를 꼽을 수 있다. 앞서 인용했던 제7차 교육과정의 교육목표에 등장하는 '문학 문화'의 개념은 '문화'의 관점에서 '문학'을 재조명하고 있음을 보여 준다. 그것은 문학연구에서 문화연구의 바람이 불었던 시기의 산물이다.

문학교육이론은 마침 문학이론의 한계를 넘어서 새로운 영토를 개척할 필요가 있었는데, 비유컨대 그 지점을 비춰 준 것이 문화연구라고 할 수 있다. 문화연구는 정전 중심의 문학주의에 매몰되어 있던 신비평과 문학사 교육의 한계 지점을 밝혀 준다. 다시 말해서 신비평과 문학사 교육에 치중한 문학이론의 폐쇄성을 뚫고 문학교육이론이 나아가야 할 새로운 방향을 제시해 준 것이다. 무엇보다도 문화연구는 문학교육이 '대중'을 상대하고 있다는 사실을 새삼 일깨워 주었다. 교실에서 이루어지는 고급문학 중심의 문학교육은 교실 바깥으로 나가는 순간 대중매체가 생산하는 대중문화 속에서 망각되고 만다. 적어도 근대적 문학교육의 유산은 교실과 일상의 이원적 대립관계를 해소하는 데에는 무기력하다. 오히려 장벽을 두텁게 쌓는 데만 관심을 둘 뿐이다. 그러므로 문학과 삶의 경계를 해체하였던 '아방가르드의 정신'을 이어받아서 문학교육과 삶의 현장 사이에 가로놓여 있는 장벽을 무너뜨리는 '뉴 아방가르드의 정신'이 필요해진 것이다.

2007년 교육과정에서는 '매체언어'가 등장하여 대중매체를 국어교육의 범주로 끌어들이려는 의욕을 반영한 바 있다.[16] 그것은 대중매체와 대중문화에 대한 교육을 언어적 관점에서, 다시 말해 리터러시literacy의 관점에서 포섭할 수밖에 없는 최근의 현실을 반영한 결과이다. '문학능력' 개념의 등장으로 문학교육이론이 '문학이론'으로부터 독립할 수 있었던 것처럼, 문자언어에서 영상언어까지 확장된 '언어능력' 개념의 재정의는 문학교육의 대상을 '문학'에만 한정할 근거를 박탈하고 만다. 하물며 문자언어 중에서도 '문학정전'에 한정된 편협한 '근대문학교육'은 더 이상 설 자리를 잃고 만다.

여기에 '문학 문화' 개념의 추가적 등장은 문학의 위상을 문화적 현상의 일부분으로 축소 해석할 가능성마저 열어 두고 있다. 문학이 문화적 현상이라는 지적은, 문학의 개념과 그 범주가 문화적 맥락에 따라 유동적이라는 뜻을 함축하고 있기 때문이다. 신비평과

---

16 물론 '매체언어'가 독자적 교과목으로 설정되지 못한 것은 문학교육의 범주에 어떤 식으로 포섭할지가 아직 결정되지 못한 탓이며, 결국 최근 교육과정의 수정논의에서는 다시 사라질 운명에 놓여 있다.

근대적 문학교육은 왜 실패하였는가 |

문학사 교육에 의해서 지탱되는 문학정전의 목록조차도 실제로는 문화적으로 구성된 이데올로기에 불과할 뿐이다. 고급문학의 정체성은 그 시대를 풍미한 대중매체의 발달 수준을 반영하게 된다. 예컨대 서양에서 문학 개념의 등장이 인쇄술이라는 기계적 복제 기술의 초보적 단계를 배경으로 한다는 것은 잘 알려져 있다. 사실 근대문학이라는 개념은 구술문화에서 문자문화로의 이행기에 성립된 문화적 현상이 응고된 것에 불과하다. 그러므로 최근 대중문학의 선두에 등장하는 판타지나 로망스 등은 사실상 근대적인 문학 개념이 확립되기 이전 시기(예컨대, 중세)에는 충분히 허용될 성질의 것이었다.

근대문학이 근대의 산물인 것처럼 근대적 문학교육의 관습 또한 동일하다. 그동안의 문학교육은 '문학의 근대성'을 교육 현장에서 전파하는 일에 치중한 감이 있다. 근대적 문학 개념은 고전과 현대를 불문하고 문학정전의 선별 기준이 되고, 문학교육의 목표에 개입하였던 것이다. 근대적 문학교육은 근대문학이라는 문화적 구성물을 지탱하고 보존하기 위해 성립된 제도적 지원 체제라고 할 수 있다. 하지만 이제 근대문학이라는 문화적 구성물의 허구성이 폭로된 마당에 문학교육이 종래의 성격을 그대로 유지해야 할 근거는 소멸하고 있다. 문학교육의 범위가 '문학'에서 '문학 문화'로 확장되고, 국어교육의 영역 또한 '문자언어'에서 '매체언어'를 포괄할 정도로 확장되었을 때, 문학교육은 비로소 '(고급)문학'과 '문자언어'를 문학교육의 전부가 아니라 일부분으로 간주할 수 있게 된 것이다. 문학이 문화적으로 구성된 산물이었던 것처럼, 문학에만 종속되었던 문학교육의 강박관념도 오래된 관습의 결과라고 볼 수 있다.

문학이라는 것은 사실상 특정 '매체'(예컨대, 인쇄문화)가 일정한 발달 수준에 도달했을 때 광범위하게 확산된 문화적 현상에 속할 뿐이며, 다양한 '매체언어' 중의 한 사례에 불과하게 된다. 따라서 문학과 매체언어의 관계를 바라볼 때, 그것을 고급문학과 대중문학의 관계인 것처럼 단순하게 생각해서는 안 된다. 문학교육의 핵심을 고급문학에 두면서 최근 대중매체의 확산으로 부상한 대중문학을 문학교육의 주변적 사실로 포함시키자는 태도는 곤란하다.[17] 오히려 상황은 정반대를 향하고 있다. 교과서에 수록되는 정전적 성격의 고급문학이 중심이 되어서 대중문학의 자리를 일부 할애해 주는 시대는 지나가고 있다. 오히려 현재의 고급문학조차 그 기원으로 소급하면 본래 대중문학의 자격으로 출현했다는 것이 역사적 진실에 가까운 것처럼, 문학정전에 대해서도 그것이 문화적 구성물임을 강조해야 할 필요성이 더욱 커지고 있다. 앞서 '아방가르드의 정신'을 거론했지만, 그것은 교실에만 갇혀 있는 근대적 문학교육의 시대를 마감하고 교실과 일상의 장벽을 제거하는 '열린 문학교육'의 가능성을 모색하게 한다.

열린 문학교육의 지향점에서는 문학교육에 대중문화로 둘러싸인 일상의 경험을 끌어들이고, 반대로 문학적 현상이 대중문화에서 다양하게 침투하여 변주되는 방식을 동시에 검토하게 될 것이다. 따라서 문학교육은 교실에서만 유통되는 독백적·일방통행적

---

17 최근 대중문학(혹은 대중문화)을 문학교육의 관점에서 연구한 논문 중에는 대중문학을 문학교육의 '수단'으로 삼고자 하는 경향이 두드러지는데, 이와 같은 태도는 문학의 현재적 상황을 낙관적으로 바라보는 것이다.

근대적 문학교육은 왜 실패하였는가 |

소통 방식을 벗어나, 일상과 서로 교섭하는 접경 지역에서 새로운 출발점을 마련해야 한다. 문화적 엘리트의 양산을 목적으로 하는 근대적 문학교육의 편협한 테두리를 벗어나서, 문화대중의 일상과 만나는 새로운 광장을 문학교육의 터전으로 삼아야 한다. 어쩌면 그것은 대중문화를 향해 수동적으로 수용하는 자세인 것처럼 보이지만, 거꾸로 보면 대중문화의 숨겨진 잠재력을 일깨우는 능동적 개입의 자세이기도 하다.

문학교육은 아도르노적인 의미에서 대중문화에 대한 미메시스의 정신을 가동시켜야 한다.[18] 모방을 통한 저항의 전략을 구사할 수 있어야 한다는 것이다. 그것은 대중매체의 무한복제기술에 내포된 이중성에 응답하는 것이기도 하다. 무한복제의 가능성은 모든 문화적 산물에 대해서 상업성과 대중성의 욕망을 노출시킨다. 반면에 신비평이 높이 평가하는 문학의 성질에서는 상업성이나 대중성의 측면이 은폐되는 경향이 있다. 상업적인 성공은 미학적인 실패를 의심받을 소지가 있는 것이다. 그들은 마치 팔리지 않기 위해 상품을 생산한다는 모순된 지위를 오히려 자랑스럽게 생각한다.

하지만 대중문화는 팔리기를 바라며, 대중문화에 접속된 사람들은 소비하기를 원한다. 소비와 낭비에서 삶의 의미를 찾으려는 새로운 주체, 그들은 상업성에 대하여 윤리적 판단을 내리지 않는

---

18 아도르노에 따르면, 악령을 달래기 위해서 악령을 모방하는 원시적 주술사들은 자연에 대해 순종적인 모방을 통해 자연의 위협으로부터 벗어나 장차 자연지배에 이르는 '미메시스적 간지mimetic cunning reason'를 발휘하였다. 김진영, 〈세이렌, 미메시스, 유토피아—Th. 아도르노의 미학이론〉, 《사회비평》, 나남출판사, 1999, 114쪽 참조.

다. 문학이 상품으로 거래된다는 사실을 여러 가지 제도적 장치로 은폐할 이유가 없는 것이다. 그것은 오히려 초보적 복제기술의 시대에나 통용되던 구시대적 관점에 불과하다. 무한복제기술에 능통하며, 소비의 욕망을 탐닉하고, 상업성에 대해서 관대한 새로운 주체가 이제부터는 문학교육의 주인인 것이다. 그들의 일상에서 이미 '근대문학교육'은 종언을 고한 지 오래다. 근대문학의 죽음이 근대문학을 소비하던 주체의 죽음에서 비롯되었다는 지적처럼,[19] 근대문학교육의 종언 또한 근대문학을 소비하던 주체의 소멸에서 그 원인을 찾아야 할 것이다.

아직도 문학에 무관심한 학생들에게 문학을 어떻게 가르칠 것인가를 고민하는 사람들이 많다. 그들은 문학이 처한 환경이 열악하다는 것도 알고, 문학을 가르치기 힘든 시대라는 것도 알지만, 정작 누가 문학을 소비했었는지에 대해서는 충분히 알려고 하지 않는다. 인간이면 누구나 문학을 소비하는 것이 당연하다고 생각하기 때문이다. 하지만 특정한 문학은 반드시 특정한 문학소비자에 의해서 소비되었을 때 비로소 문학으로 인정받게 된다는 것, 모든 문학에는 잠재적 소비자가 내포되어 있다는 것은 무시할 수 없는 사실이다. 따라서 현재의 학생들을 특정 문학이 상정하고 있는 잠재적 소비자로 만들려고 하는 것은 억지스러운 데가 있다. 그것은 마치 힙합을 즐기는 아이들에게 클래식의 입맛을 전수하려는

---

19 "근대문학의 종언은 진정성의 종언이라는 보다 심층적인 사회 변동의 한 표층적 징후로 파악되어야 한다. 낭만주의 이후 주체성을 형성시키는 규범적 동력으로 기능해 온 진정성의 종언은, 진정성의 윤리에 기초하는 사회운동과 정치적 동력의 소실, 청년문화의 저항적인 에너지의 고갈, 사회학·철학·인문학과 같은 비판적 지식체계가 누리던 권위와 실력의 소멸을 동시에 의미한다." 김홍중,〈근대문학 종언론에 대한 비판적 고찰〉,《사회와 역사》, 2009, 250쪽.

근대적 문학교육은 왜 실패하였는가 |

태도에 가깝다. 오히려 이제는 대부분의 문학이 상정하고 있는 내포독자 및 잠재적 소비자를 드러내어 학생들과 대화적 관계를 유도하는 일이 필요하다. 하지만 모든 학생들을 교과서형 문학의 잠재적 소비자로 만들겠다는 생각은, 그렇게 될 수도 없지만 온당치도 못한 결심이다.

진정성의 소멸과 문학교육의 미래

1970~80년대 문학이 학창 시절의 낭만적 추억을 형성하던 때가 있었다. 시인과 소설가 되기를 꿈꾸던 학생들도 많았는데, 이는 당시의 문학교육이 탁월해서 그랬던 것은 아니다. 오히려 당시의 문학교육은 전형적인 주입식 교육에 불과했다. 그럼에도 불구하고 많은 사람들이 문학을 선망했던 것은, 당시의 문학교육이 문학을 배울 수는 있지만 결코 도달할 수는 없는 신비의 대상으로 간주했기 때문이라고 볼 수 있다. 더군다나 그들은 문학의 초월성에 응답할 수 있는 '진정성authenticity'의 주체들이었다. 속물의 삶을 멀리하고 자본주의에 대해서 비판적인 거리를 유지하면서, 내면의 윤리적 기준을 따라 살아가고자 했던 것이다. 당시의 문학은 이 '진정성'의 주체들, 내면적으로 윤리적인 주체들에게 적합한 형식을 갖추고 있었다. 루카치와 골드만이 제출한 소설 형식에 대한 이론적 해명이 그것을 증명한다.

하지만 대중매체의 비약적인 성장은 문학이라는 매체에 대한 적극적 후원자, 즉 '진정성의 주체'를 시대에 뒤떨어진 세대로 밀어

내고, 새로운 속물들의 시대를 열어 놓고 있다. 그들의 정체성은 다음과 같다.

코제브의 해석에 의하면, 20세기의 중반에 접어들면서 이런 (진정성의─인용자) '인간'이 소멸하고 미국적 '동물'과 일본적 '속물'의 시대가 열리는 것이다. 미국적 '동물'은 공적 영역에 대한 무관심, 사회적 관계로부터의 퇴각, 그리고 자폐적이고 자족적인 물질적 풍요 속으로의 침잠으로 특징지어지는 현대 소비사회의 나르시시즘적인 주체를 가리킨다. 반면에 일본적 '속물'은 이와는 반대로 자신과의 윤리적 대면을 회피하면서 자신이 속한 공동체의 규범(부나 성공)을 맹목적으로 추수하는 '타자지향적' 주체를 가리킨다. 양자는 모두 포스트─진정성의 시대에 나타나는 대표적인 두 가지 주체형식이다. 인간의 속물화/동물화는 그리하여 '근대문학의 종언'이라는 테제 뒤에 은폐된, 그것보다 더 본질적이고 중대한 사회적 변동의 차원이다.[20]

다소 직설적이긴 하지만, 미국적 '동물'과 일본적 '속물'로 대표되는 새로운 주체는 오히려 근대문학이 그 독자로서 상상하지 못했던 사람들이다. 오히려 근대문학은 그들을 혐오하고 배척하고자 했다. 근대문학의 잠재적 독자로 호명받지 못한 그들은 자신들의 내면에 윤리적 기준을 가지고 외부의 현실과 부딪히면서 살아가는 치열함을 결여하고 있다. 그들에게 있어서 삶의 기준은 내면

---

20 김홍중, 위의 글, 249쪽.

에서 샘솟는 것이 아니라 오히려 외부에서 발견된다. 그들은 데이빗 리스먼D. Riesman이 미국 대도시의 상층 중간계급에서 목격했던 '타인지향형 인간' 혹은 '시장지향적 인간'에 해당하는데, 그들을 지배하는 것은 타인에 비해 뒤떨어질지 모른다는 '불안anxiety' 심리이다.[21]

이처럼 '포스트-진정성의 시대'에는 문학이라는 매체, 특히 근대문학의 소비자를 발견하기는 더욱더 어려워지고 있다. 그러므로 이제 미래의 문학교육은 원칙적인 차원에서 '문학이란 무엇인가'를 강제하기보다는, 이 '포스트-진정성의 주체'에게 문학이 과연 무슨 의미를 지니고 있는지를 구체적으로 확인하고 문학이 달라진 위상을 받아들이는 데서부터 새롭게 출발해야 할 것이다. 근대문학의 이념과 그 교육적 이상을 벗어난 곳에서 문학교육이론은 신천지를 발견할 수 있을 것이다.

---

21   데이비드 리스먼, 이상률 옮김, 《고독한 군중》, 문예출판사, 1999, 103~109쪽.

13장
디지털 시대, 시 교육 어떻게 할 것인가
: 디지털 시대의 문학교육

디지털 시대를 문학의 위기 국면으로 파악하고 그것으로부터 구제할 수단을 문학교육에서 찾는 태도를 지양해야 한다. 그것은 미디어 교육의 측면에서만 실패하는 것이 아니라 진정한 문학교육에 있어서도 실패할 가능성이 높기 때문이다. 오히려 디지털 미디어 환경의 변화를 이용하여 현대시의 현재와 과거, 그리고 미래를 동시에 숙고할 기회를 마련해 주는 것이야말로, 미디어 교육과 문학교육 양면에서 성공적인 결과를 낳을 수 있을 것이다.

---

* 이 글은 《열린정신 인문학연구》(2012년 12월)에 게재된 〈디지털 시대의 문학교육〉을 수정하고 보완하여 재수록한 것이다.

문학과 미디어

발터 벤야민W. Benjamin의 통찰[1] 이래로 문학예술이 당대의 미디어 기술에 의존한다는 생각은 널리 통용되는 상식이 되었다. 그는 사진과 영화 미디어를 통해 가속화된 복제기술의 발전에 주목하고, 그로 인해 예술에서 원본에 대한 아우라가 소멸하는 현상을 예견한 바 있다. 그것만 해도 19세기 후반에서 20세기 초반까지의 일이었는데, 그 뒤로도 TV와 라디오라는 일방향 매스미디어, 그리고 컴퓨터와 인터넷이라는 쌍방향 멀티미디어가 등장함에 따라 문학예술에 대한 사람들의 인식과 태도, 지각 방식 등에 급격한 변

---

1 특히 사진기술의 등장으로 예술에서 아우라가 소멸하는 현상을 분석한 〈기술복제시대의 예술작품〉
(발터 벤야민, 최성만 옮김, 《기술복제시대의 예술작품, 사진의 작은 역사 외》, 길, 2007.)이 대표적이다.

화가 있었음은 말할 필요도 없다. 생각해 보면 그것이 바로 기술로 부터 예술의 독립[2]을 확신했던 근대적 예술가의 역설적 측면이었 던 것이다.

그런데 벤야민이 사진과 영화에 주목할 당시만 해도 대중 미디어의 중심에는 문학이 있었다. 잘 알다시피 문학은 인쇄술이라는 근대 초기의 복제기술에 의존해서 대중 미디어의 핵심으로 부상했으며, 복제품을 폄하하면서 원본에 대한 아우라적 환상을 조장하고 작가의 권위를 부각함으로써 작품의 소유권을 주장할 수 있었다. 그러나 문학이 의존하는 복제기술, 즉 인쇄술은 곧이어 발생한 사진과 영화, TV와 라디오, 그리고 컴퓨터와 인터넷 등 미디어기술의 순차적 발전으로 인해 대중 미디어의 중심에서 밀려난 지오래되었다. 문학이 의존하는 인쇄술이라는 '전통적' 복제기술의위상 하락이 곧바로 문학 자체의 위상 변화를 유도한 것이다. 이처럼 사진과 영화가 지배하는 미디어 환경의 변화만으로도 문학에서 아우라가 소멸될 것을 걱정해야 할 상황이라면, 그 뒤로 이어지는 대중적 미디어의 '비약적' 성장을 통해 문학이 상실한 것들의 목록이 얼마나 많을지는 짐작조차 하기 어렵다.

그러나 대중적 미디어의 발전사에서 보면, 사진과 영화만 하더라도 비교적 초창기 모델에 속한다고 할 수 있다. 우리 근대사에비춰 보면 사진과 영화의 등장은 식민지 시대로까지 이어지는 고전적 사례가 되고 있다. 그때는 근대적 인쇄술의 도입으로 문학이

---

2 기술의 산물인 상품은 반복성을, 예술의 산물인 작품은 일회성을 특징으로 한다. 하지만 벤야민의 통찰 이래로 일회성으로 대표되는 예술의 아우라는 사라지게 되는데, 복제기술의 영향으로 예술 에서도 반복성이 중요한 속성으로 자리 잡게 되었기 때문이다.

막 탄생을 준비하던 무렵이었지만, 사진과 영화도 동시적으로 출현하여 미디어들 사이에서 시간적 우선성을 발견하기 어렵다. 한때는 잠시 문학이 사진과 영화에 라이벌 의식을 가진 적도 있었지만,[3] 그것이 '아우라의 상실'을 경험할 정도로 치명상의 원인은 되지 않았다. 오히려 외형상으로만 보자면 그 사이에 문학과 문학인에 대한 아우라는 더욱 강화되었으며, 그 상태로 문학은 라디오와 TV가 전성기를 구가하던 1960~80년대 산업화 시대를 맞이했다. 당시만 해도 청년문화의 핵심에는 인쇄술이 있었고, 인쇄술에 의존하는 문학에 부여된 '고급문화' 혹은 '교양'의 이미지가 유지되었다. 그 사이에 라디오와 TV 등을 통해 '전파'를 이용한 복제기술이 확산되었지만, 그것이 '활자'에 의존하는 문학을 위기에 빠뜨릴 만큼 도전적 요인을 형성하지 않았고, 오히려 라디오와 TV를 통해 생산되는 문화를 '대중문화'로 폄하하면서 문학은 상대적 우월성을 확보할 수 있었다.

그러나 1990년대로 접어들면서 상황은 급격하게 변화되었다. 그때 등장한 컴퓨터와 인터넷이라는 새로운 미디어는 그전의 미디어와 성격이 확연히 달랐다. 그중에서도 문학인들이 원고지를 버리게 된 것이 가장 큰 특징이라 하겠다. 고급문화의 생산자들도 대중문화의 소비자들과 마찬가지로 문화적 생산의 도구로서 컴퓨터라는 편리한 기구를 이용하지 않을 수 없게 된 것이다. 이렇게 문화생산자와 그 소비자가 동일한 도구를 공유하게 되고, 또한 인

---

3 1930년대 모더니즘 소설 및 시에 나타난 영화적 기법의 차용, 예컨대 시의 경우 시네포엠cine-poem 등의 실험이 그 사례에 속한다.

터넷까지 확산되면서 적어도 사이버상에서는 작가와 독자가 거의 직접적 대면까지 가능할 정도로 가까워졌다. 원고지 글쓰기, 그리고 활자와 인쇄술의 도입으로 서로 소외되었던 작가와 독자 사이의 거리가 한없이 좁혀지게 된 것이다. 물론 작가와 독자 사이의 거리 소멸은 신비의 상실, 위계의 상실을 예비하고 있다. 그 단적인 사례가 친필 원고의 소멸에서 나타난다. 컴퓨터에 파일 형태로 작성되고 저장된 원고는 이미 복제본이기 때문에, 거기에서는 친필 원본이 가지고 있는 아우라를 발견할 수 없다.[4] 이를 통해서 사진과 영화에서 이미 시작된 원본 없는 복제본의 시대가 문학에서도 실현된 것을 확인할 수 있다.

그러한 현상을 '아날로그 시대의 종언'이라고 명명한 것은 최근의 일이다. 사람들은 드디어 디지털의 시대가 도래했음을 실감했고, 디지털 코드의 등장이 무시할 수 없는 미디어 환경의 급격한 단절로 이어질 것을 예감하였다. 사진과 영화, 라디오와 TV로 이어지는 미디어 환경의 변화에 대해 시큰둥했던 문학이 컴퓨터와 인터넷의 등장에 민감하게 반응했던 것도 그 단절에 대한 예감에서 기원한다. 디지털 시대로 접어들면서 문학이 아날로그의 가장 큰 수혜자였다는 사실이 드러난 것이다. 그러나 아날로그 환경에서 태어나서 성장한 문학이 전혀 이질적인 디지털 환경에 적응해야 한다는 것은 이제 피할 수 없는 지상명령이 되었다. 이를 토대

---

4 "전통적인 문학 창작에서 육필원고는 변하지 않는 근원으로 자리했지만, 전자 글쓰기에서 그러한 형태의 원본은 사라진다. 원고는 작은 파일로 나뉘어지기도 하고, 자유롭게 합쳐지기도 하며, 프린터로 출력한 형태로 보관되기도 하고, 인터넷을 따라 e-mail로 전송되기도 한다. 최초의 원본, 그런 것은 세상에 더 이상 존재하지 않는다." 전봉관, 〈디지털 시대의 문학과 그 정체성 문제〉, 《한국현대문학연구》, 2000, 89쪽.

로 여기에서는 문학의 입장에서 디지털 환경이 어떤 변화를 요구하고 있으며, 그러한 요구에 문학은 어떻게 부응하고 있는지, 그 현상적 측면을 살펴보되, 특히 시 장르를 중심에 두고자 한다. 더 나아가 디지털 환경이 시 교육 현장에 어떤 변화를 요구하고 있는지도 살피고자 한다.

디지털 미디어와 새로운 중세

일반적으로 1990년대 하면 '사회주의권의 몰락'을 가장 먼저 떠올리는 것은, 정치적 변화와 주제비평적 문학사에 익숙한 사람들의 관습에서 유래한다. 당시만 해도 근본적인 변화가 컴퓨터를 통해서 다가오고 있음을 감지한 사람이 많지 않았던 것이다. 시대 변화에 민감했던 장정일조차도 그의 소설 《아담이 눈뜰 때》에서 그것이 '타자기 글쓰기'의 등장과 관련성이 있다는 생각을 했는데,[5] 이는 컴퓨터를 타자기의 연장으로 간주하던 당시의 인식을 잘 보여 준다. 물론 모더니즘 문학의 등장이 타자기 글쓰기의 보급과 관련성이 있다는 점을 감안한다면, 그가 컴퓨터 글쓰기의 등장으로 새로운 모더니즘의 대두를 예감한 것은 탁월한 데가 있다.

하지만 컴퓨터를 통한 글쓰기에 잠재된 새로운 모더니즘의 정체가 '포스트모더니즘'으로 호명되면서, 그 정체를 파악하기 위한

---

5 "내 나이 열아홉 살, 그때 내가 가지고 싶었던 것은 타자기와 뭉크화집과 카세트 라디오에 연결하여 레코드를 들을 수 있게 하는 턴테이블이었다." 장정일, 《아담이 눈뜰 때》, 미학사, 1990, 9쪽.

학자들의 시도가 줄을 이었지만, 사실상 인터넷이 널리 보급되기 전까지 그 정체를 제대로 파악한 사람은 많지 않았다. 실체를 확인하기 어려운 포스트모더니즘은 소문과 예감 속에서 이론적으로만 존재했던 것이다. 인터넷의 초기 형태로 PC통신이 등장했을 때만 해도 그것이 새로운 모더니즘의 모델을 예시하고 있음을 알아챈 사람은 많지 않았다. 더군다나 삐삐와 PC통신의 등장이 문학적 글쓰기에 혁명적 변화를 가져오게 될 것을 누가 예감했겠는가. 물론 당시의 문학작품에서 삐삐와 PC통신이 남긴 흔적을 발견할 수는 있겠지만, 그것이 글쓰기 문화의 근본적 반성을 유발하게 된다는 것을 알아챈 작가는 거의 없었다. 그들은 예전처럼 문학주의의 견고한 신앙의 힘으로 그것을 대중문화로 밀어내는 데 만족했다. 문학에 들이닥친 격변의 징후를 충분히 인식하지 못한 채로 1990년대 후반을 맞이했던 것이다.

새천년은 문학주의에 안주하던 저자들에게 '중세의 악몽'을 환기하는 시대로 기억되어야 할 것이다. 문학적 글쓰기는 책이라는 물리적 형태로만 생산되고 거래되는 것이 관례였는데, 인터넷이라는 디지털 복제 환경이 책의 기능을 사이버상으로 옮겨 놓음으로써 상황이 돌변한 것이다. 무엇보다 PC통신과 삐삐를 통해 훈련된 새로운 세력들(이른바 386세대)이 인터넷을 새로운 통신수단으로 발견하면서 엄청난 양의 정보를 서로 교환하기 시작했다. 그들이 교환하던 정보들 중에 상당수가 '퍼나르기' 형식을 통해 유통되었는데, 이는 그들이 새로운 정보를 생산하기보다는 기존의 정보를 반복하는 방식의 소비를 택했다는 것을 뜻한다.[6] 그런데 문제는, 그러한 소비가 수동적 소비가 아니라 능동적 소비라는 데에 있다. 주어지는 정보를 수동적으로 받아들이기만 하던 과거의 소비 형태가 아니라, 비록 주어지는 것일지라도 정보의 유통에 적극적으로 나서는 새로운 소비 형식을 취한 것이다. 심지어 기존의 정보 중에서 취사선택 및 변형의 여지를 발견함으로써 그들은 미약하나마 소비를 통한 생산자의 지위를 차지하게 된다. 이들을 가리켜서 '소비적 생산자'라고 명명할 수 있을 것이다.

그런데 이러한 소비적 생산자는 구술문화의 전통에서는 흔히 발견되는 현상이다. 잘 알다시피 구술문화 단계에서는 인근 마을이나 다음 세대에게 문화적 생산물을 '퍼나르는' 행위가 중요하다. 이처럼 문화적 생산물을 퍼나르는 과정에서 완벽한 재생과 반복이 불가능할 수밖에 없는 구술문화의 단계에서는 대개 차이를 내포한 변형된 반복이 대세를 이룬다. 그들은 그것이 당시의 지배적 문화에 자신의 개성을 새겨 넣는 유일한 방식임을 알고 있었다. 지역마다 다른 판본의 '춘향전'이 유통될 수 있었던 것도 여기에서 기인한다. 당시에는 시공을 초월한 보편적 지식보다는 이처럼 지역에 밀착한 정보들이 더욱 중요한 역할을 수행했던 것이다. 이와 같이 아직 '저자Author'의 개념이 성립하기 이전 시기에는, 기존의 문화적 생산물을 반복하면서 약간의 주석을 달거나 변형을 주는 '필경사Scribe'가 저자를 대신했던 것인데, 그 현상이 유독 서양사에서만 발견되는 것은 아니다.

---

6 최근에는 SNS를 통해서 '퍼나르기' 현상이 더욱 가속화되고 있다.

그런 의미에서 인터넷상에서 단순히 기존의 정보를 퍼나르는 행위만으로 '소비적 생산'이라는 중세적 현상에 접속하게 된 것은 매우 중대한 변화라 할 수 있다. 물론 저자 의식에 충실한 근대적 작가들에게 그것은 단지 중세로의 퇴행적 현상에 불과할 터이지만, 저자의 위치에서 영원히 추방된 것처럼 간주되었던 근대의 대중들에게 그것은 중세의 커뮤니케이션 방식을 새롭게 해석할 수 있는 기회를 마련해 준다.[7] 예컨대 공동창작의 문제만 해도 그렇다. 잘 알다시피 문화적 생산자와 소비자가 엄격하게 구별되지 않았던 공동창작의 전통은 이미 사라진 근대 이전의 관습에 속할 뿐이다. 하지만 어떤 의미에서 그것은 문화적 생산과 소비의 측면에서 '민주주의'가 보편화된 모습을 보여 준다. 결국 문자의 대중적 보급으로 '민주주의'가 촉진되었다는 근대인의 환상은, 어쩌면 저자의 시대가 만들어 낸 조작된 정보일지도 모른다. 오히려 이른바 '문자 민주주의'의 대두는 사실상 지식을 널리 전파한다는 보편성을 명목으로 내세우면서, 지역 공동체의 지식 생산 기능을 박탈하고 대부분의 대중을 지식 생산자의 위치에서부터(즉, 저자의 위치에서부터) 영원히 추방하는 데 일조했던 것이다. 그 뒤로 지역에 밀착한 정보는 지식의 지위에서 밀려났고, 대중은 저자에 의해서 독자로 명명되었으며,[8] 저자와 독자 사이에는 깊은 장막이 드리워졌기

---

7 폐쇄적이고 고정된 '작품' 개념이 개방적이고 유동적인 '텍스트' 개념으로 대체됨에 따라 작품에 기반하는 '저자의 죽음'이 발생하고 이는 곧 텍스트에 기반하는 '독자의 탄생'과 교차한다고 지적한 것은 롤랑 바르트이다. 원본이 없는 복제물의 범람 속에서는 텍스트의 '출처'(기원)가 무의미해지는데, 그 출처의 자리에 있는 '저자'가 무력해지는 것은 이러한 이유에서 비롯된다. 롤랑 바르트, 김희영 옮김, 〈저자의 죽음〉, 《텍스트의 즐거움》, 동문선, 1997, 28~35쪽 참조.

8 근대문학 혹은 근대적 글쓰기의 등장으로 독자가 형성되는 과정을 추적한 것으로는 천정환, 《근대

때문이다.

또한 그 장막이 위계의 장막이었음은 말할 것도 없다. 보편적 지식이 그 장막의 위에서부터 밑으로 흘러내리는 위계적 소통을 판가름하는 기준으로 기능했던 것이다. 그런데 디지털 시대에 단순히 디지털 코드로 변환된 정보들을 이곳에서 저곳으로 퍼나르는 단순한 행위를 반복하는 것만으로도 그 위계의 장막이 걷히기 시작했다. 지식과 정보를 수평적으로 퍼나르는 행위를 반복하면서 저자는 지식을 생산하고 독자 대중은 그것을 소비한다는 수직적 위계와 서열 구조가 해체된 것이다. 아날로그 시대의 저자 개념을 고수할 수밖에 없는 문학인들에게 그것은 이미 사라졌다고 생각했던 중세의 악몽이 되살아나는 장면이기도 하다.

디지털 글쓰기와 패러디

우려했던 사태가 현실화되는 데에는 긴 시간이 필요하지 않았다. 인터넷을 통해 유통되는 정보의 양이 사이버 공간을 가득 채우면서, 디지털 코드로 변환된 지식과 정보들의 복제와 합성이 더욱 활발해졌다. 심지어 인터넷상에서는 기존의 지식을 복제, 합성하고 이동하는 행위만으로도 지식 생산자의 자리를 차지할 수 있게 되었다.[9] 또한 디지털 환경에서 가능해진 멀티미디어의 활용

의 책읽기―독자의 탄생과 한국 근대문학》(푸른역사, 2003)을 들 수 있다. 이를 통해서 독자라는 것이 근대적 제도에 의한 구성물임을 알 수 있다.

9 기존의 사물을 재활용하는 창작 방식으로 '레디메이드'라는 기법이 있는데, 이는 누군가에 의해서

은 문학과 인접 예술 사이에 활발한 교류의 가능성까지 열어 두었다.[10] 종이를 매개로 했던 전통적 글쓰기가 소멸되고 엄청나게 다양한 디지털 글쓰기가 그 자리를 대체하게 된 것이다. 이때 디지털 글쓰기는 인터넷을 기반으로 정보를 수집·변형하고 재배열하는 '소비' 행위를 일차적 조건으로 삼는다. 이처럼 인터넷이라는 네트워크를 배경으로 다양한 출처에서 가져온 상호텍스트성의 산물은 곧바로 다시 상호텍스트성을 허용하는 또 다른 텍스트의 형태로 사이버 공간에 게시된다.

전통적인 글쓰기는 원고를 작성하고 나서도 편집과 인쇄·출판·제본·유통을 거쳐 서점에 깔리고 소비되기까지 상당한 시간이 걸리지만, 인터넷을 통한 글쓰기는 편집·인쇄·제본·유통·소비의 과정이 거의 동시에 이루어진다는 장점이 있다. 더욱이 생산 행위 자체가 곧바로 소비로 이어지는 초고속 소통망의 형성은 생산과 소비 사이에 '권위상의 격차'뿐 아니라 '시간적 격차'까지 제거하는 효과를 얻고 있다. 생산자와 소비자 사이에 쌍방향 소통이 가능하게 된 것도 이와 같은 환경에서 가능해진 현상이다. 이렇게 되면 누구나 디지털 정보를 생산할 수 있고, 그렇게 생산된 정보를 곧바로 소비자에게 전송할 수 있는 자격을 갖추게 된다. 생산

만들어진 사물을 가져다 재배치, 재가공을 함으로써 작품을 생산하는 행위를 가리킨다. 이러한 창작 행위는 기성품 재료를 이용하고 있기 때문에 모든 것이 작가의 순수한 창작에서 비롯된 것이라는 '작품 개념'을 비난하는 행위이기도 하다. 이는 미술과 문학에서 동시에 발견되는 현상으로, 디지털 시대 저자 개념의 위기 현상을 반영하는 창작 행위에 속한다.

10 근대적 예술제도에서는 문학, 음악, 미술이 서로 다른 미디어(활자, 이미지, 소리)를 사용한다는 이유로 각각의 자율성을 주장할 수 있었으나, 문자·영상·소리를 동일한 디지털 코드로 전환할 수 있게 됨으로써 예술 장르들의 공존 현상이 흔히 경험할 수 있는 일이 되었다. 이로써 각각의 예술에 대한 자율성 의식이 훼손되는 것은 당연하다.

에서 소비까지의 전송 시간이 단축된 만큼, 생산자에서 소비자로, 혹은 소비자에서 생산자로의 전환 속도도 빨라지게 된 것이다.

그렇다면 디지털 코드로 전환되는 글쓰기에서 순수한 정보 생산자, 순수한 정보 소비자는 존재할 수가 없다. 생산자와 소비자 사이에 수평적이고 교체 가능한 관계만이 유지될 뿐이다. 이에 따라 기존의 문단에서 순수한 생산자들에게만 적용되는 선배작가들의 심사, 전범적 글쓰기의 제공, 이념적 동료 집단의 형성이 무기력해진다. 말하자면 고급문학 생산의 조건이라 할 수 있는 '등단'의 절차가 생략되는 것이다.[11]

이때 등단 절차의 부재를 배경으로 하는 디지털 글쓰기에는 두 가지 가능성이 열리게 된다. 이미 그것은 문단이라는 제도가 허용하는 한계를 넘어설 수 있기 때문에 한편으로는 지나치게 '전위적'이거나 다른 한편으로는 오히려 지나치게 '후위적'일 가능성이 높다. 그린버그C. Greenberg의 표현을 빌리자면 디지털 글쓰기는 '아방가르드'가 되거나 '키치'가 되기 쉽다.[12] 기존의 문학적 글쓰기에

---

11 "아마도 이러한 차원의 글쓰기는 머지않아 기존의 '작가-독자'의 관계와 문학 생산 및 유통 구조를 획기적으로 변화시킬 것으로 예상된다. 왜냐하면 이런 글쓰기에 참여하는 사람들은 각 신문사의 신춘문예나 각종 잡지의 신인상 또는 추천을 통하지 않고도 스스로 작가라고 자처하면서 글을 올리고 독자와 그 글을 직접적이고 수평적인 관계에서 주고받기 때문이다. 또한 독자들도 종래의 '작가=능동성 / 독자=수동성'이라는 도식에서 벗어나 언제든지 글쓰기에 능동적으로 참여하기 때문이다. 이런 상황에서 '창작→출판→구입'이라는 유통 구조가 작가와 독자에게 아무런 영향력을 행사하지 못하게 될 것은 두 말할 필요도 없을 것이다." 허만욱, 〈디지털 시대의 새로운 문학 환경과 현대소설의 정체성 고찰〉, 《우리문학연구》, 2006, 492쪽. 이런 의미에서 보면 '책'이야말로 종래의 유통 구조를 통해서만 존재할 수 있는 미디어라 할 수 있는데, 디지털 시대에 발생한 '유통 혁명'은 곧바로 '책의 혁명'을 의미하고, 또한 책에 의존할 수밖에 없는 '문학의 혁명'으로 이어지는 것은 당연한 절차라 할 수 있다.

12 미국의 미술평론가 클레멘트 그린버그Clement Greenberg는 《파르티잔 리뷰》에 게재한 논문 〈아방가르드와 키치〉(1939)에서 미국의 팝아트를 '키치'로 규정하고 그것을 당대의 '전위예술'과 구별하여 '후위rear-guard'로 평가절하한 바 있다. 클레멘트 그린버그, 조주연 옮김, 〈아방가르드와 키

서는 기술적으로 불가능했던 실험적 글쓰기를 허용한다는 점에서 '아방가르드'에 가깝다면, 그와는 반대로 기존의 문학적 글쓰기가 제도적으로 억압해 왔던 대중적 글쓰기의 통로를 개방한다는 점에서 보면 그것은 '키치'에 근접한다고 할 수 있다.

그러므로 디지털 글쓰기에 대한 정당한 평가를 위해서는 두 개의 기준점을 마련해야 한다. 한편으로는 그것이 기존 문학의 기술적 한계를 극복하는 새로운 글쓰기인가의 여부, 다른 한편으로는 그것이 기존의 제도권 문학의 형성 과정에서 배제되었던 예외적 글쓰기인가의 여부를 판정해야 하는 것이다. 다시 말해서 디지털 글쓰기가 기존 문학의 기술적 한계를 넘어서는지, 아니면 기존 문학의 제도적 한계를 넘어서는지를 판단해야 한다.

이와 같은 기준점을 마련해 두고 보면, 그동안 교과서를 통해서 이루어진 디지털 글쓰기에 대한 관점의 한계를 알 수 있다. 기존의 교과서는 디지털 미디어에 익숙한 학생들의 관심을 오로지 '문학'으로 유도하기 위한 전략으로만 디지털 글쓰기를 활용하고 있기 때문이다. 기존 문학의 기술적 한계와 제도적 한계를 넘어설 수 있는 가능성이 열려 있는 디지털 글쓰기를 앞에 두고도, 그것을 통해서 기존 문학으로 관심을 되돌리려는 교육에 치중하고 있는 것이다. 이는 문학교육 자체가 디지털 글쓰기의 가능성을 원천적으로 봉쇄할 것을 명령하는 제도권 문단의 대변인 행세를 하고 있는 셈이다. 그것은 예컨대 '패러디parody'를 교육적인 목적으로 취급하는 방식에서부터 나타난다.

치〉, 《예술과 문화》, 경성대출판부, 2004, 13~33쪽.

잘 알다시피 패러디는 모순적 양면성을 본성으로 하는 문화적 생산 활동이라 할 수 있다. 말하자면 원본에 대한 모방적 유사성과 원본으로부터의 창조적 차별성을 동시에 성취하고자 한다는 점, 원본에 대한 충실한 독자이면서 원본을 배반하는 작가이기를 열망한다는 점, 그리고 원본의 권위에 의존하면서도 원본의 권위를 훼손하는 결과를 낳는다는 점 등에서 그 양면성을 확인할 수 있다. 다시 말해서 패러디는 모방과 창조, 유사성과 차이, 독자와 작가, 숭배와 비판이 갈라지는 경계 지점의 긴장을 반영하고 있다. 이것만 보면 패러디가 가장 실험적인 전위예술의 에너지를 간직하고 있는 것처럼 보인다.

하지만 시간을 돌이켜 중세로 돌아가면 패러디가 성취한 경계적 속성이란 당시에는 아주 흔한 현상이었음이 드러난다. 예컨대 한시의 창작기법 중에 '용사用事'라는 전통[13]이 있어서 경전의 구절이나 경구 등을 빌려 와 창작에 활용하는 사례가 있었는데, 그러한 차용의 관습은 한시의 범위를 넘어서 구술문화 일반에서 아주 흔하게 목격되는 현상이다. 거기에는 모방과 창조, 독자와 작가 등의 구별이 선명히 드러나기 '이전'의 문학적 관습이 반영되어 있다. 그렇다고 본다면 패러디와 같은 형식은 '탈근대적' 전위 정신의 발현인 동시에 '전근대적' 문화 환경을 소환한다는 모순된 시간성[14]이

---

13 한시에서 그것은 '용사 미학'으로 알려져 있으며, 한시뿐 아니라 한문학 전반에 걸쳐 보편적인 미학적 원리로 존중되었다. 독창성에 대한 강박관념에 사로잡힌 근대시의 대두로 소멸한 미학이기도 하다. 그러다가 '패러디'의 유행을 통해 '용사 미학'이 새롭게 조명받게 된 것이다. 패러디와 용사 미학의 관련성에 대해서는 고현철, 〈용사이론과 패러디 시학의 비교연구〉,《현대문학이론연구》, 1999; 김은희, 〈고전시가와 패러디〉,《어문연구》, 2004. 등을 참조.

14 패러디는 근대를 중심으로 '전근대'와 '탈근대'가 서로 협력하고 소통하는 모습을 보여 주는데, 이

공존하는 모습을 보여 준다.

이처럼 패러디가 입증하는 모순적 가치의 공존, 이질적 시간성의 소환 현상은 모두 근대문학을 둘러싸고 있는 제도적 장막의 저편을 가리키고 있다. 반면에 근대문학에 의해 억압되었던 고전문학의 여러 속성들이 이제 '탈근대적 가능성'의 이름으로 재조명될 필요가 발생한 것이다. 특히 디지털 코드로 변환되어 유통되는 정보들의 주변에서 다른 방식으로 복원되는 중세적 구술문화의 전통이 그 가능성을 입증하고 있다.

이렇게 되면 패러디 교육은 문학적 관습과 그것을 지탱하는 제도들이 영구적인 것이 아니라 근대에 이르러 비로소 성립된 것임을 폭로하는 계기를 마련해 준다. 이미 지나간 과거의 문학과 아직 오지 않은 미래의 문학, 그리고 전근대적 구술문화의 전통과 탈근대적 디지털 문화의 관습이 서로 공모하는 모습을 패러디 교육이 보여 줄 수 있는 것이다. 그러나 다시 말하지만 근대문학의 처음과 끝, 기원과 한계를 동시에 숙고하게 한다는 점에 유의할 필요가 있다. 패러디 교육이 무작정 근대문학을 부정하는 데만 집중하는 것이 아니기 때문이다. 실질적으로 패러디의 정신에 충실하기 위해서는 원본이라 할 수 있는 정전급 문학에 대한 존중과 더불어, 그와 같은 문학을 생산하고 소비하는 문학적 제도 일반에 대해서 비판적 거리를 두고 바라볼 수 있는 양면적 접근법을 택해야만 한다. 그에 따라서 문학 텍스트에 밀착한 이해는 물론이고 그 문

를 통해서 디지털 미디어의 등장으로 구술문화의 관습이 재현되는 양상을 간접적으로나마 확인할 수 있다. 패러디의 탈근대적 지향성에 대해서는 린다 허천, 장성희 옮김, 《포스트모더니즘의 이론과 전략》, 현대미학사, 1998. 참조.

학 텍스트를 문학으로 존재하게 만드는 제도적 맥락에 대한 환기를 동시에 수행하게 된다. 이처럼 근대문학을 둘러싼 패러디의 양면적 태도를 이용하면 문학이라는 제도를 둘러싸고 있는 디지털 미디어 환경의 변화를 쉽게 이해할 수 있다. 특히 디지털 미디어를 통한 정보의 생산·유통·소비의 방식이 근대문학이라는 제도를 향해 무엇을 요구하는지를 간접적으로 체험할 수 있게 만든다. 그것은 또한 종래의 미디어들과는 현격하게 달라진 새로운 디지털 미디어 환경이 과거 아날로그 시대의 산물인 문학을 향해 자기반성과 자기해체의 압박을 가하고 있다는 것을 실감하는 일이기도 하다.

하지만 정작 교육 현장에서는 패러디를 '도구적으로' 이용하여 문학에 대한 관심과 흥미를 높이는 데에만 초점을 맞추고 있어서, 사실상 문학이 현재 처해 있는 상황을 입체적으로 체험할 수 있는 기회를 박탈하고 있다.[15] 이것은 디지털 미디어 환경의 한가운데서도 문학이 아직도 모든 미디어의 중심을 차지하고 있는 것처럼 간주하게 하고, 디지털 미디어 환경을 통해 번식하는 대중문화의 새로운 국면에 문학이 '대응'해야 한다는 생각에만 머물게 만든다. 만약 패러디를 '도구적으로' 이용하는 태도만 벗어난다면, 패러디 교육은 무엇보다 문학의 내부(=기술적 한계)와 외부(=제도적 한계)를 동시에 조명할 수 있는 기회를 제공할 수 있다.

---

15 그런 의미에서 장창영의 언급에 주목할 필요가 있다. 그는 "디지털 시대에 이루어지는 글쓰기는 이전과 전혀 다른 방식의 글쓰기가 아닌 이전 글쓰기의 변형 또는 발전적 해체에 가깝다."고 전제하고, "그런 점에서 패러디 작품을 대상으로 하는 시 교육은 우리 문화의 흐름을 시의적절하게 반영할 수 있는 유효한 방법론이 될 수 있다."고 주장한다. 장창영, 〈패러디 시 활용의 교육적 의미〉, 《한국언어문화》, 2004. 12., 227쪽 참조.

또한 앞서 말했듯이, 패러디에 부정적 기능만 있는 것이 아니라는 점을 상기한다면, 패러디 교육은 디지털 미디어 환경에 포함되어 있는 문학의 새로운 가능성을 인식의 수준으로 끌어올리는 역할까지 수행할 수 있다. 다시 말해서 학생들은 현재의 문학이 디지털 미디어 환경 속에서 생존하거나 진화할 수 있는 가능성의 폭을 충분히 가늠할 수 있게 된다. 그러기 위해서는 패러디를 교육하는 하는 데 있어서 문제의 초점을 바꿀 필요가 있다. 기존의 패러디 교육이 '문학이 디지털 미디어 환경을 어떻게 이용할 것인가'를 고민하는 데 초점을 맞추고 있었다면, 앞으로는 그와 반대로 '디지털 미디어 환경이 문학이라는 미디어를 어떻게 취급하고 있는가'를 확인하는 데로 패러디 교육의 중심이 옮겨져야 한다. 이렇게 되었을 때, 문학에 흥미를 잃어 가는 학생들을 탓하고 그들을 문학의 세계로 유인하는 데서 그치는 기존 문학교육의 한계를 벗어날 수 있다. 그런 의미에서 패러디 교육은 디지털 시대를 살아가는 학생들의 눈높이에서 아날로그 시대의 문학을 바라볼 수 있는 기회를 제공해 준다. 문학에 대한 학생들의 태도는 사실상 아날로그 시대의 산물인 문학을 상대하는 디지털 미디어 환경 자체의 태도를 반영하는 것으로 볼 수 있기 때문이다.

문학교육과 문학제도교육

그렇다면 과거의 미디어와 달라진 현재의 디지털 미디어 환경을 고려하여 미디어에 대한 이해를 문학교육에 도입하려 한다면,

적어도 미디어를 '도구적으로' 이용하려는 태도는 지양해야 한다. 그것은 오히려 문학을 '도구적으로' 이용하고 있는 디지털 미디어 환경의 변화에 정면으로 맞서는 것이기 때문이다. 따라서 교육의 초점을 '문학'에만 맞추는 문학주의적 태도는 디지털 시대의 문학교육에는 적합하다고 볼 수 없다. 그것은 디지털 미디어 환경의 변화와는 무관하게 문학적 본질의 영구적 생존에 대한 믿음을 포기하지 않고 있기 때문이다. 따라서 문제의 초점을 문학과 미디어의 '관계'로 옮기고, 미디어 환경의 변화에 따라 문학에 어떤 변화가 예상되는지를 파악하는 데로 관심을 모아야 할 것이다.

이처럼 디지털 미디어의 확산은 문학의 현재뿐만 아니라 문학의 과거와 미래까지도 문학교육의 대상에 포함함으로써 문학을 하나의 '제도'로 이해할 필요성을 높이고 있다. 잘 알다시피 이미 문학연구 분야에서는 문학 자체가 아니라 '문학이라는 제도'를 대상으로 하는 연구가 활발하게 진행되는 것을 목격할 수 있다. 문학을 문학으로 만들어 주는 제도적 조건에 대한 면밀한 검토를 수행하는 연구물의 축적은, 이제 문학연구자들 사이에 문학을 대하는 태도의 변화를 이끌어 낸 것으로 평가받고 있다. 예컨대 그동안 문학연구의 중심을 차지하던 작품과 작가에 대한 연구가 주변으로 밀려나는 현상이 그것을 대변하고 있다.[16] 그와 같은 변화는 문학과 다른 미디어의 관계를 위계적으로 파악하지 않고, 문학도 동등

---

16 문학연구와 달리 문학교육의 현장에서는 작가와 작품 중심의 교육을 벗어나기 어려운 데가 있다. 하지만 자세히 보면 작가와 작품은 표면적인 교육의 대상일 뿐이고, 실질적으로는 작가와 작품이 중심을 차지할 수밖에 없는 근대적 문학제도가 진정한 교육의 대상임을 알 수 있다. 그러므로 새로운 문학교육은 문학이라는 제도에 대한 반성을 의도할 뿐 아니라 문학교육 자체도 또 다른 제도라는 것을 환기하는 자기반성적 구조를 지니고 있어야 한다.

한 미디어로서 다른 미디어들과 수평적으로 교류하면서 발전한다는 사고의 반영이기도 하다. 문학연구 분야에서의 이러한 변화가 새천년을 맞이해서 확산된 현상임은 말할 것도 없다. 이는 디지털 환경에 익숙한 신진 연구자들 사이에서 발생한 새로운 연구 풍토인데, 이런 현상이야말로 디지털 미디어 환경이 문학연구에 미치는 영향을 가장 잘 보여 주는 대표적 사례라 할 것이다. 물론 문학연구의 결과가 문학교육의 현장에서 활용되는 데는 어느 정도 시차가 있을 수 있겠지만, 적어도 문학을 둘러싸고 급격하게 변화하는 디지털 미디어 환경을 고려한다면 문학연구에서의 최근 변화에 문학 교육계가 주목할 이유는 충분하다.

따라서 디지털 미디어 환경에 대한 근본적인 이해를 목적으로 하지 않는다면, 현재와 같이 미디어를 이용한 문학교육의 한계는 분명해 보인다. 이와 비교하여 사진과 영화의 출현 이후 미술 분야에서 발생한 무수한 실험과 변화의 현장을 예로 들 수 있다. 이것이야말로 예술 분야에서 발생했던 가장 역동적인 변화의 사례라 할 수 있는데, 그것은 다름 아니라 사진과 영화를 경쟁의 상대로 생각했던 미술계의 치열한 생존 의지를 입증하고 있다. 그와 같은 치열한 경쟁 의식은 무엇보다 미술과 사진, 영화 모두가 이미지를 공통의 표현의 수단으로 삼고 있다는 사실에 대한 뚜렷한 자각에서 기인한 것이다.

하지만 디지털 미디어 환경에서는 경쟁 상대가 더욱 다양해지고 있다. 디지털 코드로 전환될 수 있는 모든 예술 양식과 장르들이 동시에 경쟁 체제로 돌입할 수밖에 없는 상황이 연출되고 있기 때문이다. 여기에서는 문학도 수많은 미디어들 중에 하나에 불과하다. 그것도 낡은 인쇄 미디어에 의지했을 때의 관습을 보존하고 있는 유일한 미디어로서 말이다. 그러므로 디지털 미디어를 통해서 생산/소비되는 엄청난 양의 유사 글쓰기들 사이에서 문학적 글쓰기가 마냥 아날로그 시대의 전통을 고수하고만 있을 수는 없는 노릇이다. 디지털 시대에 문학을 바라보는 관점은 이미 충분히 변하고 있기 때문에, 그에 부응하여 문학 혹은 문학교육은 새로운 가능성들을 모색할 시점에 와 있다.

하지만 같은 문학 장르라 할지라도 디지털 미디어를 상대하는 데 있어서 시와 소설은 차이를 보일 수밖에 없다. 두 장르는 그 탄생 배경부터 다르기 때문이다. 잘 알다시피 소설은 명백히 근대의 산물이고, 특별히 인쇄 미디어의 혜택 속에서 탄생한 장르이다. 반면에 시는 근대 이전의 구전문화를 배경으로 탄생했으므로, 인쇄 미디어 자체가 하나의 충격이었음을 기억하는 장르이다. 따라서 철저하게 근대적인 소설 형식은 전근대의 이야기 형식을 알지 못한다. 반면에 시의 형식에는 근대 이전에 대한 향수가 짙게 배어 있다. 두 장르의 차별성은 디지털 미디어 환경을 통한 변신의 가능성에서도 다른 길을 보여 주게 된다. 우선 디지털 미디어의 출현으로 소설에서 찾아온 가장 큰 변화는, 인쇄 미디어의 발전과 더불어 오래전에 소멸한 것으로 알려졌던 다양한 '장르 문학'의 부활에 있다고 할 수 있다. 어쩌면 그것은 디지털 미디어 자체가 개방해 놓은 사이버 공간을 타고 그동안 억압되었던 중세적 환상이 되돌아온 것으로 평가할 수도 있다. 장르 문학 특유의 스테레오타입의 재등장도 근대적 소설의 대두와 더불어 소멸한 전통적 스토리텔링의 관습이라고 할 수 있다. 중세와 대중문화라는 키워드가 디지털 시대 소설 문학의 새로운 화두가 된 것이다.

시의 경우는 어떠한가. 디지털 미디어의 등장 이후 시에서도 복고적 현상이 발견되는데, 이른바 '시낭송' 및 '시화詩畵' 개념의 복원이 그것이다. 특히 최근 문화계에서는 영상과 음향, 텍스트를 거의 동시에 송출할 수 있는 디지털 미디어의 속성을 충분히 이용하여, 그동안 오프라인 상에서는 거의 사라졌던 '시낭송'의 전통이 인터넷을 통해 복원되는 것을 볼 수 있다.[17] 이는 단순한 시낭송의 복원이라는 수준을 넘어서서, 오감을 통해 전달되었던 구술문화 시대의 시 소비 관습에 가장 근접한 시도라는 점에서 전근대적 시간의 되돌아옴으로 평가할 수 있다. 이것을 단순히 디지털 미디어에 익숙한 현대인을 향해 현대시를 보급하기 위한 시단의 몸부림으로 해석할 수도 있겠지만, 활자 중심의 시 쓰기와 시 읽기에 한정된 현대시의 한계를 되짚어 보는 기회를 만들고 있다는 점에서 새로운 의미를 찾아낼 수도 있다. 디지털이라는 첨단 미디어를 통해서 복원되는 과거의 흔적들이, 시의 현재를 반성적 거리를 두고 바라볼 수 있게 만든다는 점은 크게 주목할 필요가 있다.

하지만 앞서 말했듯이 디지털 미디어의 대두는 새로운 문학의 방향으로 '키치'의 길과 '아방가르드'의 길을 동시에 개방하고 있다. 따라서 디지털 미디어를 이용하여 단순히 현대시에 대한 관심을 환기하고 독자의 환심을 사려는 시도에 머문다면, 그것은 자칫 '키치'로 빠질 가능성이 많다. 그와는 반대의 가능성도 있다. 디지

17　영상시와 디카시를 포함하는 멀티포엠multi-poem은 사실상 과거 '시화전'의 형식을 반복하고 있다는 인상을 주고 있다. 다만 거기에 시인이나 성우들의 낭송이 포함된다는 점에서 차이를 보인다.

털 미디어 환경을 충분히 활용하면서 현대시의 등장으로 인해서 억압되었던 시 장르의 다른 가능성들이 충분히 드러나게 하려는 시도를 할 수 있는데, 이것은 포스트모더니즘 시대에 다시 '아방가르드'를 호출할 수 있는 기회를 만든다.[18] 이처럼 문학을 중심에 두고 디지털 환경을 도구적으로 이용하고자 했을 때, 그리고 디지털 환경을 중심에 두고 그 위치에서 문학을 재조명하고자 했을 때 서로 다른 가능성이 열리게 된다. 다시 말해서 문학주의적 태도를 고수하면 디지털 시대의 시교육은 '키치'로 전락하기 쉬울 것이고, 그러한 태도를 버리면 시교육은 전혀 새로운 '전위적 형식'으로 개방될 수 있다는 것이다. 전자가 디지털 미디어를 활용하여 정전급 시작품에 대한 다양한 이해의 길을 모색하는 것이라면,[19] 후자는 디지털 미디어를 통해 근대적 문학제도에 의해서 소멸한 전근대적 소통의 방식을 소환하고 근대시를 제도적 관점에서 새롭게 바라볼 수 있는 관점을 열어 줄 것이다.

그러므로 양자 사이에 한쪽 길만을 선택하는 것은 올바른 태도가 아니다. 오히려 근대문학에 대한 존중과 그에 대한 비판적 거리 두기를 동시에 수행하게 하는 문학교육이 필요할 것인데, 이러한 태도가 패러디의 정신에서 가장 잘 발견된다는 것은 앞서 살펴본

---

18 일반적으로 '디지털 포이트리digital poetry'의 범주에 포함되는 시들이 아방가르드의 형식적 가능성을 보여 주고 있다. 이에 대해서 최예슬은 '동적인 시kinetic operative poem', '게임시poem game', '네트워크시network poem' 등의 상위 분류를 제시하고 다양한 실험적인 시를 하위 영역에 배치하고 있다. 최예슬, 〈디지털 시의 유형 연구〉, 이화여대 디지털미디어학부 석사논문, 2012. 참조.

19 이에 대해서는 최미숙, 〈디지털 시대, 시 향유 방식과 시 교육의 방향〉(《국어교육연구》, 2007)을 참조할 수 있으며, 양쪽의 가능성을 모두 포함하고 있는 연구에 대해서는 유영희, 〈미디어 융합 시대의 시 양상과 시 교육〉(《우리말글》, 2009)을 참조할 수 있다.

바 있다. 원본에 대한 깊은 이해를 통해서 원본의 한계를 넘어설 수 있다는 패러디의 전략적 태도야말로, 디지털 시대 문학교육의 올바른 지향점이라 할 수 있다. 이를 통해서 문학교육은 단순히 문학 중심의 교육에서 벗어나서, 그러한 문학을 가능하게 만드는 미디어 환경에 대한 메타적 교육으로 확산될 수 있다. 자연스럽게 문학교육과 미디어 교육을 동시에 포괄할 수 있음은 물론이다.

칸트와 순수문학비판

이를 위해서는 디지털 시대를 문학의 위기 국면으로 파악하고 그것으로부터 구제할 수단을 문학교육에서 찾는 태도를 지양해야 한다. 그것은 미디어 교육의 측면에서만 실패하는 것이 아니라 진정한 문학교육에 있어서도 실패할 가능성이 높기 때문이다. 오히려 디지털 미디어 환경의 변화를 이용하여 현대시의 현재와 과거, 그리고 미래를 동시에 숙고할 기회를 마련해 주는 것이야말로, 미디어 교육과 문학교육 양면에서 성공적인 결과를 낳을 수 있을 것이다. 진정한 비판이란 그 대상의 가능성과 한계를 동시에 포착하는 것이라는 칸트의 말을 따르고, 그의 책을 흉내 낸다면, '순수문학비판'이야말로 디지털 시대 문학교육의 기본 방향이라 할 수 있다. 물론 이것은 '순수문학'을 부정하고 추방한다는 의미에서가 아니라, 칸트적 의미에서 문학의 가능성과 한계를 동시에 볼 수 있게 한다는 의미를 전제한다. 디지털 시대와 더불어 이제 문학을 둘러싼 형이상학적 전제들에 대한 엄밀한 비판이 가능해진 시점에 도달한 것이다.

하지만 새로운 시대는 칸트의 자율성 미학을 해체하고 중세의 전통을 참조하면서 새로운 미학적 기준을 탐색한다는 조건의 충족을 요구한다. 새로운 미학적 가능성은 키치의 길과 아방가르드의 길로 열려 있지만, 디지털 미디어를 배경으로 하는 문학교육은 문학주의적 관점을 견지하면서 오히려 문학교육의 키치화를 부추기고 있는 형편이다. 그것은 패러디 교육의 현장에서 흔히 목격되는 현상으로, 미디어를 '이용한' 문학교육의 한계라고 할 수 있다. 이것은 결국 문학교육에서뿐 아니라 미디어 교육에서도 성공적인 결과를 낳기 어렵다. 오히려 문학을 이용하는 미디어 환경에 초점을 맞추었을 때 디지털 문학의 전위적 가능성을 개방할 수 있다. 이렇게 기존의 활자매체에 의존했을 때에는 불가능했던 다양한 실험적 가능성에 개방되었을 때, 근대문학은 비로소 한계와 가능성을 모두 드러내게 된다. 이를 통해서 근대의 자율성 문학이라는 형이상학에 갇힌 문학교육이 아니라, 전근대와 근대, 그리고 탈근대로 이어지는 문학의 다양한 존재 방식에 개방적인 교육의 가능성이 열리게 되는 것이다.

시에 대한 질문 몇 가지

2017년 12월 30일 초판 1쇄 발행

지은이 ㅣ 오문석
펴낸이 ㅣ 노경인 · 김주영

펴낸곳 ㅣ 도서출판 앨피
출판등록 ㅣ 2004년 11월 23일 제2011-000087호
주소 ㅣ 우)07275 서울시 영등포구 영등포로 5길 19(37-1 동아프라임밸리) 1202-1호
전화 ㅣ 02-336-2776 팩스 ㅣ 0505-115-0525
전자우편 ㅣ lpbook12@naver.com

ISBN 979-11-87430-21-6